洪範文學叢書 266

沈從文小說選 II

彭小妍 編

洪範書店 印行

目次

I

II

牛

有這樣事情發生，就是桑溪湯裏住，綽號大牛伯的那個人，前一天居然在蕎麥田裏，同他的耕牛爲一點小事生氣，用木榔槌打了那耕牛後腳一下。這耕牛在平時是彷彿他那兒子一樣，縱是罵，也如罵親生兒女，在罵中還不少愛撫的。但是脾氣一來不能節制自己，隨意敲了一下，不平常的事因此就發生了。當時這主人還不覺得，第二天，再想放牛去耕那塊工作未完事的蕎麥田，牛不能像平時很大方的那麼走出欄外了。牛後腳有了毛病，就因爲昨天大牛伯主人那麼不知輕重在氣頭下一榔槌的結果。

大牛伯見牛不濟事，有點手腳不靈便了，牽了牛繫在大坪裏木樁上，蹲到牛身下去，扳了那牛腳看。他這樣很溫和的檢察那小牛，那牛彷彿也明白了大牛伯心中已認了錯，記起過去兩人的感情了，就回頭望到主人，眼中凝了淚，非常可憐的似乎想同大牛伯說一句有主奴體裁的話，這話意思是：「老爺，我不寃你，平素你待我很好，你打了我，把我腳打壞，是昨天的事，如今我們講和。」

可是到這意思爲大牛伯看出時，他很狡猾的用着習慣的表情，閉了一下左眼。他不再摩撫那隻牛腳了。他站起來在牛的後臀上打了一拳，拍拍手說：

「壞東西，我明白你。你會撒嬌，好聰明！從什麼地方學來的，打一下就裝走不動路？你必定是聽過什麼故事，以爲這樣當家人就可憐你了，好聰明！我看你眼睛，就知道你越長心越壞了。平時做事就不肯好好的做事，吃東西也彷彿不肯隨便，這脾氣是我都沒有的脾氣！」

說過很多聰明主人的話語了，他就走到牛頭前去，當面對牛，用手指那牛頭：

「你不好好的聽我管教，我還要打你這裏一下，在右邊。這裏，左邊也得打一下。小孩不上學，老師有這規矩打了手心，還要向孔夫子拜，向老師拜，不許哭。你要哭嗎？壞東西呀！你不知道這幾天天氣正好嗎？你不明白五天前天上落的雨是爲天上可憐我們，知道我們應當種蕎麥了，爲我們潤濕土地好省你的氣力嗎？……」

大牛伯，一面教訓到他的牛，一面看天氣。天氣太好了，就仍然抗了翻犂，牽了那被教訓過一頓據說是撒嬌偷懶的牛，到田中去做事。牛雖然是有意同他主人講和，當家也似乎看清楚了這一點，但實在是因爲天氣太好，不做事可不行，所以到後那牛就仍然瘸着在平田中拖犂，翻着那爲雨潤濕的土地了。大牛伯雖然是像管教小學生那麼管束到他那小牛，仍然在牠背上加了犂的軛，但是人在後面，看到牛一瘸一拐的一句話不說的向前奔時，心中到底不能節制自己的悲憫，覺得自己做事有點任性，不該那麼一下了。他也像做父親的所有心情，做錯了事表面不服輸，但心中就竟過意不去，於是比平時更多用了一些力，與牛合作，讓大的汗水從太陽角流到臉上，也比平時少罵那牛許多——在平時，這牛是常常因爲覷望了別處風景或過路人，轉身稍遲，大牛伯就創作出無數希奇古怪的名詞辱罵過牠的。照例天下事是這樣，要求人瞭解，再沒有比「沉默」這一件事爲合式了。有些人總以爲天生了人的口，就是爲說話用，有心事，說話給人聽，人就瞭解了。其實如果口是爲說話才用得着一種東西，那麼大牛小鳥全有口，大的口已經有那麼大，說「大話」也夠了，爲甚麼又不能數一二三四呢？並且說「小話」，小鳥也趕不上人，這些事在牛伯的見解下是不會錯的。

我說的在沉默中他們才能互相瞭解，這是一定的，如今的大牛伯同他的小牛，友誼就成立在這無言中。這時那牛一句話不說，也不呻喚，也不嚷痛，也不說「請老爺賞一點藥或補幾個藥錢」（如果是人他必定有這樣正當的於自己有利益的要求的）。這牛並且還不說到「我要報仇，非報仇不可」那樣恐嚇主人的話語，就是態度也缺少這切齒的不平。牠只是仍然照老規矩做事，用力拖犂，使土塊翻起。牠嗅着新土的清香氣息。牠的努力在另一些方法上使主人感到了，牠因爲努力喘着氣，因爲腳跟痛苦走時沒有平時靈便。但牠一個字不說，牠「喘氣」卻不「嘆氣」。到後大牛伯的心完全軟了。他懂得牠一切，瞭解牠，不必靠那只供聰明人裝飾自己的言語。

不過大牛伯心一軟，話也說不出了。他如說：「朋友，是我錯。」也許那牛還疑心這是謊話，這謊話一則是想用言語把過錯除去，一則是謊牠再發狠做事。人與人是常常有這樣事情的，並不止牛可以這樣多疑。他若說：「已經打過了，也無辦法，我是主人，雖然是我的任性，也多牛是你的服從職務不十分盡力，我們如今兩抵，以後好好生活吧。」這樣說，牛若聽得懂他的話，牛是也不甘心的。因爲牠是常常自信已盡過了所能盡的力，一點不敢怠惰，至於報酬，又並不爭論，主人假若是有人心，是就不至於挨一榔槌的。並且用傢伙毆打，用言語撫慰，這樣事別的不能證明，只恰恰證明了人類做老爺主子的不老實罷了。他們會說話，他們先是用說話把工作騙到別個身上了，到後又因爲會說話，才在開口以前隨意虐待了爲他們作工的東西，最後的防線是說話，用言語裝飾自己的道德仁慈，又用言語作惠，雖惠不費。如今的牛是正因爲主人一句話不說，不引咎自責，不辯解，也不假託這事是吃醉了酒以後發生的不幸，明白了主人心情的。有些人是常常用「醉酒」這樣字言作過一切豈有此理壞事的。他只是一句話不說，仍然同牛在田中來回的走，仍然噓噓的督促到牠轉彎，仍然用鞭打背。但他昨天所作的事使他羞慚，特別的用力推了犂，又特別表示在他那照例的鞭子上。他不說這罪過是誰想明白這責任，他只是處處看出了牠的痛苦，而同時又看到天氣。「我本來願意讓你休息，全是因爲下半年的生活才不能不做事」，這種情形是他不說話中被他的牛看出了的，若是要他來說，牠就反而很有理由生一種疑心，疑惑這話不甚忠實了。這大約因爲太多人的說話照例是不能忠實，所以聽話的人才能作這樣想法的。

他同牠仍然做了半天事，他沒有提到過如牠所意思想說「講和」的話，但他們到後眞是講和了。

犂了一塊田，他同那牛停頓在一個地方，釋了牛背上的軛，他才說話。

他說：「我這人老了，人老了就要做蠢事。我想你玩半天，養息一會，就能好。」

他就讓牛在有水草的溝邊去玩，吃草飲水，自已坐到犂上想事情。他的的確確是打量他的牛明天就會全好了的。他還沒有把蕎麥下田，就計算到新蕎麥上市的價錢。他又計算到別的一些事情，這些事情說起來全都近於很平常的。他打火鐮吸煙，吸煙看天，天藍得怕人，高深無底，白雲散布四方，大日炙人背上如春天。這時是九月，去眞的春天還遠。

那隻牛，在水邊，立了一會，水很清冷，草是枯草，牠腳有苦痛，工作疲倦了這忠厚動物，牠到後躺在斜坡下坪中睡了。牠被太陽晒着，非常舒服的做了夢。夢到主人穿新衣，牠自己則角上纏紅布，兩個大步的從迎春的砦裏走出，預備回家。這是一隻牛所能做的最光榮的好夢，因爲這夢，不消說牠就把一切過去的事全忘了，把腳上的痛處也忘了。

正午，山上砦子有雞叫了，大牛伯牽他的牛回家。

回家時，牠看到他主人似乎很憂愁，明白是牠走路的跛足所致。牠曾小心的守着老規矩好好走路，牠希望牠的腳快好，就是讓兇惡不講道理的獸醫揉搓一陣也很願意。

他呢，的確是有點憂愁了，就因爲那牛休息時，側身睡到草坪裏，他看到牠那一隻被木榔槌所敲打過的腿時時縮着，似乎不是一天兩日自然會好的事，又看到犂同那牛合作所犂過的田，新翻起的土壤如開花，於是爲一種不敢十分去猜想的未來事嚇呆了，「萬一……？」那麼，蕎麥價不與自己相干了，一切皆將不與自己相干了。

他在回家的路上，看到小牛的步伐，想到的事完全是麥價以外的事。究竟這事是些什麼？他是不能肯定的。總而言之，萬一就這樣了，那麼，他同他的事業就全完了。這就像賭輸了錢一樣，同天打賭，好的命運屬於天，人無分，輸了，一切也應當完了。假若這樣說罷，就是這牛因爲這腳無意中被一榔槌。從此跛了，醫不好了，除了做菜或作牛肉乾，切成三斤五斤一塊，用棕繩掛到灶頭去薰，要用時再從灶頭取下切細加辣子炒吃，沒有別的意義，那末，大牛伯也死得了。

把牛繫到院中木樁旁，到籬笸裏去取紅薯拌飯煮時的大牛伯，心上的陰影還是先前一樣。到後，抓了殘食灑在院中餵雞，望到那牛又睡下去把那後腳縮短，大牛伯心上陰影更厚了。吃過了早飯，他就到兩里外場集上去找甲長，甲長是本地方小官，也是本地方牛醫。甲長如許多有名醫生一樣，顯出非常忙迫而實在又無什麼事的樣子。他們是老早很熟了的。

他先說話，他說：「甲長，我牛腳出了毛病。」

甲長說：「這是腳癀，拿點藥去一擦就好。」

他說：「不是的。」

「你怎麼知道不是，近來患腳癀的極多，今天有兩個桑溪人的牛都有腳癀。」

「不是癀，是傷了的。」

「我有傷藥。」這甲長意思是大凡是腳只有一種傷，就是碰了石，他的傷藥也就是爲這一種傷所配合的。

大牛伯到後才說這是他用木榔槌打了一下的結果。

他這樣接着說：

「……我恐怕那麼一下太重了，今天早上這東西就對我哭，好像要我讓牠放工一天。你說怎樣辦得到？天雨是爲方便我們落的。天上出日頭，也是方便我們，不在這幾天耕完，我們還有什麼時候？我仍然扯了牠去。一個上半天我用的力氣還比牠多，可是牠不行了，睡到草坪內，樣子就很苦。牠像怕我要丟了牠，看到我不作聲，神氣憂愁，我明白這大眼睛所想說的話，以及所有的心事。」

甲長答應同他到村裏去看看那牛，到將要出門，別處送命令來了，說縣裏有軍隊過境，召集甲長會議，即刻就到會。

這甲長一面用一個鄉紳的派頭罵娘，一面換青泰西緞馬褂，喊人備馬，喊人爲衙門人辦點心，忙得不亦樂乎，大牛伯嘆了一口氣，一人回家了。

回到家來他望到那牛，那牛也望到他，兩個眞正講了和，兩個似乎都知道這腳不是一天可好的事了，在自己認錯，大牛伯又小心的扳了一回牛腳，看那傷處，用了一些在五月初五挖來的平時給人揉跌打損傷的草藥，敷在牛腳上去，用布片包好，牛像很懂事，規規矩矩儘主人處理，又規規矩矩回牛欄裏去睡。

晚上聽到牛齕草聲音，大牛伯拿了燈照過好幾次，這牛明白主人是因爲牠的原故晚睡的，每遇到大牛伯把一個圓大的頭同一盞桐油燈從柵欄邊伸進時，總睜大了眼睛望牠主人。

他從不問牠「好了麼？」或「吃虧麼？」那一類話，牠也不告他「這不要緊」或「我請你放心」那類話，他們的互相瞭解不在言語，而他們卻是眞眞很瞭解的。

這夜裏牛也有很多心事，牠是明白他們的關係的。他用牠幫助，所以同牠生活，但一到了他看出不能用到牠的時候，牠就將讓另外一種人牽去了。牠還不很淸楚牽去了以後將做什麼用途，不過間或聽到主人的憤怒中說「發瘟的」，「作犧牲的」，「到屠戶手上去」，這一類很奇怪的名字時，總隱隱約約看得出只要一與主人離開，所得的痛苦就不止是詛罵同鞭打了。爲了這不可知的未來，牠如許多蠢人一樣，對這問題也很想了一些時間，譬若逃走離開那屠戶，或用角觸那兇人同他拚命，又或者……牠只不會許願，因爲許願是人才懂這個事，並且凡是許願求天保佑，多說在災難過去幸福臨門時，殺一隻牛或殺猪殺羊，至少必須一隻雞，假如人沒有東西可許（如這一隻牛，卻什麼也沒有是牠自己的，只除了不價値的從身上取出的精力），那麼天也不會保佑這類人的。

這牛迷迷糊糊時就又做夢，夢到牠能拖了三具犂飛跑，犂所到處土皆翻起如波浪，主人則站在耕過的田裏，膝以下皆爲鬆土所掩，張口大笑。當到這可憐的牛做着這樣的好夢時，那大牛伯是也在做着同樣的夢的。他只夢到用四床大晒谷簟鋪在坪裏，晒簟上新筱堆高如小山，抓了一把褐色筱子向太陽下照，筱子在手上皆放烏金光澤。那筱就是今年的收成，放在坪裏過斛上倉，竹籌碼還是從甲長處借來的，一大捆丢到地下，嘩的響了一聲。而那參預這收成的功臣——那隻小牛，就披了紅站在身邊，他於是向牠說話，他說話的神氣如對多年老友。他就說：「朋友，今年我們好了。我們可以把圍牆打一新的了；我們可以換一換那腰門了；我們可以把坪壩栽一點葡萄了；我們……」他全是用「我們」的字言，是彷彿這一家的興起，那牛也有分，或者是光榮，或者是實用。他於是儼然望到那牛仍然如平時樣子，水汪汪的眼睛中寫得有字，說是「完全同意」。

好夢是生活的仇敵，是神給人的一種嘲弄，所以到大牛伯醒來，他比起沒有做夢的平時更多不平。他第一先明白了筱麥還不上倉，其次就記起那用眼睛說「完全同意」的牛是還在欄中受苦了，天還不曾亮，就又點了燈到欄中去探望那「夥計」。他如做夢一樣，喊那牛做夥計，問牠上了藥是不是好了一點。牛不做聲，因爲牠不能說牠正做了什麼夢。牠很悲慘的看到主人，且記起了平常日子的規矩，想站起身來，跟到主人出欄。

牠站起走了兩步，他看牠還是那樣瘸跛，噓的把燈吹熄，嘆了一口氣，走向房裏躺在床上了。

他們都在各自流淚。他們都看出夢中的情形是無希望的神蹟了，對於生存，有一種悲痛在心。

到了平時下田的早上，大牛伯卻在官路上走，因爲打聽得十里遠近的得虎營有師傅會治牛病，特意換了一件衣，用紅紙封了兩百錢，預備走到那營砦去請牛醫爲家中夥計看病。到了那裏被狗嚇了一陣，師傅又不湊巧，出去了，問明白了不久會回來，他想這沒有辦法，就坐到那砦子外面大青樹下等。在那大青樹下就望到別人翻過的田，八十畝，一百畝，全在眼前炫耀，等了半天，師傅才回家，會了面，問到情形，這師傅也一口咬定是牛癀。

大牛伯說：「不是，我是明白我那一下分量稍重了點，或打斷了筋。」

「那是傷轉癀，拿這藥去就行。」

大牛伯心想，癀藥我家還少？要走十里路來討這東西！把嘴一癟，做了一個可笑的表情。說也奇怪，先是說的十分認眞了，決不能因爲這點點事走十里路。到後大牛伯忽然想透了，明白是包封太輕了，答應了包好另酬制錢一串，這醫生心一活動，就不久同大牛伯在官路上奔走，取道回桑溪了。

這名醫與大城中名醫並不兩樣，到了家，先喝酒取暖，吃點心飯，飯用過以後，剔完牙齒，又吃一會煙，才要主人把牛牽到坪中來，把衣袖捲到肘上，拿了針，由幫手把牛腳扳舉，才略微用手按了按傷處，看看牛的舌頭，同耳朶。因爲要說話，他就照例對於主人的冒失，加以一種責難，說是這東西打狠了是不行的。又對主人隨便把治人傷藥敷用到牛腳上認爲是一種將來不可大意的事情。到後是在牛腳上扎了兩針，把一些藥用口嚼爛敷到針所扎處，包了杉木皮，說是過三天包好的話，囑幫手拿了預許的一串白銅制錢抗到肩上，遊方僧那麼搖搖擺擺走了。

把師傅送走，站到門外邊，一個賣片糖的本鄉人從那門前大路下過身，看到了大牛伯在坎上門前站，就關照說：

「大牛伯，大牛伯，今天場上有好牛肉，知道了沒有？」

「見鬼！」他這樣輕輕的答應了那關照他的賣糖人，走進大門匐的把門關了。

他願意信仰那師傅，所以想起師傅索取那制錢時一點不勉強的就把錢給了那人。但望到從官路上匆匆走去的那師傅背影尤其是那在幫手肩上的制錢一串，他有點對於這師傅惑疑，且像自己是又做錯了事，不下於打那小牛一榔槌了，就懊悔起來。他以爲就是這麼一針也值一串二百錢，一頓點心，這顯然是一種欺騙，爲天所不許的欺騙，自己是上當了。那時就正有點生氣，到後又爲賣糖人喊到「牛肉」更不高興了，走進門見到那牛睡在坪裏，就大聲辱罵：「明天殺了你吃，看你腳會好不好！」

那牛正因爲被師傅扎了幾針，敷了藥，那隻腳疼痛不過，見寒見熱，聽到主人這樣氣憤憤的罵牠，睜了眼見到主人樣子，心裏很難過，又想哭。大牛伯見到這牛，才覺得自己仍然做錯了事，不該說這話了，就坐到院坪中石磙礡上，一句話不說，以背對太陽，儘太陽炙背。天氣正是適宜於耕田的天氣，他想同誰去借牛把其餘的幾畝地土翻鬆一下，好落種，想不出當這樣時節誰家有可借的牛。

過了一會他能節制自己，又罵出怪話來了，他向那牛說：

「就是三隻腳，你也要做事！」

牠有什麼可說呢？牠並不是故意。牠從不知道牛有理由可以在當忙的日子中休息，而這休息還是借故。天氣這樣好，牠何嘗不歡喜到田裏去玩。牠何嘗不想爲主人多盡一點力，直到了那糧食滿屋滿倉「完全同意」的日子。就是如今腳不行了，牠何嘗又說過「我不做」「我要休息」一類話。主人的生氣牠也能原諒，因爲這生氣，不比其他人的無理由胡鬧。可是牠有什麼可說呢？牠能說「我明天就好」一類話嗎？牠能說「我們這時就去」一類話嗎？牠既沒有說過「我要休息」，當然也不必來說「我可以不休息」了。

牠一切儘主人，這是牠始終一貫的性格。這時節主人如果是把犂抗出，牠仍然會跟了主人下田，開始做工，無一點不快的神氣，無一點不耐煩。

可是說過好歹要工作的主人，到後又來摩牠的耳朵，摩牠的眼，摩牠的臉頰了，主人並不是成心想詛咒牠入地獄，他正因爲不願意牠同他分手，把牠交給一個屠戶，才有這樣生氣發怒的時候！牠的所以始終不說一句話，也就是牠能理解牠的主人，牠明白主人在牠身上所做的夢。牠明白牠的責任。牠還料得到，再過三天腳還不能復元，主人脾氣忽然轉成暴躁非凡，也是應當的事。

當大牛伯走到屋裏去找取鎌刀削犂把上小栓時，牠曾悄悄的獨自在院裏繞了圈走動，試試可不可以如平常樣子。可憐的東西，牠原是同世界上有些人類一樣，不慣於在好天氣下休息賦閑的。只是這一點，大牛伯卻缺少理解這夥計的心，他並沒有想到牠還爲這怠工事情難過，因爲做主人的照例不能體會到做工的人畜。

大牛伯削了一些木栓，在大坪中生氣似的敲打了一陣犂頭，想了想縱然夥計三天會好也不能儘這三天空閒，因爲好的天氣是不比印子錢，可以用息金借來的，並且許願也不容易得到好天氣，所以心上活動了一陣，就走到別處去借牛。他估定了有三處可以說話，有一處最爲可靠，有了牛他在夜間也得把那田馬上耕好。

他就到了第一個有牛的熟人處去，向主人開口。

「老八，把你牛借我兩三天，我送你兩斗麥子。」

主人說：「伯伯，你幫我想法借借牛罷，我正要找你去，我願意出四斗麥子。」

「怎麼貨？你牛不是好好的麼？」

「有癀……」

「有癀？」

「請牛醫看過了。」

主人知道牛伯的牛很健壯，平素又料理得極好，就反問他爲什麼事缺少牛用。沒有把牛借到的牛伯，自然仍得一五一十的把夥計如何被自己一榔槌的故事學學，他在敍述這故事中不缺少自怨自艾的神氣，可是用「追悔」是補不來「過失」的，他到沒有話可說，就轉到第二家去。

見到主人，主人先就開口問他是不是把田已經耕完。他告主人牛生了病，不能做事。主人說：

「老漢子，你謊我。耕完了就借我用用，你那小黃是用木榔槌在背脊骨上打一百下也不會害病的。」

「打一百下？是呀，若是我在牠背脊骨上打一百下，牠仍然會爲我好好做事。」

「打一千下？是呀也挨得下，我算定你是搥不壞牛的。」

「打一千下？是呀……」

「打兩千下也不至於。」

「打兩千下，是呀……」

說到這裏兩人都笑了，因爲他們在這閒話上隨意能夠提出一種大數目，且在這數目上得到一點彷彿是近於「銀錢」「大麥的斛數」那種意味。他到後，就告給了主人，還只打「一下」，牛就不能行動自然了。主人還不相信，他才再來解釋打的地方不是背脊，卻是後腳彎。本意是來借牛，結果還是說一陣空話了事。主人的牛雖不病可是無空閒，也正在各處設法借牛乘天氣好趕天氣。

迨到第三處熟人家就是牛伯以爲最可靠的一家去時，天色已夜了，主人不在家，下了田還沒回來，問那家的女人，才明白主人花了一斛麥子借了一隻牛，連同家中一隻牛在田中翻土，到晚還不能即回。

轉到家中，牛伯把夥計的腳檢察，又想解開藥包看看，若不是因爲小牛有主張，表示不要看的意思，日來的藥金又恐怕等於白費了。

各處皆無牛可借，自己的牛又實在不能作事，這漢子無法了，到夜裏還走到附近莊子裏去請幫工，用人力拖犂，說了很長的時候，才把人工約定。工人答應了明天天一亮就下田，一共雇妥了兩個人，加上自己，三個人的氣力雖仍然不及一隻牛，但總可以乘天氣把土翻好了，牛伯高高興興的回了家，喝了一小葫蘆水酒，規規矩矩用着一個雖吃酒卻不鬧事的醉人體裁橫睡到床上，根據了田已可以下種一個理由，就糊糊塗塗做了一晚發財的夢。牛夜那夥計睡不着，以爲主人必定還是會忽然把一個大頭同燈盞從柵欄外伸進來，誰知到天亮了以後有人喊主人名字了主人還不曾醒。

三個人用兩個人在前一個人在後耕了半天田，小牛卻站在田塍上吃草眺望好景致。牠那情形正像小孩子因牙痛不上學的情形，望到其他學生背書，費大力氣，自己才明白做學生眞不容易。不過往日輪到牠頭上作的事，只要傷處一復元，也仍然是免不了的一件事。

在幾個人合作耕田時，牛伯在後面推犂，見到夥計站到太陽下的寂寞，是曾說過「朋友你也來一角罷」那樣話語的，若果這不是笑話，牠絕不會推辭這個提議，但主人因爲想起昨天放在醫生的手背上那一串放光的制錢，所以不能不儘小牛玩了。

不過單是一事不作，任意的玩，吃草，喝水，睡臥，毫無拘束在日光下享福，這小牛還是心裏很難受的。因爲兩個工人在拉犂時，就一面談到殺牛賣肉的事情，他們竟完全不爲站在面前的小牛設想。他們說跛腳牛如何只適宜於吃肉的理由，又說牛皮製靴做皮箱的話。這些壞人且口口聲聲說只有小牛肚可以下酒，小牛肉風乾以後容易煨爛，小牛皮做的抱兜佩帶舒服。這些人口中說的話，是無心還是有意，在小牛聽來是分不清楚的。牠有點討厭他們，尤其是其中一個年青一點的人，竟說「牠的病莫非是假裝」那些壞話，有破壞主人對牛友誼的陰謀，雖然主人不會爲這話所動，可是這人壞處是無疑了。

到了晚上，大家回家了，當主人用燈照到牠時，這牛就仍然在牠那水汪汪的大眼睛上，解釋了自己的意思，牠像是在訴說：「老爺，我明天好了，把那花錢雇來的兩個工人打發去了罷。我聽不慣他們的譏誚和侮辱。我願意多花點氣力把田地趕出，你放心，我一定不讓好天氣帶來的好運氣分給了一切人，你卻獨獨無分。」

主人是懂這樣意思的，因爲他不久就對牛說話了，他說：

「朋友，是的，你會很快的就好了的，醫生說你至多三天就好。下田還是我們兩個作配手好，我們趕快把那點地皮翻好，就下種。因爲你的脚不方便，我請他們來幫忙，你瞧，我花了錢還只耕得一點點。他們那裏有你的氣力？他們做工的人，近來脾氣全爲一些人放縱壞了，一點舊道德也不用了，他們人做的事情當不到你牛一半，卻問我要錢用，要酒喝，且有理由到別處去說：『我今天爲桑溪大牛伯把我當牛耕了一天田，因爲吃飯的原故我不得不做事，可是現在腰也發疼了，只差比牛少挨一鞭子。』這話是免不了要說的，我是沒有辦法才要他們來幫忙的。」

牠想說：「我願意我明天就會好，因爲我不歡喜那向你要錢要酒飯的漢子。他們的心術似乎都不很好。」主人不等他說先就很懂了，主人離開柵欄時就肯定而又大聲說道：「我恨他們，一天花了我許多錢，還說小牛皮做抱兜相宜，眞是土匪強盜！」

………

小牛居然很自然的同主人在一塊未完事的田中翻土了，是四天以後的事，好天氣還像是單因爲牛伯一個人幸福的原故而保留到桑溪。他們大約再有兩天就可以完事了，牛伯因爲體恤到夥計的病脚不敢慳吝自己氣力，小牛也因爲顧慮到主人的原故，特別用力氣只向前奔，他們一天所耕的田比用工人兩倍還多。

於是乎，回到了家中，兩位又有理由做那快樂幸福的夢了。牛伯爲自己的夢也驚訝了，因爲他夢到牛欄裏有四隻牛，有兩隻是花牛，生長得似乎比夥計更其體面，第二天一早起來他就走到欄邊去看，且大聲的告給「夥計」，說：

「朋友，你應當有件才是事，我們到十二月再看。」

夥計想十二月還有些日子就點點頭，「好，十二月罷。」

到了十二月，蕩裏所有的牛全被衙門徵發到一個不可知的地方去了，大牛伯只有成天到保長家去探信一件事可做。順眼無意中望到棄在自己屋角的木榔槌，就後悔爲什麼不重重的一下把那畜生的腳打斷。

作於一九二九年夏

若墨醫生

我抽屜裏多的是朋友們照片，有一大半人是死去了的。那些還好好活着的人，檢察我的珍藏，發現了那些死人照片混和他自己照片放在一處時，常常顯出些驚訝而不高興的神氣。他們在記憶裏保留朋友的印象，大致也分成死活貧富等等區別，各貯藏在一個地方不相混淆。我的性情可不甚習慣於這樣分類。小孩子相片我這裏也很多，這些小孩子有在家中受媽媽爸爸照料得如同王子公主，又有寄養在孤兒院幼稚園裏的。其中一些是爸爸媽媽爲了人類遠景的傾心，年紀青青的就爲人類幸福犧牲死去，世界上再沒有什麼親人了，我便常常把他們父母的遺影，同他的小相片疊在一處，讓這些孤兒同他媽媽爸爸獨佔據一個空着的抽屜角隅裏，我似乎也就得到了一點安慰。我一共有四個抽屜安置照片，這種可憐的家庭照片便佔據了我三個抽屜。

可是這種照片近來多又了一份。這是若墨大夫同他的太太以及女兒小青三人一組的。那個醫生同他的太太，爲了同一案件於最近在漢口地方死去了，小青就是這兩個人剩下的一個不滿半周歲的女孩。這女孩的來源同我現在住處有些關係，同我也還有些關係。

事情在回憶裏增人惆悵，當我把這三個人一組一共大小七張照片排列到桌上，從那些眉眼間去搜索過去的業已在這世界上消滅無餘，卻獨自存在我記憶裏的東西時，我的感情爲那些記憶所圍困了。活得比人長久一點可眞是一件怕人的事情，因爲一切死去了的都有機會排日重新來活在自己記憶裏，這實在是一種沉重的擔負。死去的友誼，死去的愛情，死去的人，死去的事，還有，就是那些死去了的想像，有很多時節也居然常常不知顧忌的擾亂我的生活。尤其是最後一件，想像，無限制的想像，如像糾纏人的一羣蜂子！爲甚麼我會爲這些東西所包圍呢？因爲我這個人的生活，是應照流行的嘲笑，可呼之爲理想主義者的！

我有時很擔心，倘若我再活十年，一些友誼感情上的擔負，再加上所見所聞人類多少喜劇，悲劇，珍貴的，高尙的，愚蠢的，下流的，種種印象，我的神經會不會壓壞？事實呢，我的神經似乎如一個老年人的脊梁，業已那麼彎曲多日了。

× × × ×

十六個月以前……

一隻白色的小艇，支持了白色三角小篷，出了停頓小艇的平塢後，向作寶石藍顏色放光的海面滑去，風極淸和溫柔，海浪輕輕的拍着船頭船舷，船身側向一邊，輕盈的如同一隻掠水的燕子。我那時正睡在船中小桅下，用手抱了後腦，游目看天上那些與小艇取同一方向競走的白雲。朋友若墨大夫，臉龐圓圓的，紅紅的，口裏含了煙斗，穿一件翻領襯衫，黃色短褲下露出那兩隻健康而體面的小腿，略向兩邊分開：一手把舵，一手扣着掛在舷旁銅鈎上的帆索，目不旁瞬的眺望前面。

前面只是一片平滑的海，在日光下閃放寶石光輝，海盡頭有一點淡紫色煙子，還是半點鐘以前一隻出口商輪殘留下來的東西。朋友像在那裏用一個船長負責的神氣駕駛這隻小艇，他那種認眞態度，實在有點裝模作樣，比他平時在解剖室用大刀小刀開割人身似乎還來得不兒戲，我望到這種情形時，不由得不笑了。我在笑中夾雜了一點嘲弄意味，讓他看得明白，因爲另外還有一種理由，使我不得不如此。

他見到我笑時先不理會，後來把眼睛向我眨了一眨，用腿夾定舵把，將煙咀從口中掏出。我明白他開始又要向我戰爭了。這是老規矩，這個朋友不說話時，他的煙斗即或早已熄滅，還不大容易離開嘴上的。夜裏睡覺有時也咬着煙斗，因此枕頭被單皆常常可以發現小小窟窿。來到靑島同我住下時，在他床邊我每夜總爲他安置一杯淸水，便是由於他那個不可救藥的習慣，預備煙灰燒了什麼時節消防小小火災用的。這人除了吃飯不得不勉強把煙斗擱下以外，我就只看到他用口舌激烈戰爭時，才願意把煙斗從口中掏出。

自然的，人類是古怪的東西，許多許多人的口大都有一種特殊嗜好，有些人歡喜嚙咬自己的手指，有些人歡喜嚼點字紙，有些人又歡喜在他口中塞上一點草類，特別是屬於某一些女人的某一種荒唐傳說，凡是這樣差不多都近於必需的。獸物中只有馬常常得吃一點草，是不是從這裏我們就可以證明某一些人的祖先同馬有一種血緣？關於這個我的一位談進化論的朋友一定比我知道較多，我不敢說什麼外行話。至於我這位歡喜煙斗的朋友，他的嗜好來源卻爲了他是一個醫生。自從我認識他，發現了他的嗜好以後，第一件事就是覺得一隻煙斗把他變的嚴肅起來不大合理。一個醫生的身分雖應當沉着一點，嚴肅一點，其實這人的性情同年齡還不許可他那麼過日子下去。他還不到三十歲，還不結婚，爲了某種理由，我總打量應得多有些機會取掉他那煙斗才好。我爲這件事出了好些主意，當我明白只有和這位朋友辯論什麼，才能把他煙斗離開他的嘴邊後，老實說，只爲了憐憫我贈給他那一隻煙斗被嚙被咬，我已經就應當故意來同朋友辯論些漫無邊際的問題了。

我相信我作的事並沒有什麼錯誤，因爲一則從這辯論中我得了許多智慧，一種從生理學，病理學，化學，各樣見地對社會現象有所說明的那些智慧，另一時用到我的工作上不無益處，再則，就是我把我的朋友也弄得年輕活潑多了。這次他遠遠的從北京地方跑來，雖名爲避暑，其實時間還只五月，去逃避暑熱的日子還早，使他能夠放下業務到這兒來，大多數還是由於我們辯論的結果。這朋友當今年二月春天我到北京時，已被我用語言稍稍搖動了他那忠於事務忠於煙斗的固持習慣，再到後來兩人一分手，又通了二次信，總說他爲那「煙斗」同「職業」所束縛，使他過的日子同老人一樣，論道理很說不去。他雖然回了我許多更長的信，說了更多擁護他自己習慣的話語，可是明明白白，到底他還是爲我所戰敗，居然來到青島同我住下了。

到青島時天氣還不很熱，帶了他各處山頭海岸跑了幾天，把各處地方全跑到了，兩人每天早上就來到海邊駕駛游艇，黃昏後則在住處附近一條很僻靜的槐樹夾道去散步，不拘在船中或夾道中，除了說話時他的煙斗總仍然保留原來地位。不過由於我處處激他引他，他要說的話似乎就越來越多，煙斗也自然而然離開嘴邊常在手上了，這醫生青春的風儀，因爲他嘴邊的煙斗而失去，煙斗離開後，神氣即刻就風趣而年青了。

關於一切議論主張同朋友比較起來，我的態度總常常是站在感情的，急進的，極左的，幻想的，對未來有所傾心，憎惡過去否認現在方面而說話的。醫生一切恰恰相反，他其所以表示他完全和我不同，正爲的是有意要站在我的對方，似乎盡職，又似乎從中可以得到一些快樂。因爲給他快樂使他年青一點，我所以總用言語引導他，斷不用言語窘迫他。

這時這個大夫當眞要說話了，由於我的笑，他明白那笑的含意。淸晨的空氣使他青春的熱力顯現於辭氣之間。

「你笑什麼？一個船長不應當那麼駕駛他的船嗎？」

「我承認一個船長應當那麼認眞去駕篷掌舵，」我說的只是半句話，意思以爲他可不是船長。我希望聽聽這個朋友食飽睡足以後爲初夏微涼略濇的海上空氣所興奮而生的議論。但這時節小艇被一陣風壓偏了一下，爲了調整船身的均衡與方向，須把三角篷略略收束，繩索得拉緊一點，因此朋友的煙斗又上口了。

我接着就說：「讓他自由一點，有什麼要緊？海面那麼無邊際的寬闊，那麼溫和與平靜，應當自由一點！我們不是承認過：感情這東西，有時也不妨散步到正分生活以外某種生活上去嗎？醫生是你的職業，那件事情你已經過分的認眞了，你得在另外一件事情上，或另外一種想像上，放蕩灑脫一點！我不覺得嚴肅適宜於作我們永遠的伴侶，尤其是目的以外的嚴肅！」

我的意思原就指的只是駕船，若想從這平滑的海面上得到任意而適的充分快樂，以爲嚴肅是不必需的。

醫生稍稍誤會了我的意思，把煙斗一抓，「不能同意！」

他說那一句話的神氣，是用一種戲劇名角，一種省議會強健分子，那類人物的風度而說的。這是他一種習慣，照例每聽到我用一個文學者所持的生活多元論而說及什麼時，彷彿即刻就記起了他是醫生，而我卻是一個神經不甚健康的人，他是科學的，合理的，而我卻是病態的，無責任心的，他爲了一種義務同成見，總得從我相反那個論點上來批駁我，糾正我，同時似乎也就救濟了我。即或這事到後來他非完全同意不可，當初也總得說「不能同意」。我理解他這點用意，卻歡喜從他一些相反的立論上，看看我每一個意見受試驗受批判的原因，且得到接近一個問題一點主張的比較眞理。

我說：「那麼，你說你的意見。我希望你把那點有學院氣大夫氣的人生態度說說。」他業已把煙斗送到嘴邊又重新取出了。

「感情若容許我們散步，我們也不可缺少方向的認識。散步即無目的，但得認淸方向。放蕩灑脫只是疲倦的表示，那是人生某一時對道德責任鬆弛後的一種感覺，這自然是需要的，可完全不是必需的！多少懶惰的人，多少不敢正視人生的人，都借了瀟灑不羈脫然無累的人生哲學活着在世界上！我們生活若還有所謂美處可言，只是把生命如何應用到正確方向上去，不逃避一切人類向上的責任，組織的美，秩序的美，才是人生的美！生命可尊敬處同可贊賞處，全在它魄力的驚人；表現魄力是什麼？一個詩人很嚴肅的選擇他的文字，一個畫家很嚴肅的配合他的顏色，一個音樂家很嚴肅的注意他的曲譜，一個思想家嚴肅去思索，一個政治家嚴肅的處理當前難題。一切偉大製作皆產生於不兒戲。一個較好的笑話，也就似乎需要嚴肅一點才說得動人。一切高峯皆由於認眞纔能達到。誰能缺少這兩個字？人人都錯誤的把快樂幸福同嚴肅認眞對立，多以爲快樂是無拘束的任性，幸福是自由，嚴肅同認眞，卻是毫無生趣的死呆。嚴肅成就一切，它的對面只是輕浮，至於快樂和幸福，總常常包含了嚴肅和輕浮兩者而言；輕浮的快樂，平常人同女子，纔用得着的一種東西，至於一個有希望的男子，像樣的男子，他不會要這個的！他一切儘管嚴肅認眞，從深淵裏探索他所需要的東西，他有他那一分孤獨偉大的樂趣！你想想，在你生活中缺少了嚴肅，你能思索什麼，能寫作什麼？……」

他的辯論原來是不大高明的，他能說一切道理，似乎是由於人太誠實，就常常互相矛盾。他只知道取我相反的路線，卻又常常不知不覺間引用我另一時另一事他中意了的見解來批駁我。先前我常是領導他，幫助他，使他能在「科學的」立腳點上站穩，到後來就站穩了。站穩以後慢慢的他自己也居然可以守着他的壁壘，根據他的所學，對於我主張上某一些弱點能夠有所啓示糾正，因此間或我也有被他難倒的時候了。

但這次他可錯了。大體是這個大夫早上爲我把了一陣脈，由於我的神經不大健全，關心到我的靈魂也有了些毛病，他臨時記起他作醫生的責任，故把話說得稍多了一點。並且他說到後來有了矛盾，忘記了某一部分見解，就正是我前些日子說到的話，無意中記憶下來，且用來攻打我，使我覺得十分快樂。這個人的可愛處，原來就是生活那麼科學，議論卻那麼瀟灑。他簡直是太天眞了。

我含笑說：「醫生，你自己矛盾了。你這算是反對我還是承認我？你對於嚴肅作了很多的解釋，自己的意見不夠，還把我的也引用了。你不能同意我究竟是那幾點？我要說，我可不能同意你的！就因爲我現在提到的，只是你駕船管舵的姿勢，不是別一件事。你不覺得你那種裝模作樣好笑嗎？你那麼嚴肅的口啣煙斗，方正平實的坐到那裏，是不是妨礙了我們這一隻小小游艇隨風而駛飄泊海上的輕鬆趣味？我問你就是這件事，你別把話說得太遠。議論不能離題太遠，正如這隻小船你不能讓它離岸太遠：一遠了，我們就都不免有點糊塗了。」

同時他似乎也記起他理論的來源了，笑了一陣，「這不行，咱們把軍器弄錯了。我原來拿的是你的盾牌——你才眞是理論上主張認眞的一個人！不過這也很好，你主張生活認眞，我卻行爲認眞；你想像嚴肅，我卻行動嚴肅。」

「那麼，究竟誰是對的？你說，你說。」

「要我說嗎？我們都是對的，不過地位不同，觀點各異罷了。且說船罷，你知道駕船，但並不駕船。你不妨試試來坐在舵邊，看看是不是可以隨隨便便，看看照到你自由論者來說，不取方向的辦法，我們這船能不能繞那個小島一周，再泊近那邊浮筒。這是不行的！」

我看到他又像要把煙斗放進嘴裏去的神氣，我就說：「還有下文？」

「下文多着，」他一面把煙斗在船舷輕輕的敲着一面說，「中國國家就正因爲毫無目的，飄泊無歸，大有不知所之的樣子，到如今弄得掌舵的人無辦法，坐船的人也無辦法。大家只知道羨慕這個船，仇視那個船，自己的卻取自由任命主義，看看已經不行了，不知道如何幫助一下掌舵的人，不知如何處置這當前的困難，大家都爲這一隻載了全個民族命運向前駛去的大船十分着急，卻不能夠盡任何力量把它從危險中救出。爲甚麼原因！缺少認眞作事的人，缺少認眞思索的人，不只駕船的不行，坐船的也不行。坐船的第一就缺少一分安靜，譬如說，你只打量在這小船上跳舞，又不看前面，又不習風向，只管跳舞，只管分派我向這邊收帆，向那邊搬舵，我縱十分賣氣力照管這小船小帆，我們還是不會安全達到一個地方！」

這種承認現在統治者的合法，而且信賴他，仍然是醫生爲了他那點醫生的意識，向我使用手術方法。

我說：「說淸楚點，你意思以爲中國目前情形，是掌舵的不行，還是坐船的搗亂？」

「除了風浪太大，沒有別的原因。中國雖像一隻大船，但是一堆舊木料舊形式馬馬虎虎束成一把的木筏，而且是從閉關自守的湖泊裏流出到這驚濤駭浪的大海裏來，坐船的不見過風浪，掌舵的又太年靑，大家慌亂失措，結果就成了現在樣子了。」

「那麼，未來呢！」

「未來誰知道？醫生就從不能斷定未來的。且看現在罷，要明白將來，也只有檢察現在。現在正像一個病人，只要熱度不增加到發狂眩瞀程度，還有辦法！」

醫生見我把手伸出船舷外邊去玩弄海水，擔心轉篷時軋着了手，就把手揚揚，「喂，坐船的小心點，把手縮回來罷。一切聽掌舵的指揮，不然就會鬧出危險！」

我服從了他的命令，縮回手來，仍然抱了頭部。因爲望到他並沒有把煙斗塞進嘴裏的意思，就不說什麼，知道他還有下文的。

「中國坐船的大家規規矩矩相信掌舵的能力，給他全部的信托，中國不會那麼糟！」

我不能承認掌舵的這點意見了，我說：「這不行，我要用坐船者的資格說話了。你說的要信托船長一切處置，是的，一個民族對支配者缺少信托！事情自然辦不好。可是現在問題不是應當信託或不應當信托，只是值得信托或不值得信托？爲甚麼那麼稀亂八糟？這就是大家業已不能信托，想換船長，想作船長，用新的方法，找新的航線，纔如此如此！」

醫生說：「照你所說，你以爲怎麼樣？」

「照我坐小船的經驗，我覺得你比我高明，所以我信托你。至於載了一個民族走去的那一隻木筏，那一個船長，我很懷疑……」

「這就對了。大家就因爲有所懷疑，不相信這一個，相信那一個，大家都以爲存在的不會比那個不存在的好，又以爲後一個應比前一個好，故對未來的抱了希望，對現在的卻永遠懷疑。其實錯了的。革命在試驗中，這失敗並不是革命的失敗，失敗在稍前一輩負責的人。一個人的結核病還得三五年靜養，這是一個國家，一個那麼無辦法的國家，三年五年誰會負責可以弄得更好一點？」

我簡簡單單的說：「中國試驗了二十年，時間並不很短了！」

「我以爲時間並不很長。二十年換了多少管理人，你記得那個數目沒有？不要向俄國找尋前例，那不能夠比擬。人家那隻船根本結實許多，一船人也容易對付。他們換了船長以後，還是權力同知慧携手，還是騎在勞動者背上，用鞭子趕着他們，不顧一切向國家資本主義那條大路走去。他們的船改造後走得快一點，穩一點，因爲環境好一點！中國羨慕人家成功是無用的，我們打量重新另造，或完全解散仿造，材料同地位全不許可。我們現在只能修補。假若現在船長能具修補決心，能減少阻力，能同知識合作，能想出方法使坐船的各人佔據自己那個位置，分配得適當一點，沉靜的渡過這一重險惡的伏流，這船不會沉沒的。」

「可是一切中毒太深，一切太腐爛，太不適用……」

「不然，照醫生來說，既然中毒，應當診斷。中毒現象很少遺傳的。既診知前一輩中毒原因，注意後一輩生活，思想的營養，由專家來分配——一切由專家來分配！」

「你相信中國有專家嗎？那些在廳裏部裏的人物算得上專家嗎？」

「沒有就培養它！同養蠶一樣完全在功利上去培養它！明知前一批無望，好好的去注意後一批人，從小學教育起始，嚴格的來計劃，來訓練……」

「你相信一切那麼容易嗎？」

醫生儼然的說：「我不相信那麼容易，但我有這種信仰。我們需要的就是信仰。我們的恐慌失望先就由於心理方面的軟弱，我們要這點信仰，才能從信仰中得救！」

其實他這點信仰打那兒來的？是很有趣味的。我那時故意輕輕的喊叫起來：「信仰，你是不是說這兩個字！醫生不能給人開這樣一味藥，這是那一批依靠叫賣上帝名義而吃飯的人專用口號，你是一個醫生，不是一個教徒！信仰本身是純潔的，但已為一些下流無恥的東西把這兩個字弄到泥淖裏有了多日，上面只附着有勢利同污穢，再不會放出什麼光輝了！除了吃教飯的人以外，不是還有一般人也成天在口中喊信仰嗎？這信仰有什麼意義，什麼結論？」

醫生顯然被我窘住了，紅臉了，無話可說了，可是煙斗進了口以後隨即又抽出來，望到我把頭搖搖，「不能同意。」

「好的，說你的意思。」

「我的意思還是需要信仰，除了信仰用什麼權力什麼手段纔能統一這個民族的方向？要信仰，就是從信仰上給那個處置一切的家長以最大的自由，充分的權力，無上的決斷：要信仰！」

「是的，我也以爲要信仰的。先信仰那個舊的完全不可靠，得換一個新的，徹底換一個新的，從新的基礎上，建設新的信仰，一切才有辦法——這是我的信仰！」

「這是徼倖，『徼倖』這個名詞不大適用於二十世紀。民族的出路已經不是徼倖可以得到了的。古希臘人的大戰，紀元前中國的兵車戰，爲聳動觀聽起見，歷史上載了許多徼倖成功的記錄。現在這名詞，業已同『鍊金術』名詞一樣的把效率魔力完全失去了。」

「可是你不說過醫生只能診斷現在，無從決定未來嗎？爲什麼先就決定中國完全改造的失敗？倘若照你所說，這民族命運將決定到大多數的信仰，很明顯的，這點新的信仰就正是一種不可見戲的旋風，它行將把這民族同更多一些民族捲入裏面去，醫生，你不能否認這一點，絕不能否認這一點！」

「我承認的，這是基督教情緒之轉變，其中包含了無望無助的絕叫，包含了近代人類剩餘的情感——就是屬於愚昧和誇張徹頭徹尾爲天國犧牲地面而獻身的感情。正因爲基督教的衰落，神的解體，因此『來一個新的』便成了一種新的迷信，這新的迷信綜合了世界各民族，成爲人類宗教情緒的尾閭。這的確是一種有魄力的迷信，但不是我的信仰！」

「你的信仰？」

「我的信仰嗎？我……」

我們兩人說到前面一些事情時，兩人都興奮了一點，似乎在吵着的樣子，因此使他把駕船的職務也忘卻了。這時船正對準了一個指示商船方向的浮標駛去，差不到兩丈遠近就會同海中那個浮標相碰了，朋友發覺了這種危險，連忙把舵偏開時，船已擺去了許多，在數尺內斜斜的挨過去，兩人皆爲一種意外情形給楞住了。可是朋友眼見到危險已經過去，再不會發生什麼事故，便向我伸伸舌頭，裝成狡頑的樣子，向我還把眼睛擠了一下。

「你瞧，一個掌舵的人若儘同坐船的人爲一點小事爭辯，不注意他的職務所加的責任，行將成一個什麼樣子！別同掌舵的說道理，掌舵的常常是由於權力占據了那個位置，而不由於道理的。他應當顧及全船的安危，不能聽你一個人拘於一隅的意見。你若不滿意他的駕船方法，與其用道理來絮聒，不如用流血來爭奪。可是爲什麼中國那麼紊亂？就因爲二十年來的爭奪！來一個新的方法爭奪罷，時間放長一點……歷史是其長無盡的一種東西，無數的連環，互相銜接，搥斷它，要信仰！」

他在說明他的信仰以前，望望海水，似乎擔心把話說出會被海上小魚聽去，就微笑着把煙斗塞進自己嘴吧裏了。

無結果的爭辯，一切雖照樣的無結果，可是由於這點訓練，我的朋友風度實在體面多了。他究竟信仰什麼？他並不說，也像沒有可說的。他實際上似乎只是信仰我不信仰的東西。他同我的意見有意相反，我曾說過了，到現在，他一面駕船一面還是一個醫生，不過平時他習慣於治療人的身體，此時自以爲在那裏修補我的靈魂罷了。

我們的小艇已向外海駛去，我在心裏想，換一個同海一樣寬泛無邊無岸的問題，還是揀選一個其小如船切於本身的問題？我想起了他平時不談女人的習慣，且看到他這時候的派頭，卻正像一個陪新夫人度蜜月駕小艇出游的丈夫模樣，故我突然問他「是不是打量結婚，預備戀愛」。我相信我清清楚楚看到他那時臉紅了一陣，又像吃了一驚的樣子。

他沒有預防這一問，故不答復我，所以我又說：

「怎麼，你難道是老人嗎？取掉你的煙斗，說說你的意見！」

他當眞把煙斗抓到手上了。

「女人有什麼可說？在你身邊時折磨你的身體，離開你身邊時又折磨你的靈魂。她是詩人想像中的上帝，是浪子官能中的上帝。但我們爲什麼必需一個屬於個人的上帝？我們應當工作，有許多事情可作，有許多責任要盡，爲一個女人過分消耗時間和精力，那實在是無味得很。」

「可是難道不是詩人不是浪子就不需要那麼一個上帝嗎？我不瞞你，若我像你那麼一個人，我就放下我現在這種傾心如你所謂詩人的上帝，找尋那個浪子的上帝去了。再則從女人方面說來，我相信許多女人都歡喜作你那麼一個好人的上帝，你自己不相信嗎？」

「這一點我可用不着信仰了。可是我同你說說我的感想罷，若是什麼人問到我：若墨大夫，你平生最討厭的什麼，我將回答我討厭青年會式的教徒，同自作多情的女子。這兩種人在我心上都有一個位置，可是卻爲我用一種鄙視感情保留到心上的。」

綜合而言，我知道醫生存三種不可通融的主張了，就是討厭前面兩樣人以外還極端懷疑中國共產黨革命。

我有一種成見，就是對於這個朋友的愛憎，不大相信得過。我不願再聽下去，聽下去傷了我對於女人以及對於幾個在印象中還不十分壞的教會朋友的情感。尤其是說到女人，我記起一件事情來了。另外一個朋友昨天還才來了一個信，說到有一個牧師的女兒，不久就要過青島來，也許還得我爲她找尋一個住處。這女人爲的是要在青島休養幾個禮拜的胃病，朋友特意把她介紹給我，且告給我這個女人種種好處。朋友意思似乎還正因爲明白我幾年來在某一方面受了些折磨，把這個女人介紹到青島來，暗示我一切折磨皆可以從這方面得到取償。照醫生說來，這女人卻應當是雙料討人厭煩的東西了。

我忽然起了一種好事的感覺，心想等着這女人來時，若果女人是照朋友所說那樣完美的人，機會許可，我將讓一個方便機會，把這雙料討厭東西介紹給醫生，看看這大夫結果如何。這點動機在好事以外還存了另外一份心事，就是我親眼看到我的朋友，儘管口上那麼厭惡女人，實在生活裏，又的的確確需要一個當家的女人，而且這女人同他要好也比同我要好一定強多了，故當時就決定要辦好這樣一件事，先且不同他說什麼。我打算到好幾個自以爲妙不可言的撮合方法，誰知這些方法到了後來完全不能適用。

到了十點左右，兩人把小艇駛回船塢，在沙灘上各人留下了一行長長的足印，回到住處時，事情太湊巧了一點，那個牧師女兒××小姐已坐在小客廳中等候我半點鐘了。我同了若墨大夫走進客廳時，那牧師女兒正注意到醫生給我寫的一個條幅，見了我們兩人，趕忙回過身來向醫生行禮。她錯了，她以爲醫生是主人，卻把我當成主人的朋友了。這不能怪她，只能責備我平常對於衣帽實在太疏忽了一點，我那件中學生式藍布大衫同我那種一見體面女子永遠就只想向客廳一角藏躲的鄉下人神氣，同我住處那個華麗客廳實在就不大相稱。我爲這個足以自慚的外表，在另一時還被一個陌生拜訪者把我當成僕人，問了我許多關於主人近況的話語，使我不知如何回答這關切我的好人。大家都那麼習慣於從冠履之間識別對方的身分，因此我也就更容易害羞受窘了。

可是當我的醫生朋友，讓人家知道我就是她所等候的人，我且能夠用主人資格介紹醫生給這個客人時，也許客廳中氣候實在太熱了一點，那個新來的客人，臉兒很紅了一陣。

牧師女兒恰恰如另一朋友在來信上所描寫的一樣，溫柔端靜，秀外慧中，像貌性情都可以使一個同她接近的男子十分幸福。一個男子得到她，便同時把詩人的上帝同浪子的上帝全得到了。不過見面之下我就有了主意，認定這女人和醫生第一面的誤會，就有了些預兆。若能成爲一對，倒是最理想的一對了。

我留住了這個牧師女兒在我家中吃了一頓午飯，談了好些閒話，一面談話一面我偷偷的去注意醫生，看他是不是因爲客廳中有一個牧師的女兒，就打量逃走，看來竟像不會逃走的樣子，我方放心了。在談話中醫生只默默的含着他的煙斗在一旁聽着，我認爲他的煙斗若不離開，實在增加了他的歲數，所以還想設法要他去掉煙斗說話，他似乎有點害羞的樣子，說的話大不如兩人駕船時的英氣勃勃。在引導他說話時，我實在很盡了一分氣力，比我作別的事困難得多。

女人來青島名爲休養胃病，其實還像是看我的！下午我們三人一同出去爲她安置住處時，一路上談到幾個熟人的胃病，牙痛病，以及其他各樣事情。我就說這位醫生朋友如何可以信託。且告她假若需要常常診察，這位朋友一定很高興作這件事，而且這事情在朋友作來還如何方便。醫生聽我說到這些話時，只含着煙斗，默默的瞧着我，神氣時時刻刻像在說：「書獃子，理想家，別作孽了，夠了，夠了，這不是好差事，這不是好差事！」我也明白這不是一件好差事，卻相信病人很高興很歡喜這點建議。

女人聽我說到這個醫生對於胃病有一種專長時，先前似乎還不甚相信的過，望我笑着，一面也望了一下醫生。當時我不讓醫生有所推託，就代爲答應了一切。醫生聽到這話仍然沒有把煙斗取去，似乎很不高興。我也以爲或者他當眞不大高興，就因爲我自己見着許多女人不大歡喜她時，神氣也差不多同我朋友那麼一樣沉默的。把醫生診病事介紹妥當後，我又很悔我的孟浪，還以爲等一會兒一定會被他埋怨了。

但女人回旅館後，醫生卻說：「這女人的說話同笑眞是一種有毒的危險東西。」

我明白那是什麼意思。我太明白一個端靜自愛的男子一顆平靜的心爲女人所擾亂時，外表沉默的情形了。我很忠厚的極力避開同他來說到這個女子，他這時是絕不願有誰來說到這女人的。他嚇怕別人提起這個名字，卻自己將儘在心裏念念這個使他靈魂柔軟的名字。

那牧師女兒呢？我相信她離開我們以後，她一定覺得今天的事情很稀奇，且算得出她的胃病有了那麼一個大夫，四個禮拜內一定可以完全治好，心裏快樂極了。

× × × ×

從此以後這個醫生除掉同我划船散步以外多了一件事情。他到約定的時間，總仍然口含煙斗走過女人住處那邊去。到了那邊，大約煙斗就不常能夠留到嘴邊了。似乎正因爲胃病最好的治療是散步，青島地方許多大路小徑又太適宜於散步，因此醫生用了一種義務的或道德的理由，陪了他的病人各處散步的事情，也慢慢的來得時間較長次數較多了。

青島地方的五月六月天氣是那麼好，各處地方都綠蔭蔭的。各處有不知名的花，天上的雲同海中的水時時刻刻在變幻各種顏色，還有那種清柔的，微澀的，使人皮膚潤澤，眼目光輝，感情活潑，靈魂柔軟的流動空氣，一個健康而體面心性又極端正的男子，隨同一個秀雅宜人溫柔多情的少女，清晨或黃昏，選擇那些無人注意爲花包圍的小路上，用散步來治療胃病，這結果，自然慢慢的把某一些人的地位要變更起來的，醫生間或有時也許就用不着把煙斗來保護自己的嘴唇，卻從另外一個方便上習慣另外一種嗜好了。

當那些事情逐日在醞釀中有所不同時，醫生在我面前更像年青了一點，但也沉默了一點。女人有時到我住處來，他們反而似乎很生疏的樣子，女人走後，朋友就送出去，一個人很遲很遲才回來，回來後又即刻躲到他自己房中去了。兩個人都把我當書獃子，因爲我那一陣實在就成天上圖書館去抄書。其實我就只爲給這朋友的方便，才到圖書館去作事。我從朋友沉默上明白那是什麼徵候，我不會弄錯一切，我看得十分清楚，卻很難受，因爲當時無一個人可以同我來談談在客觀中我所想像到的一切。我需要這樣談話的人，卻沒有誰可以來同我討論這件事。

我爲這件事一個人曾記下了五十頁日記，上面也有我一些輕微的憂鬱。由於兩人不來信託我卻隱諱我，醫生的態度我眞不大能夠原諒。

到後來，女人有一天到我住處，說是要回北平。醫生也說要回北平了。兩人恰好是同過北平，同車回去也可減少路上的寂寞，所以我不能留任何一個再住一陣。請他兩個人到一個地方去吃了一頓飯，就去爲他們買了兩張二等車票送他們上了車。他們上車時我似乎也非常沉默，沒有日前的興致，是不是從別人的生活裏我發現了自己的孤立，我自己也不大知道。總而言之我們都似乎因爲各人在一種隱約中，耽心在言語上觸着朋友的忌諱，互相說話都少了許多。臨走時，兩人似乎說了許多話，但我明明白白知道這是裝點離別而說的空話，而且是很勉強在那裏說的。所以我心裏忍受着，幾幾乎眞想窘這醫生一次，要把女人來此第一天，我同醫生在船上說到關於女人的話重新說說，讓他在女人面前喚起一點回憶，紅一陣臉。

十個星期後醫生從北平把用高麗髮牋印紅花的結婚喜帖寄給我，附上了一封長長的信，說到許多我早已淸淸楚楚的事情，那種信上字裏行間充滿了値得回憶的最誠實的友誼。結末卻說：「那個說女人同教徒壞話的醫生，想不到自己要受那麼一種幸福來懲罰自己。」我有點生氣，因爲這兩個人還不明白我早已看得十分淸楚，還以爲這時來告我，對於我是一種誠實的信託與感謝！我當時把我那五十多頁的日記全寄去了，我讓他兩個人知道我不是書獃子，曾處處幫過他們的忙，他們卻完全不知道。

只是十六個月，這件事就僅剩下一個影子保留在我一個人記憶上了。我現在還只那麼儘想像中國應當如何重新另造，很嚴肅的來寫一本《黃人之出路》。爲了如何就可以把某一些人軟弱無力的生活觀念改造，如何去輸入一個新的強硬結實的人生觀到較年靑一點的朋友心胸中去，問題太雜，怯於下筆，不能動手了。那些人平時不說什麼，不想什麼，不寫什麼，很短的時間裏，在沉默中做出來的事，產生出的結果，從我看來總常常是個啞謎，一種奇蹟。

在我記憶裏，這些朋友用生活造成的奇蹟越來越多了。

一九三一年七月十五日青島寫，一九三四年十月北平改（爲紀念釆眞而作）

知識

哲學碩士張六吉，一個長江中部某處小地主的獨生子。家中那份財產能夠由他一手支配時，年齡恰滿二十歲。那年正是「五四運動」的一年。看了幾個月上海北京報紙，把這個青年人的心完全弄亂了。他覺得在小城裏蹾下毫無意義，因此弄了一筆錢，離開了家鄉。照當時的流行口語說來，這個人是「覺悟」了的分子，人已覺悟，預備到廣大的世界來奮鬥的。

他出外目的既在尋求知識，十多年來所得到的知識，當眞也就很不少了。凡是好「知識」他差不多都知道了一點。在國內大學畢業後又出國在某國一個極負盛名的大學校裏，得了他那個學位。他的論文爲「人生哲學」，題目就證明了他對於人生問題這方面知識的深邃。他的學問的成就，多虧得是那大學校研究院一個導師，盡力指導，那是個世界知名的老博士。他信仰這個人如一個神。

他同許多人一樣，出了學校回國來無法插進社會。想把自己所學貢獻給社會，一時節卻找不着相當事業。爲人縱好，社會一切注重在習慣，可不要你那麼一個好人。

他心想：沒有機會留在大都市裏，不妨事，不如回到我那個「野蠻」家鄉去看看吧。那野蠻家鄉，正因爲在他印象中的確十分野蠻，平時他深怕提起，也從不夢想到有一天會再回轉那個家鄉。但如今卻準備下鄉了。

他記起自己，記起家鄉，覺得有點憂鬱。他擔心回到家鄉去無法生活。他以爲一面是一羣毫無教育的鄉下人，一面是他自己。要說話，無人瞭解，有意見，無人來傾聽這個意見。這自然不成。

他覺得孤獨。一個人自覺知識過於豐富超越一切時，自然極容易陷於這種孤獨裏。他想起尼采聊以自慰。離家鄉越近時，他的「超人」感覺也越濃厚。

離家鄉三天路上，到了一個山坳裏，見一壩山田中有個老農夫在那裏鋤草，天氣既熱，十分疲累，大路旁樹蔭下卻躺了個青年男子，從從容容在那兒睡覺。他便休息下來，同那老農攀談：

「天氣熱，你這個人年紀一大把了，怎不休息休息？」

「要吃的，無辦法，熱也不礙事！」

「你怎不要那小夥子幫一手，卻儘他躺在樹蔭下睡覺，是什麼意思？」

那老的仍然同先前一模一樣的，從從容容的說道：「他不是睡覺。他死了。先前一會兒被烙鐵頭毒蛇咬死了。」

他嚇了一大跳，過細看看身邊躺下這一個，那小子鼻端上正有個很大麻蒼蠅。果然人已死掉了。趕忙問：「這是誰？」

老農夫神氣依然很平靜，很從容，用手抹了抹額上汗水，走過樹蔭下來吸煙。「他是我的兒子。」說時一面撈了一手，把蒼蠅歹住了，摘下一張桐木葉，蓋到死者臉上去。

「是你的兒子！你說的是當眞？兒子死了你不哭，你這個老古怪！……」他心想着，可不曾說出口來。

但那點神氣卻被老農夫看到了，像自言自語，又像同城裏那一個說話的神氣。

「世界上那有不死的人。天地旱澇我們就得餓死，軍隊下鄉土匪過境我們又得磨死。好容易活下來！一死也就完事了。人死了，我坐下來哭他，讓草在田裏長，好主意！」

他眼看到老農夫的樣子，要再說幾句話也說不出口，老農夫卻又下田趕他的活去了。

他臨走時，在田中的那一個見他已上了路，就說：

「大爺，大爺，你過前面砦子，注意一下，第三家門前有個土坪壩，就是我的家。我姓劉，名叫老劉，見我老婆請就便告她一聲，說多福死了，送飯時送一個人的飯。」

他心想：「你這老古怪不慈愛的老糊塗人！兒子被蛇咬死了，竟像看水鴨子打架，事不干己，滿不在乎，還有心吃中飯，還吝嗇另一個人的中飯！」

到周家大砦時，在一個空坪壩裏，果然看到兩個婦人正在一付磨石旁糜碎豆子。他問兩個婦人，劉家住在什麼地方。兩個婦人同時開口皆說自己便是劉家人，且詢問有什麼事情找劉家人。

「我並無別的事情，只是來傳個話兒。」他說得那麼從容，因爲他記起那個家主在意外不幸中的神氣。接着他大聲說道：「你們家中兒子被蛇咬死了！」

他看看兩個婦人又說下去：「那小夥子被蛇咬後死在大路旁。你們當家的要我捎個信來……」

兩個婦人聽完了這消息時，顏色不變，神氣自如，表示已知道了這件事情，輕輕的答應了一個「哦」字。仍然不離開那磨石，還是把泡在木桶裏的豆子，一瓢一瓢送進石孔裏去，慢慢的轉動那磨石。

那分從容使傳話的十分不平。他說：「這是怎麼的？你們不懂我說的話？不相信我的話？你們去看看，是不是當眞有個人死在那裏！」

年紀老些的婦人說：「怎不明不白？怎不相信？死了的是我兒子，不死的是我丈夫。兩人下田一人被毒蛇咬死了，這自然是件眞事！」

「你不傷心，這件事對於你一定——」

「我傷什麼心？天旱地澇我們就得餓死，軍隊下鄉土匪過境我們又得磨死。好容易活下來！死了不是完了？人死了，我就坐下來哭，對他有何好處，對我有何益處？」

那老年婦人進家裏去給客人倒水喝去了，他就問那個比較年輕的婦人，死者是她什麼人。

「他是我的兄弟，我是他的姐姐。」

「你是他的姐姐？兩個老的，人老心狠可不用提了。同氣連枝的姐弟也不傷心？」

「我爲什麼傷心？我問你……」

「你爲什麼不傷心？我問你。」

「爸爸媽媽生養我們，同那些木簰完全一樣。入山斫木，縛成一個大筏。我們一同浮在流水裏，在習慣上，就被稱爲兄弟了。忽然風來雨來，木筏散了，有些下沉，有些漂去，這是常事！」

一會兒，來了一個年紀二十來歲的鄉下人，女的問那男子說：「秋生秋生，你冬福哥哥被蛇咬死了，就是這個先生說的。」

那小子望了望張六吉，「是眞的假的？」

「眞的！」

「那眞糟，家裏還有多少事應當作，就不小心給一條蛇咬死！」

張六吉以爲這一家人都古怪得不大近人情，只這後生還稍稍有點人性。且看看後生神氣很慘，以爲一定非常傷心了，一點同情在心上滋長了。

「你難受，是不是？」

「他死了我眞難受。」

「怎麼樣？你有點……」

屋後草積下有母雞生蛋，生蛋後帶了驚訝神氣，咯大咯只是叫，飛上了草積。那較年輕的婦人，拖圍裙擦手趕過屋後取熱雞蛋去了。

後生家望望陌生人，似乎看出了一點什麼，取得了陌生人的信托，就悄悄的說：

「他不能這時就死，他得在家裏作事，我才能夠到……我那糊塗哥哥死了，不小心，把我們計畫完全打破了……」他且說明這件事原是兩人早已約好了的。

他說了一件什麼事情？那不用問，反正這件事使張六吉聽到眞吃了一大驚。鄉下人那麼誠實，毫不含忽，他不能不相信那鄉下人說的話。他心想：「這是眞的假的？」同先前在田裏所見一樣，只需再稍稍注意，就明白一切全是眞事了！

…………

臨走時他自言自語說：「這才是我要學的！」到了家鄉後，他第一件事是寫信給他那博學多聞的先生說：

「老騙子，你應當死了，你教我十來年書，還不如我那地方一個大字不識的鄉下人聰明。你是個法律承認的騙子，所知道的全是活人不用知道的，人必需知道的你卻一點不知道！我肯定說你是那麼一個大騙子。」

第二件事是把所有書籍全燒掉了。

他就留在那個野蠻家鄉裏，跟鄉下人學他還不曾學過的一切。不多久，且把所有土地分給了做田人。有一天，劉家那小子來找他，兩人就走了。走到那兒去，別人都不知道。

也許什麼地方忽然多了那麼兩個人，同樣在挨餓，受寒，叫作土匪也成，叫作瘋子也成，被一羣人追着趕着各處都跑到了，還是活着。

也許一到那裏，便倒下死了。反正像老劉說的，死的就儘他死了，活的還是要好好的活。只要能夠活下去，這個人大約總會好好的活下去的。

一九三四年十月作

八駿圖

「先生，您第一次來青島看海嗎？」

「先生，您要到海邊去玩，從草坪走去，穿過那片樹林子，就是海。」

「先生，您想遠遠的看海，瞧，草坪西邊，走過那個樹林子——那是加拿大楊樹，那是銀杏樹，從那個銀杏樹夾道上山，山頭可以看海。」

「先生，他們說，青島海比一切海都不同，比中國各地方海美麗。比北戴河呢，強過一百倍；您不到過北戴河嗎？那裏海水是清的，渾的？」

「先生，今天七月五號，還有五天學校才上課。上了課，您們就忙了，應當先看看海。」

青島住宅區××山上，一座白色小樓房，樓下一個光線充足的房間裏，到地不過五十分鐘的達士先生，正靠近窗前眺望窗外的景致。看房子的聽差，一面爲來客收拾房子，整理被褥，一面就同來客攀談。這種談話很顯然的是這個聽差希望客人對他得到一個好印象的。第一回開口，見達士先生笑笑不理會。順眼一看，瞅着房中那口小皮箱上面貼的那個黃色大輪船商標，覺悟達士先生是出過洋的人物了，因此就換口氣，要來客注意青島的海。達士先生還是笑笑的不說什麼，那聽差於是解嘲似的說，青島的海與其他地方的海如何不同，它很神祕，很不易懂。

分內事情作完後，這聽差搓着兩隻手，站在房門邊說：「先生，您叫我，您就按那個鈴。我名王大福，他們都叫我老王。先生，我的話您懂不懂？」

達士先生直到這個時候方開口說話：「謝謝你，老王。你說話我全聽得懂。」

「先生，我看過一本書，學校朱先生寫的，名叫《投海》，有意思。」這聽差老王那麼很得意的說着，笑迷迷的走了。天知道，這是一本什麼書。

聽差出門後，達士先生便坐在窗前書桌邊，開始給他那個遠在兩千里外的美麗未婚妻寫信。

瑗瑗：我到青島了。來到了這裏，一切眞同家中一樣。請放心，這裏吃的住的全預備好好的！這裏有個照料房子的聽差，樣子還不十分討人厭，很歡喜說話，且歡喜在說話時使用一些新名詞——一些與他生活不大相稱的新名詞。這聽差眞可以說是個「準知識階級」，他剛剛離開我的房間。在房間幫我料理行李時，就爲青島的海說了許多好話。照我的猜想，這個人也許從前是個海濱旅館的茶房。他那派頭很像一個大旅館的茶房。他一定知道許多故事，記着許多故事。(眞是我需要的一隻母牛！)我想當他作一册活字典，在這裏兩個月把他翻個透熟。

我窗口正望着海，那東西，眞有點迷惑人！可是你放心，我不會跳到海裏去的。假若到這裏久一點，認識了它，瞭解了它，我可不敢說了。不過我若一不小心失足掉到海裏去了，我一定還將努力向岸邊泅來，因爲那時我心想起你，我不會讓海把我攫住，卻儘你一個人孤孤單單。

達士先生打量捕捉一點窗外景物到信紙上，寄給遠地那個人看看，停住了筆，抬起頭來時窗外野景便朗然入目。草坪樹林與遠海，襯托得如一幅動人的畫。達士先生於是又繼續寫道：

我房子的小窗口正對着一片草坪，那是經過一種精密的設計，用人工料理得如一塊美麗毯子的草坪，上面點綴了一些不知名的黃色花草，遠遠望去，那些花簡直是綉在上面。我想起家中客廳裏你作的那個小墊子。草坪盡頭有個白楊林，據聽差說那是加拿大種白楊林。林盡頭便是一片大海，顏色彷彿時時刻刻皆在那裏變化；先前看看是條深藍色緞帶，這個時節卻正如一塊銀子。

達士先生還想引用兩句詩，說明這遠海與天地的光色。一抬頭，便見着草坪裏有個黃色點子，恰恰鑲嵌在全草坪最需要一點黃色的地方。那是一個穿着淺黃顏色袍子女人的身影。那女人正預備通過草坪向海邊走去，隨即消失在白楊樹林裏不見了。人儼然走入海裏去了。沒有一句詩能說明陽光下那種一刹而逝的微妙感印。

達士先生於是把寄給未婚妻的第一個信，用下面幾句話作了結束：

學校離我住處不算遠，估計只有一里路，上課時，還得上一個小小山頭，通過一個長長的槐樹夾道。山路上正開着野花，顏色黃澄澄的如金子。我歡喜那種不知名的黃花。

達士先生下火車時上午×點二十分。到地把住處安排好了，寫完信，就過學校教務處去接洽，同教務長商量暑期學校十二個鐘頭講演的分配方法。事很簡便的辦完了，就獨自一人跑到海濱一個小餐館吃了一頓很好的午飯。回到住處時，已是下午×點了。便又起始給那個未婚妻寫信，報告半天中經過的事情。

瑗瑗：我已經過教務處把我那十二個講演時間排定了。所有時間皆在上午十點前。有八個講演，討論的問題，全是我在北京學校教過的那些東西。我不用預備就可以把它講得很好。另外我還擔任四點鐘現代中國文學，兩點鐘討論幾個現代中國小說家所代表的傾向。你想像得出，這些問題我上堂同他們討論時，一定能夠引起他們的興味。今天五號，過五天方能夠開學。

我應當照我們約好的辦法，白天除了上堂上圖書館，或到海邊去散步以外，就來把所見所聞一一告給你。我要努力這樣作。我一定使你每天可以接到我一封信，這信上有個我，與我在此所見社會的種種，小米大的事也不會瞞你。

我現在住處是一座外表很可觀的樓房。這原是學校特別爲幾個遠地聘來的教授布置的。住在這個房子裏一共有八個人，其餘七個人我皆不相熟。這裏住的有物理學家教授甲，生物學家教授乙，道德哲學家教授丙，哲學專家教授丁，以及西洋文學史專家教授戊等等。這些名流我還不曾見面，過幾天我會把他們的神氣一一告訴你。

我預備明天方過校長處去，我明天將到他那兒吃午飯。我猜想得到，這人一見我就會說：「怎麼樣，還可……？應當邀你那個來海邊看看！我要你來這裏不是害相思病，原就只是讓你休息休息，看看海。一個人看海，也許會跌到海裏去給大魚咬掉的！」瑗瑗，你說，我應如何回答這個人。

下車時我在車站外邊站了一會兒，無意中就見到一種貼在閱報牌上面的報紙。那報紙登載着關於我們的消息。說我們兩人快要到青島來結婚。還有許多事是我們自己不知道的，也居然一行一行的上了版，印出給大家看了。那個作編輯的轉述關於我的流行傳說時，居然還附加着一個動人的標題，「歡迎周達士先生」，我眞害怕這種歡迎。我擔心一會兒就會有人來找我。我應當有個什麼方法，同一切麻煩離遠些，方有時間給你寫信。你試想想看，假若我這時正坐在桌邊寫信，一個不速之客居然進了我的屋子裏，猝然發問：「達士先生，你又在寫什麼戀愛小說！你一共寫了多少？是不是每個故事都是眞的？都有意義？」這詢問眞使人受窘！我自然沒有什麼可回答。然而一到第二天，他們仍然會寫出許多我料想不到的事情！他們會說：達士先生親口對記者說的。事實呢，他也許就從不見過我。

達士先生離開××時，與他的未婚妻瑗瑗說定，每天寫一個信回××。但初到青島第一天，他就寫了三個信。第三個信寫成，預備叫聽差老王丢進學校郵筒裏去時，天已經快夜了。

達士先生在住處窗邊享受來到青島地方以後第一個黃昏。一面眺望窗外的草坪——那草坪正被海上夕照烘成一片淺紫色。那種古怪色澤引起他一點回憶。

想起另外某一時，彷彿也有那麼一片紫色在眼底眩耀。那是幾張紫色的信箋，不會記錯。他打開箱子，從衣箱底取出一個厚厚的雜記本子，就窗前餘光向那個書本尋覓一件東西。這上面保留了這個人一部分過去的生命。翻了一陣，果然的，一個「七月五日」標題的記事被他找出來了。

七月五日

一切都近於多餘。因爲我走到任何一處皆將爲回憶所圍困。新的有什麼可以把我從泥淖裏拉出？這世界沒有「新」，連煩惱也是很舊了的東西。

讀完這個，有一點茫然自失。大致身體爲長途折磨疲倦了，需要一會兒休息。

可是達士先生一顆心卻正準備到一個舊的環境裏散散步。他重新去念着那個二年前七月五日寄給南京的×請她代他過××去看看□的一個信稿。那個原信是用暗紫色紙張寫的，那個信發出時，也正是那麼一個悅人眼目的黃昏。

這幾個人的關係是×歡喜他，他卻愛□，□呢，不討厭×。

當□聽人說到×極愛達士先生時，□便說：「這眞是好事情。」然而人類事情常常有其相左的地方，上帝同意的人不同意，人同意的命運又不同意。×終於懷着一點兒悲痛，嫁給一個會計師了。×作了另外一個人的太太後，知道達士先生尙在無望無助中遣送歲月，便來信問達士先生，是不是要她作點什麼事。她很想爲他效點勞。因爲她覺得他雖不愛她，派她作點事，尙可藉此證明他還信任她。來信說得多委婉，多可憐！當時他被她一點點隱伏着的酸辛把心弄軟了，便寫了個信給×，托她去看看□。這個信不單是信任×，同時也就在告給×，莫用過去那點幻想折磨她自己。

×，你信我已見到了，一切我都懂。一切不是人力所能安排的，我們總莫過分去勉強。我希望我們皆多有一分理知，能夠解去愛與憎的纏縛。

聽說你是很柔順貞靜作了一個人的太太，這消息使熟人極快樂……死去了的人，死去了的日子，死去了的事，假若還能折磨人，都不應當留在人心上來受折磨；所以不是一個善忘的人企想「幸福」，最先應當學習的就是善忘。我近來正在一種逃遁中生活，希望從一切記憶圍困中逃遁。與其儘回憶把自己弄得十分軟弱，還不如保留一個未來的希望較好。

謝謝你在來信上提到那些故事，恰恰正是我討厭一切寫下的故事的時節。一個人應當去生活，不應當儘去想像生活！若故事眞如你稱讚的那麼好，也不過只證明這個拿筆的人，很願意去一切生活裏生活，因爲無用無能，方轉而來虐待那一隻手罷了。

你可以寫小說，因爲很明顯的事，你是個能夠把文章寫得比許多人還好的女子。若沒有這點自信力，就應當聽一個朋友忠厚老實的意見。家庭生活一切過得極有條理，拿筆本不是必需的行爲。爲你自己設想可不必拿筆，爲了讀者，你不能不拿筆了。中國還需要這種人，忘了自己的得失成敗，來做一點事情。我聽人說到你預備去當傷兵看護，實際上你的長處可以當許多男子受傷靈魂的看護，後者職務實在比你去侍候傷兵還精細在行。你不覺得你寫點文章比掉換綳帶方便些？你需要一點自覺，一點自信。

我不久或過××來，我想看看那「我極愛她她可毫不理我」的□。三年來我一切完了。我看看她，若一切還依然那麼沉悶，預備回鄉下去過日子，再不想麻煩人了。我應當保持一種沉默，到鄉下生活十年，把最重要的一段日子費去。×，你若是個既不缺少那點好心也不缺少那種空閑的人，我請你去爲我看看她，我等候你一個信。你隨便給我一點見她以後的報告，對於我都應當說是今年來最難得的消息。

再過兩年我會不會那麼活着？

一切人事皆在時間下不斷的發生變化。第一，這個×去年病死了。第二，這個□如今已成達士先生的未婚妻。第三，達士先生現在已不大看得懂那點日記與那個舊信上面所有的情緒。

他心想：人這種東西夠古怪了，誰能相信過去，誰能知道未來？舊的，我們忘掉它。一定的，有人把一切舊的皆已忘掉了，卻剩下某時某地一個人微笑的影子還不能夠忘去。新的，我們以爲是對的，我們想保有它，但誰能在這個人間保有什麼？

在時間對照下，達士先生有點茫然自失的樣子。先是在窗邊癡着，到後來笑了。目前各事彷彿已安排對了。一個人應知足，應安分。天慢慢的黑下來，一切那麼靜。

瑗瑗：

暑期學校按期開了學。在校長歡迎宴席上，他似莊似諧把遠道來此講學的稱爲「千里馬」；一則是人人皆赫赫大名，二則是不怕路遠。假若我們全是千里馬，我們現在住處，便應當稱爲「馬房」了！

我意思同校長稍稍不同。我以爲幾個人所住的房子，應當稱爲「天然療養院」，方能名實相副。你信不信？這裏的人從醫學觀點看來，皆好像有一點病。（在這裏我眞有個醫生資格！）我不說過我應當極力逃避那些麻煩我的人嗎？可是，結果相反，三天以來同住的七個人，有六個人已同我很熟習了。我有時與他們中一個兩個出去散步，有時他們又到我屋子裏來談天，在短短時期中我們便發生了很好的友誼。教授丁，丙，乙，戊，尤其同我要好。便因爲這種友誼，我診斷他們是個病人。我說的一點不錯，這不是笑話。這些教授中至少有兩個人還有點兒瘋狂，便是教授乙同教授丙。

我很覺得高興，到這裏認識了這些人，從這些專家方面，學了許多應學的東西。這些專家年齡有的已經五十四歲，有的還只三十左右。正彷彿他們一生所有的只是專門知識，這些知識有的同「歷史」或「公式」不能分開，因此爲人顯得很莊嚴，很老成。但這就同人性有點衝突，有點不大自然。一個不到三十歲的小說作家，年齡同事業，從這些專家看來，大約應當屬於「浪漫派」。正因爲他們是「古典派」，所以對我這個「浪漫派」發生了興味，發生了友誼。我相信我同他們的談話，一面在檢察他們的健康，一面也就解除了他們的「意結」。這些專家有的兒女已到大學三年級，早在學校裏給同學寫情書談戀愛了，然而本人的心，眞還是天眞爛漫。這些人雖富於學識，卻不曾享受過什麼人生。便是一種心靈上的欲望，也被抑制着，堵塞着。我從這兒得到一點珍貴知識，原來十多年大家叫喊着「戀愛自由」這個名詞，這些過渡人物所受的刺激，以及在這種刺激之下，藏了多少悲劇，這悲劇又如何普遍存在。

瑗瑗，你以爲我說的太過分了是不是。我將把這些可尊敬的朋友神氣，一個一個慢慢的寫出來給你看。

達士

教授甲把達士先生請到他房裏去喝茶談天，房中布置在達士先生腦中留下那麼一些印象：房中小桌上放了張全家福的照片，六個胖孩子圍繞了夫婦兩人。太太似乎很肥胖。白麻布蚊帳裏，有個白布枕頭，上面繡着一點藍花。枕旁放了一個舊式扣花抱兜。一部

《疑雨集》，一部《五百家香豔詩》。大白麻布蚊帳裏掛一幅半裸體的香煙廣告美女畫。

窗台上放了個紅色保腎丸小瓶子，一個魚肝油瓶子，一帖頭痛膏。

教授乙同達士先生到海邊去散步。一隊穿着新式浴衣的青年女子迎面而來，切身走過。教授乙回身看了一下幾個女子的後身，便開口說：

「眞稀奇，這些女子，好像天生就什麼事都不必做，就只那麼玩下去，你說是不是？」

「……」

「上海女子全像不怕冷。」

「……」

「寶隆醫院的看護，十六元一月，新新公司的賣貨員，四十塊錢一月。假若她們並不存心抱獨身主義，在貨檯邊相攸的機會，你覺不覺得比病房中機會要多一些？」

「……」

「我不瞭解劉半農的意思，女子文理學院的學生全笑他。」

走到沙灘盡頭時，兩人便越馬路到了跑馬場。場中正有人調馬。達士先生想同教授乙穿過跑馬場，由公園到山上去。教授乙發表他的意見，認爲那條路太遠，海灘邊潮水盡退，倒不如濕砂上走走有意思些。於是兩人仍回到海灘邊。

達士先生說：

「你怎不同夫人一塊來？家裏在河南，在北京？」

「……」

「小孩子讀書實在也麻煩，三個都在南開嗎？」

「……」

「家鄉無土匪倒好。從不回家，其實把太太接出來也不怎麼費事；怎麼不接出來？」

「……」

「那也很好，一個人過獨身生活，實在可以說是洒脫，方便。但是，有時候不寂寞嗎？」

「……」

「你覺得上海比北京好？奇怪。一個二十來歲的人，若想胡鬧，應當稱讚上海。若想念書，除了北京往那裏走。你覺得上海可以——？」

那一隊青年女子，恰好又從浴場南端走回來。其中一個穿着件紅色浴衣，身材豐滿高長，風度異常動人。赤着兩隻腳，經過處，濕砂上便留下一列美麗的腳印。教授乙低下頭去，從女人一個腳印上拾起一枚閃放貝珠光澤的小小蚌螺殼，用手指輕輕的很情慾的拂拭着殼上粘附的砂子。

「達士先生，你瞧，海邊這個東西真美麗。」

達士先生不說什麼，只是微笑着，把頭掉向海天一方，眺望着天際白帆與煙霧。

道德哲學教授丙，從住處附近山中散步回到宿舍，差役老王在門前交給他一個紅喜帖，「先生，有酒喝！」教授丙看看喜帖是上海×先生寄來的，過達士先生房中談閒天時，就說起×先生。

「達士先生，您寫小說我有個故事給您寫。民國十二年，我在杭州××大學教書，與×先生同事。這個人您一定聞名已久。這是個從五四運動以來有戲劇性過了好一陣熱鬧日子的人物！這×先生當時住在西湖邊上，租了兩間小房子，與一個姓□的愛人同住。各自佔據一個房間，各自有一鋪床。兩人日裏共同吃飯，共同散步，共同作事讀書，只是晚上不共同睡覺。據說這個叫作「精神戀愛」。×先生爲了闡發這種精神戀愛的好處，同時還著了一本書，解釋它，提倡它。性行爲在社會引起糾紛既然特別多，性道德又是許多學者極熱烈高興討論的問題。當時倘若有隻公鷄，在母鷄身邊，還能作出一種無動於中的閹鷄樣子，也會爲青年學者注意。至於一個公人，能夠如此，自然更引人注意，成爲了不起的一件大事了。社會本是那麼一個凡事皆浮在表面上的社會，因此×先生在他那分生活上，便自然有一種偉大的感覺，日子過得彷彿很充實。分析一下，也不過是佛教不淨觀，與儒家貞操說兩種鬼在那裏作祟罷了。

「有朋友問×先生，你們過日子怪清閒，家裏若有個小孩，不熱鬧些嗎？×先生把那朋友看得很不在眼似的說，嗨，先生，你眞不瞭解我。我們戀愛那裏像一般人那種獸性；你眞是——有眼不識泰山。你不看過我那本書嗎？他隨即送了那朋友一本書。

「到後丈母娘從四川省遠遠的跑來了，兩夫婦不得不讓出一間屋子給丈母娘住。兩人把兩鋪床移到一個房中去，並排放下。另一朋友知道了這件事，就問他，×先生如今主張會變了吧？×先生聽到這種話，非常生氣的說，哼，你把我當成畜生！從此不再同那個朋友來往。

「過了一年，那丈母娘感覺生活太清閒，那麼過日子下去實在有點寂寞，希望作外祖母了。同兩夫婦一面吃飯，一面便用說笑話口氣發表意見，以爲家中有個小孩子，麻煩些同時也一定可以熱鬧些。兩夫婦不待老母親把話說完，同聲齊嚷起來：娘，你眞是無辦法。怎不看看我們那本書？兩夫婦皆把丈母娘當成老頑固，看來很可憐。以爲不受過高等教育的人，除了想兒女爲她養孩子含飴弄孫以外，眞再也沒有什麼高尙理想可言！

「再過一陣，女的害了病；害了一種因貧血而起的某種病。×先生陪她到醫生處去診病。醫生原認識兩人，在病狀報告單上稱女的爲×太太，兩夫婦皆不高興，勒令醫生另換一紙片，改爲□小姐。醫生一看病人，已知道了病因所在，是在一對理想主義者，爲了那點違反人性的理想把身體弄糟了。要它好，簡便得很，發展獸性自然會好！醫生有作醫生的義務，就老老實實把意見告給×先生。×先生聽完，一句話不說，拉了女的就走。女的還不明白是怎麼回事。×先生說，這傢伙簡直是一個流氓，一個瘋子，那裏配作醫生。後來且同別人說，這醫生太不正經，一定靠賣春藥替人墮胎討生活。我要上衙門去告他。公家應當用法律取締這種壞蛋，不許他公然在社會上存在，方是道理。

「於是女人改醫生服中藥，貝母當歸煎劑吃了無數，延纏半年，終於死去了。×先生在女的墳頭立了一個紀念碑，石上刻字：我們的戀愛，是神聖純潔的戀愛！當時的社會是不大吝惜同情的，自然承認了這件事。凡朋友們不同意這件事的，×先生就覺得這朋友很卑鄙齷齪，不瞭解人間戀愛可以作到如何神聖純潔與美麗，永遠不再同那個朋友往來。

「今天我卻接到這個喜帖，才知道原來×先生八月裏在上海又要同上海交際花結婚了，有意思。潮流不同了，現在一定不再那個了。」

達士先生聽完了這個故事，微笑着問教授丙：

「丙先生，我問您，您的戀愛觀怎麼樣？」

教授丙把那個紅喜帖摺疊成一個老猪頭。

「我沒有戀愛觀，我是個老人了，這些事應當是兒女們的玩意兒了。」

達士先生房中牆壁上掛了個希臘愛神照像片，教授丙負手看了又看，好像想從那大理石胴體上凹下處凸出處尋覓些什麼，發現些什麼。到把目光離開相片時，忽然發問：

「達士先生，您班上有個×××，是不是？」

「眞有這樣一個人。您怎麼認識她？這個女孩子眞是班上頂美……」

「她是我的內姪女。」

「哦，您們是親戚！」

「這孩子還聰敏，書讀得不壞，」說着，教授丙把視線再度移到牆頭那個照片上去，心不在乎的問道：「達士先生，這照片是從希臘人的雕刻照下的嗎？」這種詢問似乎不必回答，達士先生很明白。

達士先生心想：「丙先生倒有眼睛，認識美。」不由得不來一個會心微笑。

兩人於是同時皆有一個苗條圓熟的女孩子影子，在印象中晃着。

教授丁邀約達士先生到海邊去坐船。乳白色的小游艇，支持了白色三角形小帆，順着微風，向作寶石藍顏色鏡平放光的海面滑去。天氣明朗而溫柔。海浪輕輕的拍着船頭和船舷，船身略側，向前滑去時輕盈得如同一隻掠水的小燕兒。海天盡頭有一點淡紫色煙子。天空正有白鳥三五，從容向遠海飛去。這點光景恰恰像達士先生另外一個記載裏的情形。便是那隻船，也如當前的這隻船。有一點兒稍稍不同，就是坐在達士先生對面的一個人，不是醫生，卻換了一個哲學教授丁。

兩人把船繞着小青島去。討論着當年若墨醫生與達士先生尚未討論結果的那個問題——女人，一個永遠不能結束定論的議題！

教授丁說：

「大概每個人皆應當有一種轄治，方能像一個人。不管受神的，受鬼的，受法律的，受醫生的，受金錢的，受名譽的，受牙痛的，受腳氣的；必需有一點從外而來或由內而發的限制，人才能夠像一個人。一個不受任何拘束的人，表面看來極其自由，其實他做什麼也不成功。因爲他不是個人。他無拘束，同時也就不會有多少氣力。

「我現在若一點兒不受拘束，一切欲望皆苦不了我，一切人事我不管，這決不是個好現象。我有時想着就害怕。我明白，我自己居然能夠活下去，還得感謝社會給我那一點拘束。若果沒有它，我就自殺了。

「若墨醫生同我在這隻小船上的座位雖相差不多，我們又同樣還不結婚。可是，他討厭女人，他說：一個女人在你身邊時折磨你的身體，離開你身邊時又折磨你的靈魂。女子是一個詩人想像的上帝，是一個浪子官能的上帝。他口上儘管討厭女人，不久卻把一個雙料上帝弄到家中作了太太，在裙子下討生活了。我一切恰恰同他相反。我對女人，許多女人皆發生興味。那些肥的，瘦的，有點兒裝模作樣或是勢利淺浮的，似乎只因爲她們是女子，有女子的好處，也有女子的弱點，我就永遠不討厭她們。我不能說出若墨醫生那種警句，卻比他更瞭解女子。許多討厭女子的人，皆在很隨便情形下同一個女子結了婚。我呢，我歡喜許多女人，對女人永遠傾心，我卻再也不會同一個女人結婚。

「照我的哲學崇虛論來說，我早就應當自殺了。然而到今天還不自殺，就虧得這個世界上尚有一些女人。這些女人我皆很情慾的愛着她們。我在那種想像荒唐中瘋人似的愛着她們。其中有一個我尤其傾心，但我卻極力制止我自己的行爲。始終不讓她知道我愛她。我若讓她知道了，她也許就會嫁給我。我不預備這一着。我逃避這一着。我只想等到她有了四十歲，把那點女人極重要的光彩大部分已失去時，我再去告她，她失去了的，在我心上還好好的存在。我爲的是愛她，爲的是很情慾的愛她，總覺得單是得到了她還不成，我便儘她去嫁給一個明明白白一切皆不如我的人，使她同那男子在一處消磨盡這個美麗生命。到了她本身已衰老時，我的愛一定還新鮮而活潑。

「您覺得怎麼樣，達士先生？」

達士先生有他的意見：

「您的打算還仍然同若墨醫生差不多。您並不是在那裏創造哲學，不過是在那裏被哲學創造罷了。您同許多人一樣，放遠期賬，表示遠見與大膽，且以爲將來必可對本翻利。但是您的賬放得太遠了，我爲您擔心。這種投資我並無反對理由，因爲各人有各人耗費生命的權利和自由，這正同我打量投海，覺得投海是一種幸福時，您不便干涉一樣。不過我若是個女人，對於您的計畫，可並無多少興味。您有哲學，卻缺少常識。您以爲您到了那個年齡，腦子尚能有如今這樣充滿幻想，且以爲女子到了四十歲，也還會如十八歲時那麼多情善感。這眞是糊塗。我敢說您必輸到這上面。您若有興味去看一本關於××的書籍，您會覺得您那哲學必需加以小小修改了。您愛她，得給她。這是自然的道理。您愛她，使她歸您，這還不夠，因爲時間威脅到您的愛，便想違反人類生命的秩序，而且說這一切皆爲女人着想。我看看，這同束身纏腳一樣，不大自然，有點殘忍。」

「你以爲這個事太不近情，是不是？我們每一個人皆可聽憑自己意志建築一座禮拜堂，供奉自己所信仰的那個上帝。我所造的神龕，我認爲是世界上最美麗的神龕。這事由你看來，這麼辦耗費也許大一點。可是戀愛原本就是一種奢侈的行爲。這世界正因爲吝嗇的人太多了，所以凡事皆做不好。我覺得吝嗇原隣於愚蠢。一個人想把自己人格放光，照耀藍空，眩人眼目如金星，愚蠢人決做不出。」

「您想這麼作是中了戲劇的毒。您能這麼作可以說是很有演劇的天才。我承認您的聰明。」

「你說對了。我是在演劇。很大膽的把角色安排下來，我期待的就正是在全劇進行中很出眾，然而近人情，到重要時忽然一轉，尤其驚人。」

達士先生說：

「說得對。一個人若眞想把全生活放在熱鬧緊張場面上發展，放在一種變態的不自然的方法中去發展，從一個藝術家眼裏看來，沒有反對的道理。一切藝術原皆不容許平凡。不過仍然用演戲取譬，你想不想到時間太久了一點，您那個女角，能不能支持得下去？世界上儘有許多女人在某一小時具有爲詩人與浪子拜倒那個上帝的完美，但決不能持久。您承認她們到某一時會把生命光彩失去，卻不想想一個表面失去了光彩的女人，還剩下一些什麼東西。」

「那你意思怎麼樣？」

「愛她，得到她。愛她，一切給她。」

「愛她，如何能長久得到她？一切給她，什麼是我？若沒有我，怎麼愛她？」

達士先生知道教授戊是個結了婚後一年又離婚的人，想明白他對於這件事的意見同感想。下面是教授戊的答案：

女人，多古怪的一種生物！你若說「我的神，我的王后，你瞧，我如何崇拜你！讓莎士比亞的胸襟爲一個女人而碎罷，同我來接一個吻！」好辭令。可是那地方若不是戲臺，卻只是一個客廳呢？你將聽到一種不大自然的聲音（她們照例演戲時還比較自然），她們回答你說：「不成，我並不愛你。」好，這事也就那麼完結了。許多男子就那麼離開了他的愛人，男的當然便算作失戀。過後這男子事業若不大如意，名譽若不大好，這些女人將那麼想：「我幸好不曾上當。」但是，另外某種男子，也不想作莎士比亞，說不出那麼雅致動人的話語。他要的只是機會。機會許可他傍近那個女子身邊時，他什麼空話都不必說，就默默的吻了女人一下。這女子在驚慌失措中，也許一伸手就打了他一個耳光。然而男子不作聲，卻索性抱了女子，在那小小嘴唇上吻個一分鐘。他始終沒有說話，不爲行爲加以解釋。他知道這時節本人不在議會，也不在課室。他只在作一件事！結果，沉默了。女人想：「他已吻過我了。」同時她還知道了接吻對於她毫無什麼損失。到後，她成了他的妻子。這男人同她過日子過得好，她十年內就爲他養了一大羣孩子，自己變成一個中年肼婦人；男子不好，她會解說：這是命。

是的，女人也有女人的好處。我明白她們那些好處。上帝創造她們時並不十分馬虎，既給她們一個精致柔軟的身體，又給她們一種知足知趣的性情，而且更有意思就是同時還給她們創造一大羣自作多情又癡又笨的男子，因此有戀愛小說，有詩歌，有失戀自殺，有——結果便是女人在社會上居然佔據一種特殊地位，彷彿凡事皆少不了女人。

我以爲這種安排有一點錯誤。從我本身起始，想把女人的影響，女人的牽制，尤其是同過家庭生活那種無趣味的牽制，在擺得開時乘早擺開。我就這樣離了婚。

達士先生向草坪望着：「老王，草坪中那黃花叫什麼名？」

老王不曾聽到這句話，不作聲。低頭作事。

達士先生又說：「老王，那個從草坪裏走來看庚先生的女人是什麼人？」

聽差老王一面收拾書桌一面也舉目從窗口望去：「××女子中學教書先生。長得很好，是不是？」說着，又把手向樓上指指，輕聲的說：「快了，快了。」那意思似乎在說兩人快要訂婚，快要結婚。

達士先生微笑着：「快什麼了？」

達士先生書桌上有本老舍作的小說，老王隨手翻了那麼一下：「先生，這是老舍作的，你借我這本書看看好不好？怎麼這本書名叫《離婚》？」

達士先生好像很生氣的說：

「怎麼不叫《離婚》？我問你，老王。」

樓上電鈴忽響，大約住樓上的教授庚，也在窗口望見了經草坪裏通過向寄宿舍走來的女人了，呼喚聽差預備一點茶。

一個從××寄過青島的信——

達士先生：

你給我爲歷史學者教授辛畫的那個小影，我已見到了。你一定把它放大了點。你說到他向你說的話，眞不大像他平時爲人。可是我相信你畫他時一定很忠實。你那枝筆可以擔保你的觀察正確。這個速寫同你給其他先生們的速寫一樣，各自有一種風格，有一種躍然紙上的動人風格，我讀它時非常高興。不過我希望你……因爲你應當記得着，你把那些速寫寄給什麼人。教授辛簡直是個瘋子。

你不說宿舍裏一共有八個人嗎？怎麼始終不告給我第七個是誰。你難道半個月以來還不同他相熟？照我想來這一定也有點原因。好好的告給我。

天保佑你。

瑗瑗

達士先生每當關着房門，記錄這些專家的風度與性格到一個本子上去時，便發生一種感想：「沒有我這個醫生，這些人會不會發瘋？」其實這些人永遠不會發瘋，那是很明白的。並且發不發瘋也並非他注意的事情，他還有許多必需注意的事。

他同情他們，可憐他們。因爲他自以爲是個身心健康的人。他預備好好的來把這些人物安排在一個劇本裏，這自以爲醫治人類靈魂的醫生，還將爲他們指示出一條道路，就是凡不能安身立命的中年人，應勇敢走去的那條路。他把這件事，描寫得極有趣味的寄給那個未婚妻去看。

但這個醫生既感覺在爲人類盡一種神聖的義務，發現了七個同事中有六個心靈皆不健全，便自然引起了注意另外那一個健康人的興味。事情說來希奇，另外那個人竟似乎與他「無緣」。那人的住處，恰好正在達士先生所住房間的樓上，從××大學歡迎宴會的機會中，那人因同達士先生座位相近，×校長短短的介紹，他知道那是經濟學者教授庚，除此以外，就不能再找機會使兩人成爲朋友了。兩人不能相熟自然有個原因。

達士先生早已發現了，原來這個人精神方面極健康，七個人中祇有他當眞不害什麼病。這件事得從另外一個人來證明，就是有一個美麗女子常常來到寄宿舍，拜訪經濟學者庚。

有時兩人在房子裏盤桓，有時兩人就在窗外那個銀杏樹夾道上散步。那來客看樣子約有二十五六歲，同時看來也可以說只有二十來歲。身材面貌皆在中人以上。最使人不容易忘記，就是一雙詩人常說「能說話能聽話」的那種眼睛。也便是這一雙眼睛，因此使人估計她的年齡，容易發生錯誤。

這女人既常常來到宿舍，且到來以後，從不聞一點聲息，彷彿兩人只是默默的對坐着。看情形，兩個人感情很好。達士先生既注意到這兩個人，又無從與他們相熟，因此在某一時節，便稍稍濫用一個作家的特權，於一瞥之間從女人所得的印象裏，想像到這個女子的出身與性格，以及目前同教授庚的關係。

這女子或畢業於北平故都的國立大學，所學的是歷史，對詩詞具有興味，因此詞章知識不下於歷史知識。

這女子在家庭中或爲長女。家中一定是個紳士門閥，家庭教育良好，中學教育也極好。從×大學歷史系畢業後，就來到××女子中學教書，每星期約教十八點鐘課，收入約一百元左右。在學校中很受同事與學生敬愛，初來時，且間或還會有一個冒險的，不大知趣的，山東籍國文教員，給她一種不甚得體的慇懃。然而那一種端靜自重的外表，卻制止了這男子野心的擴張。還有個更重要的原因，便是北京方面每天皆有一個信給她，這件事從學校同事看來，便是「有了主子」的證明，或是一個情人，或是一個好友，便因爲這通信，把許多人的幻想消滅了。這種信從上禮拜起始不再寄來，原來那個寫信人教授庚已到了青島，不必再寫什麼信了。

這女人從不放聲大笑，不高聲說話，有時與教授庚一同出門，也靜靜的走去，除了腳步聲音便毫無聲響。教授庚與女人的沉默，證明兩人正愛着，而且貼骨貼肉如火如荼的愛着。惟有在這種證候中，兩個人才能夠如此沉靜。

女人的特點是一雙眼睛，它彷彿總時時刻刻警告人，提醒人。你看她，它似乎就在說：「您小心一點，不要那麼看我。」一個熟人在她面前說了點放肆話，有了點不莊重行動，它也不過那麼看看。這種眼光能制止你行爲的過分，同時又儼然在獎勵你手足的撒野。它可以使俏皮角色誠實穩重，不敢胡來亂爲，也能使老實人發生幻想，貪圖進取。它彷彿永遠有一種羞怯之光；這個光既代表貞潔，同時也就充滿了情欲。

由於好奇，或由於與好奇差不多的原因，達士先生願意有那麼一個機會，多知道一點點這兩人的關係。因爲照他的觀察來說，這兩人關係一定不大平常，其中有問題，有故事。再則女的那一分沉靜實在吸引着他，使他覺得非多知道她一點不可。而且彷彿那女人的眼光，在達士先生腦子裏，已經起了那麼一種感覺：「先生，我知道你是誰。我不討厭你。到我身邊來，認識我，崇拜我，你不是個糊塗人，你明白，這個情形是命定的，非人力所能抗拒的。」這是一種挑戰，一種沉默的挑戰。然而達士先生卻無所謂。他不過有點兒好奇罷了。

那時節，正是國內許多刊物把達士先生戀愛故事加以種種渲染，引起許多人發生興味的時節。這個女人必知道達士先生是個什麼人，知道達士先生行將同誰結婚，還知道許多達士先生也不知道的事，就是那種失去眞實性的某一種鋪排的極其動人的謠言。

達士先生來到青島的一切見聞，皆告訴給那個未婚妻，上面事情同一點感想，卻保留在一個日記本子上。

達士先生有時獨自在大草坪散步，或從銀杏夾道上山去看海，有三四次皆與那個經濟學者一對碰頭。這種不期而遇也可以說是什麼人有意安排的。相互之間雖只隨隨便便那麼點一點頭各自走開，然而在無形中卻增加了一種好印象。當達士先生從那個女人眼睛裏再看出一點點東西時，他逃避了那一雙稍稍有點危險的眼睛，散步時走得更遠了一點。

他心想：「這眞有點好笑。若在一年前，一定的，目前的事會使我害一種很厲害的病。可是現在不礙事了。生活有了免疫性，那種令人見寒作熱的病皆不至於上身了。」他覺得他的逃避，卻只是在那裏想方設法使別人不至於害那種病。因爲那個女人原不宜於害病，那個教授庚，能夠不害那一種病，自然更好。

可是每種人事原來皆儼然被一隻看不見的手所安排。一切事皆在湊巧中發生，一切事皆在意外情形下變動。××學校的暑期學校演講行將結束時，某一天，達士先生忽然得到一個不具名的簡短信件，上面只寫着這樣兩句話：

學校快結束了，捨得離開海嗎？（一個人）一個什麼人？眞有點離奇可笑。

這個怪信送到達士先生手邊時，憑經驗，可以看出寫這個信的人是誰。這是一顆發抖的心同一隻發抖的手，一面很羞怯，又一面在狡滑的微笑，把信寫好親自付郵的。不管這個人是誰，不管這信寫得如何簡單，不管寫這個信的人如何措辭，達士先生皆明白那種來信表示的意義。達士先生照例不聲不響，把那種來信擱在一個大封套裏。一切如常，不覺得幸福也不覺得驕傲。間或也不免感到一點輕微惆悵。且因爲自己那分冷靜，到了明知是誰以後，表面上還不注意，彷彿多少總辜負了面前那年青女孩子一分熱情，一分友誼。可是這仍然不能給他如何影響。假若沉靜是他分內的行爲，他始終還保持那分沉靜。達士先生的態度，應當由人類那個習慣負一點責。應當由那個拘束人類行爲，不許向高尙純潔發展，制止人類幻想，不許超越實際世界，一個有勢力的名辭負點責。達士先生是個訂過婚的人。在「道德」名分下，把愛情的門鎖閉，把另外女子的一切友誼拒絕了。

得到那個短信時，達士先生看了看，以爲這一定又是一個什麼自作多情的女孩子寫來的。手中拈着這個信，一面想起宿舍中六個可憐的同事，心中不由得不侵入一點憂鬱。「要它的，它不來；不要的，它偏來。」這便是人生？他於是輕輕的自言自語說：「不走，又怎麼樣？一個眞正古典派，難道還會成一個病人？便不走，也不至於害病！」很的確，就因事留下來，縱不走，他也不至於害病的。他有經驗，有把握，是個不怕什麼魔鬼誘惑的人。另外一時他就站過地獄邊沿，也不眩目，不發暈。當時那個女子，卻是個使人值得向地獄深穽躍下的女子。他有時自然也把這種近於挑戰的來信，當成青年女孩子一種大膽妄爲的感情的遊戲，爲了訓練這些大膽妄爲的女孩子，他以爲不作理會是一種極好的處置。

璦璦：

我今天晚車回××。達。

達士先生把一個簡短電報親自送到電報局拍發後，看看時間還只五點鐘。行期既已定妥，在青島勾留算是最後一天了。記起教授乙那個神氣，記起海邊那種蚌殼。當達士先生把教授乙在海邊拾蚌殼的一件事情告給璦璦時，回信就說：不要忘記，回來時也爲我帶一點點蚌殼來，我想看看那個東西！

達士先生出了電報局，因此便向海邊走去。

到了海水浴場，潮水方退，除了幾個騎馬會的外國人騎着黑馬在岸邊奔跑外，就只有兩個看守浴場工人在那裏收拾游船，打掃砂地。達士先生沿着海灘走去，低着頭尋覓這種在白砂中閃放珍珠光的美麗蚌殼。想起教授乙拾蚌殼那副神氣，覺得好笑。快要走到東端時，忽然發現濕砂上有誰用手杖斜斜的劃着兩行字迹，走過去看看，只見砂上那麼寫着：

這個世界也有人不瞭解海，不知愛海。也有人瞭解海，不敢愛海。

達士先生想想那個意思，笑了。他是個辨別筆迹的專家，認識那個字迹，懂得那個意義。看看潮水的印痕，便知道留下這種玩意兒的人，還剛剛離此不久。這倒有點古怪。難道這人就知道達士先生今天一早上會來海邊，恰好先來這裏留下這兩行字迹？還是這人每天皆來到海邊，寫那麼兩行字，期望有一天會給達士先生見到？不管如何，這方式顯然的是在大膽妄爲以外還很機伶狡獪的，達士先生皺眉頭看了一會，就走開了。一面仍然低頭走去，一面便保護自己似的想道：「鬼聰明，你還是要失敗的。你太年輕了，不知道一個人害過了某種病，就永遠不至於再傳染了！你眞聰明，你這點聰明將來會使你在另外一件事情上成就一件大事業，但在如今這件事情上，應當承認自己賭輸了！這事不是你的錯誤，是命運。你遲了一年……」然而不知不覺，卻面着大海一方，輕輕的舒了一口氣。

不瞭解海，不愛海，是的。瞭解海，不敢愛海，是不是？

他一面走一面口中便輕輕數着：「是——不是？不是——是？」

忽然間，砂地上一件新東西使他楞住了。那是一對眼睛，在濕砂上畫好的一對美麗眼睛。旁邊還那麼寫着：「瞧我，你認識我！」是的，那是誰，達士先生認識得很淸楚的。

一個爬砂工人用一把平頭鏟沿着海岸走來，走過達士先生身邊時，達士先生趕着問：「慢點走，我問你，你知不知道這是誰畫的？」說完他把手指着那些騎馬的人。那工人卻糾正他的錯誤，手指着山邊一堵淺黃色建築物：「哪，女先生畫的！」

「你親眼看見是個女先生畫的？」

工人看看達士先生，不大高興似的說：「我怎不眼見？」

那工人說完，揚揚長長的走了。

達士先生在那砂地上一對眼睛前站立了一分鐘，仍然把眉頭略微皺了那麼一下，沉默的沿海走去了。海面有微風皺着細浪。達士先生彎腰拾起了一把海砂向海中拋去。「狡猾東西，去了吧。」

十點二十分鐘達士先生回到了宿舍。

聽差老王從學校把車票取來，告給達士先生，晚上十一點二十五分開車，十點半上車不遲。

到了晚上十點鐘，那聽差來問達士先生，是不是要他把行李先送上車站去。就便還給達士先生借的那本《離婚》小說。達士先生會心微笑的拿起那本書來翻閱，卻給聽差一個電報稿，要他到電報局去拍發。那電報說：

瑗瑗：我害了點小病，今天不能回來了。我想在海邊多住三天；病會好的。達士。

一件眞實事情，這個自命爲醫治人類魂靈的醫生，的確已害了一點兒很蹊蹺的病。這病離開海，不易痊癒的，應當用海來治療。

一九三五年夏作

虹橋

一九四一年十月十七，雲南省西部，由舊大理府向××縣入藏的驛路上，運磚茶，鹽巴，砂糖的馱馬幫中，有四個大學生模樣的年青人，各自騎着一匹牲口，帶了點簡單行李，一些書籍，畫具，和滿腦子深入邊地創造事業的熱情夢想，以及那點成功的自信，依附隊伍同行，預備到接近藏邊區域去工作。就中有三個從國立美術學校出身，已畢業了三年。剛入學校作一年級新生時，戰事忽然爆發，學校所在地的北平首先陷落，於是如同其他向後方流注轉徙的萬千青年一樣，帶着戰爭的種種痛苦經驗，以及由於國家組織上弱點所得來的一切敗北混亂印象，隨同學校退了又退，從國境北端一直退到南部最後一省，纔算穩定下來。學校剛好穩定，接着又是太平洋各殖民地的爭奪，戰爭擴大到印緬越南。敵人既一時無從再進，因之從空間來擾亂，轟炸接續轟炸，幾個年青人即在一面跑警報一面作野外寫生情形中畢了業。戰爭還在繼續進行中，事事需人工作，本來早已定下主意，一出學校就加入軍隊，爲國家做點事。誰知軍隊已過宣傳時期，戰爭不必再要圖畫文字裝點，一切都只像是在接受事實，適應事實，事實說來也就是社會受物價影響，無事不見出腐化墮落的加深和擴大。因此幾個人進入了一個部隊不到三個月，不能不失望退出，別尋生計。但是後方幾個都市，全都在疲勞轟炸中受試驗，做不出什麼事業可想而知。既已來到國境南端不遠，不如索性冒險向更僻區域走走。一面預備從自然多學習一些，一面也帶着點兒奢望，以爲在那個地方，除作畫以外終能爲國家做點事。幾個年青人於是在一個地圖上畫下幾道記號，用大理作第一站，用××作第二站，決定一齊向藏邊跑去。三年前就隨同一個馬幫上了路，可是原來的理想雖同，各人興趣卻不一致，正因爲這個差別，三個人三年來的發展，也就不大相同，各自在這片新地上，適應環境克服困難，走了一條不同的路，有了點不同的成就。就中那個紫膛臉，扁闊下頜，肩膊寬厚、身體結實得如一頭黑熊，說話時帶點江北口音，騎匹大白騾子的，名叫夏蒙，算是一行四人的領隊。本來在美術學校習圖案畫，深入邊疆工作二年，翻越過三次大雪山，經過數回職業的變化，廣泛的接觸邊地社會人事後，卻成了個西南通。現在是本地武裝部隊的政治顧問，並且是新近成立的邊區師範學校負責人之一。另外一個黑而瘦小，精力異常充沛，說話時有中州重音，騎在一匹蹦來跳去的小黑叫騾背上的，名叫李粲。二年前來到大雪山下，本預備好好的作幾年風景畫。到後不久即明白普通繪畫用的油蠟水彩顏料，帶到這裏實毫無用處。自然景物太壯偉，色彩變化太複雜，想繼續用一支畫筆捕捉眼目所見種種恐近於心力白用，絕不會有什麼驚人成就。因此改變了計劃，用文字代替色彩，來描寫見聞，希望把西南邊地徐霞客不曾走過的地方全走到，不曾記述過的山水風土人情重新好好敍述一番。那麼工作了一年，到寫成的西南遊記，附上所繪的速寫，在國內自由區幾個大報紙上刊載，得到相當成功後，自己方發現，所經歷見聞的一切，不僅用繪畫不易表現，即文字所能夠表現的，也還有個限度。到承認這兩者都還不是理想工具時，纔又掉換工作方式，由描繪敍述自然的一角，轉而來研究在這個自然現象下生存人民的愛惡哀樂，以及這些民族素樸熱情表現到宗教信仰上和一般文學藝術上的不同形式。在西南邊區最大一個喇嘛廟中，就曾住過相當時日，又隨同古宗族游牧草地約半年。這次回到省中，便是和國立博物館負責人有所接洽，擬回到邊區去準備那個象形文字詞典材料搜集工作的。還有一個年青人，用牧童放牛姿式，穩穩的伏在一匹甘草黃大騾馬後胯上，臉龐比較瘦弱，神氣間有點隱逸味，說話中有點洛下書生味，與人應對時有點書獃子味，這人名叫李蘭。在校時入國畫系，即以臨仿宋元人作品擅長。到大雪山勾勒畫稿一年後，兩個同伴對面前景物感到束手，都已改絃更張，別有所事，唯有他倒似乎對於環境印象剛好能把握得住，不僅未失去繪畫的狂熱，還正看定了方向，要作一段長途枯寂的探險。上月帶了幾十幅畫和幾卷畫稿，到省中展覽，得到八分成功後，就把所有收入全部購買了紙張絹素筆墨顏色，打量再去金沙江上游雪山下去好好的畫個十年，給中國山水畫開個嶄新的學習道路。第四個年紀最輕，一眼看去不過二十二三歲，身材碩長挺拔，眉眼間卻帶點江南人的秀氣。這人離開學生生活不過兩個月，同伴都叫他「小周」。原本學了二年社會學，又轉從農學院畢業。年事既極輕，入世經驗也十分淺，這次向西部跑且係初次，因之志向就特別荒唐和偉大。雖是被姓夏的朋友邀來教書，在他腦子裏，打量到的卻完全近於一種抒情詩的生活夢。一些涉及深入邊地冒險開荒的名人傳記，和一些美國電影故事，在他記憶中綜合而成的氣氛，擴大加深了他此行奇遇的期待。他的理想竟可說不僅只是到邊區去作知識開荒工作，還準備要完成許多更大更困難的企圖。一行中三個人既都能作畫，對風景具高度鑑賞力，幾個人一路談談笑笑，且隨時隨處都可以停留下來畫點畫，領頭的夏蒙，又因一種特殊身分，極得馬幫中的信仰，大家生活習慣，又能適應這個半游牧方式。更重要的是雨季已到尾聲，氣候十分晴朗，所以上路雖有了四天，大家可都不怎麼覺得寂寞辛苦。照路程算來，還要三天半，他們纔能達到第二個目的地。

時間約摸在下午三點半鐘，一行人眾到了××縣屬一個山岡邊，地名「十里長松」。那道向西斜上的峻坂，全是黑色磐石的堆積。從石罅間生長的松樹，延緣數里，形成一帶茂林。峻坂逐漸上升，直到嶺盡頭，樹木方漸漸稀少，舊驛路即延緣這個長坂，迎着一道乾涸的溝澗而上，到達分水嶺時方折向北行，新公路卻在岡前即轉折而東繞山腳走去。當二百個馬馱隨着那匹負旺帶鈴領隊大黑騾，迤邐進入松林中，沿澗道在一堆如屋如墳奇怪突兀磐石間盤旋，慢慢的上山時，紫膛臉闊下巴的夏蒙，記憶中忽重現出一年前在此追獵黃麂的快樂舊事，鞭着胯下的白騾，離開了隊伍，從斜刺裏穿越松林，一直向那個山岡最高處奔去。到上面停了一會兒，舉目四矚，若有所見，隨即用着馬幫頭目「馬鍋頭」制止馬馱進行的招呼聲……

站，站，站，咦……咿！制止那個隊伍前進。那個領隊畜牲，一聽這種熟習呼聲，就即刻停住不再走動，張着兩個大毛耳朶等待其他吩咐。照習慣，指揮馬馱責任本來完全由「馬鍋頭」作主，普通客人無從越俎代庖。但這位卻有個特別原因。既是當地知名某司命官的貴客，又是中央機關的委員，更重要處是他對當地凡事都熟習，不僅上路規矩十分在行，即過國境有些事得從法律以外辦點特別交涉的，他也能代爲接頭處理。幾個同伴既得隨地留連，因此幾天來路上的行止，就完全由他管理。馬鍋頭正以能和委員對杯喝酒爲得意，路上一切不過問，落得個自在清閒，在馬背上吹煙管打盹，自己放假。其時隊伍一停止，這頭目才從半睡盹中回醒。看看大白騾已離羣上了山，趕忙追到上面去，語氣中帶着一分抗議三分要好攀交親神情：

「委員，你可又要和幾個老師畫風景？這難道是西湖十景，上得畫了嗎？我們可就得在這個松樹林子大石堆堆邊過夜？地方好倒好，只是天氣還老早啊！你看，火爐子高高的掛在那邊天上，再走十里還不害事！」

話雖那麼說，這個頭目眞正意思倒像是：「委員，你說歇下來就歇下來，你是司令官，一切由你。你們揀有山有水地方畫畫，我們就揀地方喝酒，鬆鬆幾根窮骨頭。樹林子地方背風，夜裏不必支帳篷，露天玩牌燒煙，不用擔心燈會吹熄！」

夏蒙卻像全不曾注意到這個，正把一雙宜於登高望遠的黃眼睛，凝得小小的，從一株大赤松樹老幹間向西南方遠處望去。帶着一種狂熱和迷惑情緒，又似乎是被陳列在面前的東西引起一點混和妒嫉與崇拜的懊惱，微微的笑着，像預備要那麼說：

「嘖，好呀！你個超凡入聖的大藝術家，大魔術家，不必一個觀眾在場，也表演得神乎其神，無時無處不玩得興會淋漓！」

又若有會於心的點點頭，全不理會身邊的那一位。隨即用手兜住嘴邊，向那幾個停頓在半山松石間的同伴大聲呼喊：

「大李，小李，密司忩周，趕快上山來看看，趕快！這裏有一條上天去的大橋，快來看！」

三四坐騎十二個蹄子，從松林大石間一陣子翻騰跑上了山岡。到得頂上時，幾個人一齊向朋友指點處望去，爲眼目所見奇景，不由得不同聲歡呼起來：

「嘖，上帝，當眞是好一道橋！」

呼聲中既缺少宗教徒的虔信，卻只像是一種藝術家的熱情和好事者的驚訝混合物。那個馬幫頭目，到這時節，於是也照樣向天邊看看，究竟是什麼橋。

「嘖，我以爲什麼橋，原來是一條扁擔形的短虹，算那樣！」

可是知道這又是京城裏人的玩意兒，這一來，不消說必得在此地宿營了。對幾個年青人只是笑着，把那個蒲扇手伸出四個指頭，向天搖着，「少見多怪！四季發財。你們好好畫下來，趕明天打完了仗，帶到北京城裏去，逗人看西洋景！」接着也輕輕的叫了一聲「耶穌」，意思倒是「福音堂的老米，耶穌大爹我認得！」藉作對於那聲不約而同的「上帝」表示理會與答覆。不再等待吩咐，吐一撮口沫在手上搓一搓，飛奔跑下了山岡，快快樂樂的去指揮同伙卸除馬馱上的鹽茶貨物，放馬吃草，準備宿營去了。

四個年青人騎在馬背上，對着那近於自然游戲，唯有詩人或精靈可用來作橋樑的垂虹，以及這條虹所鑲嵌的背景發怔時，幾個人眞不免有點兒呆相。還是頂年青活潑快樂的小周，提醒了另外三個：

「你們要畫下來，得趕快！你看它還在變化！」

幾個人才一面笑着一面忙跳下馬，從囊中取出速寫册子和畫具，各自揀選一個從土石間蟠屈而起的大樹根邊去，動手勾勒畫稿。年青的農學士無事可作，看見大石間那些紫茸茸的苔類植物，正開放白花和藍花，因此走過去希望弄點標本。可是不一會，即放棄了這個計劃，傍近同伴身邊來了。他看看這一個構圖，看看那一個傅彩，又從朋友所在處角度去看看一下在變化中的山景，作爲對照。且從幾個朋友神色間，依稀看出了同樣的意見：

「這個那能畫得好？簡直是毫無辦法。這不是爲畫家準備的，太華麗，太幻異，太不可思議了。這是爲使人沉默而皈依的奇蹟。只能產生宗教，不會產生藝術的！」於是離開了同伴，獨自走到一個大松樹下去，抱手枕頭，仰天躺下，面對深藍的晴空，無邊際的泛思當前的種種，以及從當前種種引起的感觸。

「這不能畫，可是你們還在那麼認眞而着急，想捕捉這個景象中最微妙的一刹那間的光彩。

你即或把它保留到紙上，帶進城裏去，誰相信？城市中的普通人，要它有什麼用？他們吃維他命丸子，看美國愛情電影，等待同盟國裝備中國軍隊，從號外聽取反攻勝利消息，就已佔據了生命的大部分。凡讀了些政治宣傳小册子的，就以爲人生只有『政治』重要，文學藝術無不附屬於政治。文學中有朗誦詩，藝術中有諷刺畫，就能夠塡補生命的空虛而有餘，再不期待別的什麼。具有這種狹窄人生觀的多數靈魂，那需要這個荒野，豪華，而又極端枯寂的自然來滋潤？現代政治唯一特點是嘈雜，政治家的夢想即如何促成多數的嘈雜與混亂，因之而證實領導者的偉大。第一等藝術，對於人所發生的影響，卻完全相反，只是啟迪少數的偉大心靈，向人性崇高處攀援而躋的勇氣和希望。它雖能使一個深沉的科學家進一步理解自然的奧祕與程序，可無從使習慣於嘈雜的政治家以及多數人，覺得有何意義。因之近三十年來，從現代政治觀和社會觀培育出來的知識分子，研究農村，認識農村，所知道的就只是農村生活貧苦的一面。一個社會學者對於農村言改造，言重造，也就只知道從財富增加爲理想。一個政治家也只知道用城市中人感到的生活幸或不幸的心情尺度，去測量農民心情，以爲刺激農民的情感，預許農民以土地，即能引起社會的普遍革命。全想不到手足貼近土地的生命本來的自足性，以及適應性。過去宗教迷信對之雖已無多意義，目前政治預言對之也無從產生更多意義。農民的生活平定感，心與物實兩相平衡。增加財富固所盼望，心安理得也十分重要。城市中人既無望從文學藝術對於人生作更深的認識，也因之對農民的生命自足性，以及屬於心物平衡的需要，永遠缺少認識。知識分子需要一種較新的覺悟，即欲好好處理這個國家的多數，得重新好好的認識這個多數。明白他們生活上所缺乏的不夠，並需明白他們生活上還豐富的是些什麼。這也就是明日眞正的思想家，應當是個藝術家，不一定是政治家的原因。政治家的能否偉大，也許全得看他能否從藝術家方面學習認識『人』爲準……」

無端緒的想像，使他自己不免有點嚇怕起來了。其時那個紫膛臉的夏蒙，也正爲處理面前景物感到手中工具的拙劣，帶着望洋興嘆的神氣，把畫具拋開，心想：

「這有什麼辦法？這那是爲我們準備的？這應當讓世界第一流音樂作曲家，用音符和旋律來捉住它，才有希望！眞正的欣賞應當是承認它的偉大而發呆，完全拜倒，別無一事可以做，也別無任何事情值得做。我若向人說，兩百里外雪峯插入雲中，在太陽下如一片綠玉，綠玉一旁還鑲了片珊瑚紅，靺鞨紫，誰肯相信？用這個遠景相襯，離我身邊不到兩里路遠的松樹林子那一頭，還有一截被天風割斷了的虹，沒有頭，不見尾，只直杪杪的如一個綵色藥杵，一匹懸空的錦綺，它的存在和變化，都無可形容描繪，用什麼工具來保留它，才能夠把這個印像傳遞給別一個人？還有那左側邊一列黛色石砍，上面石竹科的花朶，粉紅的，深藍的，鴿桃灰的，貝殼紫的，完全如天衣上一條花邊，在午後陽光下閃耀，陽光所及處這條花邊就若在慢慢的燃燒起來，放出銀綠和銀紅相混的火焰。我向人去說，豈不完全是一種瘋話或夢話？」

小周見到夏蒙站起身時，因招呼他說：

「夏大哥，可畫好了！成不成功？」

夏蒙一面向小周處走來，一面笑笑的回答說：

「沒有辦法，不成功！你看這一切，那是爲我們繪畫準備的？我正想，要好好表現它，只是找巴哈或悲多汶來，或者有點辦法。可是幾個人到了這裏來住上半年，什麼事不會做，倒只打量到中甸喇嘛廟去作和尙，也說不定——巴哈的誠實和謙虛，很可能只有走這條路，因爲承認輸給自然的偉大，選這條路表示十分合理。至於那個大額角豎眉毛的悲多汶，由於驕傲不肯低頭，或許會自殺。因爲也只有自殺，方能否定個人不會被自然的壯麗和華美征服。至於你我呢？我畫不好，簡直生了自己的氣，所以兩年前即放棄了作大畫家的夢，可是間或還手癢癢的，結果又照例付之一嘆而完事！你倒比我高明，只是不聲不響的用沉默表示讚嘆！」

「你說我？我想得簡直有點瘋！我想到這裏來，表示對於自然的拜倒，不否認，不抵抗，倒不一定去大廟中做喇嘛出家，最好還是近人情一點，落一個家，有了家，我還可以爲這片土地做許多事！『認識』若有個普遍的意義，居住在這地方的人，受自然影響最深的情感，還值得我們多留點心！我奇怪，你到了這裏那麼久，熟人又多，且預備長遠工作下去，怎不選個本地女人結婚？」

「哈哈，那你倒當眞是更進一步，要用行動來表示了。機會倒多得是，不過也不怎麼容易！因爲這不止需要克服自己的勇氣，還要一點別的。」

「你意思是不是說對於他人的瞭解？我剛才一個人就正在胡思亂想，想到中國當前許多問題。中國地方實在太大，人口雖不少，可是分佈到各地方，就顯得十分隔離。這個地域的隔離還不怎麼嚴重，重要的還是情緒的隔離。學政治經濟的，簡直不懂得佔據這大片土地上四萬萬手足貼近泥土的農民，需要些什麼，並如何來實現它，得到它。由於只知道他們缺少的是什麼，全不知道他們充足的是什麼，一切從表面認識，表面判斷，因此國家永遠是亂糟糟的。三十年革命的結果，實在只作成一件事，即把他們從田中趕出，訓練他們學習使用武器，延長內戰下去，流盡了他們的血，而使他們一般生活更困難，更愚蠢。我以爲思想家對於這個國家有重新認識的必要。這點認識是需要從一個生命相對原則上起始，由愛出發，來慢慢完成的。政治家不能做到這一點，一個文學家或一個藝術家必需去好好努力。」

「老弟，你年齡比我們小，你理想可比我們高得多！理想的實證，不是容易事。可是我相信是能用行爲來實證理想的。到有一天你需要我幫忙時，我一定用行爲來擁護你！」

「好，我們拍個巴掌。說話算數。」

另外兩個還在作畫的，其中一個李粲，本來用水彩淡淡的點染到紙上山景，到頭來不能不承認失敗，只好放下這個拙劣的努力，回轉身被松林磐石黑綠錯雜間卸除馬馱的眼前景象，隨意勾幾幅小品，預備作遊記插圖。但是這個工作平日雖稱擅長，今天卻因爲還有那個馬串鈴在松林中流宕的情韻，感到難於措手。聽到兩人拍手笑語，於是放下畫具向兩人身邊走來。

「不畫了，不畫了，眞是一切努力都近於精力白費！我們昨天趁街子，看到那個鄉下婦人，肩上一扇三十斤大磨，找不到主顧，又老老實實的揹回家去，以爲十分可笑。可是說得玄遠一點，那個行爲和風景環境都多調和！至於我們的工作？簡直比那鄉下婆子更可笑。我們眞是勉強得很！」

小周說：「可是你和小李這次在省裏開的寫生展覽會，實在十分成功，各方面都有極好批評！」

李粲說：「這個好批評就更增加我們的慚愧。我們的玩意兒，不過是騙騙城裏人，爲他們開開眼界罷了。就像當前你見到的，我是老早就放棄了作畫家的。去年四五月間，我和一羣本地人去中甸大廟燒香，爬到山頂上一望，有十個昆明田壩大的一片草原，鬱鬱青青完全如一張大綠毯子，到處點綴上一團團五色花簇，和牛羣羊羣，天上一道曲虹如一道橋樑，斜斜的掛到天盡頭，好像在等待一種虔誠的攀援。那些進香的本地人，連兩個小學校長在內，一路作揖磕頭，我先還只覺得可笑，到後才忽然明白一件事情，即這些人比我們活得謙卑而沉默，實在有它的道理。他們的信仰簡單，哀樂平凡，都是事實。但那個人接受自然的狀態，把生命諧合於自然中，形成自然一部分的方式，比起我們來賞玩風景搜羅畫本的態度，實在高明得多！我們到這裏來只有四個字可說，即少見多怪。這次到省裏，×教授問我爲什麼不專心畫畫，倒來寫游記文章。文章不好好的寫下去，又換了個方向，弄民俗學，不經濟！我告他說，×先生，你若到那兒去一年半載，你的美術史也會擱下了。我們引爲自誇的藝術，人手所能完成的業績，比起自然的成就來，算個什麼呢？你若到大雪山下看到那些碗口大的杜鵑花，完全如綵帛剪成的一樣，粘在合抱粗三尺高光禿的矮椿上，開放得如何神奇，神奇中還到處可見出一點詼諧，你才體會得出「奇蹟」二字的意義。在奇蹟面前，最聰敏的行爲，就只有沉默，崇拜。因爲仿擬只能從最簡陋處着手，一和自然大手筆對面，就會承認自己能做到的，實在如何渺小不足道了。故宮所藏宋人花鳥極有個性的數林椿，那個卷子可算得是美術史的瓌寶，但比起來未免可笑！」

紫膛臉的夏蒙，見洛下書生還不曾放下他的工作，因此向小周說：「我們都覺得到這裏來最好是放棄了作畫家的夢，學學本地人把本身化成自然一部分。生活在一幅大畫圖中，不必妄想白用心力。可是李大哥呢，他先是說顏色不夠用，我來寫罷，來把徐霞客當年不曾到過的，不曾記下的，補寫一本西南游記罷。雖承認普遍顏色不夠用，可並不知道文字也不大濟事！到後來游記也不寫了，學考古了。上次到劍山去訪古，來回八天，回麗江時，背上扛了個沉甸甸的包袱，告人說是得了寶物。我先也還以爲他是到土司處得了個大金碗銀藏輪。解開一看，原來是一塊頑石！只因爲上面刻了一個象形文字的咒語，就抗了這石頭跋涉近十天。他的麼些文字辭典的工作，就正是從這個經驗起始的！這比我們昨天看到那個扛磨石婦人，自然大不相同……至於那位呢，總還不死心。你看他那個神氣，就可知一定還在……」

說得三個人都不免笑將起來。在遠處的李蘭，知道幾個人說的話與他必有關，因此舞着手中那個畫册子應答說：

「你們又認輸了，是不是？我可還得試一試！你們要的是成功，所以不免感覺到失敗。我倒只想盡可能來從各方面作個試驗。」

話雖那麼說，但過不多久，走過幾個朋友身邊時，大家爭來看他的畫稿，才知道他勾勒的十幾幅畫稿，還只是一些大樹，樹林中一些散馬，原來那個不着跡象的遠景捕捉，他也早放棄了。

大家把先前一時所作的幾十幅山景速寫整理出來，相互交換欣賞時，認爲李蘭一幅全用水墨塗抹，只在那條虹上點染了一縷淡紅那張小景爲最成功。其餘凡用色彩表現色彩的，都近於失敗。卻以爲這是他的一種發現，一種創見。

李蘭卻表示他的意見說：

「這就是我說的經驗！不是發明，是摹仿！我記得在學校講南北宗時，××先生總歡喜稱引舊話，以爲畫鬼容易，畫人難。畫奇禽異獸容易，畫哈巴狗和毛毛蟲難。寫天宮夢境容易，日常事物困難。人人都說××先生是當代論畫權威，都極相信他的意見。若帶他來這地方逛一年，他的講義可就得完全重寫。因爲他會覺得所見到的事事物物，都完全不能和畫論相合。若寫實，反而都成了夢境，更可知道任何色彩的表現都有個限度。而限度還異常狹小，山水中的水墨畫，且比顏色反而更容易表現某種超眞實的眞實印象。當年顧陸王吳號稱大手筆，對於墨色的使用，一定即比彩色更多理解，從他們的遺跡上即可見出。都明白色彩的重要，像是不敢和自然爭勝，卻將色彩節約到吝嗇程度，到重要處才使用那麼一點兒。顧吳人物的臉頰衣紩那點兒淡赭淺絳，即足證明對於彩色雖不能爭勝，還可出奇。以少許顏色點染，即可取得應有效果。我知道摹仿自然已無可望，因此試學吳生畫衣緣方法塗抹一線淺紅，居然捉住了它……」

洛下書生正把畫論談得津津有味時，小周一面聽下去一面游目四矚，忽然間，看到山岡下面松樹林中，颺起一縷青煙，這煙氣漸上漸白，直透松林而上，和那個平攤在腳下松林作成的綠海，以及透出海面大小錯落的烏黑亂石，兩相對比，完全如一種帶魔術性的畫面。因此突然說：

「你們看這個是什麼！一片綠，一團團黑，一線白，一點紅，大手筆來怎麼辦？在畫上，可看過那麼一線白煙成爲畫的主題？有顏色的虹，還可有方法表現，沒有顏色的虹，可容易畫？」

那個出自馬幫炊食向上颺起的素色虹霓，先是還只一條，隨即是三條五條，大小無數條，負勢競上一直向上升騰，到了一個高點時，於是如同溶解似的，慢慢的在松樹頂梢攤成一張有形無質的乳白色罽毹，緣着淡青的邊，下墜流注到松石間去。於是白的，綠的，黑的，一起逐漸溶成一片，成爲一個狹而長的裝飾物，似乎在幾個年青人腳下輕輕的搖蕩。遠近各處都鍍上夕陽下落的一種金粉。且逐漸變成藍色和紫色。日頭落下去了，兩百里外的一列雪岫上十來個雪峯，卻轉而益發明亮，如一個一個白金錐，向銀青色泛紫的淨潔天空上指。

四個人都爲這個入暮以前新的變化沉默了下來，尤其是三個論畫的青年，覺得一切意見一切成就都失去了意義。

（一九四六年）

男子須知

一　第一信

此信用大八行信箋，箋端印有「邊防保衞司令部用箋」九字。封套是淡黃色棉料紙做就的，長約八寸，寬四寸餘。除同樣印有「邊防保衞司令部函」八字外，上寫着即遞里耶南街慶記布莊轉宋伯娘福啟，背面還有「限三月二十一日燒夜飯火以前送到賞錢兩吊」字樣。信內是這樣寫着：

宋伯娘大鑒：啟者今無別事：你姪男拖隊伍落草爲寇，原非出於本意，這是你老人家所知。你姪男道義存心愛國，要殺貪官汚吏，趕打洋鬼子，恢復全國損敗了的一切地盤財物，也是像讀書明禮的老伯媽以及一般長輩所知而深諒的。無如命不如人，爲鬼戲弄，一時不得如意，故而權處窮谷深山，同弟兄們相互勞慰，忍苦忍痛，以待將來。但看近兩月來，舊票羊仔放回之多，無條件送他們歸家安心睡覺，可以想見你姪男之用意……
你姪男平素爲人，老人家是深知道。少少兒看到長大，身上幾塊瘢疤，幾根汗毛，老人家想來也數得淸！今年五月十七滿二十四歲了，什麼事都莫成就，對老人家很覺得慚愧。學問及不得從省城讀書轉來的小羊仔，只有一副打得十個以上大漢的臂膊。但說到像貌，也不是什麼歪鼻塌眼，總還成個人形！如今在山上，雖不是甚麼長久事業，將來一有機會，總會建功立業的，這不是你姪男誇口的地方。
大妹妹今年二十歲了，聽說還沒有看定一個人家。當到這兵荒馬亂的年程，實在是值得老人家耽心的事。老人家現在家下人口就少，鋪面上生意還得靠到幾個舅舅，萬一有了三病兩疼，不是連一個可靠的親人都沒有嗎？駐耶的軍隊，又是時時刻刻在變動，一個二十來歲的大姑娘，陪到一個五六十歲上年紀的老太太身邊過活，總不是穩妥的事！
你姪男比大妹妹恰好長四歲，正想找一個照料點細小家事的屋裏人，依我看大妹妹人正合式，大概還不致辱沒大妹妹。其實說是照料家事，什麼事也不有，要大妹妹來，也不過好一同享福罷了。
這事本來想特別請一個會說話一點的「紅葉」，來同老人家面談。恰巧陸師爺上旬上秀山買煙去了，趙參謀又不便進城，沈師爺是不認得老人家，故此你姪男特意寫這封信來同老人家商量。

凡事請老人家把利害比較一下，用不着我來多說。

我擬在端午節以前迎接大妹妹上山寨來。太遲不好，太早了我又預備不來。若初三四上山，乘你姪男滿二十四歲那天就完婚，也不必選日子，生日那天，看來是頂好。姪男對於一切禮節布置，任什麼總對得住老人家，對得住大妹妹。姪男是知道大妹妹性情的，雖然是山上，不成個地方，起居用物，你姪男總能使大妹妹極其舒服，同她在家中一個樣子。

大妹妹是嬌生慣養長大的，到山上來，會以爲不慣吧，那是老人家很可以放心的事！這裏什麼東西都預備得有：花露水，法國巴黎皂，送飯下肚的鷄肉罐頭，牛肉，魚，火腿，都多得不奈何。大妹妹會彈琴，這裏就有幾架。留聲機，還是外國來的，有好多片子，聲音好聽到極點。大穿衣鏡，里耶地方是買不出的，大到比櫃子還大呢。其餘一切一切——總之，只要大妹妹要，開聲口，縱山上一時沒有，你姪男終會設法找得，決不會使大妹妹失望！

我說的話並不是敢在伯媽面前誇口，一切是眞情實意。並且趙參謀太太，軍需太太，陸師爺姨太太——就是住小河街的煙館張家二小姐，她也認得大妹妹——她們都住在此間。想玩就玩。打牌也有人。寂寞是不會有的事。丫頭，老媽子，要多少有多少，若不喜歡生人，和大妹妹身邊的小丫頭送來也好。

弟兄們的規矩，比駐到街上的省軍好多了，他們知道服從，懂禮節，也多半是些街上人，他們佩服你姪男懂軍事學，他們都是你姪男的死勇。他們對大妹妹的尊敬，是用不到囑咐，會比你姪男還要加倍尊敬的。大妹妹是我的妻就是他們的皇后，是他們的菩薩。

你姪男得再說：凡事請老人家把來比較一下利害，用不着你姪男來多說。你姪男雖說立過誓，當天當神賭咒，無論如何決不因事來驚動街房鄰里，但到不得已時，弟兄們下山，也是不可免避的事！

這得看老人家意思如何。老人家不答應時，弟兄們自然有不怕麻煩的一天。你姪男的希望，是到時由老人家雇四個小工，把大妹妹一轎子送到山腳來，你姪男自會遣派幾個弟兄迎接大妹妹上山。也不必大鑼大鼓，驚動街鄰，兩方省事，大家安寧。若定要你姪男帶起弟兄，燈籠火把的衝進街來，同幾個半死不活的守備隊爲難，駭得雞飛狗走，父老們通宵不能安枕，那時也只能怪老人家的處事無把握。

謹此恭叩福安，並候復示！

小姪石道義行禮

三月二十日於山寨大營

送信的並不如小說上所說的嘍囉神氣。什麼青布包頭，什麼夜行衣，什麼腰插單刀，也許那都成了過去某一個時代的事了。這人同平常鄉下人一樣，頭上戴了個斗篷，把眉毛以上的部分隱去了。藍布衣，藍布褲，上衣比下衣顏色略深一點，這種衣衫，雜在九個鄉下人中去揀選，揀選那頂道地的鄉下人時，總脫不了他！然而論伶精，他實在是一個山猴兒。別看他那腳上一對極忠厚的水草鞋，及腰邊那一枝短羅漢竹的旱煙管，你就信他是一個上街頭買棉紗粉條的小賣人！他很閒適的到慶記布莊去買了三尺多大官青布，在數錢的當兒，順便把那封信取出，送到櫃上去。

「喔，三老板，看這個！」

三老板過來，封面那一行官銜把他楞住了。他望到這信復望到這送信的嘍囉，神氣怪。聲音很細的問：

「打那兒來，這——」

其實他心中清楚。他明白這種信是借糧借餉來的，因爲這是里耶的習慣。然而信的內容，這次卻確非三老板所料及。

「念給大太太聽罷，這個，」嘍囉把信翻過來，指給另一行字，「過渡時，問划船的，說剛打午炮，不會燒火煑夜飯吧。請把個收條，我想趕轉到三洞橋去歇，好明早上山回信。」

「喝杯酒暖暖罷，」三老板回過頭去，「怎麼不拿——」正立在三老板身後想聽聽消息的一個學徒，給三老板一吆喝，打了個擴，忙立定身子。

「不必，三老板不必！送個收條，趁早，走到——南街上我也還有點事。」

三老板把收條並兩張玉記油號的票子摺成一帖送到嘍囉身邊時，同時學徒也端過一杯茶放到櫃上了。

「老哥，事情是怎麼？」三老板把那一帖薄紙遞過去，極親暱的低聲探詢那嘍囉。

他數點着錢票同收據，摺成更小一束，插到麂皮抱肚裏去，若不曾聽到三老板的問話。

「是要款子——？」三老板又補了一句。

「不，不，你念給大太太聽時自知道。要你們二十八以前回山上一個信呢……好，好，」他把斗篷戴上，「謝謝三老板的煙茶，我走了。」

來人當眞很忽忙（但並不慌張）的走去了。三老板把信拿進後屋去後，櫃上那個有四季花的茶杯裏的茶還在出煙。

看信的是慶記布莊的管事，大妹的三舅舅，他把信念給宋伯娘聽。那時大妹妹並不在旁邊，她到南街吃別一個女人的戴花新酒去了。

二 第二信

接到這信的宋伯娘是有點慌張的。但這個宋伯娘並不糊塗。利害雖比較了下，比較的結果，還是女兒可貴。依她意思，對這信置之不理。然而三老板是曉事的人，男子漢見事也多，知道這是不能用「不理」去結束的事，當時就把大老板也找來，開三頭會議。商議的結果，是極委宛的復一封信，措詞再三斟酌，拼錢不是，把兩千塊錢的數目寫上去，求寬宥，且加上「若果照來信所說辦，只見得兩方都不利」的話。然而這話實在是無證據，不過除了這樣一說，要找出更其有力的話時，在但會划算盤的三老板手筆下，也不是很容易罷。

信由三老板執筆，寫成後，托從八蠻山腳下進城的鄉下人帶了去，一切一切，還不讓大妹妹知道。

道義姪兒英鑒：——

二十一那天得到你一個信，舅舅念我聽，你意思我通曉得了。你大妹妹有那麼大一個人了，我年來又總是病纏身子，也願意幫她早早找一處合式人家的。你既喜歡你大妹妹，就把來送給你，我有什麼不願意？但你說是要送上山來，這就太使我爲難了！山上那裏是你大妹妹住的地方呢？這不但不是你大妹妹住的，也不是你長久住的！山上不是人住的地方。（阿彌陀佛，我並不是說你現在住到那裏，就不是人！）現刻大妹妹就多病瘦弱，要她上山，就是要她速死。

況且，我們是孤兒寡母不中用的人，靠到三兩親戚幫忙，守着你伯伯遺下這點薄薄產業，平時不有事，還時常被不三不四的濫族歪戚來欺侮，借重那些披老虎皮的軍隊來捐來刮。果眞像你所說的話，把你大妹妹一轎子送上山去，事情一張揚，怕他們官兵不深更半夜抄你伯媽的家嗎？可憐你伯伯，從小時候受了許多苦，由學徒弟擔布擔子飄鄉起，挨了多少風雪，費了多少心血，積下這一點薄薄產業，不能給自己受用，不能給兒孫受用，還來由你大妹妹的事丟掉！老人家地下還有知覺，心中總也會不安吧。

這都莫說了；我們的鋪子，同我這條老命，即或都不要了，但你大妹妹父親的故土要不要？他們官兵，什麼事做不出，他曉得這事，他不會用刨挖你伯伯的墳山暴屍露骨來恐嚇人嗎？倘若是他們同你當眞這樣翻臉起來，爲你大妹妹一人的原故，把手邊守着這點先人血汗一齊丟掉，還得使睡在地下安息了的老骨頭暴露，讓猪狗來拖，我這病到快完事了的人，一天三不知，油盡燈熄，到地下會到你伯伯，要我拿甚麼臉來對他？

你縱不怕官兵，我是捨不得你伯伯的故土的。照你的話，宋家的一切是完了，就是你所喜歡的大妹妹，也未必活得下去。

許多事得你照料到，即如前次槍場那一次，街上攪亂得什麼樣子，宅下卻連一匹鷄毛也不失，我們娘女都時常求菩薩保祐你的。大概你也還記得大妹妹的父親在生時，對你的一些好處。如今你大妹妹的爹不在了，將來的許多事，還都要你看顧！

你年紀有那麼大了，本來是應得找個屋裏人，將來養兒育女，也好多有點人口。不然，你大哥又才去世，你又是這樣跑四方的人，剩下個嫂嫂，躲到鄉下去，抱起你大哥靈牌子守節，總不是事！我是平素就喜歡你爲人，有作有爲，膽子大，聰明強幹，大妹妹的父親在時，也就時常說到你是一個將來的英雄的。你大妹妹雖說讀了兩句書，從小見面的，想來也是不會不願意幫助你建功立業！不過你現今走得是這樣一條路，就說是暫時，且不出於本心，萬一有一天事情不順手，落到軍隊手上，他們能原諒你是不出於本心的暫時落草，就讓你無事嗎？

你能把事業放下了（大丈夫應得建功立業，從大路上走去這是你知道的），只要你喜歡你大妹妹，大妹妹總還是你的。以後什麼事也不要做，守着你大妹妹，在我身邊，我是能養得活你的，只要你願意。

或者，山上實在是寂寞，找不出個人來體貼，我這裏拿兩千塊錢去，請人到別縣去買到個好一點的小婦，將來招安後，再慢慢商量也不遲！若是要用錢，我就教人告知龍潭莊上撥付。

這信是我在你大妹妹的三舅旁邊口講，要他代寫的。你看到別人欺侮我孤兒寡母，都要來打抱不平，我把這事情照你所說的利害，實在也比較一下了，我說這些話也不盡是爲我着想，我這老骨頭活到世上也活厭了，要死也很死得了。我的話實在不爲你相信時，橫順人是在里耶的，你要來驚動街房，我也沒有法子。

在觀音堂住的楊禿子死了，外面人都說是你們綁去撕票的。都是同街長大的幾個人，何必多作這種孽，什麼地方不可以積陰功增福氣？

阿彌陀佛願菩薩保佑你！

宋劉氏歛衽

三月二十四日

此信於二十五早上收到。

三　第三信

「人來！」大王在參謀處叫人。

「嘛，」一個小嘍囉在窗下應着，氣派並不比一個大軍官的兵弁兩樣。

山砦的一切，還沒有說過，想來大家都願意知道。這是一個舊廟，在不知幾何年就成了無香火的廟了。化緣建廟的人，當時即讓他會算，要算到這廟將來會做一個大本營，而且神面前那一張案桌，就是特爲他日大王審羊仔奸細用的案桌，怕也不近情理罷。如今是這樣：正中一間，三清打坐的地方，就是大王爺同軍法判案的地方。案桌上比爲菩薩預備時潔淨多了，上面不倫不類用一床花絨氈子蓋上，絨氈上放籤筒，筆架，案桌移出來了一點，好另外擺一把大王坐的「虎皮金交椅」。這正殿很大，所以就用簟子夾成了三間，左邊爲參謀處，右邊爲祕書處，大王則住在正殿對面的一個大戲台上。這三處重要地方，都用白竹連紙裱糊得極其乾淨，白天很明亮，辦事方便，夜間這三處都有一盞大洋氣燈，也不寂寞。參謀處比祕書處多了一架鐘，祕書處比參謀處卻多了一幅大山水中堂：兩處相同的是壁上都有四枝盒子槍。要說及大王臥室時，那簡直是一間——簡直是一間……是一間什麼？我說不出！頂會做夢的人，恐怕也夢不到這麼一間房來罷。房是一個戲台，南方廟中的戲台，都是一個樣子，見過別的廟中戲台的，大概也就想得到這個戲台的式樣。不過這戲台經大王這一裝置，我們認不出它是戲台了。四四方方，每一方各有一口大皮箱，箱就擱到樓板上，像把箱子當成茶几似的，一個箱子上擺了一架大座鐘，一個箱子上擺了一個大珠砂紅的磁瓶，瓶中插了一把前清分別品級的孔雀尾，瓶口邊還露出一個短刀或劍的鞘尖子。其他兩個箱子上都不空，近他床那一個箱子上，還有幾本書，一本黑色皮面的官話《新約》。大王的床在中間，佔了戲台全面積之三分一，床是漆金雕空花的大梨木合歡床，沒有蚊帳，沒有棉被，床上重重疊疊堆了十多條花絨毯子。兩枝京七響的小手槍，兩枝盒子砲，各懸掛於床架上的一角。戲台圓錐形頂上吊起那盞洋氣燈，像佛爺頭上那大鵬金翅鳥樣，正覆罩在床上。我還忘記說一進房那門簾了，那是一幅值錢的東西。紅緞織金，九條龍在上面像要活了的樣子。這樣頂闊氣的門簾，掛到這地方未免可惜，但除了這地方，誰也不配懸掛那麼一幅門簾！

這廟一共是二十多間房子，師爺副官的奶奶太太住的剩下來，就都是弟兄伙所有了。至於羊仔的棲身處，那是去此間還有半里路遠的另一個靈官殿居住……

大王一個人在參謀處翻了一會羊仔名册，想起什麼事了，把弁兵叫進後。

「把第二十三號沙村住的紀小夥子喊來——聽眞着了麼？」

「回司令，聽眞着了！」

「那快去！」

「噫，」嘍囉出去了。

不一刻，帶進一個瘦怯怯的少年。

「回司令，二十三號票來了。」

大王出來時，瘦少年不知所措的腳腿想屈彎下去。

「不，不，不，不要害怕。你今天可以轉去了，我放你回去，家中的款子不必送來了！」

「咊，轉去嗎？」少年的眼圈紅了。「我一連去了幾封信，都是催我媽快一點，說是山中正要款子有用，不知他們怎麼，總不……」

「朋友，莫那麼軟巴巴的罷，二十歲的男子漢呀！」嘍囉帶笑的揶揄。「你不聽聽司令剛說的話？今天轉去了，不要你錢！」

少年誤會了「轉去」兩個字。以爲是轉老家去的意思，更傷心了。

「聽我說！」大王略略發怒了，但氣旋平了下來。「你看你，哭是哭得了的？我是同你來說正經話！我看你家中一時實在是找不出款來，我們山上近來也不要什麼款，所以我想放你回去，就便幫我辦椿事情。慶記布莊你是熟嗎？」

「那是表嬸娘——司令是不是說宋老板娘?」

「對了，表嬸娘，那我們還是親戚咧。你下山去，你幫我去說，告給她，回信我收到了。我的意思還是上一次信上的意思。我這裏現放到好幾萬塊錢，還正愁無使用處，我要她兩千塊錢做甚麼?她說得那些話太說得好聽了，以爲把那類話訴到我面前，我就把心收下，那是她錯了!我同她好商好量她不依，定要惹得我氣來，一把火燒她個淨淨乾乾，我不是不能做的。我同她好說，就是正因爲宋老板以前對我的一些好處。但我也總算對得住她家了。就是這次我要做的事，也並不是想害她全家破敗。若說我存心是想害她，我口皮動一下，她產業早就完了。現在你轉去，就專爲我當面報她個信，請她決定一下，日子快要到了，我已遣人下漢口去辦應用東西去了……你記得到我所說的嗎?」

「記得!記得!報她司令的意思還是第一次信上所說的意思，不要她那幾個錢，只要她——只要她——」

「要她答應那事。」大王笑時，更其和藹可親。

「是，只要她答應那事，照所定的日子，司令這方面也不願同她多談，說得是本情話，其所以先禮後兵的意思都是爲得當年宋老板對司令有些好處——」

「並且是有點親戚關係。」大王又在旁邊添了一句。

「是，並且還有——有點親戚關係，所以才同表嬸娘來好商好量。若表嬸娘不懂到司令這方面的好處，不體貼司令，那時司令會發怒，發怒的結果，是帶領弟兄們……」少年一口氣把大王所囑咐的使命背完了。

「對了，就是這樣；你趕快走——王勇，你拿那枝小令引他出司令部，再要個弟兄送他出關隘，說是這人是我要他下山有事的——聽到了嗎？」

「聽到了。」一聲短勁的回答，小嘍囉拉着還想叩一個頭的怯少年走了。

第三封信就用怯少年口上傳語，意思簡單，歸攏來是：大妹妹得如他所指定的期內上山，若不遵他所行辦理，里耶全地方因此要吃一點虧，不單是慶記布莊。

四　第四信

怯少年紀小夥子下山後四天，這位年青大王，另外又寫了封信送宋伯娘，信中的話，就是囑咐怯少年口傳的一件事，不過附帶中把上次那個楊禿子的事也說了點，關於楊禿子這個人他信上說：

……至於上月黃坳楊禿子事，那是因爲弟兄們恨他平日無惡不作，爲人且是刻薄，吃印子錢，太混賬了。有一次你姪男遣派弟兄，下山縫製軍服，爲他所見（認得是山上弟兄的人當然很多，但你姪男對本街人總算對得住，他們也從來不相拖扯），你姪男平日與禿子一無寃，二無仇，誰知鬼弄了他，他竟即刻走到省軍營中報告。這個事情末了，是那兩個被捉去的弟兄，受嚴刑拷打，把腳桿扳斷，懸了半天的半邊豬，再才牽去到場頭上把腦殼砍下來示眾。有別個弟兄親眼所見，我們被砍的弟兄，首級砍了，還爲他們省軍開腔破腹，取了膽去。若非楊禿子討好省軍，走去報告，弟兄們那能受此等慘苦？此外他還屢番屢次，到省軍營中攻訐你姪男，想害你姪男的命。雖說任他去怎麼設計挖坑，你姪男是不怕怯。但這狗養的我同他有什麼深仇？不是當到老人家面前敢放肆，說句不好聽的話，我又不同到他媽相好過！……徼倖你姪男元宵夜裏，到三門灘去「請客」，有事歸來，於渡口碰到了這野雜種，才把他吊上山去。

弟兄們異口同聲的說：「也不要他銀錢，也不要他谷米，也不要他妻女——我們所要的是他的命！」他自己正像送到我們手邊來了，再放他過去，就是我們的罪過！的的確確，要尋他是尋不到的，如今正是他自己碰到你姪男處來。如今再不送他一點應得的苦吃，他在別一個時候，別一個地方，會有許多誇張！這誇張就是對你姪男他日見面時的下不去。不好好的整治他一番，他時他會拿你姪男來當成前次那兩個進城縫衣的弟兄一樣：砍了腦殼不算數，還得取出膽來給他堂客治心氣痛的病。你姪男的膽難道是爲堂客們治心氣痛的東西？

依其他火性的弟兄們主張，捉他上山第二天，就要拿他來照省軍處治我們弟兄的法子辦了。還是你姪男不答應，說要審問他一次。到後審問他時，他哭哭啼啼，只是一味磕頭。說是平素就非常欽佩司令爲人，還正恨無處進行到手下來做一個小司書，好侍候司令，見一點識面，學習點公文，把楷字也鈔好，那裏還敢同司令來做對頭呢。至於從前事情，那是他全不知情，連夢也不夢見。說是因爲他的告密，致令弟兄們受刑就義，這必是別一個同他有仇的人誣寃他，而且誣寃他的總不出兩個人以外：一個是同慶記布莊隔壁住家的蔣錫匠，因爲蔣錫匠曾偸過他家的鷄，被發覺過。另一個是住白石灘的船夫，這人也同到他不對……

還一邊磕頭，一邊訴說怎樣怎樣的可憐，家中才得小孩，內人又缺奶，這次到渡口去，就是告給得小孩子的事於岳丈，好使他放心。並向岳丈借點錢轉家去，爲他太太買一隻鷄吃，補一補空虛。到後爲個弟兄把從他身邊搜索出的一捲票子同三張借據擲到他面前，他始不分辯了。然而頭還在磕。看那三張字據，明寫着「立借字人渡口周大，今因缺錢使用，憑中廖表嫂，借到黃村楊禿子先生名下銅元……」一些字，另一張是吳鄉約出名，另一張是吳鄉約家舅子出名，一總都寫得是他做借主。

「這是誰的東西？」問他他不敢說，鼻涕眼淚不知忌憚的只顧流。到末了，且說出極無廉恥的話，願意把屋裏人收拾收拾，送上山來贖罪，且每月幫助白米十石，鹽三十斤，只求全一條活命回家去，好讓他自新。

你姪男同諸弟兄見他那副軟弱無恥的樣子，砍了他雖不難，但問弟兄們，誰都不願用英雄的刀去砍這樣一個不值價的狗！所以如他希望放了他轉去，不期望臨出營門時，有個火夫心裏不平，以爲這樣，輕鬆放他過去太便宜他了；一馬刀去就砍了他一隻左手。這東西就像故意似的倒到地下暈死過去了。弟兄們以爲他當眞死去，才拖到白狼岩邊丟下岩去，誰知這匹狗不暈死也不跌死，於醒轉來後居然還奔到家裏才落氣！這狗養的本來是該千刀萬刀剁碎拿去餵山上老鵰吃，才合乎他應得的報應的。算是他祖宗有德，能奔到家裏也罷了。

昨天你姪男派了兩弟兄進城來探聽城裏的消息，據弟兄說，這次招安的事，不能接洽妥貼，就是說到因爲禿子近來死去的事。他的妻竟已告到了營中，說是你姪男害了他，且請省軍將你姪男招安以後再設法誘住法辦，以圖報仇。這婊子女人果眞是這樣做事狠心，不知死活的要來同你姪男作對，我有天是要做一個樣子給她看的。招安成功不成功，你姪男一點兒都不着急，弟兄們也正同是一個意思。山上有得是油鹽米酒猪牛，倘若是省軍高興，定要來到山腳下挑戰，熱熱鬧鬧一番，你姪男是不必同他們客氣的。喜歡理他們，要弟兄擱起劈山炮轟他幾下，同他敲幾槍；不喜歡他們時，關了砦門睡覺。讓他們在山下願意圍幾個月就圍幾個月。三個月也好，兩個月也好，把派捐得的糧食吃盡，他們自會打起旗子吹起號轉原防去！你姪男這裏見樣東西都有了預備，不怕他們法寶多！

五　第五信

大妹妹稟承母親的意旨，寫信給駐里耶軍營中的書記官太太，這位太太是她的同學。三月二十一日所吃的喜酒，就是這位太太出閣做書記官太太以前之一日，如今算來，又是半個多月了。信很簡單。大妹妹用她平素最天眞樂觀的筆調，寫出親暱的詼諧的話，信如下：

四姐：我答應你的話，今天可應念了！我說我媽會念着你請你來我家吃飯的：果不其然呀，她早上要我寫信邀你。

客並不多，除了你以外只有我：因爲這是媽說的。這次算是她老人家請客，所以她把我也請到裏頭了——到另一次作爲我請你時，我把我媽也做成一個客！

客既這樣少，所以也不特別辦什麼菜。前次有人送來一個金華腿，我們就蒸火腿吃。此外有你我所極喜歡吃的乾紅鱖魚，同菌油豆腐，酸辣子（小米的）。有我所不喜歡但你偏高興的黑豆腐乳。不少了，再添一點，就是四盤四碗，待新嫁娘也不算麻絮＊

＊ 麻絮作吝嗇簡陋解

罷。早來一點，我們可以午時吃各人自己手包的水餃子。

我媽還說有話要問你，我想，總不出「姐夫像貌臉嘴怎麼樣？」老人家是極關心姪女們姑爺這些事的。

我看到我三舅舅從外面進來，那一臉鬔鬔鬍鬍，就想到你——你一吃了早飯就快來罷，我想到細看看你的嘴吧，是不是當眞印得有姐夫的鬍子印記……

還要看的都在前一行的中了，願一切快活！

你的妹妹宋〇 四月七日晨

媽媽的意思，是想從書記官太太談話中，得到些近來山上同省軍議和招安的消息。這一點，寫信的大妹妹卻不知道，可知關於山上要她做押寨夫人的事，還在睡裏夢裏！

六 第六信

守備隊的副兵送來，從鋪上取了個收據回去了。這信封面寫呈宋小姐字樣。此是請了客以後的初九日。

妹妹：我第一句話要說的是爲我謝伯媽。前天太快活了，不知不覺酒也逾了量。回去循生說我臉灼熱，不久就睡了。伯媽是請我一次了，妹妹你的主人是那一天才能做？我得時時刻刻厚起臉來問你，免得善忘的妹妹忘記。若是妹妹當眞要做一次主人，我請求做主人的總莫把菌油豆腐同火腿忘掉！換別樣菜我是不領情的，餃子也得同前天一樣。

你報伯媽，她老人家所想知道的事，我拿去問循生，你姐夫說招安是一定了，但條件來得太苛，省軍還要聽常德軍部消息才能定準。如果是兩方拿誠心來商量，你姐夫說總不至再復決裂的。近來營部還有開拔消息，也就是好於招安後要山中人移駐到里耶來的原故……

請伯媽安心。循生今天到部裏去辦事，若有更可靠的信息時，再當函告。

……不久，我將爲妹妹賀喜了！

……………

你的四姐九日

信後爲妹妹賀喜的話，使大妹有點疑惑了。

……招安不成，第一吃虧的是應說全市的人。第二是守備隊。第三，第三就是算落到自己家裏。但招安以後，又有什麼對我可以賀喜的地方？布鋪的損失，未必因招安不成而更大。賀喜些什麼？賀……？

賀喜的事，大妹憑她處女的感覺，猜到一半了，她猜來必是自己的婚姻。凡是一個十六歲以上的女孩兒，你如其對她說賀喜的話時，她會像是一種本能，一想就想到是自己婚事上去的。想到了這事而且臉會爲這話灼紅，那是免不了的事。

大妹一個人研究着這「賀喜」兩個字的意義，全身的重量都壓在心上，臉上也覺着在燒了。極漠茫的，在眼前幻着許多各樣不同的面模來。第一個，他曾在四姐的喜事日，看過的那個蠶業專門畢業的農會長，長長的瘦瘦的身個兒來在面前動着了。第二個，守備隊那位副官，雲南畢業的軍官生，時常騎匹馬到大街上亂衝，一個痞子樣的油滑臉龐。第三個，亨記油號的少老板，雅里學校的學生……還有，三舅舅的兒子，曾做過詩讚美過自己，蒼白的小臉，同時也在眼前晃搖。

從婚事上出發，她又想出許多與自己像是切近過，或愛慕過的男子來，萬沒有料到那個山上的大王是她的未婚夫。

自己搜索是沒有能得何等結果的，到後只好把來信讀給母親聽了。到最後，母親歎了口氣，又勉強似的笑了一回。

大妹妹覺得母親正用了一種極有意思的眼光在覷着她，大妹妹躲避着母親的眼光，最後取的手段是把頭低下去望自己的脚。

母親太不原諒人了，將大妹臉灼成兩朵山茶花後還在覷！

「媽這是什麼意思呢？」話輕到自己亦沒有聽眞着的地步。意思是問母親覷她的原故，也是四姐來信中賀喜兩字的用處。

「說甚麼？」母親是明看到大妹的口動。

大妹又縮住了。

略停，大妹又想着個假道的法子來了，說：

「媽，我想此間招安以後，沿河下行必不再怕什麼了。節後下長沙去補點功課，我好秋季到北京去考女子高師學校。」

「又不要當教員，到外面去找錢來養我，遠遠的去做什麼？」

「你不是答應過我，河道清平以後，就把家搬到漢口去住嗎？」

「知道那時河道才能清平？」

「四姐的信，不是才說到招安的事？山上的人既全是可以招安，河道如何不會清平？」

「招了安我們就尤其不能搬走了。」

「怎麼招安以後我們倒不能搬走？」這句話大妹並沒說出口。

果眞是大妹能再進一步，所欲知的事就陳列在面前了。但大妹此話說後所產生的恐懼或驚喜，權衡了一下，怕此時的母親同自己都載不住，所以不再開口，把一句已在口邊的話咽下了。剛來的四姐那封信，還在大妹手上。

「媽，四姐要我們再請她吃飯，是什麼日子？」

「就是明天吧。她歡喜火腿，叫廚房王師傅把明天應吃的留下，剩下那半個都拿去送她。菌油也幫她送一罐去。並告她等到有好菌子時我另爲她製新鮮的。」

「我想自己去邀她。」

母親如知道大妹親自要去邀請四姐的用意那樣，且覺得如果大妹是要明瞭這事，由四姐說出，比自己也要好多了，故說：

「好吧。你自己去，必定要她來，我還有事請她……」

「……」大妹有點意見想申述。

「你有什麼話要說，可以同她說。等她來時，她也會告你許多所想知道的話。」

「我沒有什麼話可說，我看媽意思像心裏有——」大妹低低的說。

「心裏不快麼？不是。不是。媽精神非常子好。找四姐來，她會同你說我要說的話。你們姐妹妹可以到另一個地方——書房也好，你自己房中也好——你們可以好好譚一回……」

「媽，你怎麼？」大妹見到母親眼邊紅濕了，心極其難過。

「沒有。沒有。妹你今天就去罷，要你四姐今天來——這時就去也好，免得她又出門到別處去。」

「好，」大妹一出房門，就不能再止着想瀉出的眼淚了。

七 第七信

四月十六，山上有人到城，送來一信，並一小個拜帖匣子。送信的已不是先前第一次寄信那個嘍囉了。這人長袍短褂，一個斯文樣子，年紀二十多歲，白白面龐，戴頂極其好看的博士帽，臉上除了嘴吧邊留了一小撮鬍子外，還於鼻梁上掛了副眼鏡，手上一枝小方竹手杖，包有銅頭，打着地剝剝的響。後面一個小孩，提了一個小皮包，又拿着一根長長的牙骨煙管……這是個一切都表示地位尊貴的上等人。三老板一見他進鋪，以爲守備隊的祕書，或別處來此什麼委員，上門做生意來了，忙立起來。那人一個極和氣的微笑，對着三老板：

「閣下想來是三老板了！」同時把信陳列櫃台上，另於信旁置了一張小名片。

<table><tr><td>……主任參謀
陸 鈺
金玉酉陽</td></tr></table>

「哦，陸參謀！請，請，請，請到客廳坐……」

隔個櫃台，那來人伸出一隻手來，三老板也懂得是要行外國禮握手了，忙也伸過一隻手來，相互捏了一會。

那人並不忙着進客廳，把手腕摟着，對布莊櫃台上那個大鐘的時間旋轉撥動手上的錶時，三老板偷瞧了一下，表是金色嶄新的。

……姓陸的，雖曾聽到三老板在謙虛中自己把「草字問珊」提出，但他竟很客氣的把三老板稱爲親長了。

「請親長這邊凡事預備一下。」那是姓陸的同三老板告別鞠躬時一再說過有幾次的話。

那日宋伯娘沒有在家。來人受過吩咐，若宋伯娘不能出面，則三老板亦可以，所以就把大王所囑預備同宋老太所譚的一概與三老板說了，那個拜帖匣中聘禮也都點交件數留下。

夜間在宋伯娘的房中，三老板念山上陸參謀捎來的書信。大妹雖說早已知道此點，但因爲對此終有點羞澀，在未念信以前就走開到自己房中去了。

信中口辭變了從前的稱呼，開首第一句已把「宋伯媽」三字的空處代上「岳母大人」了，信如下：

岳母大人尊鑒：敬稟者：前數函知均達覽，復示誨以自新之道，且允於招安之後，將大妹妹于歸，備主中饋，尤臻愛憐，實增感激！

近來因岳母大人同大妹故，以是婿將對省方提出之條件已特別減至無可再縮的地步，且容納省方派員將部隊槍枝檢驗之律令。果無臨時發生變化，諒招編事已不成問題矣。

編收以後，婿之部伍將全隊移住耶市，守備隊下拔移駐於花垣，讓出防地歸婿負責。

沿河一帶治安，亦由婿部擔任，以後有劫船情事，由婿察緝，察緝無從，則應由婿部賠償。此條雖將婿責加重，但爲地方安甯，婿固當有所犧牲也。

此後支隊部（改爲清鄉第十支隊司令），婿意擬設於天王廟，地勢好點，亦可備萬一別種事情發生時，退守方便。

……十八至二十，三天中，婿所部全隊，即可開進耶市大街，到時再來謁見大人。

大妹喜事，婿擬照先時所約定之日舉行。岳母方面，亦不必多事花費，婿知道岳母極愛熱鬧，到時此間有許多兵士，固能幫助一切也。

前派陸參謀來同省中代表接洽一切，並囑其將此函並些須聘禮飾物呈達於長者。所有未盡之意，統由陸參謀面呈，此人係婿至友，亦由學校出身，祈大人略加以顏色，婿實幸甚！謹此恭叩福安。

小婿道義謹稟

附聘禮飾物單如左

赤金釧鐲一對

赤金戒四枚（二枚嵌小寶石）

赤金絲大珍珠耳環一對

赤金簪押髮各一件

赤金頸鍊一件

赤金頸鍊一件（有寶石墜子）

淨圓珍珠頸鍊一件

金打簧手表一枚

白金結婚戒一枚

白金結婚心形胸飾一枚

白金鑲鑽石扣針一枚

上等法國香水兩瓶（瓶旁懸小紙簽標明每瓶價值，一值二十四元，一值六十元）

法國香粉二盒（標明值三十元）

此即大王在另一函中，曾經提過，說是派人往湖北去辦的。那位老太，聽着三老板把信同聘禮單念完，看看桌上那一堆各在一個小盒子裏的東西，忽然放聲大哭了。

這時的淚，不是覺得委屈了女兒，也不是覺得委屈了自己，或是對不住大妹的父親。她是像把一件重的石頭，壓在心上，驟然取去，忽然想到過去的惶恐同將來的歡喜，心裏載不住這兩種不同的壓力，不知不覺從眼眶中擠出淚了。

哭了不久，這老太就走到大妹的房中去送大妹看信。既不怕抄家，也不怕誰來刨挖大妹父親的墳山，在這位老太太看來，眞是沒有什麼理由來說不願意將大妹嫁給一個大王的話了！何況大王如今又已成了正果，所以老太太把信擲到大妹妹面前時，眼中已無些子淚痕。

八　大妹妹的婚事

熱鬧，闊綽，出了里耶人經驗以外。一切佈置的烜赫，也出了宋伯娘在期待中所能猜想的以外。迎親那日，八個黃色呢制服的人，斜斜佩着紅綠綢子，騎在馬上，各抗着一面綢國旗，都是副官之類……

一對喇叭，後面一隊兵士；一對喇叭，後面一隊兵士……

幾乎近於是迎接「撫台」那樣，一直從天王廟支隊司令部起，到宋家門前止，新的灰線布制服上佩着一朵紅紙花的，是昨日的嘍囉（今日的兵士）。軍隊是這樣接接連連。滿地紅的小爆仗，也是那麼接接連連，毫不休息。喇叭是爹爹噠噠吹着各樣喜慶的曲子，當花轎過路時……親事一接此後天下太平了。

由宋宅殺了兩個猪六個羊去犒賞兵士還不夠，到後還加了兩隻肥猪才分得開堂，即此一端，參預此番喜事的人多已可知了。

大王是彪壯，年青，有錢，里耶市中人儘他們所能誇讚的話拿去應用還總覺得不夠，到後只好把類於妒嫉的羨慕落到那宋家母女身上。

九　第八信

結了婚約有兩個月，大妹有給駐花垣守備隊營中書記官太太的一封信。

四姐：我不知要同你說些什麼話。關於我的事，這時想來可笑極了。在以前，我剛知道他要強迫我媽行他所欲行的事時，我想着一切的前途，將葬送到一個滿燒着魔鬼的火的窟中，傷心幾乎想實行自殺了。

四姐你是知道的，一個女人，爲一點比這小許多的事也會以死做犧牲的。但我當時還想着我媽，我媽已是這麼可憐的人，若是我先死，豈不是把悲哀都推給她身上了嗎？我想走，當時我就想走，到後又把這希望用自己良心去平衡，恐怕即能走脫，他也會把我媽捉去，所以後來走也不想走了……日子一天一天過去，拚我死命，等那宣告我刑罰的可咒的五月初五來到，我身不由己的爲母親原故跌進一個墳坑裏。在期待中，想死不能時，我也是同一般爲許多力量壓着不能掙扎的女人一樣；背着母親，在自己的房中去低聲的哭，已不知有過多少次了。我那時懸想他，一個殺人放火無事不做的大王，必是比書上所形容那類惡人還可怕！必是黑臉或青臉，眼睛緋紅，比廟中什麼判官還可怕！眞是除了哭沒有法子。眼淚是女人的無盡寶藏，再多流一點也不會乾，所以我在五月五日以前，是只知道終日以淚洗面的……

過去的都是做夢樣子過去：雷霆是當日的雷霆，風雨也是當日的風雨，不必同四姐說了；我只告你近來的情形。

近來要我說我又不知怎麼來說起。我不是怕羞，在四姐跟前，原是不應當再說到害羞的事的。我眞不知要得怎樣的來說一個同我先時所擬想的地獄極相反的一種生活！

你不要笑！我自己覺得是很幸福的人，我是極老實的同你說，我生活是太幸福了。幸福不是別的，是他——我學你說，是你妹夫。你妹夫以前是大王，每日做些事，是撒但派下來的工作，手上終日染着血，吃別人的血與肉，把自己的頭用手提着，隨時有送給另一個人的恐懼繞在心中。但他比我所猜的惡處離遠了。他不是青臉同黑臉，他沒有廟中判官那麼兇惡。他樣子同我三舅舅的兒子一個面貌，我說他是很標緻，你不會疑我是誇張……

他什麼事都能體貼，用極溫柔馴善的顏色，侍奉我，聽我所說，爲我去辦一切的事。（他對外是一隻虎，誰都怕他；又聰明有學識，誰都愛敬他。）他在我面前却只是一匹羊，知媚牠的主人是牠的職務。他對我的忠實，超越了我理想中情人的忠實……

前幾天，我們倆到他以前佔據的山砦看望一次，住了兩天。那裏還有一連人把守。四姐，你猜那裏像個什麼樣子呢？比唱戲還可笑，比唱戲還奇怪。一切一切，你看了不會怕，不會戰抖，只有笑！不倫不類的一切一切，你看從七俠五義一類小說上所寫的人物景致，到這裏都可見到了。我問你妹夫以前是怎麼來生活，他告我，有時手上抱着兩枝槍打盹。我們那天就到他那間奇奇怪怪的房中睡了一晚。第二天，又到各處去看，又走了半天。

………

一個女人所應得到的男子的愛，我已得到了，我還得了一些別的人不能得到的愛。若是這時是四姐面前，我眞要抱住你用哭叫來表示我生命的快適了！四姐呵，同姐夫說說，轉里耶來住兩天罷，我可以要他派幾個人來接，我媽還會爲你辦菌油豆腐吃！

我媽近來也很好，你不要罣念！

你妹同你妹夫照來張相贈你，快製一個木框，好懸掛在牆上，表示你還不忘記你妹妹。你妹妹是無一時能忘記你的，就是他，這時也在我寫信桌子的旁邊，要我替他問你同姐夫的好。

你的妹七月十日

十 結束

大妹，近來就是這樣，同一個年青，彪壯，有錢，聰明，溫柔，會體貼她的大王生活着，相互在華貴的生活中，光榮的生活中，過着戀的生活，一切如春天，正像她自己信上所說樣：雷霆是當日的雷霆，風雨是當日的風雨，都不必再去說了。過去的耽心，疑慮，眼淚，都找到比損失更多許多倍數的代價了。至於那些里耶人呢，凡是在那年五月五日對宋家母女有過妬嫉的心的，無用的妬嫉，還是依然存在。

一九二六年於西山

上城裏來的人

一

「三月十六日的事。一個壞運氣落到了眾人頭上，來了一些——誰知道這應當用什麼稱呼為恰當呢——總之他們是來了。不報信，就來了。把一些人從夢中驚醒，但是醒來他們已到寨子中了。狗叫是空的。狗這時似乎也知道叫是空叫，各個逃到空園中去了。人可逃不及。

「於是不用什麼名義就動手。知道『動手』這兩字的用意罷。他們動手了，他們有刀，有槍，只有『請便』可以說了。

「他們是體面的。只要不這麼慌張，不這麼混亂，成羣排隊到村中大街上走，吹號打鼓的在前引路，騎馬匹的放在後面，我可以賭咒說我不敢疑心他們是——

「我決定說他們能夠這麼辦的，做得體體面面，在另一時節。」

二

「我不是說動手麼？

「輪到了牛，輪到了羊，輪到了財物……當眞，應當輪到我們了。

「我們是婦人，婦人是有『用處』的。

「他們是斯斯文文的，這大致是明白附近無其餘的他們。說：『來！』我們就過去一個，我忘了告你是在喊來以前我們婦人是如牛羊一樣，另外編成一隊的了。如今是指定叫誰誰就去。我咒氣，說我不害怕。這是平常事，是有過的事。

「但我看到我們的大表妹子——該死的老子這樣大年紀還不打發她出門——她臉色變得眞難看。還沒有喊她，一雙腳只是搖，像紡紗車軸。我的天，你這樣膽小，一個女人總有一次的事，怕什麼？我是不怕的。用過了的他們就會走路，不是麼？

「我輕輕的說，妹子，別這樣，你大表嫂也在此，嬸嬸也在此，不要怕。讓他吃，讓他用，衙門做官的既不負責，廟裏菩薩又不保佑，聽他們去，不過一頓飯久就完事。

「他們決不是土匪，不會把我們帶去——帶去只有累贅他們——所以我心穩穩的。」

「像害了一場病，比癧疾還輕鬆一點的病，我成了今天的我了。

三

「所以我說，我家中原是有兩頭母牛，四頭羊，二十疋白蔴布，二十疋棉家機布，全副銀首飾，仍然得上城來幫人做工。這理由你當然明白了。他們拿去了一切，留下我同我的男子，我又是害病。你們從城下鄉或者當是另外一個理由，因爲你們還可以回轉城裏。

「我就是因此到城裏來了，我的牛羊同家產，可不知道隨了他們到什麼地方去。我頂不放心那匹黑牛，牠左腳有病，是眞的。我的男人他因此當兵去了，他臨動身時說他將來總會作他們作過的事，說這話時好像生了點氣。

「我記到他的話，我告他：若是別人家的牛腳上有病，可爲別人留下不要拉走。有病的牛走遠路是不相宜的，要這東西隨隊伍開差，也怪可憐。

「也許他得過一頭牛了，就因爲記到我的話不把牛牽走。他是好人，我可以同你打賭，儘你去問我村子裏的每個人，看有一個人說壞話沒有。」

四

「你們城裏人眞舒服。

「成天開會，說婦女解放，說經濟獨立，說……我明白，我懂。我記得到，那有就忘記的道理。你不信我念那段話給你聽。你告我的我全記得到。『我們婦女也是人，有理由做男子一切做着的事。』……這我可不明白了，我不知道使我們村子裏婦人所害的病，有法子在解放以後就不害它不？

「她們不能全搬進城來住。鄉下的他們比城裏似乎多多了。

「她們有牛，羊，蔴布，棉布，而他們就有刀，槍，小手槍，小手溜彈。他們是這樣多，衣服一色，上城來告狀又不是辦法；我們告誰？

「……………」

五

「不說起，我不記得這些事的。好像是忘了。過去的事忘了倒好點。

「可惜我那牛，我知道牠是不願同我們離開的。臨走時被他們牽着打着（我睡到這樣想），牠必定還流眼淚。我們原來多久就已成爲一家人，太熟了。

「若到什麼地方碰到牠，我斷定牠還認得我。牠是又聰明又懂事的東西，我說得是那隻黑色的。唉，可是恐怕我的那男人我再不會認識他了，這是整五年，從那出門一天算起——不，應當從我害病那天算起。」

一九二八年八月於上海

夜

大約是一九一九那年，我那時正在湖南邊境一個小市鎮上住身。那裏去貴州不很遠。那地方名字是榆市，通常又多喊作榆樹灣。那地方的一切情形，風景同生活，我是在我寫得許多小說裏都提到過的。就是近來一篇取名叫做〈我的教育〉那樣回想的文字，那背景，也就是與那榆樹灣相距約四十里一個比隣的市鎮的。我在兩個鎮上皆住了一些日子，學到許多人事的乖巧。所不同的是我在槐化時節，我的名分是一個正兵，編在補充營，每日的事情提要記錄出來，是擦槍，看殺人，燉狗肉吃，這三件事。但住在榆樹灣，我高陞了。我已經從值六塊錢一個月的兵士名位上，被那個就只會拷取口供的軍法長，拔擢我到司令部做司書生，薪水加到九塊三毛錢一月，名册上寫得是上士，名義上我已經是師爺了。感謝這大人，把我從擦槍過閒日子的生活中，換到與副官處幾個吃閒飯的副官一處坐到方桌旁邊吃飯，又給了我許多機會讓我寫字作畫，且使我養成了獃坐到桌子旁永不厭倦的脾氣。若詳細的追究我這生活的轉變機緣，怎麼樣我就成爲今日的我，那一段作司書生的生活是值得作一度深沉的回想的。就是那個軍法長，那個不缺少可愛敬處的無賴，那個只知道用苦刑拷取無罪的平民招供，劊子手的夥伴，對於我的幫助，也是應當永遠刻在我的心上的。我會從一個兵士被這人青眼擢陞爲書記，一面自然是我那時太歡喜寫字，爲他知道了，一面還是另外有一個原因。把這原因提及，使我自己也常常對於那軍法長失去了感謝的私心了。

那原因是正當那個時候，我們的軍隊紮駐到那小鄉鎭上，大家都把「看殺人」同「殺人」當成生活中一種至上的懌悅，忽然在××的民政長兼靖國聯二軍總司令的張某，用二軍名義命令我們的隊伍，限定日期把槍械表同名册造去，以便在辰州的軍事會議時提出，不然將來便不能爲政府承認這是正式軍隊。隨了命令來的是許多張用桂花紙畫成的極大極複雜的表式，完全是我們清鄉署祕書長書記官所不見到過的東西。似乎把所有部中有知識人物聚在一處，對於這上級官署新頒的表式也感到束手了，束手的事情不是部中缺少明白這表用處的人物（雖然是那樣稀糟的部隊，裏面從高級軍事學校出身的人物是並不缺少的），爲難的只是麻煩。似乎從民五討袁成軍以來，就從沒有遇到過那種講究認眞的上司。名册雖是每月皆得造就一份，連同領結賫去，才能把應得的餉項領到，但上面的人數與槍數，照例就是極其敷衍不落實際的。這次可眞出奇了，槍枝表上的舉例，是連式樣號碼出產地與子彈一切詳數皆得登載的。命令到時去下游軍事會議的日期只兩個月，所以無論如何一切表册皆得在四十天造齊送去，將來才不至於剿匪的軍隊本身變成土匪。我們部隊平時報告上去雖是三團，實際上恐怕人數不會到一千六百，而槍枝實數又不會過一千。一千枝槍的數目並不多，可是這表冊將怎麼見人？並且既然一切得那麼詳細，若不是把部隊一一抽調來點驗，就是派人到防地周圍近百里內檢察。調防是做不到的事，到後就決定派人到各防地去填造這表冊，困難就發生了。造表的事是屬於參謀與司書合作，參謀是很不少的，因爲各處得同時派人，書記的人材可不夠了。把所有部中書記分派出去後，部中還得要人辦事，我忽然被軍法長想起，所以我就成爲那清鄉司令部的師爺了。

我作了司書的第三天，司令官忽然要駐槐化部隊同榆市部隊換防，清鄉公署也移過榆市。這突然的變故是大約與下游派來的點驗委員有關係的。榆市的一切完全與槐化同樣，所不同的是鎮上多了一個郵政代辦局同一個小福音堂。我們仍然駐到一個祠堂的戲樓上，把床靠牆接連的鋪好，把辦公桌皆放到戲樓窗邊。

初作司書是不寂寞的。每天坐到白木桌子旁邊，用桂花紙印紅格的公文紙臨《靈飛經》，有命令時寫命令，把事作完，就又拿了司令官畫有虎字的原稿上草字臨摹一通。不高興把筆拋了，我就看上司們下棋。祕書處是同參副各處在一個樓上的，因此我又得了聽這些上司說話的方便。他們都不吝惜對我的誇獎，一個成天到傳達處烤火的我，得到這些人的獎勵，不消說我在職務上，到後就成爲一個最能盡職的好司書了。

榆市也有場，逢四九是熱鬧日子。雖然作了司書，我是仍然在逢場時節，被提拔我那個同鄉法官，用一種鼓勵，要我拿了錢到場頭上去買狗肉回來燉的。當時我沒有明白他那鼓勵的背面是含有自私的意義，我總是仍然極其高興的把狗肉買來，拿到大廚房去把狗肉的皮燒焦，再拿到小溪裏去刮，又拿到廚房裏砍，加作料爲那法官燉好，供這個上等人的貪腹。我的趣味在別的習慣上也仍然保留了許多，就是說我的壞處並不因爲作了司書就完全去掉。我還是常常到連上去吃飯，間或同兵士到鄉下人家喝一杯酒，或者到溪邊看女人搥衣。除非正在寫一件頂要緊的公文，我總得抽空去看看，看到底有人割心肝沒有。割心肝的事我是一共曾看到過十一次的，還看到一個人把膽取出用細碎的銀子從小管子裏灌進去，據說銀末到膽內以後就化了，這膽比熊膽有用，它的用處是治心氣痛一類婦人闊人的怪病。不過，我看割心膽是要看那些火夫把心肝怎麼樣下鍋炒吃的。全只是聽到另外人說過一句話，說是心子在鍋裏還是活的東西，跳得很高很利害，其實看到後才知道這話一點不可靠。這些蠢東西，活到世界上時，如果心子是一種活動東西，就不至於儘人把大刀在頸脖上盡力的砍了。既然全是那樣容易死去，從不曾設法去砍別的人，心子不會在鍋裏跳躍，也是自然的事了。但年紀很小的當時的我，所有幻夢以及研究興味，是總不能離開我生活的周圍另有發展的。我曾聽到一個傳達先生說他吃過一個婦人炒舌頭的故事，他說到這個時完全不是兒戲。他告我一個朋友怎麼樣同他相好的婦人反了目，這婦人怎麼樣先同他要好後又同一個錫匠要好，婦人想那錫匠把朋友謀害，錫匠不答應，到後這話從錫匠方面漏出了，朋友就走到婦人處去，如何把婦人的舌頭勾出，割下攜回來下酒。正當那個時侯傳達走到了那裏，朋友就說：請吃一杯。但這傳達不喝酒卻吃了一筷子菜，到後來才知道那是一個婦人的舌頭，嘔了半個月還覺得心裏不爽快。吃人並不算是稀奇事，雖然這些事到現在一同到城市中人說及時，總好像很容易生出一種野蠻民族的聯想，城市中人就那樣容易感動，而且那樣可憐的淺陋，以及對中國情形的疎忽。其實那不過是吃的方法不同罷了。我是到了現在，還是不缺少機會看到某一種人被吃的，所以我能夠毫無興奮的神氣，來同到一些人說及關於我所見到的一切野蠻荒唐故事。

我的司書作了二十天以後，有一個營裏因爲所造的表册不對，還得派一個人去那裏另外抄寫一份。因爲那個營部設立在距鎮上約有二十五山里遠近的一個冷僻岩上，第一次去過的那書記，爲那討厭的山路嚇怕了，很聰明的同我打了商量要我替他做這件不討好事情。他知道那營長是我一個親戚，我沒有不願意去玩玩的道理，就在參謀長面前舉薦了我。他對上司說出我應當去做這件事的好幾種理由，且在那理由中說出只有我才能夠勝任的荒唐話語。這似乎又像實在的話，因爲他說只有我懂槍，才不至於再把那些應有的註解忘掉，此外還有就是我應當在這個時候出一兩趟差，做點事，才不至於爲其他書記處同事看輕。這眞又是一個會說話的騙子，他的話中煽起了我許多虛榮和慾望，直到後來我還爲這同事用言語相激，做了許多對於目下性格有關係的獃事。

我那時寫字是一點不高明的，當然不會比一個做了多年的書記師爺在行，但說到造表册，對於這新的表上塡上檢驗的結果，把種種名稱塡到表上去，我的確是比那些長了鬍子的師爺多懂一些的。當時我還能用我在小學校認到的英文字母以及拼音方法，在表上塡明白那些槍的出產地廠名與名稱。

既然這件事輪到了我，當天即刻就得動身。我仍然是穿得那件棉布長大軍服上路的。我什麼也不必攜帶，實在說我什麼也沒有可以攜帶的東西。我只把一條洗臉用的毛巾扎到皮帶上。我把那在××營裏領來的洋磁碗帶走，這碗是每一個兵士皆有一個的，用一根紅繩子穿起來掛在腰邊，吃飯喝水全就是它。

時間是燒夜火的時候，鎮上到別一個地趕場的人都回來了，因爲有同伴正要過××去，我不得不即刻同到他們動身。同伴是四個人，四個有槍的兵士。因爲這四個人正是今天來到這裏領餉回去的兵士，有了四個人上路，使我放心了許多，雖聽說去××的路上有一個高山，有豹子常常在山中石洞裏發吼，也毫不放在心上了。四個人中有一個是班長，這人是很可佩服的。

天氣是一個陰鬱沉悶的南方二月天氣。我們五個人走出街口時，已經就看到有人吃晚飯了。可是天氣壞到出人意料，我們先還以爲走十五里才會斷黑，就點了火把走黑路，但是還剛走到距離榆市十里的十里橋，天就全黑了。我們到那橋旁一個賣糍粑的人家裏烤了一會火，吃了點茶，吃了點東西，把火把同馬燈點燃，仍然走路。

在那地方山道中走夜路，手中熊熊的火把畢畢剝剝爆着大的聲音，從大而危險的石旁搽身過去，從深澗石梁上過去，從流水潺湲的溪澗裏過去，因爲人多，一路上我是毫不寂寞的。我把我自己放到這四個年青人中間，前面兩個後面也是兩個。我感覺到一種美，使我忘了長途的疲倦。

這美的感覺是到如今還不完全消失的。那山路是常常變化的，有時爬上了嶺脊，兩面皆下陷無底，忽然又蜿蜒下降，入一個夾谷，在前面十丈彷彿即已到了盡頭。隨處是高聳的石壁同大而幽僻的樹林。從一些廢油坊同廢院落外面遶過時，望到這些工程偉大的長圍牆，使人想起數年前這主人的光榮，總不能不把火把向那黑暗的冷落的空地照照。一切皆是這樣不可形容的怕人的出奇的情景，但在這些情景下，幾個在軍營中滾着日子的年青人，心粗氣壯，平時大量的吃酒吃肉，這時沉默的或大聲歌唱的走路，從這些人行爲上使我心上的畏懼毫無長成機會，我就反而爲那動人的美所醉了。

在××的山路，我不明白是用何種方法計算那長度的。我們這二十五里好像走一個上半夜還沒有得到。我把我們要到的目的地問過了那個什長，他沒有說明究竟還有多遠，他就只把應走過的地方名字一一數給我聽。從他那語氣上我才明白我們走了半夜還沒有走過三分之二的路程，所以慢慢的也就不免有點疲倦了。

走到一個溪邊，溪水漲過了跳石，汹汹的流，加之因爲是夜間，不知道這水究竟有多深，爲難了。若是在白天，就有再大的水，我們也可以想法渡過這橫斷的溪河。凡是鎭筸人很少不會泅水的兵士。可是現在是有四枝槍在身邊的，還有四百塊洋錢，同各人身上的子彈帶，天氣又是不適於同水抖氣的天氣，所以就不得不想另外一種辦法了。這地方照例是缺少船隻的，另外的辦法當然不是從渡船着想。我們經過了一種商議，就沿河走。那熟習道路一點的班長主張向下游，因爲從下游可以有機會找到一隻小船。有三個兵士皆主張從溪上游走去，以爲或者可以發現一個窄一點的地方有一個橋，縱缺少這種好氣運，上游一點必定還有那類日夜碾米的水碾子，可以從碾壩上走過去。並且到了實在無辦法的情形中時，我們還可以到碾坊裏去過一夜，不至於徬徨到這河邊讓風吹，不消說這意思是就先有了在這鄉下住一夜的意思了。說到水碾子，使我想起了八九歲時在碾房過夜的情形，同時我們又正聽到一種彷彿距離很近至多不過在半里以內的奇怪聲音，這聲音是只有水碾子同油坊兩種地方才會有的，所以我也傾向了多數，說是大家從上游走去是好辦法了。那班長見到堅持自己主張沒有效果，所以就用着「儘你們幹」那種放棄責任的神氣，答應了這提議，大家一起向上游走去了。

我們就沿了溪旁的小路走去。從上游直溯，我們究竟將走到一個什麼地方，是誰也不很明白的。我們都不是本地生長的人，其中最熟悉地理的還只有什長一人，但他也是只來回走過十次左右的正路，其他路徑全然是茫然的。可是我們全是年青人，全都相信這地方不會有土匪三十五十來搶槍的事，全都不怕鬼怪或猛獸，所以大家一任性，就毫不想到恐怕那類事情了。從溪的上游走去時，我相信是我們曾經有過很多的機會，可以從溪的南端越過到北岸的，倘若我們必須這樣作時，至多我們只會把水濕到大腿的。但我們好像覺得越走越與我們所聽到的那種聲音距離較近，我們已經走了兩個鐘頭或三個鐘頭不遇到一個活人以及一間有燈光的房子，夜行的空洞寥闊心情，太需要一點溫暖以及一個休息的地方，同需要一個生人說兩句話了，就都沒有下水的意思。那什長也不說一句話，獨自在前面把一個火明在黑暗的空間裏搖着儘火星爆着，像煙火中的李逵發瘋，走了又走。我們的不可免的恐慌忽然爲一個同伴發現了，我們所有的火把，所剩的已經不能再走三里路了。我們五個人在這樣壞天氣下，是決不能靠一盞提燈走路的。我們因爲先前太不知道節制照路的火把，到這時候困難可發生了。沒有火，在××時，像這樣夜裏摸十里八里黑路，是尋常的事，可是那道路可不比這地方。這時我們所走的是我生活經驗中最坷坎的路，一面是溪流，一面是荒山，路既高低不平，最難防備的還是那路旁的空陷處，多到不可思議。這空陷是陡然而來的，是一不心就把人吃了的。小的較淺的或者尙無妨礙，有些大而深的裏面全是積水，在我前面一個兵士有一次若非得我的援手，跌到那窟窿去是不是還爬得出來我可不知道了。

因爲照路的火把所餘有限，幾個人對於路的惡劣，感到詛咒罵出野話了。幾個人皆抱怨自己的主張錯誤，有點後悔任性的失策了。但在最前面引路的什長，卻一句話不說，他只沉默的揚起火把向溪的上流走去，間或前面有了麻煩，才說一聲「弟兄小心」。什麼事使這什長勇敢向前呢？因爲我們要知道的那聲音更近了。

隨了這有毅力的什長又走了約一里路樣子，溪流向左轉，使我們更失望的是轉出了左邊山角，我們明白這聲音是一個水車的聲音，而聲音所在的地方毫無燈光。若果水車處有碾房在，既然水車還在轉動，則碾房中決不會全無燈光的。我們既已轉了山角，水車聲音距離我們已經不到半里路，我們趕到了那水車處一看才看出是一個接水灌山田的龐大竹子水車，完全不是碾房擢動石碾的木葉水車。這打擊使我們五個人皆罵了一句娘。我們是被這東西所騙了。看情形使我們明白附近不會有一個人家。我們先前能夠前進，完全是爲得有希望的聲音所鼓勵，我們各人皆懸揣到在那聲音下面的各樣趣味。我們的同伴，一個在任何時節總不忘記談到女人的小小黑臉青年，先還做着無涯的好夢，同我們談及他在某一個碾房裏所經過的一種奇遇。但是，到了這裏，一切都完了。再想前進誰都缺少這種勇氣了。退回原路則又彷彿不是幾個年青人想到的事，我是雖想到也不好意思說出的。我們的火把恐怕向後轉走到原地方也不能夠支持的。我們除了一種神蹟發現，簡直幾個人非在這溪邊過夜不行。

這情景，若果先前我所讚美的不是虛詞，則在這時節我也應當找到一種最恰當的惡罵機會了。因爲我們用盡了方法，想找尋一點可以當作火把照路的都沒有得到。那水車，看那樣子在平時溪水乾涸時節，一定是已經不再轉動，懸在空中，那一半竹杆編排成就的身體，是可以拉下來當作最好的引路火把的。只要拉下那東西一根肋條，照三里路也是很平常的事。但這個時候，這東西卻在溪流中慢慢的轉動，全身已爲溪水所濕透，發出大而可惡的聲音，似乎把我們騙了還在那水中嘲笑我們這一羣年青人是獃子。

還是什長可愛（這什長到近來是早已腐爛了的，願他安靜，不要爲我這個故事擾亂了他的被世界遺忘的靈魂！），什長見到我們的同伴想用槍托去築那水車的基礎，大聲的制止了這愚蠢孩氣行爲的繼續。他告我們，誰同他爬到山頂上去看看，或者看得出一個村落的方位。他說這是我們唯一的一種希望，若是沒有結果，我們就準備在這河過夜了。什長的話使我們生了新的勇氣，五個人皆願意到山頂上去看。五個年青人，只有我們年青人才做得出這種事情！我們要爬的山是一個紅石的荒山，我們既決定了到山頂上去看看，就開始從那水車所灌引的田塍上爬過去。那山田裏已灌滿水，水且從低處溢出仍流到河中去了，我們明白這水車若不是因爲漲水的原故，也不至於使我們受騙的，因爲水車接水的梘還沒有擱上，水道也沒有理好所以水就溢出了。

山頂是好像並不很低的，不過因爲我們幾個人完全爲這唯一的新的希望所支配，也顧不得什麼，四個還各背上一枝槍，到後仍然爬到頂上了。到了山頂以後各處一望，望了許久，山後的灌木林後面遠處，被我看出一點火光了。我們大家注意到這個相去一里以外的小小火光。我們看了一會，證明了這決不是燐火一類騙人東西後，取上山時相反的路徑，不顧一切向火光處走去。前面一點小小光明使我們忘了一切危險，我們隨從什長越過了許多阻礙，越過了許多有水的濕地，又從一些灌木林裏奔過去，居然下了那山到一個小坡阜上，把火光認清楚了。這時什長忽然機警起來，恐怕前面等候我們的是一種深不可測的危險，變更了我們前進的計劃，他要我們在後面二十密達距離，莫用火把，只把提燈的火捻得很小，能夠照路，跟在他的後面，他獨自上前去作一個尋路的人。他且把槍枝同子彈帶給了我，要我背上。又走了一陣，已經走近那火光，看得出是一棟孤孤單單的房子了，我們各把槍實了彈，各取十密達距離蹲伏守在各處，什長拿了火把高高的舉着，使火把散開，加強了燃力，一直向那小屋裏跑去。

我們在任何情形下本來皆缺少嚇怕的情緒，經過了許多的危險，且常常像這樣子在深夜包圍一個匪巢，這種情形並不是第一次了。但到了這時，各人的心仍然好像是綳緊了，若果我們看到什長的火把一滅，或者聽到一聲喊，或者一種突起的呼聲，最先開槍的必定是我。因爲我在那時節忽然想起了施公案一類故事，以爲在那裏一定是一羣強悍兇狠的人物，且想起我們營裏不久日子才捉到那匪頭被鎭上人破腹取心的事，以爲這屋裏若是一羣土匪開會決議報仇方法，我們什長這一去，不到一會就應當破腔取心作醒酒湯了。我這樣思想時並不是怎麼害怕的，我的同伴當然也不怎麼害怕，我們各人有一枝單筒蓋板槍，有一百六十粒子彈，在任何情形下都很有把握可以憑這點東西換他們二十條性命。不過時間與空間放到那地方那種情形下面，使我們各人皆有理由爲這寂靜的沉悶攻襲，心上感到冰冷，幾幾乎要放聲長嘷。

我只有到那種情形中才能有異常清醒的頭腦。我好像能在那一分一秒上看盡了世界一切。我手揑着冷而潮濕的槍，蹲在一株桐油樹的後面，眼睛望着什長的火把。我聽到離我很遠的幾個同伴兵士的出氣。

看看待到什長要走近那人家時，同伴之一，低聲的說：「師爺，你預備，不要心慌！」我也就說：「我是從不心慌的，我有過四次的經驗了。」

我們看到什長走近那人家了。

我們看到什長在拍門了。

我們聽到什長在同人說話以及一隻小狗的吠聲了。

一切完了，一切預期的危險完全沒有，我們反而似乎失望了。因爲聽到排門，就明白是可以不必開槍的生意，到後又聽到小狗的吠聲，更明白是平安無事了。一個匪巢是不會把大門嚴閉一直讓人到他的門外拍打的，一個匪窩更不會餵養一隻小小的無用處的狗，這就是我們對於從經驗得來的知識。我們用了這知識，證明了先前戒備的多餘，各人皆在一種又羞愧又歡喜的情形下把身體站直，同時什長在那裏喊我們了。

我們自然再也用不着什麼惑疑，就向那燈光處跑去。走近了一點，我們看見什長正同一個老年憔悴的男子站在那大門前，我們歡喜得要罵娘了。

老年人看了我們幾個同伴一眼，很憂愁的樣子，把我們讓進大門，進了大門又走在我們前面引路。那小狗項上掛了一個鈴鐺，在我們腳邊嗅了一會，好像明白了我們是好人，也跟了牠的主人跑着引路去了。我們進了大門又走過一個大而寬的土坪，我心裏還有點不甚高興，因爲看那老東西似乎對於我們的來很有不歡喜的神氣。我一面仍然不忘記人肉包子迷魂湯一類故事上的危險事情，獨自走在最後一點，以爲若果是前面的人一落了陷阱，我即刻就向後轉。我沒有進門以前一切虛實也看過了，在退路上我已經留下一種記號，默數着腳步，自以爲謹愼到可誇獎的程度了。但是，進了屋，還有出人意料的事！這目睹的種種使我慚愧，我所擔心到的老者家中，原來就只是一棟三開間的房子，正中一間掛字畫，點了一盞燈，一個桌子上擺了一本大書，一個茶壺。左邊像是臥房了，有一扇門半掩着，右邊是灶屋，有一個大水缸，放到門邊，正屋的那盞青油燈的闇淡的黃色燈光，照到那廚房水缸上，映出淒涼的微弱的光線。老人家中的簡單同乾淨，忽然又使我疑心我們今晚上所遇到的是神仙了。因爲聽到窗外遺在地下的火把殘餘的爆聲，我趕忙走出去看，想用脚踹熄，我走出時一個兵士也同我一塊出來，我們兩個人就走到那好像臥房的一邊窗下望了一下，只望見裏面像是有一個床鋪，又像是有一個人睡在床上，聽到什長在那裏喊我們，我們才怱忙踹熄了火把的餘燼，返到屋裏來了。老年人把燈拿到灶屋，引我們到燒火間，告我們可以自己燒火熱水。

問到了這裏地方，我們才知我們今晚上所走的路已去正路十里，再有兩三里且到另外一個名叫金狗寨地方了。他就告我們且住到一夜，到明天再走，因爲夜裏縱有火把同引路人也是常常容易走到一個岔路上去的。他問我們是什麼時候從什麼地方吃得晚飯，知道我們這時還需要吃一點東西時，就拿了燈，引我們到灶屋裏去，指點我們那個灶屋靠後一點地上，可以燒一點乾柴根取暖，且告我們若是要睡覺，就到正屋後面倉上拉下一點稻草來墊到地上。他又回到房裏去取了兩升米同十幾個鷄蛋來，要我們自己辦一點飯吃，因爲他自己有點不便。又指點了油罐鹽罐，且用木叉把掛到堂屋外邊廊簷下的兩尾乾魚取下來，同一些辣子，要我們自己照到所歡喜的口味做好。因爲取乾魚我爲他掌燈，回到堂屋時我就把燈放下，察看了一下這人所看的是種什麼書，我這行爲完全只是出於好奇，不知爲什麼我當時總覺得在他臉上看出一種非凡的光彩。我明白他的書是一本《莊子》，知道了神仙決不去看《莊子》，但我總仍然以爲這個人是一個稀奇古怪的人物。我當時也不把這個話去同他談及，也不把這心事同我那幾個夥伴說明，只是在那老人面前，表示出很懂得他很尊敬他的意思，一句話都不說，以爲他一定在這個時候會像黃石公向張良說的「孺子可教」一類話來。我把英雄的夢轉到神仙的夢，這夢是始終不曾爲四個同伴知道的。

老人雖說一切要我們自己動手，但他仍然是拿這樣取那樣幫助我們做這一餐夜飯的。我們把飯辦好，坐在灶間那火堆邊小板櫈上吃飯時，老人就坐在火邊低頭像是想心事。什長問了他許多話，可是老人所答的在我聽來，總似乎明白他是另外有一種隱祕。我的觀察人的趣味，是從更小一個時節就養成習慣了的，看得出也聽得出這人說話時的閃爍恍惚，我猜他不是一個神仙也一定是一個隱者。我因此對他更顯得誠實一點，這誠實只是使我不能多向他說一句話，探聽他究竟爲什麼住在這窮鄉裏。最可氣的是那什長，在路上一切布置，似乎都是一個有作爲的聰明人，到這時，卻對於這窮鄉中隱士一點不生出一種合理的疑心，一點不想在那老人神情上，以及家中情調上，加以一種無害於事的探究，問明白爲什麼在此住家的理由。可是我自己爲甚麼又不問問呢？我自己爲什不來同這有年紀的人談一點學問呢？我爲什麼不自炫於這偉人怪人前面，讓他看出我是一個可救度的孩子呢？我是在那一頓很舒暢的晚飯上，也就在心上起了許多爭持的。大概我的性格，對於一個人格的傾心，像戀愛中的情人一樣；使我聰明的是心竅的明朗，使我愚蠢的是口齒的糊塗。正因爲這性格的生成，我不知吃了多少女人的虧，以及失去多少好朋友。可是，在當時，我是又常常爲這性格不惜加以自讚，因爲我又覺得我所敬仰的神，是只有用我的愚訥才能與他接近，用我這沉默才能同他握手的。這一個謬誤的主張，另一時用到戀愛一件事情上時，我就作成了許多做獃子的機會。

不過我還有另外一點頑皮的合乎身分的對於這老人的厭惡，因爲他把我們款待到廚房時，他是儼然對於我們存一種戒心，好好把他自己那個房間扣了一把銅鎖的。

當時我們把飯吃過，大約已經是半夜的時候了，因爲缺少鋪蓋，新稻草使人身體發燒，我們即或相信這老年人所說的話語，告我們這地方如何荒僻，決不會發生意外事情，但按照我們規矩，他們四個人是不能同時把子彈帶解下躺放在蓆子上睡覺的。什長是一個受過嚴格練訓的軍人，就提議說大家應當莫想到做夢一類事情，應當一同圍到火堆邊過一個夜。我是沒有反對理由的，自然答應了。其餘三人也答應了。老人見到我們說要在火邊過夜了，就又走到他臥房去取了一椋口袋風乾栗子同一籮紅薯，他像是也願意同我們坐一會兒的樣子並不去睡。什長說，老人家可以睡去，我們不應當吵鬧你。老年人就搖頭，慘慘的笑，說是你們不來我也不睡的，你們到了這裏，我倒很好過，好像不是我陪你們，是你們陪我！這話是什麼意思，無一個人懂到的。

六個人圍到火邊坐下，一面吃栗子一面說話，說了一陣，我忽然想出了一個計策了，我提議每一個人講一個本身所經過的故事，輪流講下去，消磨這長夜。我這提議是爲老年人而發的，我想這樣一來他必定就能明白不是肉眼，我又能明白他是怎麼樣一種人物了，所以我且聲明若果是大家高興作時，我可以起頭說我家中人一個奇異故事當作引子，以後再大家依秩序繼續說去。幾個兵士當然沒有什麼不答應，我見到老年人也笑了一下，我就開始說了我祖父年青時殺長毛的一個故事。

我的故事不消說是隨隨便便說的，是不完全而又不可靠的，我只依稀把我父親在我很小時節學到的故事，無頭無尾的說了一陣。因爲說到的是我祖父如何同一個高身材長毛殺仗，祖父敵不過，從水裏逃了去，那長毛看到祖父踹水腳，水只齊腰深，就仆到水中去擒祖父，但是這長毛一點不明水性，一下水就陷滅到水裏去了，祖父看到，回身來把長毛頭髮揪着不放，將長毛淹到水裏十來次，長毛吃水已夠，到後就把人拖上岸來，割了頭，懸掛在馬鞍上，回營報功，因此就得了雲南昭通鎭。我所說的故事，一面是在幾個兵士面前使他們明白我祖父的英雄，一面還是注意使這隱者知道我是將門之後，不把我看成像兵士一類的平常人物。小小的虛榮還使我在另外一些事上像一個獃子，是我到如今還免不了的。

我的故事說過了，因爲那是引子，不算數，第一個又輪到我，我就又說了一個鬼怪的事情，一個我所見到鬧假妖的故事，把它修正成爲眞的故事那樣說了一陣。大家是全不見到過鬼也不怕鬼的一些人，但一聽到我說在客店中遇到的殭屍，仍然像是爲故事造成幻影在心上擴大，故事一畢大家縱聲的笑了。

我注意到在火旁的老人的神氣，老年人聽到我說這個時，也微微的笑了一下，我以爲這是這隱者同我要好的一種證據，又以爲是這隱士瞭解了我的假處，所以使我稍稍感到一點羞愧。我作爲全不注意到他的神氣！就催促在我下手的一個兵士快說。

我的同伴，就是那個最愛談到女人的黑小胖子，坐在我的下手，就說了一個關於他自己同一個苗女人戀愛的故事。這故事是一個喜劇的起始，而得到一個悲慘的結局的。他說他在沙羅寨曾認識一個黑而美麗的婦人，每夜總邀了一個同伴去那家人的屋後山上樹林裏相會，婦人有一個丈夫作巫師。這樣事自然得瞞到那成天頭纏紅布手執牛角的丈夫，因爲那地方規矩，是作丈夫的若不能用酒肉款待妻子的情人，他就一定預備了一把刀或一根矛子，作爲款待他仇人的東西。有一天晚上，又照了約定的時間去會這婦人，因爲忽然想起了一件事，事又非辦不可，又怕那婦人盼望，就請求那同伴先去告給婦人一下，這一面把事情一作過即刻就跑去，到了那裏，憑藉月光，看到婦人同朋友在一株大樹下摟在一處，像沒有知道他會來，心中非常氣憤。走攏去一看，才嚇慌了，原來兩個人皆爲一個矛子扎透了胸脯，矛尖深深的固定在樹上，兩人皆死了。他不由的驚喊了一聲。那個兇手，那個頭纏紅布同鬼魔常在一塊的怪物，藏在林裏陰慘的笑了。像一個鴟梟，用那詛人的口，向他說：「狗，回到你的營裏去，告給他們，你那懂風情的夥伴，我給他一矛子永遠把他同婦人連在一塊了。這是他應當得的一種待遇。」他先是爲那奇突的事情所恐怖，到後是爲這暗中的嘲弄所憤怒，且明白那夥計是在一種誤會中代替了自己遭了這苗人毒手，他就想跑進深樹林去找尋這個東西。但是，進去時，已經不知那鬼在什麼地方去了。他走回營去報告時，這人家已起了火，火焰燭天，這火就是那巫師放的，他完全明白！

兵士這故事說得極其動人，其次是輪到一個臉上有一點不雅觀記號的兵士說了。這人是大岡寨的人，那裏為四川貴州湖北湖南四省交界的地方，高山四合，常常出虎。他就說了一個關於虎的故事。那故事就同他臉上的記號有一點關係。他說他十八歲時一個大冷天，在一家族長處剝桐子，到了半夜要回家睡覺，得走一個長壠過身，壠旁是溪澗。時間是冬天落雪過後，溪中水是早乾了。那天有朦朧月亮，所以一個人灑灑脫脫的沿了那小溪澗旁的窄路回家。出門時，因為月亮，景致很美，心中想到的不免是一些年青人快樂的事情，譬如在白天打斑鳩同山雞一類合乎天氣的行為。一面走路一面想到明天的種種，忽然一個花尾在溪澗草裏一動，他的心也就一動。溪澗兩旁是長滿了茅草，草旁又壓得有雪，所以本來很窄的溪澗顯得更窄了。因為正想到山雞，就心想莫非當眞這山雞見到月亮，被走路的聲音一驚，想逃走麼？年青人歡喜生事，對這起花的曳在雪裏的尾巴生了大趣味，不知不覺也跳下了溪澗進去了。那尾越走越快，追的也幾幾乎忘了形跟着上前，但一到前面，溪澗一放寬，看看手可伸及時，忽然聽到一聲短吼，那東西躍上了坑，一個小牛一樣大的老虎呈現在面前。人嚇得向後一仰，臉便為一個水楊樹枯樁所刮傷了。老虎是很大量的走去了，回到家裏一臉的血。問及是什麼事，才曉得遇了老虎。

第三，是家在地地村漁船上長的人，他學了一個打漁的故事。故事是一條大蛇，在他網裏，這蛇大到嚇人，當得到這蛇時是在夜間，所以眾人還以為是大魚。到後見到是蛇，大家皆想棄網，但這時的說故事人就拿了砍魚刀在那東西頭上連砍三下，蛇就死了。

第四是什長了，什長說的故事只是最近遇到的一件事情。他告我們一個荒唐的冒險，因爲上兩月他被人捉到洞裏去，到後仍然想法離開那地方了。他說他所靠的只是一點自信。這人是非常能夠自信，又能穩重的處置一切的。

到後來，輪到主人了。我們都願意主人說一個我們所不知道的好故事。尤其是我，先相信了這老年人心上有一種祕密，先相信他是一個不平凡的人物，我眞亟願從他口中，探聽出一點眞象。我只要明白一點點，必定就能從這一點點線索上知道全體。我當時一面是這樣見老尊賢，一面又是那麼自己相信聰敏識人，全是太年青了。

老年人因爲大家的催促，就想了一會，搖搖頭，說：故事沒有，快天亮了，我們多加一點火，可以放一點到灶肚裏去預備熱水洗臉。我對於這話是反對的，我特別熱心聽他的故事，我要他無論如何說一個給我們見識見識。他望了我一會，就要我再說一個。我那時眞糊塗可笑極了，我以爲這是這神仙奇人的試驗的第一次，所以毫不躊躕答應了。我接着就學了一個本地方在大街上拿刀互砍的故事。老年人聽到這個時，似乎很有趣味，就笑了一笑，說：故事不壞，再來一個。我不消說就又來了一個。因爲越看那人越是有根基的人，所以待到後來，我說的故事也彷彿更有精彩了。我還相信他試我的最後，他縱不開口，雖一定對世界抱一種悲觀，而對我總可以獨把親切的友誼建設到一個無言的啟示中。

可是，說來說去天已亮了，荒雞在遠處喊了，我把故事說完時，幾個聽故事的同伴已無心再談故事，大家皆需要打盹了。我獨顯得精神十足，極懇切的要求老人家的話語。我要多知道他怎麼就成了他的過去。這老年人望了火堆一會，望到四個兵士皆低頭無語，就說：「我到我房裏去看看，你若一定要故事，你隨了我來。」我當眞跟到他走去，他開了鎖，我歡喜極了。我以爲他一定是有許多寶物在房中，並且一定還得傳授我什麼祕法同到兵書，因爲我從他的神氣上看得出他那種不高興人間世的樣子，我就覺得這眞正隱者的態度可以原諒，恭恭敬敬的跟到他後面，進到那小房裏。

可是使我失望極了。房中除了一些大小乾菓罎罐，就只是一鋪大床。這裏床上分分明明的是躺着一個死婦人。一個黃得黃臉像蠟，又瘦又小，乾癟如一個烤白薯在風中吹過一個月的樣子的死人。

我說：「這是怎麼，你家死了人！」

他一點不失卻見時態度，用他那憂鬱的眼色對我望着，口中只輕輕的嘆了一口氣。

我說：「這究竟是什麼要緊事，我不明白！」

「這是我的故事，這是我的一個妻，一個老同伴，我們因爲一種願心一同搬到這孤村中來，住了十六年，如今我這個人，恰恰在昨天將近晚飯的時候死去了。若不是你們來我就得伴她睡一夜……我自己也快死了，我故事是沒有，我就有這些事情。天亮了，你們自己燒火熱水去，我要到後面去挖一個坑。既然是不高興再到這世界上多吃一粒飯做一件事，我還得挖一個長坑，使她安安靜靜的睡到地下等我……」

我驚訝得說話不得，想到老年人昨天的神氣，以及把門倒鎖的種種類乎慳吝的行爲，這時才明白這一家發生了這樣大事，老年人卻一點不聲張的陪我們談了一夜閒話，爲了老年人的冷靜我有點害怕了。

當我把水燒熱，喚醒那幾個倒在火堆邊睡覺的同伴兵士洗臉時，我聽到一個鋤頭在屋左邊空地掘土的聲音，無力的，遲頓的，一下兩下的用鐵鍬咬着濕的地面。

天已經亮了。

（一九三〇年）

三個男子和一個女人

因爲落雨，朋友逼我說落雨的故事。這是其中最平凡的一個。它若不大動人，只是因爲它太眞實。我們都知道，凡美麗的都常常不是眞實的，天上的虹同睡眠的夢，便爲我們作例。

沒有什麼人知道軍隊中開差要落雨的理由。

我們自己是找不出那個理由的。或者這事情團部的軍需能夠知道，因爲沒有落雨時候，開差的草鞋用得很少，落了雨，草鞋的耗費就多了。落雨開差對於軍需也許有些好處。這些事我們並不清楚，照例非常複雜，照例團長也不大知道，因爲團長是穿皮靴的。不過每次開拔總同落雨有一種密切關係，這是本年來我們的巧遇。

在大雨中作戰，還需要人，在雨裏開差，我們自然不應當再有何種怨言了。雨既然時落時止，部隊的油布雨衣，都很完全。我們前面辦站的副官，從不因爲借故落雨，便不把我們的飲食預備妥當。我們的營長，騎在馬上，儘雨淋溼全身，也不害怕發生瘧疾。我們在雨中穿過竹林，或在河邊茅棚下等候渡船，因爲落雨，一切景致看來實在比平常日子美麗許多。

落了雨泥漿分外多，但滑滑的走着長路，並不使人十分難過。我們是因爲落雨，所以每天才把應走的里數縮短的。我們還可以在方便中，借故走到一個有青年婦人的家裏去，說幾句俏皮話，打個哈哈，順便討取幾張棕衣，包到腳上。我們因爲落雨，才可以隨便一點，同營長在一個小盆裏洗腳。一個兵士還能夠有機會同營長在一個盆裏洗腳，這出乎軍紀風紀以上的放肆，在我們那時節，是不甚麼容易得到的機會！

隊伍走了四天，到了我們要到的地點。天氣是很有趣味的天氣，等到隊伍已經達到目的地，忽然放了晴，有太陽了。一定有許多人要笑它，以爲太陽在故意同我們作對。好罷，這個我們可管不了許多。我們是移到這裏來塡防的，原來所駐的軍隊早已走了，把部隊開來補缺，別人做什麼無聊事我們還是要繼續來作。

乘滿天紅霞夕陽照人時，我們有一營人留在此地了。另外一營人，今天晚上雖然也留在此地，第二天就得開拔到一個五十里外的鎭上去。那些明天還要開拔的，這時節已全駐紮到各小客棧同民房，我們卻各處去找尋應當駐宿的地點。因爲各個部隊已經分配好了，我們的旗子插到楊家祠堂，可是一連人中誰也不知道這楊家祠堂的方向，只是在街中亂抓別一連的兵士詢問。

原來楊家祠堂有兩個，我們找了許久，找到的還是好像不對。因爲這個祠堂太小，太壞，內中極其荒涼。但連長有點生氣，他那尊貴的腳不高興再走一步了。他說，這裏既然是空的，就歇息一下，再派人去問罷。我們全是走了一整天長路的人，我們還看到許多兵士，在民房裏休息，用大木盆洗腳，提乾魚忽忽忙忙的向廚房走去。倦了餓了，都似乎有了着落，得到解決，只有我們還在這市鎭街上各處走動，像一隊無家可歸的游民。現在既然有了個歇腳地方，並且時間又已經快夜了，所以誰也不以爲意，都在祠堂外廓下架了槍，許多人都坐在那石獅子下，鬆解身上的一切負荷。

一個年青號兵不知從什麼地方得來了一個葫蘆，滿葫蘆燒酒，一個人很貪婪的躲到牆腳邊喝它。有些兵士見到了都去搶這葫蘆，到後葫蘆打碎，所有酒全潑在還不十分乾燥的石地上了。號兵發急，大聲的辱罵，而且追打搶劫他的同伴。

連長聽到這個吵鬧，想起號兵的用處了，就要號兵吹號探問團部。號兵爬到石獅子上去，一手扳着那爲夕陽所照及的石獅，一手拿着那支紫銅短小喇叭，吹了一通問答的曲子，聲音飄蕩到這晚風中，極其抑揚動人。

其時滿天是霞，各處人家皆起了白白的炊煙，在屋頂浮動。許多年青婦人帶着驚訝好奇的神氣，身穿新漿洗過的月藍布衣裳，胸前掛着扣花圍裙，抱了小孩子，遠遠的站在人家屋簷下看熱鬧。

那號兵，把喇叭吹過後，就得到了駐在山頭廟裏團部的回音。連長又要號兵用號聲，詢問是不是本連就在這祠堂歇腳。那邊的答覆還是不能使我們的連長滿意。於是那號兵，第三次又鼓着那嘴唇，吹他那紫銅喇叭。

在街的南端，來了兩隻狗，有壯偉的身材，整齊的白毛，聰明的眼睛，如兩個雙生小孩子，站在一些人的面前。這東西顯然是也知道了祠堂門前發生了什麼事情，特意走來看看的。

這對大狗引起了我們一種幻想。我們的習慣是走到任何地方看到了一隻肥狗，心上就即刻有一個殺機興起，極難遏止的。可是另外還有更使人注意的，是聽到有一個女子的聲音喊「阿白」，「阿白」，清朗而又脆弱，喊了兩聲，那兩隻狗對我們望望，彷彿極其懂事，知道這裏不能久玩，返身飛跑去了。

天氣快晚了。滿天紅雲。

我們之間忽然發生了一個意外的變故。那號兵，走了一整天的路，到地後，大家皆坐下休息了，這年青人還爬上石獅子去吹了好幾次號。到後腳腿一發痳，想從石獅子上跳下時，誰知兩腳已毫無支持他那身體的能力，跳到地下就跌倒不能爬起，一雙腳皆扭傷了筋，再也不能照平常人的方便走路了。

這號兵是我同鄉，我們在一個堡砦裏長大，一條河裏泅水過着夏天，一個樹林子裏拾松菌消磨長日。如今便應當輪到我來照料他了。

一個二十歲的人，遭遇這樣的不幸，那有什麼辦法可言？因爲連長也是同鄉，號兵的職務雖不革去，但這個人卻因爲這不幸的事情，把事業永遠陷到號兵的位置上了。他不能如另外號兵，在機會中改進幹部學校再圖上進了，他不能再有資格參加作戰剿匪的種種事情了，他不能再像其他青年兵士，在半夜裏爬過一堵土牆去與本地女子相會了。總而言之，便是這個人做人的權利，因爲這無意中一摔，一切皆消滅無餘，無從補救了。

我因爲同鄉原故，總是特別照料到這個人。我那時是一個什長，我就把他放在我那一棚裏。這年青人仍然每早得在天剛發白時候爬起，穿上軍衣，弄得一切整齊，走到祠堂外邊石階上去，吹天明起牀號一通。過十分鐘，又吹點名號一通。到八點又吹下操號一通。到十點又吹收操號一通……此外還有許多次數，都不能疏忽。軍隊到了這裏，半月來完全不下操，但照規矩那號兵總得盡號兵的職務。他每次走到外邊去吹他的喇叭時，都得我照扶他。我或者沒有空閒，這差事就輪着班上一個火夫。

我們都希望他慢慢的會轉好，營部的外科軍醫，還把十分可信的保證送給這個不幸的人。這年青人兩隻腿被軍醫都放過血，揉搓過許久，且用藥燒灼過無數次，末了還用杉木板子夾好。日子一天一天的過去，還是得不到少許效驗，我們都有點失望了，他自己卻不失望。

他說他會好的，他只要過兩個月就可以把杉木夾板取去，可以到田裏去追趕野兔了。聽到這個話老軍醫便笑着，因爲他早知道這件事是青年人永遠無可希望的事情，不過他遵守着他做醫生的規則，且法律又正許可這類人說謊，所以他約許給這個號兵種種利益，有時比追兔子還誇張得不合事實。

過了兩個月，這年青人還是完全不濟事。傷處的腫已經消了，血毒症的危險不會有了，傷部也不至於化膿潰爛了，但這個號兵，卻已完全是一個瘸腳人了。他已經不要人照料，就可以在職務上盡力了。他仍然住在我那一棚裏，因為這樣，我們兩人之間，成立了一種最好的友誼。

我們所駐在的市鎮，並不十分熱鬧，但比起湘邊各小城市，卻另有一種風味。這裏只四條大街，中央一個鼓樓操縱全城。這裏如其他地方一樣，有藥鋪同煙館，有賭博地方同喝酒地方。我每天差不多都同這個有殘疾的號兵在一處過活，出去時總在一塊，喝酒兩人幫忙，賭博兩人拉伴平分。

若果部隊不開拔，這年青人仍然有一切當兵人的幸福。凡是一個兵士能做到的事，他仍然可以有分。他要到那些有年青婦人的住處去，婦人們都不敢得罪他。他坐上桌子賭五十文一注的二十一點撲克，別人也不好意思行使欺騙。他要吹號，凡是在過去沒有趕得過他的，如今還是不會超過他。大家知道這個號兵的不幸，還不約而同的幫助這個人。

但他的性情，在我看來，有些地方卻變了。他是一個號兵，照例一個號兵，對於他的喇叭應當有一種特殊嗜好，無事時到各處走去，喇叭總不能離身。他一定還是一個動作敏捷活潑喜事的人。他可以在晨光微曦中，爬到後山頭或城堡上去試音，到了夜裏，還要在月光下奏他的曲子，同遠遠的另一連互相唱和。別的連上的號手，在逢場時節，還各人穿了整齊的制服，排隊到場上游行，成列的對本城人有所炫耀，說不定其中就有意外的幸運發生，給那些藏在腰門後面，露出一個白白額角同黑亮眼睛的婦女們注了意。還有，他若是行動自由而且方便，拿喇叭到山上去吹，會有多少小孩子，帶着微微的害怕，圍攏來欣賞這大人物的藝術，他就可以同那些小孩子成立一種友誼。慢慢地，他就得到許多小朋友了。

屬於號兵分外的好處，一切都完了。他僅有的只是一點分內的職務。平時好動喜事的他，有點兒陰鬱，有點兒可憐。他的腳已經瘸了。連長當人面前就大聲的喊瘸子。爲了一種方便，爲了在辨別上容易認出，自從這號兵一瘸，大家都在他的號兵名字加上了「瘸子」兩字。本連火夫也有了這一種權利對這個人存輕視心，輕輕的互相批評這不幸的人，且背地裏學這人的行動，作爲娛樂。

在先，對於號兵的職務，他仍然如一個好人一樣，按時站在祠堂門外，或內面殿堂前石階上，非常興奮的奏他的喇叭。後來因爲本連補下一個小副手，等到小號兵已經能夠較正確的吹完各樣曲子時，他就不常按時服務了。

他同我每天都到南街一個賣豆腐的人家去，坐在那大木長櫈上，看鋪子裏年青老板推漿打豆腐。這鋪子對面是一個郵政代辦所，一家比本城各樣鋪子還闊氣的房子，從對街望去，看得見鋪子裏油黃大板壁上掛的許多字畫，許多貼金洒金的對聯。最初來的那一天，我們所見到的那兩隻白色大狗，就是這人家所豢養的東西。這狗每天蹲在門前，遇熟人就站起身來玩一陣，後來聽到一個人的叫喚，便顯得怱怱忙忙，走到有金魚缸的門裏天井去了。

我們難道是靠着白吃一碗豆漿，就成天來賴到這鋪子裏面麼？我們難道當眞想要同着年青老板結拜兄弟，所以來同這個人要好麼？

我們來到這裏有別的原因。但是，兩個兵士，一個是廢人，一個雖然被人家派爲什長，站班時能夠走出隊伍來喊報名，在弟兄中有一種權利，在官長方面也有一種權利，儼然是一個預備軍官，更方便處是可以隨意用各樣希奇古怪的名稱，辱駡本班的火夫，作爲脾氣不好時節的洩氣方法。可是一到外面，還有什麼威武可說？一個班長，一連有十個或十二個，一營有三十六個，一團就有一百以上。什長的肩領章，在我們這類人身上，只是多加一層責任罷了。一個兵士的許多利益，因爲是班長，卻無從得到了。一個兵士有許多放肆處，一個班長也不許可了。若有人知道作戰時班長同排長的責任，誰也將承認班長的可憐憫了。我到這兒是不以班長自居的，我擅用了一個兵士的權利，來到這豆腐鋪。雖然我們每天總不拒絕由那個單身的強健的年青人手裏，接過一碗豆漿來喝，我們可不是爲吃豆漿而上門的。我們兩人原來都看中了那兩隻白狗，同那狗的女主人了。癩蛤蟆想吃天鵝肉，這句話恰像爲我們說的。

說起這女人眞是一個標緻的動物！在我生來還不曾見到有第二個這樣的女子。我看過許多師長的姨太太，許多女學生。第一種人總是娼妓出身，或者做了太太，樣子變成娼妓。第二種人壯大得使我們害怕，她們跑路，打球，做一些別的爲我們所猜想不到的事情，都變成了水牛。她們都不文雅，不窈窕。至於這個人呢，我說不出完全合意的是些什麼地方，可是不說謊，我總覺得這是一朵好花，一個仙人。

我們一面服從營規，同時服從自己的慾望，在這城裏我們不敢撒野，我們卻每天到這豆腐鋪子裏來坐下。來時同年青老板談天，或者幫助他推磨，上漿，包豆腐，一面就盼望那女人出門玩時，看一看那模樣。我們常常在那二門天井大魚缸邊，望見白衣一角，心就大跳，血就在全身管子裏亂竄亂跑。我們每天想方設法花錢買了東西，送給那兩隻狗吃，同這個畜生要好。在先，這畜生竟像知道我們存心不良，送牠的東西嗅了一會就走開了。但到後來這東西由豆腐鋪老板丟過去時，兩條狗很聰明的望了一下老板，好像看得出這並不是毒藥，所以吃下了。

爲甚麼我們要在這無希望的事業上用心我們自己也不知道。按照我們的身分，我們即或能夠同這個人家的兩條狗要好，也仍然無從與那狗主人接近。這人家是本地郵政代辦所的主人，也就是這小城市唯一的紳士，他是商會的會長，鋪子又是本軍的兌換機關。時常請客，到此赴席的全是體面有身分的人物。團長同營長，團副官，軍法，軍需，無不在場。平常時節也常常見營部軍需同書記官，到這鋪子裏來玩，同那主人吃酒打牌。

我們從豆腐鋪老板口上，知道那女人是會長最小的姑娘，年紀還只有十五歲。我們知道一切無望了，還是每天來坐到豆腐鋪裏，找尋方便，等候這嬌生慣養的小姑娘出外來，只要看看那明豔照人的女人一面，我們就覺得這一天大快樂了。或者一天沒有機會見到，就是單聽那脆薄聲音，喊叫她家中所豢養狗的名字，叫着大白二白，我們彷彿也得到了一種安慰。我們總是癡癡的注視到那魚缸，因爲從那裏常常可見到白色或葱綠色衣角，就知道那個姑娘是在家中天井裏玩。

時間略久，那兩隻狗同我們做了朋友，見我們來時，帶着一點謹愼小心的樣子，走過豆腐鋪來同我們玩。我們又恨這畜生又愛這畜生，因爲即或玩得很好，只要聽到那邊喊叫，就離開我們走去了。可是這畜生是那麼馴善，那麼懂事！不拘什麼狗都永遠不會同兵士要好的，任何種狗都與兵士作仇敵，不是乘隙攻擊，就是一見飛跑：只有這兩隻狗竟當眞成了我們的朋友。

豆腐鋪老板是一個年靑人，強健堅實，沉默少言，每天愉快的作工，同一切人做生意，晚上就關了店門睡覺。看樣子好像他除了守在鋪子面前，什麼事情也不理，除了做生意，什麼地方也不去。初初看來竟不知道這人什麼時候吃飯，什麼時候去買辦他製豆腐的黃豆。他雖不大說話，可是一個主顧上門時節，他總不致疏忽一切的對答。我們問他所有不知道的事情時，他答應得也非常滿意。

我們曾邀約他喝過酒，等到會鈔時，走到櫃上去算賬，卻聽說豆腐老板已先付了賬。第二次我們又請他去，他就毫不客氣的讓我們出錢了。

我們只知道他是從鄉下搬來的，間或也有鄉下親戚來到他的鋪子裏，看那情形，這人家中一定也不很窮。他生意做得不壞，他告訴我說，他把積下的錢都寄回鄉下去。問他是不是預備討一個太太，他就笑着不說話。他會唱一點歌，嗓子很好，聲音調門都比我們營裏人高明。他又會玩一盤棋，人並不識字，「車」「馬」「象」「士」卻分得很淸楚。他做生意從未用過賬簿，但賒欠來往數目，都能用記憶或別的方法記着，不至於使它錯誤。他把我們當成朋友看待，不防備我們，也不諂諛我們。我們來到他的鋪子裏，雖然好像單爲了看望那商會會長的小姑娘，但若沒有這樣一個同我們合得上的主人，我們也不會不問晴雨到這鋪子裏混了！

我同到我那同伴瘸腳號兵，在他豆腐鋪裏談到對面人家那姑娘，有時免不了要說出一些粗話蠢話，或者對於那兩隻畜生，常常做出一點可笑的行爲，這個年青老板，總是微笑着，在他那微笑中我們雖看不出什麼惡意，卻似乎有點祕密。我便說：

「你笑甚麼？你不承認她是美人麼？你不承認這兩隻狗比我們有福氣麼？」照例這種話不會得到回答。即或回答了，他仍然只是忠厚誠實而幾幾乎還像有點女性害臊神氣的微笑。

「爲甚麼還好笑？你們鄉下人，完全不懂美！你們一定歡喜大奶大臀的婦女，歡喜母猪，歡喜水牛，爲的是肥大合用。但是這因爲你不知道美人，不知道好看的東西。」

有時那跛子號兵，也要說：「娘個狗，好福氣！」且故意窘那豆腐鋪老板，問他願不願意變成一隻狗，好得到每天與那小姑娘親近的機會。

照例到這些時節，年青人一面便臉紅着特別勤快的推磨，一面還是微笑。

誰知道這是甚麼意思？誰又一定要追尋這意思？

我們的日子可以說是過得很快樂。因爲我們除了到這裏來同豆腐老板玩，喝豆漿看那個美人以外，還常常去到場坪看殺人。我們的團部，每五天逢場，總得將從各處鄉村押解來的匪犯，選擇幾個做壞事有憑據的，牽到場頭大路上去砍頭示眾。從前駐紮在懷化，殺人時，若分派到本連護圍，派一排押犯人，號兵還得在隊伍前面，在大街上吹號。到場坪時，隊伍取跑步向前，吹衝鋒號，使情形轉爲嚴重。殺過人以後，收隊回營，從大街上慢慢通過，又得奏着得勝回營的曲子。如今這事情跛腳號兵已無分了。如今護圍的完全歸衞隊，就是平常時節團長下鄉剿匪時保護團長平安的親兵，屬於殺人的權利也只有這些人佔有了。我們只能看看那悲壯的行列，與流血的喜劇了。我也不能再用班長資格，帶隊押解犯人遊街了。可是這並不是我們損失，卻是我們的好處。我們既然不在場護衞，就隨時可以走到那裏去看那些殺過後的人頭，以及灰殭殭的屍體，停頓在那地方很久，不必須即時走開。

有一次，我們把豆腐老板拉去了，因爲這個人平素是沒有膽量看這件事的。到那血跡殷然的地方，四具死屍躺在土坪裏，上衣已完全剝去，恰如四隻死猪。許多小兵穿着不相稱的軍服，臉上顯着極其頑皮的神氣，拿了小小竹桿，刺撥死屍的喉管。一些餓狗遠遠的蹲在一旁，眺望到這裏一切新奇事情，非常出神。

號兵就問豆腐老板，對於這個東西害不害怕。這年青鄉下人的回答，卻仍然是那永遠神祕永遠無惡意的微笑。看到這年青人的微笑，我們爲我們的友誼感覺喜悅，正如聽到那女子的聲音，感覺生命的完全一個樣子。

因爲非常快樂，我們的日子也極其容易過去了。

一轉眼，我們守在這豆腐鋪子看望女人的事情就有了半年。

我們同豆腐老板更熟了些，同那兩隻狗也完全認識了。我們有機會可以把那白狗帶到營裏去玩，帶到江邊去玩，也居然能夠得到那狗主人的同意了。

因爲知道了女人毫無希望（這是同豆腐老板太熟習了，才從他口中探聽到不少事情的），我們都不再說蠢話，也不再做愚蠢的企圖了。仍然每天到豆腐鋪來玩，幫助這個朋友，做一切事情。我們已完全學會製造豆腐的方法，能辨別豆漿的火候，認識黃豆的好壞了。我們還另外認識了許多本地主顧，他們都願意同我們談話，做我們的朋友。主顧是營裏兵士時，我們的老板，總要我多多的給他們豆腐，且有時不接受主顧的錢。我們一面把生活同豆腐生意打成一片，一面便同那兩隻白狗成了朋友，非常親暱，非常要好。那小姑娘的聲音，雖仍然能夠把狗從我們身邊喊回去，可是有時候我們吹着哨子，也依然可以嗾使那兩條狗飛奔的從家中跑出來。

我們常常看見有年青的軍官，穿着極其體面的毛呢軍服，白白的臉龐，帶着一點害羞的紅色，走路時胸部向前直挺，用那有刺馬輪的長統黑皮靴子，磕着街石，堂堂的走進那人家二門裏去，就以爲這其中一定有一些故事發生，充滿了難受的妬意。我到底是懂事一點的人，受了這個打擊，還知道用別的方法安慰到自己，可是我的老伴瘸腳號兵，卻因此大不快樂。我常常見他對那些年青官佐，在那些人背後，捏起拳頭來作打下的姿勢。又常常見他同豆腐老板談一些我不注意到的事情。

有一次在一個小館子裏，各人皆喝多了一點酒，忘了形，我說過這樣的話。我向那跛腳的殘廢人說：

「你是廢人，我的朋友；我的庚兄；你是廢人！一個小姐是只嫁給我們年青營長的。我們試去水邊照照看，就知道這件事我們無分了。我們是什麼東西？四塊錢一月，開差時在泥漿裏跑路，駐紮下來就點名下操，夜間睡到稻草薦墊上給大爬蟲咬，口是吃牛肉酸菜的口，手只捏那冰冷的槍筒……我們年青，這有什麼用：我們只是一些排成隊伍的猪狗罷了，爲甚麼對於這姑娘有一種野心？爲什麼這樣不自量？……」

我那時的確已有了點醉意，不知道應當節制語言，只是糊糊塗塗，教訓這個平時非常聽好話的朋友。我似乎還用了許多比喻，提到他那一隻腳。那時只是我們兩個人在一處，到後，不知爲甚麼理由，這朋友忽然改變了平常的脾氣，完全像一隻發瘋了的獸物，撲到我的身上來了。我們於是就揪打成一堆，各人扭着對方的耳朵，各人毫不虛僞的痛痛的打了一頓。我實在是醉了，他也是有點醉了。我們都無意思的罵着鬧着，到後有兵士從門外過身，聽到裏面吵鬧，像是自己人，才走進來勸解，費了許多方法才把我們拉開。

回到連上，各人嘔了許多，半夜裏，我們酒醒了，各人皆因爲口渴，爬起來到水缸邊拿水喝。兩人喝了好些冷水，皆恍恍惚惚記起上半夜的事情，兩人都哭起來。爲甚麼要這樣鬥毆？什麼事使我們這樣切齒？什麼事必須要這樣作？我們披了新近領下的棉軍服，一同走到天井去看快要下落的月亮，如一個死人的臉龐。天空各處有流星下落，作美麗耀目的明光。各處有雞在叫。我們來到這裏駐防，我這個朋友跌壞了腿的那時，還是四月，如今已經是十月了。

第二天，兩人各望着對方的浮腫的臉，非常不好意思。連上有人知道了我們的毆打，一定還有人擔心我們第二次的爭鬥，可料不到昨夜醉裏的事情，我們兩人早已忘記了。我們雖然並不忘卻那件事，但我們正因爲這樣，友誼似乎更好了些。

兩人仍然往豆腐鋪去，豆腐老板初初見到，非常驚訝，以爲我們之間一定發生重大的事故。因爲我們兩人的臉有些地方抓破了，有些地方還是浮腫，我們自己互相望到也要發笑。到後還是我來爲我們的朋友把事情說明，豆腐老板才清楚這原委。我告訴他說，我恍惚記憶得我說了許多糊塗話，我還罵他是一隻瘸腳公狗，到後，不知爲甚麼兩人就揉在一處了。幸好是兩人都醉了，手腳都無氣力，毫不落實，雖然行動激烈，卻不至於打破頭部。

這時那個姑娘走出門來，站在她的大門前，兩隻白狗非常諂媚的在女人身邊跳躍，繞着女人打圈，又伸出紅紅的舌頭舐女人的小手。

我們暫時都不說話了，三個人望到對面，後來那女人似乎也注意到我們兩個人的臉上，有些蹊蹺，完全不同往日了。便望着我們微笑：似乎毫不害怕我們，也毫不疑心我們對她有所不利。可是，那微笑，竟又儼然像知道我們昨晚上的胡鬧，究竟是爲了一些什麼理由。

我那時簡直非常憂鬱，因爲這個小姑娘竟全不以我們爲意，在那小小的心裏，說不定還以爲我們是爲了賺一點錢，同這豆腐老板合股做生意，所以每天才來到這裏的。我望了一下那號兵，他的樣子也似乎極其憂鬱，因爲他那隻瘸腿是早已爲人家所知道了的，他的樣子比我又壞了一點，所以我斷定他這時心上是難受的。

至於豆腐老板呢，我不知道他是有意還是無意，這時節正露着強健如鐵的一雙臂膊，扳着那石磨，檢察石磨的中軸，有無損壞。這事情似乎第三次了。另一回，也是在這類機會發現時，這年青誠實單純的男子，也如今天一樣檢察他的石磨。

我想問他卻沒有開口的機會。

不到一會兒，人已經消失到那兩扇綠色貼金的二門裏不見了。如一顆星，如一道虹，一瞬之間即消逝了。留在各人心靈上的是一個光明的符號。我剛要對着我的瘸腿朋友作一個會心的微笑，我那朋友忽然說：

「二哥，二哥，你昨晚下罵得我很對，罵得我很對！我們是猪狗！我們是陰溝裏的蛤蟆！……」

因爲號兵那慘沮樣子，我反而覺得要找尋一些話語，安慰這個不幸的廢人了。我說：

「不要這樣說罷，這不是男子應說的話。我們有我們的志氣，憑這志氣凡事都無有不可以做到。萬丈高樓平地起，我們要做總統，做將軍，一個女人，算不了什麼希奇。」

號兵說：「我不打量做總統，因爲那個事情太難辦到。我這隻腳，娘個東西，我這隻腳！

……」

「誰不許你做人？你腳將來會想法子弄好的，你還可以望連長保薦到幹部學校去念書。你可以同他們許多學生一樣，憑本領掙到你的位置。」

「我是比狗都不如的東西。我這時想，如果我的腳好了我要去要求連長補個正兵名額。我要成天去操坪鍛鍊……」

「慢慢的自然可以做到，」我轉頭向豆腐老板望着，因爲這年青人已經把石磨安置妥當，又在搖動着長木推手了。「我們活下來眞同推磨一樣，簡直無意思。你的意思以爲怎麼樣？」

這漢子，對於我說的話好像以爲同我的身分不大相稱，也不大同他的生活相合，還是同別一時節別一事情那樣向我微笑。

我明白了，我們三個人同樣的愛上了這個女子。

十月十四，我被派到七十里外總部去送一件公文，另外還有些別的工作，在石門候信住了一天，路上來回消磨了兩天。回轉本城把回文送過團部，銷了差，正因爲這一次出差，得六塊錢獎賞，非常快樂，預備回連上去打聽是不是有人返鄉，好把錢寄四塊回去辦冬天的臘肉。回連上見到瘸子，我還不曾開口，那號兵就說：

「二哥，那個女人死了！」

這是什麼話？

我不相信，一面從容俯下身去脫換我的草鞋。瘸子站在我面前，又說是「女的死了」，使我不得不認眞了。我聽清楚這話的意義後，忽然立起，簡直可說是非常粗暴的揪着了這人的領子，大聲詢問這事眞僞。到後他要我用耳朶聽聽，因爲這時節遠處正有一個人家，辦喪事敲鑼打鼓，一個嗩吶非常淒涼的顫動着吹出那高音。我一隻腳光着，一隻腳還籠在溼草鞋裏，就拖了瘸子出門。我們同救火一樣向豆腐鋪跑去，也不管號兵的跛腳，也不管路人的注意。但沒有走到，我已知道那嗩吶鑼鼓聲音，便是由那豆腐鋪對面人家傳出。我全身發寒，頭腦好像被誰重重的打擊了一下，耳朶發哄哄的聲音。我心想，這才是怪事！才是怪事……

我靜靜的坐在那豆腐鋪的長凳上時接過了朋友給我的一碗熱豆漿。豆腐鋪對面這個人家大門前已平空多了許多人，門前掛了喪事中的白布，許多小孩子頭上纏了白包頭，在門外購買東西吃。我還看到那大魚缸邊，有人躬身用長鋏焚着銀錠，火光熊熊向上直冒，紙灰飛得很高。

我知道這些事情都是眞實，就全身拘攣，然而笑了。

我看看那豆腐老板，這個人這時卻不如往天那樣樂觀，顯然也受了一種打擊，有點支持不住了。他作爲沒有見到我的樣子，回過臉去。我又看號兵，號兵卻做出一種討人厭煩的樣子。不知道爲甚麼我這時眞有點厭煩這跛腳的人，只想打他一拳，可是我到底沒有做過這種蠢事。

到後我問，才知道這女子是昨天吞金死的。爲什麼吞金，同些什麼人有關係，我們當時一點也不明白，直到如今也仍然無法明白（許多人是這樣死去，活着的人毫不覺得奇怪的）。女人一死，我們各人都覺得損失了一種東西，但先前不曾說到，卻到這時才敢把這東西的名字提出。我們先是很憂鬱的說及，說到後來大家都笑了，分手時，我們簡直互相要歡喜到相撲相打了。

爲甚麼使我們這樣快樂可說不分明。似乎各人皆知道女人正像一個花盆，不是自己分內的東西；這花盆一碎，先是免不了有小小惆悵，然而當大家討論到許多花盆被一些混賬東西長久佔據，凡是花盆終不免被有權勢的獨佔，唯有這花盆卻碎到地下，我們自然似乎就得到一點開心了。

可是，回轉營裏，我們是很難受的。我們生活破壞無遺了。從此再也不會爲一些事心跳，在一些夢上發癡了。我們的生活，將永遠有了一個看不見的缺口，一處補丁，再也不是完全的了。其實這樣女人活在世界上同死去，對於我們有什麼關係？假使人還是好好的活下，開差移防的命令一到，我們還有什麼希望可言？我們即或駐紮在這裏再久，一個跛腳的號兵，一個什長，這兩個寶貝，還有什麼機會。除了能夠同那兩隻狗認識以外，有何種偉大企圖？

第二天，兩人很早的就起來，互相坐在鋪上對面，沉默無話可說。各人似乎在努力想把自己安置到空闊處去，不再給過去的記憶圍困。各人都要生氣，卻不知道爲甚麼忽然脾氣就壞到這樣子。

「爲甚麼眼睛有點發腫？你這個傻瓜！」

號兵因爲我嘲笑他，卻不取反攻姿勢，只非常可憐的望到我。

我說：「難道人家死了，你還要去做孝子麼？」

他還是那樣，似乎想用沉默作一種良心的雄辯，使我對於他的行爲引起注意。

我瞭解這點，但是卻不放棄我嘲罵他的權利。

「跛子，你眞是隻癩蛤蟆，吃蟲蟻，看天上。」

末了他只輕輕的問我：「二哥，你說，是不是死了的人還會復活？」因爲這一句癡話我又數說了他好一頓。

兩人到豆腐鋪時，卻見對面鋪門極其冷淸，門前地下剩餘一些白紙錢。我們的朋友，那個年靑老板，人坐在長凳上，用手扶了頭，人家來買豆腐時，就請主顧自己用刀劃取板上的豆腐。見我們來了，他有了一點點生氣，好像是遮掩自己的傷痕，仍然對我們微笑着。他的笑，說明他還依然有個健康的身體和善良的人格。

「爲甚麼？頭痛嗎？」

「埋了，埋了，一早就埋了！」

「早上就埋了麼？」

「天還不大亮就出門了的。」

「你有了些什麼事情，這樣不快樂？」

「我什麼也不。」

他說了後，忙着爲我們去取碗盞，預備盛豆漿給我們吃。

坐在那豆腐鋪子裏望着對面的鋪子，心中總像十分凄涼，我同號兵坐了一會兒，就離開這個豆腐鋪子，走向一個本地婦人處打牌去了。我們從那裏探聽得這女人所埋葬的地點，在離城兩里的鯉魚莊上。

不知爲甚麼我一望到那號兵憂鬱樣子，就使我非常生氣要打他罵他。好像這個人的不歡喜樣子，侮辱我對那小姑娘的傾心一樣。好像他這樣子，簡直是在侮辱我。我實在不願意再同他坐在一個桌上打牌了，就回到連上躺在草墊上睡了。

這夜裏跛子竟沒有回到連上來。他曾告我不想回連上去睡，我以爲他一定在那婦人處過夜了，也不覺得希奇。第二天，我還是不願意出門，仍然靜靜的躺在牀上。到下午來我的頭有點發燒，全身也像害了病，心中又不甚想吃喝。吃了點薑糖草藥，因爲必須蒙頭取汗，到全身被汗水透溼人醒來時，天已經夜了。

我爬身到大殿後面去小便，正是雨後放晴，夕陽斜掛屋角，留下一片黃色。天空有一片薄雲，爲落日烘成五彩。望到這個暮景，望到一片在人家屋上淡淡的炊煙，聽到雞聲同狗聲，軍營中喇叭聲，我想起了我們初來此地那一天發生的一切事情。我想起我這個朋友的命運，以及我們生活的種種，很有點悵惘，有點悲哀。有一個疑問的弧號隱藏在心上，對於這古怪人生，不知作何解釋，我的思想自然還可以說是單純而不複雜。

我到後仍然回去睡了，不想吃飯，不想說話，不想思索。我仍然睡下去，不知道有多少久時間，只是把棉被蒙了頭顱，隱隱約約聽到在樓上兵士打牌吵鬧的聲音，迷迷糊糊見過許多人，又像是我們已經開了差，已經上了路，已經到了地。過去的事重複侵入我的記憶，使我重新看見號兵跌倒時的神氣。醒回時好像有人坐在我的身邊。把被甩去，才知道燈已熄滅了，只靠着正殿上的大油燈餘光，照得出有一個人影，坐在我身邊不動。

「瘸子，是你嗎？」

「是我。」

「爲甚麼這時節才回來？」

他把臉藏在黑暗裏，沒有做聲。我因爲睡了許久，出了兩次汗，頭昏昏的，這時候究竟已經是什麼時候，也依然不很分明，就問他這是什麼時候。他還是好像不曾聽到我的話樣子，毫無動靜。

過了一會，他才說：「二哥，眞是祖宗有靈，天保佑，放哨的差一點一槍把我打死了。」

「你不知道口令麼？」

「我那裏會知道口令？」

「難道已經是十二點過了麼？」

「我不知道。」

「你今晚到些什麼地方去，這時才回來?」

他又不做聲了。我看見放在米桶上兵士們爲我預備的一個美孚燈，把燈頭弄得很小，還可以使它光亮，就要他捻一下燈。他先是並不動手，我第二次又請他做這件事。

燈光大了一點，我才望明白這號兵，全身黃泥，極其狼狽。臉上正如剛才不久同人毆打過樣子，許多部分都牽掣着顯著受傷的痕跡。我奇異而又驚訝，望到這朋友，不知道如何問他這一天來究竟到過些什麼地方，做了些什麼事情。我的頭腦這時也實在還是有點糊塗，因爲先一時在迷糊中我還夢到他從石獅上滾下地的情形，所以這時還彷彿只是一個夢。

他輕輕的輕輕的說：「二哥，二哥，那墳不知道被誰挖掘了。」

「誰的墳呢。」

「好像是才挖掘不久的，我看得很清楚。」他的話，帶着頑固神氣，使我疑心他已經發了狂。

「我說，你說的是什麼人的墳?在什麼地方，爲什麼你知道?」

「爲甚麼我不知道呢?我聽人說那大辮子埋在鯉魚莊，我要去看看。我昨天到過一次，還是很好的。我今天晚上又去，我很分明記到那一條路，那座墳，不知道已經被誰挖了。」

如不是我有點發狂，一定就是我這個朋友發了狂。我明白他所指的墳是誰埋葬在那裏了。我像一個瘋人，跳了起來，「你到過她的墳上麼，你到過她的墳上麼？你存什麼心？你這畜生……」

這朋友，卻毫不驚訝，靜靜的幽悄的說：「是的！我到過她的墳上，昨天到過，今天又到過。我不是想做壞事的人！我可以賭咒，天王在上，我並不帶了什麼傢伙去。我昨晚上還看到那個土堆，一個上好土饅頭，今天晚上全變了。我可以賭咒，看到的是昨晚那座墳，完全不是原有樣子。不知誰做了這樣事情，不知誰把她從棺木裏掏出，背走了。」

我聽到這個嚇人的報告，卻忽然想起一個人來了。但我並不說出口，因爲這個人還只在我的心上一閃，就又即刻消失了。我起了一個疑問，以爲是這個女子復活，因爲重新生回，所以從棺木中掙扎奔出，這時節或者已經跑回家中同她的爹爹媽媽說話了。我又疑心她的死是假的，所以草草的埋葬，到後另外一個人就又把她掘出，把她救走了。我又疑心這事一定在我這個朋友有了錯誤，因爲神經錯亂，忘記了方向和地位，第一次同第二次並不是在同一地方，所以才會發生這種誤會。我用許多空想去解釋，以爲這件事並不完全眞實。

後來我問他爲甚麼要到墳邊去，他很虛怯，以爲我疑心這事他一定已經知道，或者至少事後知道這主謀人是誰，他一連發了七種誓言，要求各樣天神作證，分辯他並無刧取女屍的意思。他只是解釋他並不預先拿有何種鐵器作掘墓的人犯。他極力分辯他的行爲。他把話說完了，望見我非常陰沉，眼睛裏含有一種疑懼神色，如果我當時還不能表示對他的信託，他一定可以發狂把我扼死。

我的病已完全嚇走了，我計算應當如何安置這個行將瘋狂另一時又必然瘋狂的朋友。我用許多別的話爲他解說，且找出許多荒唐故事安慰這個破碎心靈。他的血慢慢的冷靜，一切興奮過去後，就不斷的喃喃的罵着一句野話。他告給我他實在也有過這種設想，因爲聽人說吞金死去了的人，如果不過七天，只要得到男子的偎抱，便可以重新復活。他又告我，第一天他還只是想像他到了墳邊，聽得到有呼救聲音，便來作一次俠義事，從墓中把人救出。第二天，他因爲聽人說到這個話，才又過那裏去，預備不必有呼救聲音，也把女人掘出。可是到了那裏一看墳頭已經完全變了樣子，棺木蓋掀在一旁，一個空棺張着大口等候吃人。他曾跳進棺裏去看過一下，除了幾件衣服以外什麼也不見。一定是有人在稍前一些時候做了這事情，這人一定把墳掘開，便把女子的屍身背走了。

他已經不再請天神作他的僞證了。他誠實而又巨細無遺的同我說到過去一切，我聽完了他這些話，找不出任何話來安慰他了。我對於這件事還是不甚相信；我還是在心中打量，以爲這事情一定是各人都身在夢中。我以爲即或不是完全作夢，到了明天早上，這號兵也一定要追悔今晚所說的話語，因爲這種慾望誰也無從禁止，行諸事實仍然不近人情。他因爲追悔他的行爲，把我殺死滅口也做得出。我這樣想着，不免有所預防，可是，這個人現在軟弱得如一個婦人，他除了懺悔什麼也不能做了。我們有一個問題梗到心上來了，就是我們此後對於這件事如何處置。是不是要去稟告一聲，還儘那個啞謎延長？兩人商量了一會，靠着簡單的理智，認爲這發現我們無權利去過問，且等天明到豆腐鋪看看。走了許多夜路的號兵，一隻瘸腿已經十分疲倦了，回來又談了許久，所以到後就睡了。我是大白天睡了一整天的人，這時無論如何也不能再睡了。在燈影下望着這個殘廢苦悶的臉，骯髒的身，我把燈熄了，坐到這朋友身邊，等候天明。

到豆腐鋪時間已經不早了，卻不見那年青老板開門。昨晚上我所想起的那件事，重新在我心上一閃。門既向外反鎖，分明不是晏起，或在家中發生何等事故了。我的想像或將成爲事實，我有點害怕，拉了號兵跑回連上，把這估計告給了那起過非凡野心的他。他不甚相信事情一定就是這樣子，一個人又跑出了許久，回來時，臉色啞白，說他已經探聽了別一個人家，知道那老板的確是昨天晚上就離開了他的鋪子的。

我們有三天不敢出去，只坐在草薦上玩骨牌。到後有人在營裏傳說一件新聞，這新聞生着無形的翅翼，即刻就全營皆知了。「商會會長女兒新墳剛埋好就被人挖掘，屍骸不知給誰盜了。」另外一個新聞，卻是「這少女屍骸有人在去墳墓半里的石峒裏發現，赤光着個身子睡在洞中石床上，地下身上各處撒滿了藍色野菊花。」

這個消息加上人類無知的枝節，便離去了猥褻轉成神奇。

我們給這消息楞住了。我們知道我們那個朋友作了一件什麼事情。

從此以後我們再也不會到那豆腐鋪裏去，坐在長凳上喝那年青朋友做成的豆漿，再也不會見到這個年青誠實的朋友了。至於我那個瘸子同鄉，他現在還是第四十七連的號兵，他還是跛腳，但他從不和人提起這件事情。他是不曾犯罪的，但另外一個人的行爲，卻使他一生悒鬱寡歡。至於我，還有什麼意見沒有？……我有點憂鬱，有點不能同年青人合伴的脾氣，在軍隊中不大相容，因此來到都市裏，在都市裏又像不大合式，可不知再往那兒跑。我老不安定，因爲我常常要記起那些過去事情。一個人有一個人命運，我知道。有些過去的事情永遠咬着我的心，我說出來時，你們卻以爲是個故事，沒有人能夠瞭解一個人生活裏被這種上百個故事壓住時，他用的是一種如何心情過日子。

一九三〇年八月廿四日

虎雛

我那個做軍官的六弟上年到上海時，帶來了一個勤務兵，見面之下就同我十分譚得來，因爲我從他口上打聽出了多少事情，全是我想明白終無法可以明白的。六弟到南京去同政府接洽事情時，就把他丟在我的住處，這小兵使我十分中意，我到外邊去玩玩時，也常常帶他一起去，人家不知道的，都以爲這就是我的弟弟，有些人還說他很像我的樣子。我不拘把他帶到什麼地方去，見到的人總覺得這小兵不壞。其實這小孩眞是體面得出眾的。一副微黑的長長的臉孔，一條直直的鼻子，一對秀氣中含威風的眉毛，兩個大而靈活的眼睛，都生得非常合式，比我六弟品貌還出色。

這小兵乖巧得很，氣派又極偉大，他還認識一些字，能夠看《建國大綱》，能夠看《三國演義》。我的六弟到南京把事辦完要回湖南軍隊裏去銷差時，我就帶開玩笑似的說：

「軍官，喒們倆商量一下，把你這個年輕的當差的留下給我，我來培養他，他會成就一些事業。你瞧他那樣子，是還值得好好兒來料理一下的！」

六弟先不大明白我的意思，就說我不應當用一個副兵，因爲多一個人就多一種累贅。並且他知道我脾氣不好，今天歡喜的自然很有趣味，明天遇到不高興時，送這小子回湘可不容易。

他不知道我意思是要留他的副兵在上海讀書的，所以說我不應當多一個累贅。

我說：「我不配用一個副兵，是不是？我不是要他穿軍服，我又不是軍官，用不着這排場！我要他穿的是學校的制服，使他讀點書。」我還說及「倘若機會使這小子傍到一個好學堂，我敢斷定他將來的成就比我們弟兄高明。我以爲我所估計的絕不會有什麼差錯，因爲這小兵決不會永遠做小兵的。可是我又見過許多人，機會只許他當一個兵，他就一輩子當兵，也無法翻身。如今我意思就在另外給這小兵一種機會，使他在一個好運氣裏，得到他適當的發展。我認爲我是這小兵的溫室。」

我的六弟聽到了我這種意見，他覺得十分好笑，大聲的笑着。

「你在害他！」他很認眞的樣子說：「你以爲那是培養他，其中還有你一番好意值得感謝，你以爲他讀十年書就可以成一個名人，這眞是做夢！你一定問過他了，他當然答應你說這是很好的。這個人不止是外表可以使你滿意，他的另外一方面做人處，也自然可以逗你歡喜。可是你試當眞把他關到學校裏去看看，你就可以明白一個作了一陣勤務兵到野蠻地方長大的人，是不是還可以讀書了。你這時告他讀書是一件好事，同時你又引他去見那些大學教授以及那些名人，你口上即不說這是讀書的結果，他仍然知道這些人因爲讀書纔那麼舒服尊貴的。我聽到他告我，你把他帶到那些紳士的家中去，坐在軟椅上，大家很親熱和氣的談着話，又到學校去，看看那些大學生，走路昂昂作態，彷彿家養的公雞，穿的衣服又有各種樣子，他實在也很羨慕。但是他正像你看軍人一樣，就只看到表面。你不是常常還說想去當兵嗎？好，你何妨去試試，我介紹你到一個隊伍裏去試試，看看我們的生活，是不是如你所想像的美，以及旁人所說及的壞。你歡喜談到，你去詳細生活一陣好了。等你到了那裏拖一月兩月，你纔明白我們現在的隊伍，是些什麼生活。平常人用自己物質愛憎與自己道德觀念作標準，批評到與他們生活完全不同的軍人，沒有一個人說得較對。你是退伍的人，十年來什麼也變遷了，你如今再去看看，你就不會再寫那種從容疏放的軍人生活回憶了。戰爭使人類的靈魂野蠻粗糙，你能說這句話卻並不懂它的意思。」

我原來同我六弟說的，是把他的小兵留下來讀書的事，誰知平時說話不多的他，就有了那麼多空話可說。他的話中意思，有笑我是書生的神氣。我因爲那時正很有一點自信，以爲環境可以變更任何人性，且有點覺得六弟的話近於武斷了。我問他當了兵的人就不適宜於進一個學校去的理由，是些什麼事，有些什麼例子。

六弟說：「二哥，我知道你話裏意思有你自己。你正在想用你自己作辯護，以爲一個兵士並不較之一個學生爲更無希望。因爲你是一個兵士。你莫多心，我不是想取笑你，你不是很有些地方覺得出眾嗎？也不只是你自己覺得如此，你自己或許還明白你不會做一個好軍人，也不會成一個好藝術家。（你自己還承認過不能做一個好公民，你原是很有自知之明！）人家不知道你時，人家卻異口同聲稱讚過你！你在這情形下雖沒有什麼得意，可是你卻有了一種不甚正確的見解，以爲一個兵士同一個平常人有同樣的靈魂這一件事情。我要糾正這個，你這是完全錯誤了的。平常人除了讀過幾本書學得一些禮貌和虛僞外，什麼也不會明白，他當然不會理解這類事情。但是你不應當那麼糊塗。這完全是兩種世界兩種階級，把他牽強混合起來，並不是一個公平的道理！你只會做夢，打算一篇文章如何下手，卻不能估計一件事情。」

「你不要說我什麼，我不承認的。」我自然得分辯，不能爲一個軍官說輸。「我過去同你說到過了，我在你們生活裏，不按到一個地方好好兒的習慣，好好兒的當一個下級軍官，慢慢的再圖上進，已經算是落伍了的軍人。再到後來，逃到另外一個方向上來，又仍然不能服從規矩，於目下的習俗謀妥協，現在成爲不文不武的人，自然還是落伍。我自己失敗，我明白是我的性格所成，我有一個詩人的氣質，卻是一個軍人的派頭，所以到軍隊人家嫌我懦弱，好胡思亂想，想那些遠處，打算那些空事情，分析那些同我在一處的人的性情，同他們身分不合。到讀書人裏頭，人家又嫌我粗率，做事麻胡，行爲簡單得怕人，與他們身分仍然不合。在兩方面皆得不到好處，因此毫無長進，對生活且覺得毫無意義。這是因爲我的體質方面的弱點，那當然是毫無辦法的。至於這小副兵，我倒不相信他仍然像我這樣子。」

「你不希望他像你，你以爲他可以像誰？還有就是他當然也不會像你。他若當眞同你一樣，是一個只會做夢不求實際，只會想像不要生活的人，他這時跟了我回去，機會只許他當兵，他將來還自然會做一個詩人。因爲一個人的氣質雖由於環境造成，他還是將因爲另外一種氣質反抗他的環境，可以另外走出一條道路。若是他自己不覺到要讀書，正如其他人一樣，許多人從大學校出來，還是做不出什麼事業來。」

「我不同你說這種道理，我只覺得與其把這小子當兵，不如拿來讀書，他是家中捨棄了的人，把他留在這裏，送到我們熟人辦的那個××中學校去，又不花錢，又不費事，這事何樂不爲。」

我的六弟好像就無話可說了，問我××中學要幾年畢業。我說，還不是同別的中學一個樣子，六年就可以畢業嗎？六弟又笑了，搖着那個有軍人風的腦袋。

「六年畢業，你們看來很短，是不是？因爲你說你寫小說至少也要寫十年纔有希望，你們看日子都是這樣隨便，這一點就證明你不是軍人，若是軍人，他將只能說六個月的。六年的時間，你不過使這小子從一個平常中學卒業，出了學校找一個小事做，還得熟人來介紹，到書鋪去當校對，資格還發生問題。可是在我們那邊，你知道六年的時間，會使世界變成什麼樣子沒有？一個學生在六年內還只有到大學的資格，一個兵士在六年內卻可以升到團長，這個事比較起來，相差得可太遠了。生長在上海，家裏父兄靠了外國商人供養，做一點小小事情，慢慢的向上爬去，十年八年因爲業務上謹愼，得到了外國資本家的信托，把生活舉起，機會一來就可以發財，兒子在大學畢業，就又到洋行去做寫字，這是上海洋奴的人生觀。另外不作外國商人的奴隸，不作官，寧願用自己所學去教書，自然也還有人。但是你若沒有依傍，到什麼地方去找書教。你一個中學校出身的人，除了小學還可以教什麼書？本地小學教員比兵士收入不會超過一倍，一個稍有作爲的兵士，對於生活改變的機會，卻比一個小學教員多十倍；若是這兩件事平平的放在一處，你意思選擇什麼？」

我說：「你意思以爲六年內你的副兵可以做一個軍官，是不是？」

「我意思只以爲他不宜讀書。因爲你還不宜於同讀書人在一處謀生活，他自然更不適當了。」

我還想對於這件事有所爭論，六弟卻明白我的意思，他就搶着說：「你若認爲你是對的，我儘你試驗一下，儘事實來使你得到一個眞理。」

本來聽了他說的一些話，我把這小子改造的趣味已經減去一半了，但這時好像故意要同這一位軍官鬬氣似的，我說：「把他交給我再說。我要他從國內最好的一個大學畢業，纔算是我的主張成功。」

六弟笑着：「你要這樣麻煩你自己，我也不好意思堅持了。」

我們算是把事情商量定局了，六弟三天即將回返湖南，等他走後我就預備爲這未來的學士，找朋友補習數學和一切必需學問，我自己還預備每天花一點鐘來教他國文，花一點鐘替他改正卷子。那時是十月，兩月後我算定他就可以到××中學去讀書了。我覺得我在這小兵身上，當眞會做出一分事業來，因爲這一塊原料是使人不能否認可以治成一件值價的東西的。

我另外又單獨的和這個小兵談及，問他是不是願意不回去，就留在這裏讀書。他歡喜的樣子是我描摹不來的。他告我不願意做將軍，願意做一個有知識的平民。他還就題發揮了一些意見，我認爲意見雖不高明，氣概卻極難得的。到後我把我們的談話同六弟說及，六弟總是覺得好笑，我以爲這是六弟軍人頑固自信的脾氣，所以不願意同他分辯什麼。

過了三天，三天中這小副兵眞像我的最好的兄弟，我眞不大相信有那麼聰穎懂事的人。他那種識大體處，不拘爲什麼人看到時，我相信都得找幾句話來加以讚美纔會覺得不辜負這小子。我不管六弟樣子怎麼冷落，卻不去看他那顏色，只顧爲我的小友打算一切。我六弟給過了我一百塊錢，我那時在另外一個地方，又正得到幾十塊錢稿費，一時沒有用去，我就帶了他到街上去，爲他看應用東西。我們又到另一處去看中了一張小牀，在別的店鋪又看中其他許多東西。他說他不歡喜穿長衣，那個太累贅了一點，我就爲他定了一套短短黑呢中山服，製了一件粗毛呢大衣。他說小孩子穿方頭皮鞋合式一點，我就爲他定製了一雙方頭皮鞋。我們各處看了半天，估計一切製備齊全，所有錢已用去一半，我還好像不夠的樣子，倒是他說不應當那麼用錢，我們兩個人纔轉回住處。我預備把他收拾得像一個王子，因爲他值得那麼注意。我預備此後要使他天才同年齡一齊發展，心裏想到了這小子二十歲時，一定就成爲世界上一個理想中的完人。他一定會音樂和圖畫，不擅長的也一定極其理解。他一定對於文學有極深的趣味，對於科學又有極完全的知識。他一定堅毅誠實，又一定健康高尚。他不拘做什麼事都不怕失敗，在女人方面，他的成功也必然如其他生活一樣。他的品貌與他的德行相稱，使同他接近的人都覺得十分愛敬……

不要笑我，我原是一個極善於在一個小事情上做夢的人，那個頭頂牛奶心想二十年後成家立業的人是我所心折的一個知己，我小時聽到這樣一個故事，聽人說到他的牛奶潑在地上時，大半天還是爲他惆悵。如今我的夢，自然已經早爲另一件事破滅了。可是當時我自己是忘記了我的奢侈誇大想像的，我在那個小兵身上做了二十年夢，我還把二十年後的夢境也放肆的經驗到了。我想到這小子由於我的力量，成就了一個世界上最完全最可愛的男子，還因爲我的幫助，得到一個恰恰與他身分相稱的女子作伴，我在這一對男女身邊，由於他人的幸福，居然能夠極其從容的活到這世界上。那時我應當已經有了五十多歲，我感到生活的完全，因爲那是我的一件事業，一種成功。

到後只差一天六弟就要回轉湖南銷差去了，我們三人到一個照相館裏去拍了一個照相。把相照過後，我們三人就到××戲院去看戲，那時時候還不到，故就轉到××園裏去玩。在園裏樹林子中落葉上走着，走到一株白楊樹邊，就問我的小朋友，爬不爬得上去，他說爬得上去。走了一會，又到一株合抱大楓樹邊，問這個爬不爬得上去，他又說爬得上去。一面走就一面這樣說話，他的回答全很使我滿意。六弟卻獨在前面走着，我明白他覺得我們的談話是很好笑的。到後聽到槍聲，知道那邊正有人打靶，六弟很高興的走過去，我們也跟了過去，遠遠的看那些人伏在一堵土堆後面，向那大土堆的白色目標射擊，我問他是不是放過槍，這小子只向着六弟笑，不敢回答。

我說：「不許說謊，是不是親自打過？」

「打過一次。」

「打過什麼？」

這小子又向着六弟微笑，不能回答。

六弟就說：「不好意思說了嗎？二哥你看起他那樣子老實溫和，纔眞是小土匪！爲他的事我們到××差一點兒出了命案，這樣小小的人，一拳也經不起，到××去還要同別的人打架，把我手槍偸出去，預備同人家拚命，若不是氣運，差一點就把一個岳雲學生肚子打通了。到漢口時我檢查槍，問他爲甚麼少了一顆子彈，他纔告我在長沙同一個人打架用了的。我問他爲什麼敢拿槍去打人，他說人家罵了他醜話，又打不過別人，所以想一槍打死那個人。」

六弟覺得無味的事，我卻覺得更有趣味，我揪着那小子的短頭髮，使他臉望着我，不好躲避，我就說：「你眞是英雄，有膽量。我想問你，那個人比你大多少？怎麼就會想打死他？」

「他大我三歲，是岳雲中學的學生，我同參謀在長沙住在××，六月裏我成天同一個軍事班的學生去湘河洗澡，在河裏洗澡，他因爲泅水比我慢了一點，和他的同學，用長沙話罵我屁股比別人的白，我空手打不過他，所以我想打死了他。」

「那以後怎麼又不打死他？」

「打了一槍不中，子彈揹了膛，我怕他們捉我，所以就走脫了。」

六弟說：「這種性情只好去當土匪，半年就可以做大王。」

我說：「我不承認你這句話。他的膽量使他可以做大王，也就可以使他做別的偉大事業。你小時也是這樣的。同人到外邊去打架胡鬧，被人用鐵拳星打破了頭，流滿了一臉的血，說是不許哭，你就不哭，你所以現在做軍官，也不失爲一個好軍人。若是像我那麼不中用，小時侯被人欺侮了，不能報仇，就坐在草地上去想，怎麼樣就學會了劍仙使劍的方法，飛劍去殺那個仇人，或者想自已如何做了官，派家將揪着仇人到衙門來打他一千板屁股，出出這一口氣。單是這樣空想，有什麼用處？一個人越善於空想，也就越近於無用，我就是一個最好的榜樣。」

六弟說：「那你的脾氣也不是不好的脾氣，你就是因爲這種天賦的弱點，成就了你另外一個天賦的長處。若是成天都想摸了手槍出去打人，你還有什麼創作可寫。」

「但是你也知道多少文章就是多少委屈。」

「好，我漢口那把手槍就送給你，要他爲你收着，從此有什麼被人欺侮的事，都要這個小英雄去替你報仇好了。」

六弟說得我們大家都笑了。我向小兵說，假若有一把手槍，將來我討厭什麼人時，要你爲我去打死他們，敢不敢去動手，他望了我笑着，略略有點害羞，毅然的說「敢」。我很相信他的話，他那態度是誠懇天眞，使人不能不相信的。

我自然是用不着這樣一個鏢客喔！因爲始終我就沒有一個仇人值得去打一槍。有些人見我十分沉靜，不大談長道短，間或在別的事上造我一點謠言，正如走到街上被不相識的狗叫了一陣的樣子，原因是我不大理會他們，若是稍稍給他們一點好處，也就不至於吃驚受嚇了。又有些自己以爲讀了很多書的人，他不明白我。看我不起，那也是平常的事。至於女人都不歡喜我，其實就是我把逗女人高興的地方都太疏忽了一點，若我覺得是一種仇恨，那報仇的方法，倒還得另外打算，更用不着鏢客的手槍了。

不過我身邊有了那麼一個勇敢如小獅子的夥伴，我一定從此也要強幹一點，這是我頂得意的。我的氣質即或不能許我行爲強梁，我的想像卻一定因爲身邊的小伴，可以野蠻放肆一點。他的氣概給了我一種氣力，這氣力是永遠還能存在而不容易消滅的。

那天我們看的電影是《神童傳》，說一個孤兒如何奮鬬成就一生事業。

第二天，六弟就動身回湖南去了。因六弟坐飛機去，我們送他到飛機場，六弟見我那種高興的神氣，不好意思說什麼掃興的話批評到小兵，他當到小兵告我，若是覺得不能帶他過日子時，就送到南京師部辦事處去，因爲那邊常有人回湖南，他就仍然可以回去。六弟那副堅決冷靜的樣子，使我感到十分不平，我就說：

「我等到你後來看他的成就，希望你不要再用你的軍官身分看待他！」

「那自然是好的。你自信能成就他，恐怕的是他不能由你的造就。你就留下他過幾個月看看罷。」

我糾正他的前面一句話大聲的說：「過幾年。」

六弟忙說：「好，過幾年，一件事你能過幾年不變，我自然也高興極了。」

時間已到，六弟坐到飛機客座裏去，不一會這飛機就開走了，我們待飛機完全不見時方回家來。回來時我總記到六弟那種與我意見截然相反的神氣，覺得非常不平，以爲六弟眞是一個軍人，看事情都簡單得怕人，自信成見極深，有些地方眞似乎頑固得很。我因爲六弟說的話放在心上，便覺得更想耐煩來整頓我這個小兵，我也就想用事實來打破六弟的成見，我以爲三年後暑假帶這小兵回鄉時，將讓一切人爲我處理這小孩子的成績驚訝不已。

六弟走後我們預定的新生活便開始了，看看小兵的樣子，許多地方聰明處還超過了我的估計，讀書寫字都極其高興，過了四天，數學教員也找到了，教數學的還是一個大學教授！這大教授一到我處，見到這小兵正在讀書，他就十分滿意，他說：「這小朋友我很愛他，眞是一個笑話。」我說：「那就妙極了，他正在預備考××中學，你大教授權且來盡義務充一個小學教員，教他乘法除法同分數罷。」這大教授當時毫不遲疑就答應了。

許多朋友都知道我家中有一個小天才的事情了，凡是來到我住處玩的，總到亭子間小朋友處去談談。同了他玩過一點鐘的，無一人不覺得他可愛，無一人不覺得這小子將來成就會超過自己。我的朋友音樂家××，就主張這小朋友學提琴，他願意每天從公共租界極北跑來教他。我的朋友詩人××，又覺得這小孩應當成一個詩人。還有一個工程學教授宋先生，他的意見卻勸我送小孩子到一個極嚴格的中學校去，將來卒業若升入北洋大學時，則他願意幫助他三年學費。還有一個律師，一個很風趣的人，他說：「爲了你將來所有作品版稅問題，你得讓他成一個有名的律師，纔有生活保障。」

大家都願意這小朋友成爲自己的同志，且因這個原故，他們各個還向我解釋過許多理由。爲什麼我的熟人都那麼歡喜這小兵，當時我還不大明白，現在纔清楚，那全是這小兵有一個迷人的外表。這小兵，確實是太體面一點了。我的自信，我的夢，也就全是爲那個外表所騙而成的！

這小兵進步是很快的，一切都似乎比我預料得還順利一點，我看到我的計畫，在別人方面的成功，感到十分快樂。爲了要出其不意使六弟大吃一驚，目前卻不將消息告給六弟。爲這小兵讀書的原因，本來生活不大遵守秩序的我，也漸漸找出秩序來了。我對於生活本來沒有趣味，爲了他的進步，我像做父親的人在佳子弟面前，也覺得生活還值得努力了。

每天我在我房中做事情，他也在他那間小房中做事情，到吃飯時就一同往隔壁一個外國婦人開的俄菜館吃牛肉湯同牛排。清早上有時到××花園去玩，有時就在馬路沿走走。晚上飯後應當休息一會兒時節，不是我爲他學西北綏遠包頭的故事，就是學東北的故事。有時由他說，則他可以告我近年來隨同六弟到各處剿匪的事情，他用一種誠實動人的湘西人土話，說到六弟的膽量。

說到六弟的馬。說到在什麼河邊灘上用盒子槍打匪，他如何伏在一堆石子後面，如何船上失了火，如何滿河的紅光。又說到在什麼洞裏，搜索殘匪，用煙子薰洞，結果得到每隻有三斤多重的白老鼠一共有十七隻，這鼠皮近來還留在參謀家裏。又說到名字叫作「三五八」的一個苗匪大王，如何勇敢重交情，不隨意搶劫本鄉人。凡事由於這小兵說來，攙入他自己的觀念，彷彿在這些故事的重述上，見到一個小小的靈魂，放着一種奇異的光，我在這類情形中，照例總是沉默到一種幽杳的思考裏，什麼話也沒有可說。因這小朋友觀念，感想，興味的對照，我纔覺得我已經像一個老人，再不能同他一個樣子了。這小兵的人格，使我在反省中十分憂鬱，我在他這種年齡上時，卻除了逃學胡鬧或和了一些小流氓蹲在土地上擲骰子賭博以外，什麼也不知道注意的。到後我便和他取了同樣的步驟，在軍隊裏做小兵，極荒唐的接近了人生。但我的放蕩的積習，使我在作書記時，只有一件單汗衣，因爲自己一洗以後即刻落下了行雨，到下樓吃飯時還沒有乾，不好意思赤膊到樓下去同副官們吃飯，我就餓過一頓飯。如今這小兵，卻儼然用不着人照料也能夠站起來成一個人，因這小兵的人格，想起我的過去，以及爲過去積習影響到的現在，我不免感覺到十分難過。

日子從容的過去，一會兒就有了一個月，小兵同我住在一處，一切都習慣了，有時我沒有出門，要他到什麼地方去看看信，也居然做得很好。有時數學教員不能來，他就自己到先生那裏去。時間一久，有些性質在我先時看來，認爲是太粗鹵了一點的，到後也都沒有了。

有一天，我得到我的六弟由長沙來的一個信，信上說着：

……二哥，你的計畫成功了沒有？你的興味還如先前那樣濃厚沒有？照我的猜想，你一定是早已覺得失敗了。我同你說到過的，「幾個月」你會覺得厭煩，你卻說「幾年」也不厭煩，我知道你這是一句激出的話，你從我的冷靜裏，看出我不相信你能始終其事，你樣子是非常生氣的。可是你到這時一定意見稍稍不同了。我說這個時，我知道，你爲了驕傲，爲了故意否認我的見解，你將仍然能夠很耐煩的管教我們的小兵，你一定不願意你做的事失敗。但是，明明白白這對你卻是很苦的，如今已經快到兩個月了，你實在已經夠受了，當初小孩子的劣點以及不適宜於讀書的根性，倘若當初是因爲他那迷人的美使你原諒疏忽，到如今，他一定使你漸漸的討厭了。

……我希望你不要太麻煩自己。你莫同我爭執，莫因擁護你那做詩人的見解，在失敗以後還不願意認賬。我知道你的脾氣，因爲我們爲這件事討論過一陣，所以你這時還不願意把小兵送回來，也不告我關於你們的近狀。可是我明白，你是要在這小子身上創造一種人格，你以爲由於你的照料，由於你的教育，可以使他成一個好人。但是這是一種誇大的夢，永遠無從實現的。你可以影響一些人，使一些人信仰你，服從你，這個我並不否認的。但你並不能使那個小兵成好人。你同他在一處，在他是不相宜的，在你也極不相宜。我這時說這個話時也許仍然還早了一點，可是我比你懂那個小兵，他跟了我兩年，我知道他是什麼材料。他最好還是回來，明年我當送他到軍官預備學校去，這小子頂好的氣運，就是在軍隊中受一種最嚴格的訓練，他纔有用處，纔有希望。

……你不要以爲我說的話近於武斷，我其實毫無偏見。現在有個同事王營長到南京來，他一定還得到上海來看看你，你莫反對我這誠實的提議，還是把小兵交給那個王同事帶回去。兩個月來我知道你爲他用了很多的錢，這是小事，最使我難過的，還是你在這個小兵身上，關於精神方面損失得很多，將來出了什麼事，一定更有給你煩惱處。

……你覺得自信並不因這一次事情的失敗而減去，我同你說一句笑話，你還是想法子結婚。自己的小孩，或者可以由自己意思改造，或者等我明年結婚後，有了小孩，半歲左右就送給你，由你來教養培植。我很相信你對小孩教育的認眞，一定可以使小孩子健康和聰敏，但一個有了民族積習稍長一點的孩子，同你在一塊，會發生許多糾紛！

…………

六弟的信還是那麼軍人氣度，總以爲我是失敗了，而在鬬氣情形下勉強同他的小兵過日子的。尤其他說到那個「民族」積習，使我很覺得不平。我很不舒服，所以還想若果姓王的過兩天來找尋我時，我將不會見他。

過了三天，我同小兵出外到一個朋友家中去，看從法國寄回來的雕刻照片，返身時，二房東說有一個軍官找我，坐了一會留下一個字條就走了。看那個字條，纔知道來的就是姓王的，先是六弟只說同事王營長，如今纔知道六弟這個同事，卻是我十多年前的同學。我同他在本鄉軍士技術班做學生時，兩個人成天皆從家中各扛了一根竹子，預備到學校去練習撐篙跳，我們兩個人年紀都極小，每天穿灰衣着草鞋扛了兩根竹子在街上亂撞，出城時，守城兵總開玩笑叫我們做小猴子，故意攔阻說是小孩子不許扛竹子進出，恐怕戳壞他人的眼睛。這王軍官非常狡猾，就故意把竹子橫到城門邊，大聲的嚷着說是守城兵搶了他的撐篙跳的杆兒。想不到這人如今居然做營長了。

爲了我還想去看看我這個同學，追問他撐篙跳進步了多少，還想問他，是不是還用得着一根腰帶綑着身上，到沙裏去翻觔斗。一面我還想帶了小兵給他看看，等他回去見到六弟時，使六弟無話可說，故當天晚上，我們在大中華飯店就見面了。

見到後一談，我們提到那竹子的事情，王軍官說：

「二爺，你那個本領如今倒精細許多了，你瞧你把一丈長的竹子，縮短到五寸，成天拿了他在紙上畫，眞虧你！」

我說：「你那一根呢？」

他說：「我的嗎？也縮短了，可是縮短成兩尺長的一枝笛子。我近來倒很會吹笛子。」

我明白他說的意思，因爲這人臉上瘦瘦白白的，我已猜到他是吃大煙了。我笑着裝作不甚明白的神氣，「吹笛子倒不壞，我們小時都只想偷道士的笛子吹，可是到手了也仍然發不成聲音來。」

軍官以爲我愚騃，領會不到他所指的笛子是什麼東西，就極其好笑。「不要說笛子罷，吹上了癮眞是討厭的事！」

我說：「你難道會吃煙了嗎？」

「這算奇怪的事嗎？這有什麼會不會？這個比我們倆在沙坑前跳三尺六容易多了。不過這些事倒是讓人一着較好，所以我還在可有可無之間，好像唱戲的客串，算不得腳色。」

「那麼，我們那一班學撐篙跳的同學，都把那竹子截短了。」

「自然也有用不着這一手的，不過習慣實在不大好，許多拿筆的也拿『槍』，無從編遣。」

說到這裏我們記起了那個小兵了，他正站在窗邊望街，王軍官說：

「小鬼頭，你樣子眞全變了，你參謀怕你在上海搗亂，累了二先生，要你跟我回去，你是想做博士，還想做軍官？」

小兵說：「我不回去。」

「你跟了二先生這麼一點日子，就學斯文得沒有用處了。你引我的三多到外面玩玩去。你一定懂得到『白相』了。你就引他到大馬路白相去，不要生事，你找個小館子，要三多請你喝一杯酒，他纔得了許多錢。他想買靴子，你引他買去，可不要買像巡捕穿的。」

小兵聽到王軍官說的笑話，且說要他引帶副兵三多到外面去玩，望着我只是笑，不好作什麼回答。

王軍官又說：「你不願同三多玩，是不是？你二先生現在到大學堂教書，還高與同我玩，你以爲你就是學生，不能同我副兵在一起白相了嗎？」

小兵見王軍官好像生了氣，故意拿話窘着他，不會如何分辯，臉上顯得緋紅。王軍官便一手把他揪過去，「小鬼頭，你穿得這樣體面，人又這樣標緻，同我回去，我爲你做媒討老婆，不要讀書了罷。」

小兵益覺得不好意思，又想笑又有點怕，望着我想我幫幫他的忙，且聽我如何吩咐，他就照樣做去。

我見到我這個老同學爽利單純，不好意思不讓他陪勤務兵出去玩，我就說：「你熟習不熟習買靴子的地方？」

他望了我半天，大約又明白我不許他出去，又記到我告過他不許說謊，所以到後纔說：「我知道。」

王軍官說：「既然知道，就陪三多去。你們是老朋友，同在一堆，你不要以爲他的軍服就辱沒了你的身分。你的樣子倒像學生，你的心可不是學生。你莫以爲我的勤務兵像貌蠢笨，將軍多像猪，三多是有將軍的分的。你們就去罷，我同你二先生還要在這裏談話，回頭三多請你喝酒，我就要二先生請我喝酒……」

王軍官接着就喊：「三多，三多。」那副兵當我們來時到房中拿過煙茶後，出去似乎就正站立在門外邊，細聽我們的談話，這時聽到營長一叫，即刻就進來了。

這副兵眞像一個將軍，年紀似乎還不到十六歲，全身就結實得如成人，身體雖壯實卻又非常矮短，穿的軍服實在小了一點，皮帶一束因此全身綳得緊緊的如一木桶，衣服同身體便彷彿永遠在那裏作戰。在一種緊張情形中支持，隨時隨處身上的肉都會溢出來，衣服也會因彈性而飛去。這副兵樣子雖癡，性情卻十分好，他把話都聽過了，一進來就笑嘻嘻的望着小兵。

王軍官一見到自己勤務兵的癡樣子，做出十分難受的神情，「三大人，我希望你相信我的忠告，少吃喝一點，少睡一點！你到外面去瞧瞧，你的肉快要炸開了。我要你去爬到那個洋秤上去過一下磅，看這半個月來又長了多少，你磅過沒有？人家有福氣的人肥得像猪，一定是先做官再發體，你的將軍還沒有得到，在你的職務上就預先發起胖來，將來怎麼辦？」

那勤務兵因爲在我面前被王軍官開着玩笑，彷彿一個十幾歲處女一樣，十分靦腆害羞，說道：「我不知爲什麼總要胖。」

「沈參謀告你每天喝醋一碗，你試驗過沒有？」

那勤務兵說不出話來，低下頭去，很有些地方像《西遊記》上的猪八戒，在癡呆中見出嫵媚。我忍不住要笑了，就拈了一枝煙來，他見到時趕忙來刮自來火。我問他，是什麼鄉下的，今年有了多大歲數？他告我他是××的人，搬到城裏住，今年還只十六歲。我又問他爲什麼那麼胖，他十分害羞的告我說，是因爲家中賣牛肉同酒，小小兒吃肉就發了膘。

王軍官告三多可以跟着小兵去玩，我不好意思不讓他們去，到後兩人就出去了。

我同這個老同學談了許多很有趣味的話，到後我就說：「營長，你剛纔說的你的未來將軍請我的未來學士喝酒，我就來做東，只看你歡喜吃什麼口味。」

王軍官說：「什麼都歡喜，只是莫要我拿刀刀叉叉吃盤中的飯，那種罪我受不了。」

…………

第二天我們早約定了要到王軍官處去的，因爲一去我怕我的「學士」又將爲他的「將軍」拖去，故告訴他，今天不要出去，就在家中讀書，等一會兒一個杜先生同一個孫先生或許還要來（這些朋友是以到我處看看小兵爲快樂的）。我又告他，若是杜教授來了，他可以接待客人到他小房間裏去，同客人玩玩。把話囑咐過後，我就到大中華飯店找尋王軍官去了。晚上我們一同到一個電影院去消磨了兩個鐘頭，那時已經快要十二點鐘了，我很擔心一個人留在家中的小兵，或者還等候着我沒有睡覺，所以就同王軍官分了手。約好明天我送他上車過南京。回來時，我奇怪得很，怎麼不見了小兵。我先以爲或者是什麼朋友把他帶走看戲去了，問二房東有什麼朋友來找我，二房東恰恰日裏也沒有在家，回來時也極晏。我又問到二房東家的用人，纔知道下午有一個大塊頭兵士來邀他出去，出門時還是三點鐘以前。我算定這兵士就是王軍官處那個勤務兵，來邀他玩，他又不好推辭，以爲這一對年輕人一定是到什麼熱鬧場所去玩，所以把回家的時間也忘卻了，當時我就很生氣，深悔昨天不應該帶他到那裏去，今天又不該不帶他去。

我坐在房中等着，預備他回來時爲他開門，一直等過了十二點還毫無消息。我以爲不是喝醉了酒，就一定是在外面鬧了亂子，不敢回來，住到那將軍住處去了，這些事我認爲全是那個王軍官的副兵勾引成功的，所以非常憤恨那個小胖子。我想我此後可再不同這軍官來往了，再玩一天我的學士就會學壞，使我爲他所有一切的打算，都將付之泡影。

到十二點後他不回來，我有點疑心，就到他住身的亭子間去，看看是不是留得什麼字條，看了一下，卻發現了他那個箱子位置有點不同，蹲下去拖出箱子看看，他的軍衣都不見了，我忽然明白他是做些什麼事了，非常生氣，跑回到我自己房中來，檢察我的箱子同寫字檯的抽屜，什麼東西都沒有動過，一切秩序井然如舊，顯然他是獨自私逃走去的。我恐怕王軍官那邊還鬧了亂子，拐失了什麼東西，趕忙又到大中華飯店去，到時正見王軍官生氣罵茶房，見我來了纔不作聲，還以爲我是來陪他過夜的，就說：

「來的好極了，我那將軍這時還不回來，莫非被野鷄捉去了！」

我說：「恐怕他逃了，你趕快清查一下箱子，有些東西失落沒有。」

「那裏有這事，他不會逃的。」

「我來告你，我的學士也不在家了！你的將軍似乎下午三點鐘時候，就到我住處邀他，兩人一塊兒走了！」

王軍官一跳而起，拖出箱子一看，一些日前爲太太兌換的金飾同鈔票，全在那裏，還有那枝手槍，也擱在那裏，不曾有人動過。他一面搜檢其他一個爲朋友們代買物件所置的皮箱，一面同我說：「這土匪，我看不出他會逃走！」看到另外一口箱子也沒有什麼東西失掉，王軍官鬆了一大口氣，向我搖着頭說：「不會逃走，不會逃走，一定是兩人看戲恐怕責罰不敢回來了，一定是被野雞拉去了，上海野雞這樣多，我這營長到鄉下的威風，來到此地爲她們一拉也頭昏了，何況我那個寶貝。不過那寶貝也要人受，他是不會讓別人佔多少便宜的，身上油水雖多，可不至於上當。他是那麼結實的，在女人面前他不會打下敗仗來，只是你那個學士，我眞爲他擔心。她們恐怕放不過他，他會爲那些老雞折磨一整夜，這眞是糟糕的事。」

我說：「恐怕不是這樣，我那個學士，他把軍服也帶走了。」

王軍官先還笑着，因爲他見到東西沒有失掉，所以總以爲這兩個人是被妓女扣留到那裏過夜的，所以還露着羨慕的神氣，笑說他的將軍倒有福氣。他聽到我說是小兵軍服也拿走了，纔相信我的話，大聲的辱罵着「雜種」，同時就打着哈哈大笑。他向我笑着說：

「你六弟說這小子心野得很，得把他帶回去，只有他纔管得到這小土匪，不至於多事，我還沒有和你好好的來商量，事就發生了。我想不到是我那個將軍居然也想逃走，你看他那副尊範，居然在那全是板油的肚子裏，也包得有一顆野心。他們知道逃走也去不遠，將來終有方法可以知道所去的地方，恐怕麻煩所以不敢偷什麼東西……」

說到這裏，這軍官忽然又覺得這事一定另外還有蹊蹺了，因爲既然是逃走，一個錢不拐去，他們又到什麼地方去了呢？若說別處地方有好事情幹，那麼兩個寶貝又沒有槍械，徒手奔走去會做什麼好事情？

他說：「這個事我可不明白了！我不相信我那個將軍，到另外一個地方去比他原來的生活還好！你瞧他那樣子，是不是到別的地方去就可以補上一個大兵的名額？他除了河南人耍把戲，可以派他站到帳幕邊裝儍子收票以外，沒有一個去處是他合式的去處！眞是奇怪的世界，這種儍瓜還要跳槽！」

我說：「我也想過了，我那一位也不應當就這樣走去的。我問你，你那將軍他是不是歡喜唱戲？他若歡喜唱戲，那一定是被人騙走了。由他們看來，自然是做一個名角也很値得冒一下險。」

王軍官搖着頭連說：「絕對不會，絕對不會。」

我說：「既不是去學戲，那眞是古怪事情。我們應當趕即寫幾個航空信到各方面去，南京辦事處，漢口辦事處，長沙，宜昌，一定只有這幾個地方可跑，我們一定可以訪得出他們的消息。明天早上我們兩人還可到車站上去看看，還可到輪船上去看看。」

「拉倒了罷，你不知道這些土匪的根基是這樣的，你對他再好也無益處。你不要理他們算了，這些小土匪有許多天生是要在各種古怪境遇裏長大成人的，有些魚也是在逆水裏渾水裏纔能長大。我們莫理他，還是好好睡覺罷。」

我這個老同學倒眞是一個軍人胸襟，這件事發生後，罵了一陣，說了一陣，到後不久仍然就躺在沙發上睡着了。我是因爲告他不能同誰共牀，被他勒到一個人在牀上睡的。想到這件事情的突然而至，而爲我那個小兵估計到這事不幸的未來，又想到或者這小東西會爲人謀殺或餓死，到無人知道的什麼隱僻地方，心中輪轉着轆轤，聽着王軍官的鼾聲，響四點鐘了我纔稍稍的合了一下眼。

第二天八點，我們就到車站上去，到各個車上去尋找，看到兩路快慢車的開去後，又趕忙走到黃浦江邊，向每一隻本日開行的輪船上去探詢。我們又買了好幾份報紙，以爲或者可以得到一點線索，自然什麼結果也沒有得到。

當天晚上十一點鐘，那個王軍官仍然一個人上車過南京去了，我還送他到車上去，開車後，我出了車站，一個人極其無聊，想走到北四川路一個跳舞場去看看，是不是還可以見到個把熟人。因爲我這時回去，一定又睡不着，我實在不願意到我那住處去，我想明天就要另外搬一個家。我心上這時難受得很，似乎一個男子失戀以後的情形，心中空虛，無所依傍。從老靶子路一個人慢慢兒走到北四川路口，站了一會，見一輛電車從北駛來，心中打算不如就搭個車回去，說不定到了家裏，那個小兵還在打盹等候着我回來！可是車已上了，這一路車過海寧路口時，虹口大旅社的街燈光明燭照，引起了我的注意，我臨時又覺得不如在這旅館住一夜，就即刻跳下了車。到虹口大旅社我看了一間小小房間，茶房看見我是單身，以爲我或者是來到這裏需要一個暗娼作陪的，就來同我說話，到後見我告他不要在房裏，只囑咐他重新上一壺開水就用不着再來時，把事做了出去，他看到我抑鬱不歡，一定猜我是來此打算自殺的人。我因爲上一晚沒有睡好，白天又各處奔走累了一天，當時倒下去就睡着了。

第二天大清早我回到住處，計劃搬家的事，那個聽差爲我開門時，卻告我小朋友已經回來了，我聽到這個消息，心中說不分明的歡喜，一衝就到三樓房中去，沒有見到他，又走過亭子間去，也仍然沒有見到他，又走到浴間去找尋，也沒有人。那個聽差跟在我身後上來，預備爲我升爐子，他也好像十分詫異，說：

「又走了嗎？」

我以爲他或因爲害羞躲在牀下，還向牀下去看過一次。我急急促促的問他：「這是怎麼回事，他甚麼時候到這兒來？」

聽差說：「昨天晚上來的，我還以爲他在這裏睡。」

我說：「他不說什麼話嗎？」

聽差說：「他問我你是甚麼時候出去的。」

「不說別的了嗎？」

「他說他餓了，飯還不曾吃，到後吃了一點東西，還是我爲他買的。」

「一個人嗎？」

「一個人。」

「樣子有什麼不同嗎？」

聽差好像不明白我問他這句話的意義，就笑着說：「同平常一樣長得好看，東家都說他像一個大少爺。」

我心裏亂極了，把聽差哄出房門，訇的把門一關，就用手抱着頭倒在牀上睡了。這事情越來越使我覺得奇怪，我爲這迷離不可摸捉的問題，把思想弄成紛亂一團。我眞想哭了。我眞想毆打我自己，我又來深深的悔恨自己，爲甚麼昨天晚上沒有回來？我又悔恨昨天我們爲了找尋這小兵，各處都到過了，爲什麼不回到自己住處來看看？

使我十分奇怪的，是這小東西爲甚麼拿了衣服逃走又居然回來？若說不是逃走，那這時又到那裏去了呢？難道是這時又跑到大中華去找我們，等一會兒還回來嗎？難道是見我不回來，所以又逃走了嗎？難道是被那個「將軍」所騙，所以逃回來，這時又被逼到逃走了嗎？

事情使我極其糊塗，我忽然想到他第二次回來一定有一種隱衷，一定很願意見見我，所以等着我，到後大約是因爲我不回來，這小兵心裏嚇怕，所以又走去了。我想到各處找尋一下，看看是不是留得有什麼信件，以及別的線索，把我房中各處皆找到了，全沒有發現什麼。到後又到他所住的房裏去，把他那些書本通通看過，把他房中一切都搜索到了，還是找不出一點證據。

因爲昨天我以爲這小兵逃走，一定是同王軍官那個勤務兵在一處，故找尋時絕不疑心他到我那幾個熟人方面去。此時想起他只是一個人回來，我心裏又活動了一點，以爲或者是他見我不回來，所以大淸早走到我那些朋友處找我去了。我不能留在住處等候他，所以就留下了一個字條，並且囑咐樓下聽差，倘若是小兵回來時，叫他莫再出去，我不久就當回來的。我於是從第一個朋友家找到第二個朋友家，每到一處當我說到他失踪時，他們都以爲我是在說笑話，又見到我怱怱忙忙的問了就走，相信這是一個事實時，就又攔阻了我，必得我把情形說明，纔能夠許我脫身。我見到各處皆沒有他的消息，又見到朋友們對這事的關心，還沒有各處走到，已就心灰意懶明白找尋也是空事了。先前一點點希望，看看又完全失敗，走到教小兵數學的××教授家去，他的太太還正預備給小朋友一枝自來水筆，要××教授今天下半天送到我住處去，我告他小兵已逃走了，這兩夫婦當時的神氣，我眞永遠還可以記憶得到。

各處皆絕望後，我回家時還想或者他會在火爐邊等我，或者他會睡在我的牀上，見我回來時就醒了。聽差爲我開門的樣子，我就知道最後的希望也完了。我慢慢的走到樓上去，身體非常疲倦，也懶得要聽差燒火，就想去睡睡，把被拉開，一個信封掉出來了。我像得到了救命的繩子一樣，抓着那個信封，把它用力撕去一角，上面只寫着這樣一點點話：

「二先生，我讓這個信給你回來睡覺時見到。我同三多惹了禍，打死了一個人，三多被人打死在自來水管上。我走了。你莫管我，你莫同參謀說。你保佑我罷。

為了我想明白這將軍究竟因什麼事被人打死在自來水管子上，自來水管又在什麼地方，被他們打死的另外一個人，又是什麼人，因此那一個冬天，我成天注意到那些本埠新聞的死亡消息，凡是什麼地方發現了一個無名屍首時，我總遠遠的跑去打聽，但是還仍然毫無結果。只聽到一個巡警被人打死的一次消息，算起日子來又完全不對。我還花了些錢，登過一個啟事，告訴那個小兵說，不願意回來，也可以回到湖南去，我想來這啟事是不是看得到，還不可知，若見到了，他或者還是不會回湖南去的。

這就是我常常同那些不大相熟愛講故事的人，說笑話時，說我有一個故事，眞像一個傳奇，卻不願意寫出這原因！有些人傳說我有一個希奇的戀愛，也就是指這件事而言的。有了這件事以後，我就再也不同我的六弟通信討論問題了。我眞是一個什麼小事都不能理解的人，對於性格分析認識，由於你們好意誇獎我的，我都不願意接受。因為我連一個十二歲的小孩子，還為他那外表所迷惑，不能瞭解，怎麼還好說懂這樣那樣。至於一個野蠻的靈魂，裝在一個美麗盒子裏，在我故鄉是不是一件常有的事情，我還不大知道；我所知道的，是那些山同水，使地方草木蟲蛇皆非常厲害。我的性格算是最無用的一種型，可是同你們大都市裏長大的人比較起來，你們已經就覺得我太粗糙了。

一九三一年五月十五完於新窄而霉齋

都市一婦人

一

一九三〇年我住在武昌，因爲我有個作軍官的老弟，那時節也正來到武漢，辦理些關於他們師部軍械的公事，從他那一方面我認識了好些少壯有爲的軍人。其中有一個年齡已在五十左右的老軍校，同我談話時較之其餘年青人更容易瞭解一點，我的兄弟走後，我同這老軍校還繼續過從，極其投契。這是一個品德學問在軍官中都極其稀有罕見的人物，但從另一方面看來，這又是一個缺少軍官莽撞氣氛，卻不缺少人間趣味的人。說到才具和資格，這種人作一軍長而有餘。但時代風氣正獎勵到一種惡德，執權者需要投機迎合比需要學識德性的機會較多，故這個老軍校，就只許他在那種散職上，用一個少將參議名義，向清鄉督辦公署，按月領一份數目不多不少的薪俸，消磨他閒散的日子。有時候我們談到這一方面時，我常常替他不平，免不了要說幾句年青人有血氣的粗話，他就總是望到我微笑。「一個軍人歡喜莊子，你想想，除了當一個參議以外，還有什麼更適當的事務可作？」他那種安於其位與人無競的性格，以及高尙洒脫可愛處，一部《莊子》同一瓶白酒，對於他都多少發生了些影響。

這少將獨身住在漢口，我卻住在武昌，我們住處間隔了一條長年是黃色急流的大江。有時我去看他，兩人就一同到一個四川館子去吃乾燒鯽魚。有時他過江來看我，談話忘了時候，無法再過江了，就留在我那裏住下，我們便一面吃酒一面繼續那個未盡的談話，直等到聽到了蛇山上駐軍號兵天明時練習喇叭的聲音，兩人方橫橫的和衣睡去。

有一次我過江去爲一個同鄉送行，在五碼頭各個小火輪躉船上，找尋那個朋友不着，後來在一躉船上卻遇到了這少將，正在躉船客艙裏，同一個婦人說話。婦人身邊還有許多皮箱行李，照情形看來，他也是到此送行的。送走的是一男一女，男的大致只二十三四歲，一個長得英俊挺拔十分體面的青年，身穿灰色袍子，但那副身材，那種神氣，一望而知這青年應是一個在軍營中混過的人物。青年沉默的站在那裏，微微的笑着，細心的聽着在他面前的少將同女人說話，女人年紀彷彿已經過了三十歲，穿着十分得體，華貴而不俗氣。年齡雖略長了一點，風度尙極動人，且說話時常常微笑，態度秀媚而不失其爲高貴。這兩人從年齡上估計既不大像母子，從身分上看去，又不大像夫婦，我以爲或者是這少將的親戚。當時因爲他們正在談話，上船的人十分擁擠，少將既沒有見到我，我就也不大方便過去同他說話。我各處找尋了一下同鄉，還沒有見到，就上了碼頭。在江邊馬路上等候到少將。

約半點鐘後，船已開行了，送客的也陸續散盡了，我還見到這少將站在躉船頭上，把手向空中亂揮，且下了躉船在泥灘上追了幾步，船上那兩個人也把白手巾揮着。船已走去了一會，他才走上江邊馬路。我望到他把頭低着從跳板上走來，像是對於他的朋友此行有所惋惜的神氣。

於是我們見到了，我就告給他：我也是來送一個朋友的，且已經見到了他許久，因爲不想妨礙他們的談話，所以不曾招呼他一聲。他聽到我說已經看見了那男子和婦人，就用責備我的口氣說：

「你這講禮貌的眞人，是當面錯過了一種好機會！你這書獃子，怎麼不叫我一聲？我若早見到你就好了。見到你，我當爲你們介紹一下！你應當悔恨你過分小心處，在今天已經作了一件錯事，因爲你若果能同剛才那女人談談，你就會明白你冒失一點也有一種冒失的好處！你得承認那是一個華麗少見的婦人，這個婦人她正想認識你！至於那個男子，他同你弟弟是要好的朋友，他更需要認識你！可惜他的眼睛看不清楚你的面目了，但握到你的手，聽你說說話，也一定能夠給他極大的快樂！」

我才明白那青年男子沉默微笑的理由了。我說：「那體面孩子是一個瞎子嗎？」朋友承認了。我說：「那美麗婦人是瞎子的太太嗎？」朋友又承認了。

因爲聽到少將所說的一番話，又記起了這兩夫婦保留到我印象上那副高貴模樣，我當眞悔恨我失去的那點機會了。我當時有點生自己的氣，不再說話，同少將穿越了江邊大路，走向法租界的九江路，過了一會，我才追問到船上那一對夫婦從什麼地方來，到什麼地方去，以及其他旁的許多事情。才明白男子是湘南××一個大地主的兒子，在廣東黃埔軍校時，同我的兄弟在一隊裏生活過一些日子，女人則從前一些日子曾出過大名，現在人已老了，把舊的生活結束到這新的婚姻上，正預備一同返鄉下去，打發此後的日子，以後恐不容易再見到了。少將說到這件事情時，是夾了好些輕微嘆息在內的。我問他為甚麼那樣一個年青人眼睛會瞎去，是不是受下那軍人無意識的內戰所賜，他只答覆我這是去年的事情。在他言語神色之間，好像還有許多話一時不能說到，又好像在那裏有所計畫，有所隱諱，不欲此時同我提到。結果他卻說：「這是一個很不近人情的故事。」但在平常談話之間，少將所謂不近人情故事，我聽到的已有很多，且並沒有覺得怎麼十分不近人情處，故這時也不很注意，就沒有追問下去。過××路一戲院門前時，碰到了我那個同鄉，我們三個人就為別一件事情，把船上兩個人忘卻了。

回到武昌時，我想起了今天船上那一對夫婦，那個女人在另一時我似乎還在什麼地方看到過，總想不出應分在北京還是在上海。因為忘不掉少將所說的這兩夫婦對於我的未識面的友誼，且知道這機會一錯過去後，將來除了我親自到湘南去拜訪他們時，已無從在另外什麼機會上可以見到，故更為所錯過的機會十分着惱。

過了兩天是星期，學校方面無事情可作，天氣極好，想過江去尋找少將過漢陽，同他參觀兵工廠的內部，在過江的渡輪上，許多人望着當天的報紙，談論到一隻輪船失事的新聞，我買了一份本地報紙，第一眼就看到了「仙桃」失事的電報，我糊塗了。「這隻船不是前天開走的那一隻嗎？」趕忙把關於那隻船失事的另一詳細記載看看，明白了我的記憶完全不至於錯誤，的的確確就是前天開行的一隻，且明白了全船四百七十幾個人，在一種措手不及情形下，完全皆沉到水中去，一個也沒有救起。這意外消息打擊到我的感覺，使我頭腦發脹發眩，心中十分難過，卻不能向身邊任何人說一句話。我於是重新又買了另外一份報紙，看看所記載的這一件事，是不是還有歧出的消息。新買那份報紙，把本國軍艦目擊那隻船傾覆情形的無線電消息，也登載出來，人船俱盡，一切業已完全證實了。

我自然仍得渡江過漢口去，找尋我那個少將朋友！我得告知他這件事情，我還有許多話要問他，我要那麼一個年高有德善於解脫人生幻滅的人，用言語幫助到我，因爲我覺得這件事使我受了一種不可忍受的打擊。我心中十分悲哀，卻不知我損失的是些什麼。

上了岸，在路上我就很糊塗的想到：「假如我前一天沒有過江，也沒有見到這兩個人，也沒有聽到少將所說的一番話，我一定不會那麼難受罷。」可是人事是不可推測的，我同這兩人似乎已經相熟，且儼然早就成爲最好的朋友了。

到了少將住處以後，才知道他已出去許久了。我在他那裏，等了一會，留下了一個字條，又糊糊塗塗在街上走了幾條馬路，到後忽然又想「莫非他早已得到了消息，跑到我那兒去了嗎？」

於是才渡江回我的住處。回到住處，果然就見到了少將，見到他後我顯得又快樂又憂愁。這人一見了我遞給他的報紙，就把我手緊緊的揪住握了許久，我們一句話都不說，我們簡直互相對看的勇氣也失掉了，因爲我們都知道了這件事情，用不着再說了。

可是我的朋友到後來笑了，若果我的聽覺是並不很壞的，我實在還聽到他輕輕的在說：「死了是好的，這收場不惡。」我很覺得奇異，由於他的意外態度，引起了我說話的勇氣。我問他這是怎麼一回事。怎麼一回事？只有天知道！這件事可以去追究它的證據和根源，可以明白那些沉到水底去的人，他們的期望，他們的打算，應當受什麼一種裁判，才算是最公正的裁判。這當眞只有天知道了！

二

一九二七左右時節，××師以一個最好的模範軍譽，駐防到×地方的事，這名譽直到一九三〇還爲人所稱道。某一天師部來了四個年青男子，拿了他們軍事學校教育長的介紹信，來謁見師長。這會見的事指派到參謀處來，一個上校參謀主任代替了師長，對於幾個年青人的來意，口頭上詢問了一番，又從過去經驗上各加以一種無拘束的思想學識的檢察，到後來，四人之中三個皆委充中尉連附，分發到營上去了，其餘一個就用上尉名義，留下在參謀處服務。這青年從大學校脫身而轉到軍校，是一個對軍事有了深的信仰，如其餘許多年輕大學生一樣，抱了犧牲決心而改圖的。出身膏腴，臉白身長，體魄壯健，思想正確，從相人術方法上看來，是一個具有毅力與正直的靈魂極合於理想的軍人。年青人在時代興味中，有他自己哲學同觀念，即在革命隊伍裏，大眾同志之間，見解也不免常常發生分歧引起爭持。即或是錯誤，但那種誠實無僞的純潔處，正顯得這種年青人靈魂的完美無疵。到了參謀處服務以後，不久他就同一些同志，爲了意見不合，發了幾次熱誠的辯論。忍耐，誠實，服從，盡職，這些美德一個下級軍官所不可缺少的，在這年青人方面皆完全無缺，再加上一種可以說是華貴的氣度，使他在一般年青人之間，乃如羣雞中的一隻白鶴，超拔挺特，獨立高舉。

這年青人的日常辦事程序，應受初來時節所見到的那個參謀主任的一切指導。這上校年紀約有五十歲左右，一定有了什麼錯誤，這實在是安頓到大學校去應分比安頓在軍隊裏還相宜的人物。這上校日本士官學校初期畢業的頭銜，限制了他對於事業選擇的自由，所以一面讀了不少中國舊書，一面還得同一些軍人混在一處。天生一種最難得的好性情，就因爲這性情，與人不同，與軍人身分不稱，多少同學同事皆向上高陞，作省長督辦去了，他還得在這個過去作過他學生現在身充師長的同鄉人部隊裏，認眞克己的守着他的參謀職務。

爲時不久，在這個年青人同老軍官中間，便發生了一種極瞭解的友誼了，這友誼是維持在互相極端尊敬上面的。兩人年份上相差約三十歲，卻因爲知慧與性格有一致契合處，故成了忘年之交。那年長的一個，能夠喝很多的酒，常常到一個名爲老兵俱樂部去，喝那種高貴的白鐵米酒。這俱樂部定名爲「老兵」，來的卻大多數是些當地的高級軍人。這些將軍，這些偉人，有些已退了伍，不再作事，有些身居閑曹，事情不多，或是上了一點兒年紀，歡喜喝一杯酒，談談笑話，打打不成其爲賭博的小數目撲克，大都覺得這是一個極相宜的地方。尤其是那些年紀較大一點兒的人物，他們光榮的過去，他們當前的娛樂，自然而然都使他們向這個地方走來，離開了這個地方，就沒有更好的更合乎軍人身分的去處。

這地方雖屬於高級軍人所有，提倡發起這個俱樂部的，實爲一個由行伍而出身的老將軍，故取名爲老兵俱樂部。老兵俱樂部在××還是一個極有名的地方，因爲裏面不談政治，注重正當娛樂，娛樂中凡包含了不道德的行爲，也不能容許存在。還有一樣最合理的規矩，便是女子不能涉足。當初發起人是很得軍界信仰的人，主張在這俱樂部裏不許女人插足，那意思不外乎以爲女人常是一種禍水，同軍人常常特別不相宜。這意見經其他幾個人贊同，到後便成爲一種規則了。由於規則的實行，如同軍紀一樣，毫不模糊，故這俱樂部在××地方倒很維持到一點令譽。這令譽，恰恰就是其他那些用俱樂部名義組織的團體，所缺少的一種東西。

不過到後來，因爲使這俱樂部更道德一點，卻有一個上校董事，主張用一個婦人來主持一切，當時把這個提議送到董事會時，那上校的確用的是「道德」名義。到後來這提議很希奇的就通過了，且即刻就有一個中年婦人來到俱樂部了。據聞其中還保留到一種祕密，便是來到這裏主持俱樂部的婦人，原來就是那個老兵將軍的情婦，某將軍死後，十分貧窮，婦人毫無着落，某上校知道這件事，要大家想法來幫助那個婦人。婦人拒絕了金錢的接受，所以大家商量想了這樣一種辦法。但這種事知道的人皆在隱諱中，僅僅幾個年老軍官明白一切。婦人年齡已在三十五歲左右，尚保存一種少年風度，性情端靜明慧，來到老兵俱樂部以後，幾個老年將軍，皆對這婦人十分尊敬客氣，因此其餘來此的人，也猜想得出，這婦人一定總同一個極有身分的軍人，有點古怪關係，但卻不明白這婦人便是老兵俱樂部第一個發起人的外婦。

×師上的參謀主任，對於這婦人過去一切，知道得卻應比別的老軍人更多一點。他就是那個向俱樂部董事會提議的人，老兵將軍生時是他最好的朋友，老兵將軍死時，就委托到他照料過這個祕密的情婦。

這婦人在民國初年間，曾出沒於北京上層貴族社交界中。她是一個小家碧玉，生小聰明，像貌俏麗，隨了母親往來於旗人貴家，以穿紮珠花，縫衣繡花爲生。後來不知如何到了一個老外交家的宅中去，被收留爲養女，完全變更了她的生活與命運。到了那裏以後，過了些外人無從追究的日子，學了些華貴氣派，染了些嬌奢不負責任的習慣。按照聰明早熟女子當然的結果，沒有經過養父的同意，她就嫁給了一個在外交部辦事的年青科長。這男子娶她也是沒有得到家中同意的。兩人都年青美貌，正如一對璧人，結了婚後，曾很狂的過了些日子，到後男子事情掉了，兩人過上海去，在上海又住了些日子，用了許多從別處借來的錢。那年青男子不是儍子，他起初把女人看成天仙，無事不遵命照辦，到上海後，負了一筆大債，而且他慢慢看出了女人的弱點，慢慢的想到爲一個女人同家中那一方面決裂實在只有傻子才做的事，於是，在一次小小爭持上，拂袖而去，從此不再見面了。他到那兒去了呢？女人是不知道的，可是瞧到女人此後生活看來，這男子是走得很聰明，並不十分錯誤的。但男子也許是自殺了，因爲女子當時並不疑心他有必須走去的理由，且此後任何方面也從不見過這個男子的名姓。自從同住的男子走後，經濟的來源斷絕了，民國初年間的上海地方住的全是商人，還沒有以社交花名義活動的女子，她那時只二十歲，自然得想法回到北京去，自然得同那個養父懺悔講和，此後才有辦法。因此先寄信過北京去，報告一切。向養父承認了一切過去的錯誤，希望老外交家給她一點恩惠，仍然許她回來。老外交家接到信後，即刻寄了兩百塊錢，要她回轉北京。一回北京，在老人面前流點委屈的眼淚，說些引咎自責的話，自然又恢復一年前的情形了。

但女人是那麼年青，又那麼寂寞，先前那個丈夫，又很明顯的既沒有正式結婚，就沒有拘束她行動的權利，爲時不久，又被養父一個年四十歲左右的朋友引誘了去。那朋友背了老外交家，同這女子發生了不正當的關係，女子是那麼狂熱愛着這中年紳士，但當那個男子在議會中被××拉入名流內閣，爲閣員之一後，卻正式同軍閥××姨妹訂了婚。這一邊還仍然繼續到一種曖昧的往來。女人明白了，十分傷心，卻坦白的告給了養父一切被欺騙的經過。由於老外交家的質問，那紳士承認了一切，卻希望用妾媵的位置處置到女子，因爲這紳士是知道女人根柢，以及在這一家的曖昧身分的，由於虛榮與必然的習慣，女人既很愛這個紳士，沒有拒絕這種提議，不久以後就作了總長的姨太太。

××事議會賄案發覺時，牽連了多少名人要人，×總長逃到上海去了。一家過上海以後，×總長二姨太太進了門，一個眞實從妓院中訓練出來的人物，女子在名分上無位置，在實際上又來了一個敵人，而更加壞的，就是爲時不久，丈夫就在上海被北京政府派來的人，刺死在飯店裏。老外交家那時已過德國考察去了。命運啟示到她，爲的是去找一個寬廣一些的世界，可以自由行動，不再給那些男子的糟蹋，卻應當在某一種事，去糟蹋一下男子，她同那個新來的姨太太，發生了極好的友誼，依從那個妓女出身的婦人勸告，兩人各得了一筆數目可觀的款項，脫離了原來的地位。兩人獨自在上海單獨生活下來，實際上，她就做了妓女。她的容貌和本能都適合於這個職業，加之她那種從上流階級學來的氣度，用到社會上去，所以她很有些成就。在她那個事業上，她得到了豐富的享樂，她也給了許多人以享樂。上海的大腹買辦，帶了大鼻白臉的洋東家，在她這裏可以得到東方貴族的印象回去。她讓那些對她有所羨慕有所傾心的人，獻上他最後的燔祭，爲她破產爲她自殺的也很有一些人。她帶了一種復仇的滿足，很奢侈很恣肆的過了一些日子，在這些日子中，她成了上海地方北里名花之王。「男子是只配作踏腳石，在那份職務上才能使他們幸福，也才能使他們規矩的。」這話她常常說到，她的哲學是從她所接近的那第一個男子以下的所有男子經驗而來的。當她想得到某一人，愚弄某一人時，她便顯得極其熱情，但她到後厭煩了，一下就洒了手，也不回過頭去看看。她如此過了將近十年。在這時期裏，她因爲對於她的事業太興奮了一點，還有，就是在某一些情形中，似乎由於缺少了點節制，得了一種意義含混的惡病，在病院裏住了好些日子。經過一段長期治療，等到病好了點，出院以後，她明白她當前的事情，應計畫一下，是不是從新來立一門戶。還照樣走原來的一條路。她感到了許多困難。無論什麼職業的活動，停頓一次之後，都是如此的。時代風氣正在那裏時時有所變革，每一種新的風氣，皆在那裏把一些舊的淘汰，把一些新的舉起，在她那一門事業上也並不缺少這種推移。更糟處，是她的病已把幾個較親切的人物嚇遠，而她又實在快老了。她已經有了三十餘歲，一切習氣皆不許她把場面縮小，她的此後來源卻已完全沒有把握，照這樣情形下去，將來的生活一定十分黯淡。

她躊躇了一些日子，決意離開了上海，到長江中部的×鎭去，試試她的命運。那裏她知道有的是大商人同大儍子，兩者之中，她還可以得到一種機會，較從容的選取其一，自由的把終身交付與他，結束了這青春時代的狂熱，安靜消磨下半生日子。她的希望卻因爲到了×鎭以後事業意外的順手，而把它擱下了。爲了大商人與大儍子以外，還有大軍人，拜倒到這婦人的腳下，她的暮年打算，暫時不得不拋棄了。

人世幸福照例是孿生的，憂患也並不單獨存在：在生活中我們常會爲一隻不能目視的手所顚覆，也常會爲一種不能意想的妒嫉所陷害。一切的境遇稍有頭緒，一切剛在恢復時，一個大儍子同一個軍籍中人，在她住處弄出了一次命案，這命案牽累到她，使她在一個軍人法庭，受了一陣嚴格的質問。這審判主席便是那個老兵將軍，在她的供詞裏，她稍稍提到一點過去詭奇不經的命運。

命案結束後，這老兵將軍成了她粧台旁一位服侍體貼的僕人。經過不久時期她卻成了老兵將軍的祕密別室。一點倦於風塵的感覺，使她性情發生了很大的變化，若這種改變是不足爲奇的，則簡直可以說她完全變了。在她這方面看來，老兵將軍雖然人老了一點，卻是一個在上一次命案上幫得有忙的人；在老兵將軍方面，則似乎全爲了憐憫而作這件事。老兵將軍按月給她一筆足支開銷的用費，一面又用那個正直節慾的人格，喚起了她一點近於宗教的感情。當老兵將軍過××作軍長時，她也跟了過去，另外住到一個地方，很少有人知道。老兵將軍生時，有兩年的日子，她是很可以說極規矩也極幸福的。可是××事變發生，老兵將軍死去了。她一定會這樣問過自己：「爲甚麼我不願棄去的人總先把我棄下？」這自然是命運！

她爲了一點預感，或者她看得出應當在某一時還得一個男子來補這個丈夫的空缺。但這個婦人外表雖然還並不失去引人注意的魔力，心情因爲經過多少愛情的蹂躪，實在已經十分衰老不堪磨折了。她需要休息，需要安靜，還需要一種節慾的母性的溫柔厚道的生活。至於其他華麗的幻想，已不能使她發生興味，十年來她已飽饜那種生活，而且十分厭倦了。

因此一來她到了老兵俱樂部。新的職務恰恰同她的性情相合，處置一切鋪排一切原是她的長處。雖在這俱樂部裏，同一般老將校常在一處，她的行爲是貞潔的。他們之間皆互相保持到極大的尊敬，沒有褻瀆的情操，使他們發生其他事故。

這一面到這時應當結束一下，因爲她是在一種極有規則的樸素生活中，打發了一堆日子的。可是有一天，那個上校把他的少年體面朋友邀到老兵俱樂部去了，等到那上校稍稍感覺到這件事情作錯了時，已經來不及了。

還只是那個上尉階級的朋友，來到××二十天左右，×師的參謀主任，把他朋友邀進了老兵俱樂部。這俱樂部來往的大多數是上了點年紀的人物，少年軍官既嚇怕到上級軍官，又實在無什麼趣味，很少有見到那麼英拔不羣的年青人來此。兩人在俱樂部大廳僻靜的角隅上，喝着最高貴的白鐵酒同一種甜酒，一面說到些革命以來年青人思想行爲所受的影響。那時節圖書間有兩個人在閱覽報紙，大廳裏除了另外一處有些年老軍人在那裏打牌，聽到笑聲同數籌碼的聲音以外，還沒有什麼人來此。兩人喝了一會兒，到只見一個女人，穿了件灰色綢子青皮作邊緣的寬博袍子，披着略長的黑色光滑頭髮，手裏拿了一束朱花，走過小餐廳去。那參謀見了女人，忙站起身來打着招呼。女人也望到這邊兩個人了，點了一下頭，一個微笑從那張俊俏的小小嘴角漾開去，到臉上同眼角，一種尊貴的神氣，使人想起這只有一個名角在台上時才有那麼動人的丰儀。

那個青年上尉，顯然爲這種壯觀的華貴的形體引起了一種驚訝，當他老友注意到了他，同他說第一句話時，他那種矜持失常處，是不能隱瞞到他的老友那雙眼睛的。

上校將杯略舉，望到年青人把眉毛稍稍一擠，做了一個記號，意思像是要說：「年青人，小心一點，凡是使你眼睛放光的，就常常是能使你中毒的，應當明白這點點！」

可是另一個有一點可笑的預感，卻在那上校心中蘊蓄着，這同時混合了點輕微的妬嫉，他想到：「也許一個快要熄滅了的火把，同一個不曾點過的火把並在一處，會放出極大的光來。」這想像是離奇的，他就笑了。

過一刻，女人從原來那個門邊過來了，拉着一處窗口的帷幕，指點給一個穿白衣的侍者，囑咐到侍者好些話。且向這一邊望着，這顧盼從上尉看來，卻是那麼尊貴的，多情的。

「上校，日裏好，公事不多罷。」

被稱作上校的那一個就說：「一切如原來樣子，不好也不壞。『受人尊敬的星子，天保佑你，長是那麼快樂，那麼美麗。』」後面兩句話是這個人引用了幾句書上話語的，因爲那是一個紳士對貴婦的致白，應當顯得謙遜而諂媚的，所以他也站了起來，把頭低了一下。

女人就笑了。「上校是一個詩人，應當到大會場中去讀××的詩，受羣眾的鼓掌！」

「一切榮譽皆不如你一句稱讚的話。」

「眞是一個在這種地方不容易見到的有學問的軍官。」

「謝謝獎語，因爲從你這兒聽來的話，即或是完全惡罵，也使人不易忘掉，覺得幸福。」

女人一面走到這邊來，一面注目望到年青上尉，口上卻說：「難道上校願意人稱爲『有嚴峻風格的某參謀』嗎？」

「不，嚴峻我是不配的，因爲嚴峻也是一種天才。天才的身分，不是人人可以學到的！」

「那麼有學問的上校，今天是請客了罷？」女人還是望到那個上尉，似乎因爲極其陌生，就說：「這一位同志好像不到過這裏。」

上校對他朋友看看，回答了女人：「我應當來介紹介紹；這是我一個朋友……鄭同志……這是老兵俱樂部主持人，××小姐。」兩個被介紹過了的皆在微笑中把頭點了一下。這介紹是那麼得體的，但也似乎近於多餘。因爲愛神是並不先問淸楚人的姓名，才射出那一箭的。

那上校接着還說了兩句謔不傷雅的笑話，意思想使大家自由一點，放肆一點，同時也許就自然一點。

女人望到上校微微的笑了一下，彷彿在說着：「上校，你這個朋友漂亮得很。」

但上校心裏卻儼然正回答着：「你咧，也是漂亮的。我擔心你的漂亮是能發生危險的，而我朋友漂亮卻能產生愚蠢的。」自然這些話他是不會說出口的。

女人以爲年靑軍人是一個學生了，很隨便的問：「是不是騎兵學校的？」

上校說：「怎麼，難道我帶了馬夫來到這個地方嗎？聰明絕頂的人，不要嘲笑這個沒有嚴峻風度的軍人到這樣子！」

女人在這種笑話中，重新用那雙很大的危險的眼睛，檢察了一下桌前的上尉，那時節恰恰那個年青人也抬起頭來，由於一點力量所制服，年青人在眼光相接以後，靦覥的垂了頭，把目光逃遁了。女人就快樂得如小孩子一樣的說：「明白了，明白了，一個新從軍校出來的人物，這派頭我記起來了。」

「一個軍校學生，的確是有一種派頭嗎？」上校說時望到一下他的朋友，似乎要看出那個特點所在。

女人說：「一個小孩子害羞的派頭！」

不知爲什麼原因，那上校主任卻感到一點不祥兆象，已在開始擴大，以爲女人的言語十分危險，此後不很容易安置。女人是見過無數日月星辰的人，在兩個軍人面前，那麼隨便灑脫，卻不讓一個生人看來覺得可以狎侮，加之，年齡已到了三十四五，應當不會給那年青朋友什麼難堪了。但女人即或自己不知自己的危險，便應當明白一個對女人缺少經驗的年青人，自持的能力卻不怎麼濟事，很容易爲她那點力量所迷惑的。可是有什麼方法，不讓那個火炬接近這個火炬呢？他記起了從老兵將軍方面聽來的女人過去的命運，他自己掉過頭去苦笑了一下，把一切看開了。

但女人似乎還有其他事情等着，說了幾句話就走了。

上校見到他的年青朋友，沉默着沒有話說，他明白那個原因，且明白他的朋友是不願意這時有誰來提到女人的，故一時也不曾作聲。可是那年青朋友，並不爲他所猜想的那麼做作，卻坦白的向他老朋友說：「這女人眞不壞，應當用充滿了鮮花的房間安頓她，應當在一種使一切年青人的頭都低去的生活裏生活，爲甚麼放到這裏來作女掌櫃？」

上校不好怎麼樣告給他朋友女人所有過去的歷史。不好說女人在十六年前就早已如何被人逢迎，過了些熱鬧日子，更不好將女人目前又爲甚麼才來到這地方，說給年青人知道。只把話說到別方面去：「人家看得出你軍校出身的，我倒分不出什麼。」

那年青上尉稍稍沉默了一下，像是在努力回想先一刻的某種情景，後來就問：

「這女人那雙眼睛，我好像很熟習。」

參謀主任裝作不大注意的樣子，爲他朋友倒了一杯甜酒，心裏想說：「凡是男子對於他所中意的眼睛，總是那麼說的。再者，這雙眼睛，也許在五六年前出名的圖畫雜誌上，就常常可以看到！」

後來談了一些別的話，年青人不知不覺儘望到女人去處那一方，參謀主任那時已多喝了兩杯，一切成見皆慢慢在酒力下解除了，輕輕的向他朋友說：

「女人老了一點眞是一種悲劇。」他指的是一般女人而言，卻想試試看他的朋友是不是已注意到了先一時女人的年齡。

「這話我可不大同意。一個美人即或到了五十歲，也仍是一個美人！」

這大膽的論理，略略激動了那個上校一點自尊心，就不知不覺懷了點近於惡意的感情，帶了挑撥的神氣，同他的年青朋友說：「先前那一個，她怎麼樣？她的聰明同她的美麗是極相稱的的。

年青上尉現出年青人初次在一個好女子面前所受的委屈，被人指問是不是愛那個女子，把話說回來了。「我不高興那種太……的女子的。」他說了謊，就因爲愛情本身也是一種精巧的謊

……你以爲……」

上校說：「不然，這實在是一個希見的創作，若我是一個年青人，我或許將向她說：『老板，你眞美！把你那雙爲上帝留心的手臂給了我罷。我的口爲愛情而焦渴，把那張小小的櫻桃小口給了我，讓我從那裏得到一點甘露罷。』……」

這笑話，在另一時應當使人大笑，這時節從年青上尉嘴角，卻只見到一個微哂記號。他以爲上校醉了，胡亂說着，而他自己，卻從這個笑話裏，生了自己一點點小氣。

上校見到他年青朋友的情形，而且明白那種理由，所以把話說過後笑了一會。

「鄭同志，好兄弟，我明白你。你剛才被人輕視了一點，心上難過，是不是？不要那麼小氣罷。一個有希望有精力的人，不能夠在一個女子方面太苛刻。人家說你是小孩子，你可眞一點兒像……不要生氣，不要分辯；拿破崙的事業不是分辯可以成功的，他給我們的是眞實的歷史。讓我問你一句話，你說罷，你過去愛過或現在愛過沒有？」

年青上尉臉紅了一會，並不作答。

「爲什麼用紅臉來答覆我？」

「我紅臉嗎？」

「你不紅臉的，是不是？一個堂堂軍人原無紅臉事情的。可是，許多年青人見了體面婦人都紅過臉的。那種紅臉等於說：別撩我，我投降了！但是我要你明白，投降也不是容易事，因爲世界上儘有不收容俘虜的女人。至於你，你自然是一個體面俘虜！」

年青上尉看得出他的老友醉了，不好怎麼樣解釋，只說：「我並不想投降到這個女人面前，還沒有一個女人可以俘虜我。」

「嚇，嚇，好的，好的。」上校把大拇指翹起，咧咧嘴，做成「佩服高明同意高見」的神氣，不再說什麼話。等一會又說：「是那麼的，女人是那麼的。不過世界上假若有些女人還值得我們去作俘虜時，想方設法極勇敢的去投降，也並不是壞事。你不承認嗎？一個好軍人，在國難臨身時，很勇敢的去打仗，但在另一時，很勇敢的去投降，不見得是可笑的！」

「…………」

「…………」

說着，女人恰恰又出來了，上校很親昵的把手抬着，請女人過來一下。

「來來，受人尊敬的主人，過來同我們談談。我正同到我這位體面朋友談到俘虜，你一定高興聽聽這個。」

女人已換了件紫色長袍，像是預備出去的模樣，見到上校說話，就一面走近桌邊一面說：「

什麼俘虜？」女人雖那麼問着，卻彷彿已明白那個意義的，就望到年青上尉說：「凡是將軍都愛討論俘虜，因爲這上面可以顯出他們的功勳，是不是？」

年青上尉並不隱避那個問題的眞實：「不是，我們指的是那些爲女人低頭的……」

女人站在桌旁不即坐下，注意的聽着，同時又微笑着，等到上尉話說完後，似乎極同意的點着頭：「是的，我明白了。原來這些將軍常常說到的俘虜，是這種意思！女人有那麼大能力嗎？我倒不相信。我自己是一個女人，倒不知道被人這樣重視。我想來或者有許多聰明體面女子，懂得到她自己的魔力。一定有那種人，也有這種人；如像上校所說『勇敢投降』的。」

把話說完後，她坐到上校這一方，爲得是好對了年青上尉的面說話。上校已稍稍多喝了一杯，但他還明白一切事情，他懂得女人說話的意思，也懂得朋友所說的意思，這意思雖然都是隱藏的，不露的，且常常和那正在提到的話相反的。

女人走後，參謀主任望到他的年青朋友，眼睛中正放閃了一種光輝，他懂得那種光輝，是爲什麼而燃燒爲什麼而發亮的。回到師部時，同那個年青上尉分了手，他想起未來的事情，不知爲什麼總覺得發愁。平常他並不那麼爲別的事情罣心，他對於今天的事可不大放心得下。或者，他把酒吃多了一點也未可知，他睡後，就夢到那個老兵將軍，同那個女人，像一對新婚夫婦，兩人正想上火車去，醒來時時間已夜了。

一個平常人，活下地時他就十分平常，到老以後，一直死去，也不會遇到什麼驚心駭目的事情。這種庸人也有他自己的好處，他的生活自己是很滿意的。他沒有幻想，不信奇蹟，他照例是在他那種沾沾自喜無熱無光生命裏十分幸福的。另外一種人恰恰相反。他也許希望安定，羨慕平庸，但他卻永遠得不到它。一個一切品德境遇完美的人，卻常常在愛情上有了缺口。一個命裏註定旅行一生的人，在夢中他也只見到旅館的牌子，同輪船火車。「把老兵俱樂部那一個同師部參謀處服務這一個，像兩把火炬並在一起，看看是不是燃得更好一點。」當這種想像還正在那個參謀主任心中並不十分認眞那麼打算時，上帝或魔鬼，兩者必有其一，卻先同意了這件事，讓那次晤談，在兩個人印象上保留下一點拭擦不去的東西。這東西培養到一個相當時間的距離上，使各人在那點印象上擴大了對方的人格。這是自然的，生疏能增加愛情，寂寞能培養愛情，兩人那麼生疏卻又那麼寂寞，各人看到對面最好的一點，在想像中發育了那種可愛的影子，於是，老兵俱樂部的主持人，離開了她退隱的事業，跑到上尉住處，重新休息到一個少壯熱情的年青人胸懷裏去，讓那兩條結實多力的臂膀，把她擁抱得如一個處女，於是她便帶着狂熱羞怯的感覺，作了年青人的情婦了。

當那個參謀上校從他朋友辭職呈文上，知道了這件事情時，他笑着走到他年青朋友新的住處去，用一個伯父的神氣，嘲謔到他自己，那麼說：「這事我沒有同意神卻先同意了，讓我來補救我的過失罷。」他爲這兩個人證了婚，請這兩個人吃了酒，還另外爲他的年青朋友介紹了一個工作，讓這一對新人過武漢去。

「日子在那些有愛情的生活裏照例過得是極快的，」少將對我說。「雖然我住在××，實在得過了他們很多的信，也給他們寫了許多信。我從他們兩人合寫的信上，知道他們生活過得極好，我於是十分快樂。爲了那個女子，爲了她那種天生麗質十餘年來所受的災難，到中年後卻遇到了那麼一個年青，誠實，富有，一切完美無疵的男子，這份從折磨裏取償的報酬。

「女人把上尉看得同神話中的王子，女人近來的生活，使我把過去一時所擔心的都忘掉了。至於那個沒有同老友商量就作了這件冒險事情的上尉呢？不必他來信說到，我也相信，在他的生活裏，所得到的體貼與柔情，應當比作駙馬還幸福一點。因爲照我想來，一個年紀十九歲的公主，在愛情上，在身體上，所能給男子的幸福，會比那個三十五歲的女人更好更多點，這理由我還找尋不出的。」

可是這個神話裏的王子，在武漢地方，一個夜裏，卻忽然被人把眼睛用藥揉壞了。這意外不幸事件的來源，從別的方面探聽是毫無結果的。有些人以爲由於妒嫉，有些人又以爲由於另一種切齒。女人則聽到這消息後暈去過幾次。把那個不幸者抬到天主堂醫院以後，請了好幾個專家來診治，皆因爲所中的毒極猛，瞳仁完全已失了它的能力。得到這消息，最先趕到武漢去的，便是那個上校。上校見到他的朋友，躺在床上，毫無痛苦，但已經完全無從認識在他身邊的人。女人則坐到一旁，連日爲愁憂與疲倦所累，顯得老了許多。那時正當八點左右，本地的報紙送到醫院來了，因爲那幾天××正發生事情，長沙更見得危迫，故我看了報紙，就把報紙攤開看了一下。要聞欄裏無什麼大事足堪注意，在社會新聞欄內，卻見到一條記載，正是年青上尉所受的無妄之災一線可以追索的光明。報紙載：「九江捉得了一個行使毒藥的人，聞說只須用少許自行祕密製的藥末，就可以使人雙眼失明。說者謂從此或可追究出本市所傳聞之某上尉被人暗算失明案。」上校見到了這條新聞，歡喜得踴躍不已，趕忙告給失明的年青朋友。可是不知爲什麼，女人正坐在一旁調理到冷罨紗布，忽然把磁盤掉到地下臉色全變了。不過在這報紙消息前，誰都十分吃驚，所以上校當時並沒有覺得她神色的慘澹不寧處，另外還潛伏了別的驚訝。

武漢眼科醫生，向女人宣布了這年青上尉，兩隻眼睛除了向施術者尋覓解藥，已無可希望恢復原來的狀態。女人卻安慰到她的朋友，只告他這裏醫生已感到束手，上海還應當有較好醫生，可以希望有方法能夠復元。兩人於是過上海去了。

整整的診治了半年，結果就只是花了很多的錢還是得不到小小結果。兩夫婦把上海眼科醫生全問過了，皆不能在手術上有何效果。至於謀害者一方面的線索，時間一久自然更模糊了。兩人聽到大連有一個醫生極好，又跑到大連住了兩個月，還是毫無辦法。

那雙眼睛看來已絕對不能重見天日，兩人決計回家了。他們從大連回到上海，轉到武漢，又見到了那個老友，那個上校。那時節，上校已升任了少將一年零三個月。

三

上面那個故事，少將把它說完時，便接着問我：「你想想，這是不是一個離奇的事情？尤其是那女人……」

我說：「爲什麼眼睛會爲一點藥粉弄壞？爲什麼藥粉會揉到這多力如虎的青年人眼睛中去？爲什麼近世醫學對那點藥物的來源同性質，也不能發現它的祕密？」

「這誰明白？但照我最近聽到一個廣西軍官說的話看來，猺人用草木製成的毒藥，它的力量是可驚的，一點點可以死人，一點點也可以失明。這朋友所受的毒，我疑心就是那方面得來的東西。因爲漢口方面，直到這時還可以買到那古怪的野蠻的寶物。至於爲什麼被人暗算，你試想想，你不妨從較近的幾個人去……」

我實在就想不出什麼人來。因爲這上尉我並不熟習，也不大明白他的生活。

少將在我耳邊輕輕的說：「你爲什麼不疑心那個女人，因爲愛她的男子，因爲自己的漸漸老去，恐怕又復被棄，作出這件事情？」

我望到那少將許久說話不出，我這朋友的猜想，使我說話滯住了。「怎麼，你以爲會……」

少將大聲的說：「爲什麼不會？最初那一次，我在醫院中念報紙上新聞時，我清清楚楚，看到她把手上的東西掉到地下去，神氣驚惶失措。三天前在太平洋飯店見到了他們，我又無意識的把我在漢口方面聽人所說『可以從某處買猺人毒藥』的話告給兩夫婦時，女人臉即刻變了色，雖勉強支持到，不至於即刻暈去，我卻看得出『毒藥』這兩個字同她如何有關係了。一個有了愛的人，什麼都作得出，至於這個女人，她作這件事，是更合理而近情的！」

我不能對我朋友的話加上什麼抗議，因爲一個軍人照例不會說謊，而這個軍人卻更不至於說謊的。我雖然始終不大相信這件事情，就因爲我只見到這個婦人一面。可是，爲什麼這婦人給我的印象，總是那麼新鮮，那麼有力，一年來還不消滅？也許我所見到的婦人，都只像一隻蚱蜢，一粒甲蟲，生來小小的，伶便的，無思無慮的。大多數把氣派較大，生活較寬，性格較強，都看成一種罪惡。到了春天或秋天，都能按照時季換上她們顏色不同的衣服，都會快樂而自足的在陽光下過她們的日子，都知道選擇有利於己有媚於己的雄性交尾；但這些女子，不是極平庸就是極下賤，沒有什麼靈魂，也沒有什麼個性。我看到的蚱蜢同甲蟲，數量可太多了一點，應當向什麼方向走去，才可以遇到一種稍稍特別點的東西，使回憶可以潤澤光輝到這生命所必經的過去呢？

那個婦人如一個光華炫目的流星，本體已向不可知的一個方向流去毀滅多日了，在我眼前只那一瞥，保留到我的印象上，就似乎比許多女人活到世界上還更眞實一點。

一九三二年春暮作

五個軍官與一個煤礦工人

辰河弄船人有兩句口號，旅行者無人不十分熟習。那口號是：「走盡天下路，難過辰谿渡。」事實上辰谿渡也並不怎樣難過，不過弄船人所見不廣，用縱橫長約千里路一條辰河與七個支流小河作準，因此說出那麼兩句天眞話罷了。地險人蠻卻為一件事實。但那個地方，任何時節實在是一個使人神往傾心的美麗地方。

辰谿縣的位置，恰在兩條河流的交匯處，小小石頭城臨水倚山，建立在河口灘腳崖壁上。河水深到三丈尙清可見底。河面長年來往着湘黔邊境各種形體美麗的船隻。山頭為石灰岩，無論晴雨，皆可見到燒石灰人窰上飄颺的靑煙與白煙。房屋多黑瓦白牆，接瓦連椽緊密如精巧圖案。對河與小山城成犄角，上游為一個三角形小阜，阜上有修船造船的乾塢與寬坪。位在下游一點，則為一個三角形黑色石岨，瀕河拔峯，山腳一面接受了沅水激流的衝刷，一面被麻陽河長流的淘洗，岩石皆玲瓏透空。山半有個壯麗輝煌的廟宇，廟宇外岩石間且有成千大小不一的浮雕石佛。

太平無事的日子，每逢佳節良辰，當地駐防長官，縣知事，小鄉紳及商會主席，便乘小船過渡到那個廟宇裏飲酒賦詩。在那個懸岩半空的廟裏，可以眺望上行船的白帆，聽下行船搖艣人唱歌。街市盡頭下游便是一個長潭，名斤絲潭。兩岸皆五色石壁，矗立如屏障一般。長潭中日夜皆有五十隻以上打魚船，載滿了黑色沉默的魚鷹，浮在河面取魚。小船浥流而渡，艱難處與美麗處實在可以平分。

地方又出煤炭，爲湘西著名產煤區。似乎無處無煤，故山前山後隨處皆可見到用土法開掘的煤井。沿河兩岸皆常有運煤船停泊，碼頭間無時不有若干黑臉黑手腳漢子，把大塊煙煤運送到船上，向船艙中拋去。若過一個取煤斜井邊去，就可見到無數同樣黑臉黑手腳人物，全身光裸，腰前圍上一片破布，頭上戴了一盞小燈，向那個儼若地獄的黑阱爬進爬出。礦坑隨時皆可以坍陷或爲水灌入，坍了，淹了，這些到地獄討生活的人自然也就完事了。

礦區同小山城皆駐紮了相當軍隊。七年前，有一天晚上，一名哨兵抗了槍枝，正從一個廢棄了的煤井前面經過，忽然從黑暗裏躍出了一個煤礦工人，一菜刀把那個哨兵頭顱劈成兩爿。這煤礦工人很敏捷的把槍枝同子彈取下後，便就近埋藏在煤渣裏，哨兵屍身被拖到那個浸了半阱黑水的煤阱邊，多的一聲拋下去了。這個哨兵失了蹤，軍營裏當初還以爲人開了小差，照例下令各處通緝。直等到兩個半月以後，屍身爲人在無意中發現時，那個狡猾強幹的煤礦工人，在辰谿與芷江兩縣交界處的土匪隊伍中，稱小頭腦，幹打家劫舍捉肥羊的生涯已多日了。

三年後這煤礦工人帶領了約兩千窮人，又在一種很敏捷的手段下，佔領了那個辰谿的小山城。防軍受了相當損失，把其餘部隊皆集中在對河產煤區，準備反攻。一切船隻不是逃往下游便是被防軍扣留，河面一無所有，異常安靜。上下行商船皆各停頓到上下三十里碼頭上，最美觀的木筏也不能在河面見着了。煤礦全停頓了，燒石灰人也逃走了。白日裏靜悄悄的，只間或還可聽到一兩聲哨兵放槍聲音。每日黃昏裏及天明前後，兩方面皆擔心敵人渡河襲擊，便各在河邊燃了大大的火堆，且把機關槍剝剝剝剝的放了又放。當機關槍如拍簸箕那麼反復作響時，一些逃亡在山坳裏的平民，以及被約束在一個空油坊裏的煤礦工人，便各在沉默裏，從槍聲方面估計兩方的得失。多數人雖明白這戰爭不出一月必可結束，落草爲寇的仍然入山，駐防的仍然收復了原有防地。但這戰事一延長，兩方面的犧牲，誰也就不能估計得到了。

每次機關槍的響聲下，照例皆有防軍方面渡江奇襲的船隻過河。照例是五個八個一夥伏在船艙裏，把水溼棉絮同砂包壘積到船頭與船旁，乘黃昏天曉薄霧平鋪江面時浥流偷渡。船隻在沉默裏行將到達岸邊時，在強烈的手電筒搜索中被發現了，於是響了機關槍。船隻仍然在沉默中向岸邊划去。再過一會，訇的一聲，從船上擲出的手溜彈已拋到岸邊哨兵防禦工事上，接着兩方面皆起了機關槍聲音，手溜彈也繼續爆炸着。再過一陣，槍聲已停止，很顯然的，渡河的在猛烈砲火下，地勢不利失敗了。這些人或連同船隻沉到水中去了，或已攏岸卻仍然在懸崖下犧牲了，或被砲火所逼，船中人死亡將盡，剩餘一個兩個受了傷，儘船隻向下游漂去，在五里外的長潭中，方划攏自己防地那一個岸邊。

半月以內防軍在渡頭上下三里前後犧牲了大約有三連實力，與三十七隻大小船隻。到後卻有五個教導團的年輕學兵，在大雨中帶了五枝自動步槍，一堆手溜彈，三枝連槽，用竹筏渡河，攏岸時，首先佔領了土匪沿河一個重要碼頭，其餘竹筏皆陸續渡河，從佔領處上了岸。在一場兇猛巷戰中，那礦工統率的窮人隊伍不能支持，在街頭街尾各處放了火。便帶了殘餘部眾，綁着縣長同幾個紳士，向西鄉逃跑了。

三個月內，防軍在繼續追勦中，解決了那個隊伍全部的實力，肉票也皆被奪回了。但那個礦工出身土匪首領的漏網，卻成為地方當局憂慮不安的事情。到後來雖懸賞探聽明白了他的蹤跡，卻無方法可以誘出逮捕。

五個青年教導團學兵，那時節業已畢業，升了各連的見習，尚未歸連。就請求上司允許他們冒一次險，且向上司說明這冒險的計畫。

七天以後，辰谿沅州兩縣邊境名為窖上的地方，一個製磚人小飯鋪裏，就有五個人吃飯。五人皆作商人裝束，其中有四個皆各抗了小扁擔，只一人挑了一擔有蓋籮筐。這製磚人年紀已開六十歲，早為防軍偵探明白是那個礦工的通信人。年青人把飯吃過後，幾人便互相商量到一件事情。所說的話自然就是故意想讓那老頭子從一旁聽去的話。這時節幾個人正裝扮成為一羣從黔省來投靠那礦工的零夥，籮筐裏白米下放得是一枝輕機關槍同若干發子彈。籮筐中眞是那玩意兒！

幾人一面說一面埋怨這次來到這裏的冒昧處。一片謊話把那個老奸巨猾的心說動了後，那老的搭訕着問了些閒話，相信幾人眞是來賣身投靠的同志了，就說他會卜課。他爲卜了一課，那卦上說，若找人，等等向西方走去，一定可以遇到一個他們所要見的人。等待幾人離開了飯鋪向西走去時，製磚人早已把這個消息遞給了另一方面。兩方面皆十分得意，以爲對面的一個上了套。

因此幾個人不久就同一個「管事」在街口會了面，稍稍一談，把籮筐蓋甩去一看，機關槍赫然在籮筐裏。管事的再不能有何種疑慮了，就邀約五個人入山去見「龍頭」，吃血酒發誓，此後便禍福與共，同作梁山上人物。幾個年青人卻說「光棍心多，請莫見怪」，以爲最好倒是約龍頭來窰上吃血酒發誓，再共同入山。管事的走去後，幾個人就仍然住在窰上製磚人家裏，等候消息。

第二天，那個狡猾結實礦工，帶領四個散夥弟兄來到了窰上，很親熱的一談，見得十分投契，點了香燭，殺了雞，把雞血開始與燒酒調和，各人正預備喝下時，在非常敏捷行爲中，五個年青人各從身邊取出了手槍同小寶（解首刀），動起手來，幾個從山中來的豹子，皆在措手不及情形中被放翻了。那礦工最先手臂和大腿各中了一槍，躺在地下血泊裏了，等到其他幾個人皆倒下時，那礦工就冷冷的向那五個年青人笑着說：

「弟兄，弟兄，你們手腳眞痲利！慢一會兒，就應歸你們躺到這裏了。我早就看穿了你們的鬼計，明白你們是從那兒來的賣客，好膽量！」

幾個年青人不說什麼，在沉默裏把那些被放翻在地下的人，首級一一割下。輪到礦工時，那礦工仍然十分沉靜的說：

「弟兄弟兄，不要儘做蠢事，留一個活的，你們好去報功！」

五個年青人心想，眞應當留一個活的，好去報功！就不說什麼，把他綑綁起來。

一會兒，五個年青人便押了受傷的礦工，且勒迫那個製磚頭的老頭子挑了四個人頭，沉默的一列回辰谿了。走到去辰谿不遠的白羊河時，幾人上了一隻小船。

船到了辰谿上游約三里路，那個受傷的礦工又開了口：

「弟兄，弟兄，一切是命。你們運氣好，手面子快，好牌被你們抓上手了。那河邊煤阱旁，我還埋了四枝連槽，爽性助和你們，你們誰同我去拿來罷。」

那煤礦原來去山腳不遠，來回有二十分鐘就可以了事。五個年青人對於這提議皆毫不疑惑。礦工既已身受重傷，無法逃遁，四枝連槽引起了幾個年青人的幻想，派誰守船皆不成，於是五個人就又押了那個受傷礦工與製磚老頭子，一同上了岸。走近一個廢坑邊，那礦工卻說，槍枝就埋在坑前左邊一堆煤滓裏。正當幾個人爭着去翻動煤滓尋取槍枝時，礦工一瘸一拐的走近了那個業已廢棄多年的礦阱邊，聲音朗朗的從容的說道：「弟兄，弟兄，對不起，你們送了我那麼多遠路，有勞有偏了！」

話一說完，猛然向那深阱裏躍去。幾個人忙搶到阱邊時，只聽到多的一聲，那礦工便完事了。

五個年青人皆呆了許久，罵了許久，也笑了許久。皆覺得被騙了一次。那廢阱深約七十公尺，有一半已灌了水。七年前那個哨兵，就是被礦工從這個阱口拋下去的……

在另外一個篇章裏，我不是曾經說到過我抵辰州時，第一天就見着五個少年軍官嗎？當他們與我共同圍坐在一個火爐邊，向我說到他們的冒險，與那礦工臨死前那分鎮靜時，我簡直呆了。我問他們，爲什麼當時不派個人拉着那礦工於繩子。

「拉他的繩頭嗎，你眞說得好，若當眞拉住他，誰拉他誰不就同時被他帶下阱去了嗎？」說這個話的年青朋友，原來就正是當時被派定看守礦工的一個，爲了忙於發現埋藏的手槍，幸而不至於被拉下阱的。

（一九三四年）

船上岸上

寫在〈船上岸上〉的前面

十二月九日，是叔遠南歸四年的一個紀念日。同叔遠北來，是四年又四個月。叔遠南歸是四年。南歸以後的叔遠，死於故鄉又是二十個月了。

在北京，我們是一同住在一個小會館，差不多有兩個半月都是分吃七個燒餅當每日早餐。天氣寒，無法燃爐子，每日進了我們體面早餐後，又一同到宣內大街那京師圖書分館看書。遇到閉館則兩人藏在被裏念我們《史記》。在這樣情形下他是終於忍受不來這磨難，回家了。我因無家可回不得不在北京耽下來。

誰知無家可歸者，倒並不餓死；回家的他卻眞回到他的「老家」去了。生來就多災多難的我，居然還來弔叔遠，眞是意料不到的事！

哭自己，哭別人，我是沒有眼淚了。今天寫這點東西，是我想從過去的小事上追想我們的友誼，好讓我心來痛一次。以前我能勸別人莫哭，如今我是懂得自勸了。

船停了。

停到十八灣。十八灣是長長的一條平潭。說十八灣地名應作「失馬灣」者，那當去志書上找證據。從地形上看，比從故事上看方便了許多，所以人人都說這是十八灣。潭長有七里，灣拐本極多，但要說十八的數是頂確實，那也並不一定吧。不說十二十五，說十八，一面言其多，一面諧「失馬」的音，不算極無意義了。

船到十八灣多停，因爲是辰溪河船舶往來一極方便停船的所在。下行停到此地，則明天可以在晚飯左右抵瀘溪。上行則從辰谿縣上游潭灣地方開船，此爲第一天一頂合式停船碼頭。

我們船是下行的。

船停在碼頭邊成一隊，正如一隊兵。大船排極右，其他船隻依次來。這是說我們所有下行船一幫。雖然這只是一幫，船就有了四十隻，各把船頭傍了岸，一個石頭堆成的碼頭也早擠滿不能再容別的船舶了。別的船，原有別的幫，也就有別的碼頭讓它們泊岸，不相關。

停了船，不上岸不成。

坐船久了的，一爬上岸也總覺得地原是在腳下動。無形中把在船上憩着爲水盪搖成爲新習慣，一上岸，就反而覺岸是在動了。實則所動的是自己身子。但是誰能不疑心是地動呢。

岸是上了，上了岸也無可作，就坐在岸邊石墩子上看這一幫船。船的頭尾全已站了人，凡是日間在篷裏歇睡歇坐的，這時全出到艙面來了。各個船上都全在煑飯，在船頭，在船尾，無一個不騰起白的煙氣。一些煑好了飯的，鍋中就炒菜，有油落在鍋裏炸爆的聲音，有切菜的聲音。有些用頂罐煑飯，米已熟，把罐提起將米湯傾倒到河中去。又有人蹲在船蓬上唱戲。坐在岸邊看看天夜了。

「遠，我們怎麼樣?」我意思想上船了。

他說飯還不曾熟，隨到他們到上面街上買一點東西，看有甚麼買甚麼。我是不會不答應。我們就上街。

天呵，這是甚麼街！一共不到二十家鋪子，聽人說這算南街。再過去，轉一個拐直入山上去，有一個小石堡子門，進堡子門零零落落一些人家，比次而成一直行，算東街。

「看不出，鋪子小，生意倒不錯咧。」遠說着就笑，我也笑。

從麻陽下行的船，到高村可以將一切應用東西備好，如像猪肉呀，猪油呀，鹽同辣子呀，高村全可買。從辰州上行的船，一切東西也辦得整齊豐富，在路上要買就只買小菜。那麼這裏生意應當蕭條了。

猪肉一類東西這地方銷路實際上似乎眞不怎樣好，看看屠案上，所有的猪肉，就全像從別個鄉村趕場蹇來的東西！牛肉有是有，是更來得路程遠一點，色變紫色了。

但這地方另有生意眞可以搭股分呢。凡是碼頭頂好的生意，並不是屠戶。只要是這地方有船停泊，賣小吃東西的總不會蝕本。從五十六十里路大市口上蹇來的牛陳點心，一到這地方來成了奇貨可居了。鷄蛋糕，雪棗，寸金糖，芝蔴薄餅，以至於能夠扯得多長的牛皮糖，全都有，全易賣。從搭客到船上火頭師傅，對於這類東西都會感生極濃的趣味。小孩子則還要更兇。大家爭着買，搶着拿，因此一來價錢更可以提起。

還有賣紙煙的哩，賣大煙的哩，全是門前堆了不少的人，像是搶粑粑（註）！

我們到一個賣梨子花生的攤子邊買梨。

問那老婦人：「怎麼賣？」

「四十錢一堆。」說了又在我同遠身上各加以眼睛的估價。

一堆梨有十來個，只去銅元四枚，未免賤，就出錢一共買四堆。

註：搶粑粑，乃放燄口後施鬼食，人人可以搶，箄俗也。

「不，先生，這一共買就只要百二十錢。」

「怎麼？」

「應當少要點。」

望到那誠實憂愁面貌，我想起這老婦人有些地方像我的伯媽。伯媽也有這樣一個團臉，只不知這婦人有不有伯媽那一副好心肝。

「那我們多把你這點錢也不要緊。」我就一面用草蓆包梨，一面望那婦人的臉。遠也在望她。

婦人是全像我伯媽了。她說既然多給錢也應多添幾個梨子。

一種誠樸的言語，出於這樣一種鄉下婦人口中，使我就無端發愁。爲甚麼鄉下同城裏凡事都得兩樣？爲甚麼這婦人不想多得幾個錢？城裏所謂慈善人者，自己待遇與待人是──？城裏的善人，有偷偷賣米照給外國人賺點錢，又有把救濟窮民的棉衣賣錢作自己私有家業的。這人也爲世所尊視，臉上有道德光輝所照，多福多壽。鄉下則人多麼笨拙。這誠實，這城中人所不屑要的東西，爲甚麼獨留在一個鄉下窮婦人心中盤據？良心這東西，也可以說是一種貧窮的原素，城市中所謂道德家其人者，均相率引避不欲負有一時一事糾纏上身，即小有所自損，則亦必張大其詞使通國皆知其在行善事：以我看，不是這婦人太傻，便是城市中人太聰明能幹了。

遠似乎也爲這婦人感觸着一種心思，望到這婦人又把筐中的梨撿出到簸箕，平均兼扯的擺成一堆，擺好後，要我們抓取，不願抓，就輕輕噓了一口氣。

我們把梨包好我們走。

我在路上問遠：「你瞧這婦人，那種誠實坦白的樣子，眞使人想起生無限感慨——你怎麼？我見你也望她！」

「這人太蠢了。」

遠的話的幽默使我作一度苦笑。

我們一旁走，一旁從蔴包中掏出梨來嚼。行爲像一個船夫。也只有水手才吃這梨！梨子味酸得極濃，卻正是我們所嗜，若非知道吃飯有鱖魚，我們每人會非吃十個不知道止了。

到岸邊。

天是漸夜了。日頭沉到對河山下去，不見日頭本體後，天空就剩一些硃紅色的霞。一些霞，時時變，從黃到紅又從紅到紫，不到一會兒已全成了深紫，眞是快夜了。

我們仍然坐在那碼頭上石墩上，我們的船離我們不到五丈，船上煎魚的油味，風投機時就可以聞到。

在空中，有一些黑點，像擺得極勻，在那灰雲作背景的大空忽忽移向對岸遠汀去。我猜牠是雁，遠卻猜是烏。然而全猜錯。直到漸漸小去才聽到牠叫出軻格軻格聲音來，原來這是漁鷺鷥！

彎嘴漁鷺鷥值錢，這些便是那打魚人用不着的直嘴鷺鷥，算作野鳥了。

望到鷺鷥我想起遠家中的那隻大白鶴，就問遠，是不是還欠罣那隻鳥。

「怎麼不？還有狗，還有那火鎗，都會很寂寞。」狗是爲遠追逐田兔的，鎗是不知打過多少山雞的，所以遠說到時就當眞儼然見着他家那隻黑狗臥在門前頂無聊似的。

「我也念牠呢，」我說。「我念牠第一次咬我嚇了我，第二次同我親熱時撲上身來又嚇了我！」

我們全笑了。

當眞這時的家中的狗也許極無聊。此時正是吃夜飯時節，人既離了家，則狗同誰到夜飯桌邊去鬧？若遠的姪子在家，還可以來一同搶奪掉在地下的鷄頭，若家中儘剩他母親一人，那就有苦受了！因此我又想起那黑狗嚇了我後爲遠的母親用杖撻牠時伏於地面不動的情形。是，這只一匹狗，還有比狗更可戀的許多許多東西在！人一來，有誰再去倉上看我們的鈞竿？此後碾壩上有魚，誰去鈞，魚不也會寂寞麼？

簡直不堪設想了。就是遠的母親，那笑臉，那一副慈祥心腸，把兒子一走，那老人的笑臉同這好心腸給誰受用？

不想吧，也不成。於是我們談着一切頂有趣的故事，從遠的母親到遠家長年的一隻草鞋，因這隻草鞋曾爲遠拿起打着一隻班鳩……

談也談不完。

到船上煎魚薑辣香味爲我聞及時，對河的岸同水面，已全爲一種白色薄薄煙霧籠罩，天是呈青色，有月亮可以看得出了。

我們上船把飯吃，吃鱖魚，還用一杯酒。船上規矩有魚不吃酒不行，所以照規矩兩人勉強吃下。

吃了飯以後，又上到岸，月是更明了。在月下，有傍了各幫的船尾划着小艭的人曼聲喊猪蹄子粉條聲音，這聲音，只像他是爲唱歌而唱歌，竟不像是賣東西。槳的拍水聲，也像是專爲這歌聲搭拍而起。

在水上遠處，又可聽到摧櫓的歌聲，又極清，又極遠，聲是非常美。

有船從上游下駛，趕到這地方灣泊，這便是這奇怪歌聲來源了。雖有月，初七初八的月光是非常澹，所以總先聽到歌聲從水面飛來，不見船，不見人。到認清來船形體時節，這時歌聲已快止，變了調，更急了。

一切光景過分的幽美，會使人反而從這光景中憂愁，我如此，遠也正如此。我們不能不去聽那類乎魔笛的歌，我們也不能不有點兒念到漸漸遠去的鄉下所有各樣的親愛東西。這樣歌，就是載着我們年青人離開家鄉向另一個世界找尋知識希望的送別輓歌！歌聲漸漸不同，也像我們船下行一樣，是告我們離家鄉越遠。我們再不能在一個地方聽長久不變的歌聲，第二次，也不能了！

兩人默默的㱝着，話是沒有說的。

這時別的船上也有不少人在岸上坐。且有唱戲的，一面拉琴一面唱，聲作厤陽腔。遠輕輕的說：「從文，你聽，這是文公走薛！厤陽人最長的是搖櫓唱歌打號子，一到唱戲，這簡直像猪叫了。」

琴既是嗡嗡拉着，且有一個掌梢模樣的人爲拍板，一時是決不會止了。我想起要看看那賣梨子的婦人此時是不是還在作生意，就說我們可以再到街上去玩玩。遠答應，我們就第二次上街。

月光下的街上美多了。

一切全變樣，日裏人家疎，顯陋小，此時則燈光疎疎正好看。街道爲月光映着，也極其好看。

屠戶關了門，只從門罅露出點黃色燈光，單聽到裏面數錢聲音，若不是那張大案桌放在門外，我們就會疑心這是大的錢鋪了。聽到他們數錢才知道他們生意仍然不壞，並不如我們先時所想。

其他的人家，已有上過鋪板的，卻知道是門裏仍然有人做生意。其他不曾關門的，生意卻依然是忙亂着，一盞高腳丹鳳朝陽煤油燈，在那燈光下各樣罈子微微返着光，還有那在燈光下搖去搖來扁長頭顱的影子，皆有一種趣味。我們就朝到那有燈光處走去，每一個燈下全看看是賣甚麼樣東西。全沒有買卻全都看到，十多個攤子是看盡了。

到賣梨子婦人攤旁，見這老婦人正坐在一小板凳上搓一根繩，腰躬着，因爲腰躬着，那梨子簸裏那桐油燈便照着她的頭髮，像一個鳥窠。

聽到我們走近攤子旁，婦人才抬頭。大約以爲我們是來買梨，就說梨是好吃的，可以試。

「我們買得許多了。」

「哦，是才來買的，我眞瞎眼了！」婦人知道我們不是要梨子，原是上街玩，就讓我們坐。

當然是不坐。

本來是預備來同這婦人說說話的我，且想送她一點錢，到此又像這想頭近於稚，且看看這婦人生活，聽她談及還很過得去，錢是不送她，我們隨即又轉身到河邊碼頭了。

上船來，同遠睡在一塊兒，談到這婦人，遠想起他媽，擁着薄被哭。哭，瞞不了我，爲我知道了，我只能裝大人笑他「不濟」。

一九二七年十二月北京

蕭蕭

鄉下人吹嗩哪接媳婦，到了十二月是成天有的事情。

嗩哪後面一頂花轎，四個伕子平平穩穩的擡着，轎中人被銅鎖鎖在裏面，雖穿了平時不上過身的體面紅綠衣裳，也仍然得荷荷大哭。在這些小女人心中，做新娘子，從母親身邊離開，且準備作他人的母親，從此將有許多新事情等待發生。像做夢一樣，將同一個陌生男子漢在一個牀上睡覺，做着承宗接祖的事情，當然十分害怕，所以照例覺得要哭，就哭了。

也有做媳婦不哭的人。蕭蕭做媳婦就不哭。這女人沒有母親，從小寄養到伯父種田的莊子上，出嫁只是從這家轉到那家。因此到那一天這女人還只是笑。她又不害羞，又不怕，她是什麼事也不知道，就做了人家的媳婦了。

蕭蕭做媳婦時年紀十二歲，有一個小丈夫，年紀三歲。丈夫比她年少九歲，還在吃奶。地方規矩如此，過了門，她喊他做弟弟。她每天應作的事是抱弟弟到村前柳樹下去玩，餓了，餵東西吃，哭了，就哄他，摘南瓜花或狗尾草戴到小丈夫頭上，或者親嘴，一面說：「弟弟，哪，啍。再來，啍。」在那滿是骯髒的小臉上親了又親，孩子於是便笑了。孩子一歡喜，會用短短的小手亂抓蕭蕭的頭髮。那是平時不大能收拾蓬蓬鬆鬆到頭上的黃髮。有時垂到腦後一條有紅絨繩作結的小辮兒被拉，生氣了，就撻那弟弟，弟弟自然哼的哭出聲來，蕭蕭便也裝成要哭的樣子，用手指着弟弟的哭臉，說：「哪，不講理，這可不行！」

天晴落雨日子混下去，每日抱抱丈夫，也時常到溪溝裏去洗衣，搓尿片，一面還檢拾有花紋的田螺給坐到身邊的丈夫玩。到了夜裏睡覺，便常常做世界上人所做過的夢，夢到後門角落或別的什麼地方檢得大把大把銅錢，吃好東西，爬樹，自己變成魚到水中溜扒，或一時彷彿很小很輕，身子飛到天上眾星中，沒有一個人，只是一片白，一片金光，於是大喊「媽！」人醒了。醒來心還只是跳。吵了隔壁的人，就罵着：「瘋子，你想什麼！」卻不作聲只是咕咕笑着。也有很好很爽快的夢，爲丈夫哭醒的事。那丈夫本來晚上在自己母親身邊睡，吃奶方便，但是吃多了奶，或因另外情形，半夜大哭，起來放水拉稀是常有的事。丈夫哭到婆婆不能處置，於是蕭蕭輕腳輕手爬起來，眼屎矇矓，走到床邊，把人抱起，給他看燈光，看星光。或者仍然啍啍的親嘴，互相覷着，孩子氣的「嗨嗨，看貓呵」那樣喊着哄着。於是丈夫笑了。慢慢的闔上眼。人睡了，放上床，站在床邊看着，聽遠處一傳一遞的鷄叫，知道天快到什麼時候了。於是仍然蜷到小床上睡去。天亮了，雖不做夢，卻可以無意中閉眼開眼，看一陣空中黃金顏色變幻無端的葵花。

蕭蕭嫁過了門，做了拳頭大丈夫的媳婦，一切並不比先前受苦，這只看她半年來身體發育就可明白。風裏雨裏過日子，像一株長在園角落不爲人注意的萆蔴；大葉大枝，日增茂盛。這小女人簡直是全不爲丈夫設想那麼似的長大起來了。

夏夜光景說來如做夢。坐到院心，揮搖蒲扇，看天上的星同屋角的螢，聽南瓜棚上紡織娘子咯咯咯拖長聲音紡車，禾花風翛翛吹到臉上，正是讓人在自己方便中說笑話的時候。蕭蕭好高，一個人常常爬到草料堆上去，抱了已經熟睡的丈夫在懷裏，輕輕的輕輕的隨意唱着那使自己也快要睡去的歌。

在院中，公公婆婆，祖父祖母，另外還有幫工漢子兩個，散亂的坐，小板凳無一作空。祖父身邊有煙包，在黑暗中放光。這用艾蒿作成的長火繩，是驅逐長腳蚊東西，蜷在祖父腳邊，就如一條黑色長蛇。

想起白天場上的事，那祖父開口說話：

「聽三金說前天有女學生過身。」

大家就哄然笑了。

這笑的意義何在？只因爲大家都知道女學生沒有辮子，像個尼姑，穿的衣服又像洋人，吃的，用的……總而言之一想起來就覺得怪可笑！

蕭蕭不大明白，她不笑。所以祖父又說話了。他說：

「蕭蕭，你將來也會做女學生！」

大家於是更哄然大笑起來。

蕭蕭為人並不愚蠢，覺得這一定是不利於己的一件事情了，所以接口便說：

「我不做女學生！」

「不做可不行。」

「我不做。」

眾口一聲的說：「非做女學生不行！」

女學生這東西，在本鄉的確永遠是奇聞。每年熱天，據說放「水」假日子一到，便有三三五五女學生，由一個荒謬不經的熱鬧地方來，到另一個遠地方去，取道從本地過身，從鄉下人眼中看來，這些人皆近於另一世界中活下的人，裝扮如怪如神，行為也不可思議。這種人過身時，使一村人皆可以說一整天的笑話。

祖父是當地人物，因為想起所知道的女學生在大城中的生活情形，所以說笑話要蕭蕭也去作女學生。一面聽到這話就感覺一種打哈哈趣味，一面還有那被說的蕭蕭感覺一種惶恐，說這話的不為無意義了。

女學生由祖父方面所知道的是這樣一種人：她們穿衣服不管天氣冷暖，吃東西不問飢飽，晚上交到子時纔睡覺，白天正經事全不作，只知唱歌打球，讀洋書。她們一年用的錢可以買十六隻水牛。她們在省裏京裏想往什麼地方去時，不必走路，只要鑽進一個大匣子中，那匣子就可以帶她到地。她們在學校，男女一處上課，人熟了，就隨意同那男子睡覺，也不要媒人，也不要財禮，名叫「自由」。她們也做官；做縣官，帶家眷上任，男子仍然喊作老爺，小孩子叫少爺。她們自己不養牛，卻吃牛奶羊奶，如小牛小羊，買那奶時是用鐵罐盛的。她們無事時到一個唱戲地方去，那地方完全像個大廟，從衣袋中取出一塊洋錢來（那洋錢在鄉下可買五隻母雞），買了一小方紙片兒，拿了那紙片到裏面去，就可以坐下看洋人扮演影子戲。她們被寃了，不賭咒，不哭。她們年紀有老到二十四歲還不肯嫁人的，有老到三十四五還好意思嫁人的。她們不怕男子，男子不能使她們受委屈，一受委屈就上衙門打官司，要官罰男子的款，這筆錢她可以同官平分。她們不洗衣煑飯，有了小孩子也只化五塊錢或十塊錢一月，雇人專管小孩，自己仍然整天看戲打牌……

總而言之，說來都希奇古怪，豈有此理。這時經祖父一爲說明，聽過這話的蕭蕭，心中卻忽然有了一種模模糊糊的願望，以爲倘若她也是個女學生，她是不是照祖父說的女學生一個樣子去做那些事？不管好歹，做女學生極有趣味，因此一來卻已爲這鄉下姑娘體念到了。

因爲聽祖父說起女學生是怎樣的人物，到後蕭蕭獨自笑得特別久。笑夠了時，她說：

「祖爹，明天有女學生過路，你喊我，我要看。」

「你看，她們捉你去作丫頭。」

「我不怕她們。」

「她們讀洋書你不怕？」

「我不怕。」

「她們咬人你不怕？」

「也不怕。」

可是這時節蕭蕭手上所抱的丈夫，不知爲甚麼，在睡夢中哭了，媳婦用作母親的聲勢，半哄半嚇說：

「弟弟，弟弟，不許哭，不許哭，女學生咬人來了。」

丈夫還仍然哭着，得抱起各處走走。蕭蕭抱着丈夫離開了祖父，祖父同人說另外一樣話去了。

蕭蕭從此以後心中有個「女學生」。做夢也便常常夢到女學生，且夢到同這些人並排走路。彷彿也坐過那種自己會走路的匣子，她又覺得這匣子並不比自己跑路更快。在夢中那匣子的形體同谷倉差不多，裏面有小小灰色老鼠，眼珠子紅紅的。

因爲有這樣一段經過，祖父從此喊蕭蕭不喊「小丫頭」，不喊「蕭蕭」，卻喚作「女學生」。在不經意中蕭蕭答應得很好。

鄉下裏日子也如世界上一般日子，時時不同。世界上人把日子糟蹋，和蕭蕭一類人家把日子吝惜是同樣的，各人皆有所得，各人皆爲命定。城市中文明人，把一個夏天全消磨到軟綢衣服精美飲料以及種種好事情上面。蕭蕭的一家，因爲一個夏天，卻得了十多斤細麻，二三十擔瓜。

作小媳婦的蕭蕭，一個夏天中，一面照料丈夫，一面還績了細麻四斤。這時工人摘瓜，在瓜間玩，看碩大如盆上面滿是灰粉的大南瓜，成排成堆擺到地上，很有趣味。時間到摘瓜，秋天已來了，院子中各處有從屋後林子裏樹上吹來的大紅大黃木葉。蕭蕭在瓜旁站定，手拿木葉一束，爲丈夫編小笠帽玩。

工人中有個名叫花狗，抱了蕭蕭的丈夫到棗樹下去打棗子。小小竹桿打在棗樹上，落棗滿地。

「花狗大，莫打了，太多了吃不完。」

雖這樣喊，還不動身。到後，彷彿完全因爲丈夫要棗子，花狗纔不聽話。蕭蕭於是又喊他那小丈夫：

「弟弟，弟弟，來，不許檢了。吃多了生東西肚子痛！」

丈夫聽話，兜了一堆棗子向蕭蕭身邊走來，請蕭蕭吃棗子。

「姊姊吃，這是大的。」

「我不吃。」

「要吃一顆！」

她兩手那裏有空！木葉帽正在製邊，工夫要緊，還正要個人幫忙！

「弟弟，把棗子餵我口裏。」

丈夫照她的命令作事，作完了覺得有趣，哈哈大笑。

她要他放下棗子幫忙捏緊帽邊，便於添加新木葉。

丈夫照她吩咐作事，但老是頑皮的搖動，口中唱歌。這孩子原來像一隻貓，歡喜時就得搗亂。

「弟弟，你唱的是什麼。」

「我唱花狗大告我的山歌。」

「好好的唱給我聽。」

丈夫於是就唱下去，照所記到的歌唱：

天上起雲雲起花，

包谷林裏種豆荚，

豆荚纏壞包谷樹，

嬌妹纏壞後生家。

天上起雲雲重雲，

地下埋墳墳重墳，

嬌妹洗碗碗重碗，

嬌妹床上人重人。

丈夫唱歌中意義全不明白，唱完了就問好不好。蕭蕭說好，並且問從誰學來的。她知道是花狗教他的，卻故意盤問他。

「花狗大告我，他說還有好歌，長大了再教我唱。」

聽說花狗會唱歌，蕭蕭說：

「花狗大，花狗大，您唱一個歌我聽聽。」

那花狗，面如其心，生長得不很正氣，知到蕭蕭要聽歌，人也快到聽歌的年齡了，就給她唱「十歲娘子一歲夫」。那故事說的是妻年大，可以隨便到外面作一點不規矩事情，夫年小，只知道吃奶，讓他吃奶。這歌丈夫完全不懂，懂到一點兒的是蕭蕭。把歌聽過後，蕭蕭裝成「我全明白」那種神氣，她用生氣的樣子，對花狗說：

「花狗大，這個不行，這是罵人的歌！」

花狗分辯說：「不是罵人的歌。」

「我明白，是罵人的歌。」

花狗難得說多話，歌已經唱過了，錯了陪禮，只有不再唱。他看她已經有點懂事了，怕她回頭告祖父，就把話支開，扯到「女學生」。他問蕭蕭，看不看過女學生習體操唱洋歌的事情。

若不是花狗提起，蕭蕭幾乎已忘卻了這事情。這時又提到女學生，她問花狗近來有不有女學生過路。

花狗一面把南瓜從棚架邊抱到牆角去，告她女學生唱歌的事，這些事的來源就是蕭蕭的那個祖父。他在蕭蕭面前說了點大話，說他曾經到官路上見到四個女學生，她們都拿得有旗幟，走長路流汗喘氣之中仍然唱歌，同軍人所唱的一模一樣。不消說，這完全是笑話。可是那故事把蕭蕭可樂壞了。

花狗是會說會笑的一個人。聽蕭蕭帶着歆羡口氣說「花狗大，你膀子眞大。」他就說：「我不止膀子大。」

「你身個子也大。」

「我全身無處不大。」

到蕭蕭抱了她的丈夫走去以後，同花狗在一起摘瓜，取名字叫啞叭的，開了平時不常開的口。他說：

「花狗，你少壞點。人家是黃花女，還要等十二年才圓房！」

花狗不做聲，打了那夥計一掌，走到棗樹下檢落地棗去了。

到摘瓜的秋天，日子計算起來，蕭蕭過丈夫家有一年了。

幾次降霜落雪，幾次清明穀雨，都說蕭蕭是大人了。天保佑，喝冷水，吃粗糲飯，四季無疾病，倒發育得這樣快。婆婆雖生來像一把剪，把凡是給蕭蕭暴長的機會都剪去了，但鄉下的日頭同空氣都幫助人長大，卻不是折磨可以阻攔得住。

蕭蕭十四歲時高如成人，心卻還是一顆糊糊塗塗的心。

人大了一點，家中做的事也多了一點。績麻紡車洗衣照料丈夫以外，打猪草推磨一些事情也要作。還有漿紗織布：兩三年來所聚集的粗細麻和紡就的紗，已夠蕭蕭坐到土機上拋三個月的梭子了。

丈夫已斷了奶。婆婆有了新兒子，這五歲兒子就像歸蕭蕭獨有了。不論做什麼，走到什麼地方去，丈夫總跟到身邊。丈夫有些方面很怕她，當她如母親，不敢多事。他們倆「感情不壞」。

地方稍稍進步，祖父的笑話轉到「蕭蕭你也把辮子剪去」那一類事上去了。聽着這話的蕭蕭，某個夏天也看過一次女學生了，雖不把祖父笑話認眞，可是每一次在祖父說過這笑話以後，她到水邊去，必用手捏着辮子末梢，設想沒有辮子的人那種神氣，那點趣味。

因爲打猪草，帶丈夫上螺螄山的山陰是常有的事。

小孩子不知事，聽別人唱歌也唱歌。一唱歌，就把花狗引來了。

花狗對蕭蕭生了另外一種心，蕭蕭有點明白了，常常覺得惶恐。但花狗是男子，凡是男子的美德惡德皆不缺少，所以一面使蕭蕭的丈夫非常歡喜同他玩，一面一有機會即纏在蕭蕭身邊，且總是想方設法把蕭蕭那點惶恐減去。

山大人小，平時不知道蕭蕭所在，花狗就站在高處唱歌逗蕭蕭身邊的丈夫，丈夫小口一開，花狗穿山越嶺就來到蕭蕭面前了

見了花狗，小孩子只有歡喜，不知其他。他原要花狗爲他編草蟲玩，做竹簫哨子玩，花狗想方法支使他到一個遠處去，便坐到蕭蕭身邊來，要蕭蕭聽他唱那使人紅臉的歌。她有時覺得害怕，不許丈夫走開；有時又像有了花狗在身邊，打發丈夫走去也好一點。終於有一天，蕭蕭就給花狗變成了婦人了。

那時節，丈夫走到山下採刺莓去了，花狗唱了許多歌，到後卻向蕭蕭說，我想了你二三年。他又說，我爲你睡不着覺。他又說，我賭咒不把這事情告給人。聽了這些話仍然不懂什麼的蕭蕭，眼睛只注意到他那一對膀子，耳朵只注意到他最後一句話。末了花狗大便又唱歌給她聽，她心裏亂了。她要他當眞對天賭咒，賭了咒，一切好像有了保障，她就一切儘他了。到丈夫返身時，手被毛毛蟲螫傷，腫了一片，走到蕭蕭身邊，蕭蕭捏緊這一隻小手，且用口去呵它，吮它，想起剛纔的糊塗，纔彷彿明白作了一點糊塗事。

花狗誘她做壞事情是麥黃四月，到六月，李子熟了，她歡喜吃生李子。她覺得身體有點特

別，碰到花狗，就將這事情告給他，問他怎麼辦。

討論了多久，花狗全無主意。雖以前自己當天賭得有咒，也仍然無主意。這傢伙個子大，膽量小，個子大容易做錯事，膽量小做了錯事就想不出辦法。

到後，蕭蕭捏着自己那條辮子，想起城裏了，她說：

「花狗，我們到城裏去過日子，不好麼？」

「那怎麼行？到城裏去做什麼？」

「我肚子大了。」

「我們找藥去。」

「我想……」

「你想逃？」

「我想逃嗎？我想死！」

「我賭咒不辜負你。」

「負不負我有什麼用，幫我個忙，拿去肚子裏這塊肉罷。我害怕！」

花狗不再做聲，過了一會，便走開了。不久丈夫從他處回來，見蕭蕭一個人坐在草地上哭，眼睛紅紅的，丈夫心中納罕。看了一會，問蕭蕭：

「姊姊，爲甚麼哭？」

「不爲甚麼，灰塵落到眼睛裏，痛。」

「你瞧我，得這些這些。」

他把從溪中檢來的小蚌小石頭陳列蕭蕭面前，蕭蕭用淚眼看了一會，笑着說：「弟弟，我們要好，我哭你莫告家中。」到後這事情家中當眞就無人知道。

第二天，花狗不辭而行，把自己所有的衣褲都拿去了。祖父問同住的啞叭知不知道他爲什麼走路，走那兒去。啞叭只是搖頭，說，花狗還欠了他兩百錢，臨走時話都不留一句，爲人少良心。啞叭說他自己的話，並沒有把花狗走的理由說明，因此這一家希奇一整天，談論一整天。不過這工人既不偸走物件，又不拐帶別的，這事過後不久自然也就把他忘了。

蕭蕭仍然是往日的蕭蕭。她能夠忘記花狗，就好了。但是肚子眞有些不同了，肚中東西使她常常一個人乾發急，儘做怪夢。

她脾氣似乎壞了一點，這壞處只有丈夫知道，因爲她對丈夫似乎嚴厲苛刻了好些。

仍然每天同丈夫在一處，她的心，想到的事自己也不十分明白。她常想，我現在死了，什麼都好了。可是爲什麼要死？她還很高興活下去，願意活下去。

家中人不拘誰在無意中提起關於丈夫弟弟的話，提起小孩子，提起花狗，都像使這話如拳頭，在蕭蕭胸口上重重一擊。

到八月，她擔心人知道更多了，引丈夫廟裏去玩，就私自許願，吃了一大把香灰。吃香灰時被她丈夫見到了，丈夫說這是做甚麼事，蕭蕭就說這是肚痛，應當吃這個。蕭蕭自然說謊。雖說求菩薩保佑，菩薩當然沒有如她的希望，肚子中長大的東西仍在慢慢的長大。

她又常常往溪裏去喝冷水，給丈夫見到了，丈夫問她她就說口渴。

一切她所想到的方法都沒有能夠使她與自己不歡喜的東西分開。大肚子只有丈夫一人知道，他卻不敢告這件事給父母曉得。因爲時間長久，年齡不同，丈夫有些時候對於蕭蕭的怕同愛，比對於父母還深切。

她還記得那花狗賭咒那一天裏的事情，如同記着其他事情一樣。到秋天，屋前屋後毛毛蟲更多了，丈夫像故意折磨她一樣，常常提起幾個月前被毛毛蟲所螫的話，使蕭蕭難過。她因此極恨毛毛蟲，見了那小蟲就想用腳去踹。

有一天，又聽人說有好些女學生過路，聽過這話的蕭蕭，睜了眼做過一陣夢，楞楞的對日頭出處癡了半天。

蕭蕭步花狗後塵，也想逃走，收拾一點東西預備跟了女學生走的那條路上城。但沒有動身，就被家裏人發覺了。

家中追究這逃走的根源，纔明白這個十年後預備給小丈夫生兒子繼香火的蕭蕭肚子，已被另外一個人搶先下了種。這眞是了不得的大事。一家人的平靜生活爲這一件事全弄亂了。生氣的生氣，流淚的流淚。懸樑，投水，吃毒藥，諸事蕭蕭全想到了，年紀太小，捨不得死，卻不曾做。於是祖父想出了個聰明主意，把蕭蕭關在房裏，派兩人好好看守着，請蕭蕭本族的人來說話，看是沉潭還是發賣？蕭蕭家中人要面子，就沉潭淹死，捨不得死就發賣。蕭蕭既只有一個伯父，在近處莊子裏爲人種田，去請他時先還以爲是吃酒，到了纔知道是這樣丟臉事情，弄得這家長手足無措。

大肚子作證，什麼也沒有可說。伯父不忍把蕭蕭沉潭，蕭蕭當然應當嫁人作二路親了。

這處罰好像也極其自然，照習慣受損失的是丈夫家裏，然而卻可以在改嫁上收回一筆錢，當作賠償損失的數目。那伯父把這事告給了蕭蕭，就要走路。蕭蕭拉着伯父衣角不放，只是幽幽的哭，伯父搖了一會頭，一句話不說，仍然走了。

沒有相當的人家來要蕭蕭，就仍然在丈夫家中住下。這件事情既經說明白，倒又像不甚麼要緊，大家反而釋然了。先是小丈夫不能再同蕭蕭在一處，到後又仍然如月前情形，姊弟一般有說有笑的過日子了。

丈夫知道了蕭蕭肚子中有兒子的事情，又知道因爲這樣蕭蕭纔應當嫁到遠處去。但是丈夫並不願意蕭蕭去，蕭蕭自己也不願意去，大家全莫名其妙，像逼到要這樣做，不得不做。

在等候主顧來看人，等到十二月，還沒有人來。

蕭蕭次年二月間，坐草生了一個兒子，團頭大眼，聲響宏壯，大家把母子二人照料得好好的，照規矩吃蒸雞同江米酒補血，燒紙謝神。一家人都歡喜那兒子。

生下的既是兒子，蕭蕭不嫁別處了。

到蕭蕭正式同丈夫拜堂圓房時，兒子年紀十歲，已經能看牛割草，成爲家中生產者一員了。平時喊蕭蕭丈夫做大叔，大叔也答應，從不生氣。

這兒子名叫牛兒。牛兒十二歲時也接了親，媳婦年長六歲。媳婦年紀大，方能諸事作幫手，對家中有幫助。嗩哪吹到門前時，新娘在轎中嗚嗚的哭着，忙壞了那個祖父，曾祖父。

這一天，蕭蕭抱了自己新生的月毛毛，卻在屋前榆蠟樹籬笆看熱鬧，同十年前抱丈夫一個樣子。

一九二九年冬作

丈　夫

落了春雨，一共有七天，河水漲大了。

河中漲了水，平常時節泊在河灘的煙船妓船，離岸極近，船皆繫在吊腳樓下的支柱上。在樓上四海春茶館喝茶的閒漢子，伏身在臨河一面窗口，可以望到對河的寶塔煙雨紅桃好景致，也可以知道船上婦人陪客燒煙的情形。因爲那麼近，上下都方便，有喊熟人的聲音，從上面或從下面喊叫，到後是互相見到了，談話了，取了親暱樣子，駡着野話粗話，於是樓上人會了茶錢，從濕而發臭的甬道走去，從那些骯髒地方走到船上了。

上了船，花錢半元到五塊，隨心所欲吃煙睡覺，同婦人毫無拘束的放肆取樂，這些在船上生活的大臂肥身年青女人，就用一個婦人的好處，服侍男子過夜。

船上人，她們把這件事也像其餘地方一樣稱呼，這叫做「生意」。她們都是做生意而來的。

在名分上，那名稱與別的工作，同樣不與道德相衝突，也並不違反健康。她們從鄉下來，從那些種田挖園的人家，離了鄉村，離了石磨同小牛，離了那年青而強健的丈夫的懷抱，跟隨到一個熟人，就來到這船上做生意了。做了生意，慢慢的變成爲城市裏人，慢慢的與鄉村離遠，慢慢的學會了一些只有城市裏才需要的惡德，於是這婦人就毀了。但那毀，是慢慢的，因爲需要一些日子，所以誰也不去注意了。而且也仍然不缺少在任何情形下還依然會保留到那鄉村氣質的婦人，所以在市的小河妓船上，決不會缺少年青女子的來路。

事情非常簡單，一個不亟亟於生養孩子的婦人，到了城市，能夠每月把從城市裏兩個晚上所得的錢，送給那留在鄉下誠實耐勞種田爲生的丈夫處去，在那方面就可以過了好日子，名分不失，利益存在，所以許多年青的丈夫，在娶妻以後，把妻送出來，自己留在家中安分過日子，竟是極其平常的事了。

這種丈夫，到什麼時候，想及那在船上做生意的年青的妻，或逢年過節，照規矩要見見妻的面了，自己便換了一身漿洗乾淨的衣服，腰帶上掛了那個工作時常不離口的煙袋，背了整籮整簍的紅薯糍粑之類，趕到市上來，像訪遠親一樣，從碼頭第一號船上問起，一直到認出自己女人所在的船上爲止。問明白了，到了船上，小心小心的把一雙布鞋放到艙外護板上，把帶來的東西交給了女人，一面使用着吃驚的眼睛，搜索女人的全身。這時節，女人在丈夫眼下自然是完全不同了。

大而油光的髮髻，用小鉗子由人工扯成的細細眉毛，臉上的白粉同緋紅臙脂，以及那城市裏人派頭城市裏人的衣裳，都一定使從鄉下來的丈夫感到極大的驚訝，有點手足無措。那獃像是女人很容易看到的。女人到後開了口，或者問：「那次五塊錢得了麼？」或者問：「我們那對猪養兒子了沒有？」女人說話時口音自然也完全不同了，就是變成城市裏做太太的大方自由，完全不是做媳婦的神氣了。

但聽女人問到錢，問到家鄉豢養的猪，這作丈夫的看出自己做主人的身分，並不在這船上失去，看到這城裏奶奶還不完全忘記鄉下，膽子大了一點，慢慢的摸出煙管同火鐮。第二次驚訝，是煙管忽然被女人奪去，即刻在那粗而厚大的掌握裏，塞了一枝哈德門香煙的原故。吃驚也仍然是暫時的事，於是這做丈夫的，一面吸煙一面談話……

到了晚上，吃過晚飯，仍然在吸那有新鮮趣味的香煙，來了客，一個船主或一個商人，穿生牛皮長統靴子，抱兜一角露出粗而發亮的銀鍊，喝過一肚子燒酒，搖搖蕩蕩的上了船，一上船就大聲的嚷要親嘴要睡，那宏大而含糊的聲音，那勢派，皆使這作丈夫的想起了村長同鄉紳那些大人物的威風，於是這丈夫不必指點，也就知道怯生生的往後艙鑽去，躲到那後梢艙上去低低的喘氣，一面把含在口上那枝捲煙摘下來，毫無目的的眺望河中暮景。夜把河上改變了，岸上河上已經全是燈，這丈夫到這時節一定要想起家裏的雞同小猪，彷彿那些小小東西才是自己的朋友，彷彿那些才是親人，如今與妻接近，與家庭卻離得很遠，淡淡的寂寞襲上了身，他願意轉去了。

當貞轉去沒有？不。三十里路路上有豺狗，有野貓，有查夜的放哨的團丁，全是不好惹的東西，轉去自然做不到。船上的大娘自然還得留他上三元宮看夜戲，到四海春去喝清茶，並且既然到了市上，大街上的燈同城市中的人皆不可不去看看。於是留下了，坐到後艙看河中景致取樂，等候大娘的空暇。到後要上岸了，就由小陽橋上扳篷架到船頭玩過後，仍然由那舊地方轉到船上，小心小心使聲音放輕，省得留在艙裏躺到床上燒煙的人發怒。

到要睡覺的時候，城裏起了更，住西梁山上的更鼓咚咚響了一會，悄悄的從板縫裏看看客人還不走，丈夫沒有什麼話可說，就在梢艙上新棉絮裏一個人睡了。半夜裏，或者已睡着，或者還在胡思亂想，那太太抽空爬過了後艙，問是不是想吃一點糖。本來非常歡喜口含冰糖的脾氣，是做太太不能忘卻的，所以即或說已經睡覺，已經吃過，也仍然還是塞了一小片冰糖在口裏。太太用着略略抱怨自己那種神氣走去了，丈夫把冰糖含在口裏，正像僅僅爲了這一點理由，就得原諒妻的行爲，儘她在前艙陪客，自己也仍然很和平的睡覺了。

這樣丈夫在黃莊多着，那裏出強健女子同忠厚男人，女子出鄉賣身，男人皆明白這做生意的一切利益。他懂事，女子名分上仍然歸他，養得兒子歸他，有了錢總有一部分歸他。

那些船，排列在河下，一個陌生人，是數來數去永遠無法數清的。明白這數目，而且明白那秩序，記憶得出每一個船與搖船人樣子，是五區一個老水保。

水保是個獨眼睛的人，這獨眼就據說在年青時節殺過人，因爲殺人，同時也就被人把眼睛摳瞎了。但兩隻眼睛不能分明的，他一隻眼睛卻辦到了。一個河裏都由他管事。他的權力在這些小船上，比一個中國的皇帝在地面上的權力還統一。

漲了河水，水保比平時似乎忙多了。他得各處去看看，是不是有些船上做父母的上了岸，小孩子在哭奶了，是不是有些船上在吵架，是不是有些船因照料無人，有溜去的危險。在今天，這位大爺，並且要到各處去調查一些從岸上發生影響到了水上的事情。岸上這幾天來發生三次小搶案，據公安局那方面人說，則是凡地上小縫小罅皆找尋到了，還是毫無痕跡。地上小縫小罅都虧那些體面的在職人員找過，於是水保的責任便到了。他得了通知，就是那些說謊話的公安局辦事處通知，要他到半夜會同水面武裝警察上船去搜索。

水保得到這個消息時是上半天。一個整白天他要做許多事，他要先盡一些從平日受人款待好酒好肉而來的義務了，於是沿了河岸，從第一號船起始，每個船上去談談話。他得先調查一下，得問問這船上是不是留容得有不端正的外鄉人。

做水保的人照例是水上一霸，凡是屬於水面上的事他無有不知。這人本來就是一個吃水上飯的人，是立於法律同官府對面，按照習慣被官吏來利用，處治這水上一切的。但人一上了年紀，世界成天變，變去變來這人有了錢，成過家，喝點酒，生兒育女，生活安舒，這人慢慢的轉成一個和平正直的人了。在職務上幫助了官府，在感情上又親近了船家，在這些情形上面他建設了一個道德的模範。他受人尊敬不下於官，他做了許多妓女的乾爹。

他這時正從一個木跳板上躍到一隻新油漆過的花船頭，那船位置在較清靜的一家蓮子鋪吊腳樓下。他認得這隻船歸誰管，得一上船就喊「七丫頭」。

沒有聲音，年青的女人不見出來，年老的掌班也不見出來，老年人很懂事情，以為或者是大白天有年青男子上船做獃事，就站在船頭眺望，等了一會。

過一陣他又喊了兩聲，又喊伯媽，喊五多；五多是船上的小毛頭，人很瘦，聲音尖銳，平時大人上了岸就守船，買東西煮飯，常常挨打，愛哭。但是喊過五多了，也仍然得不到結果。因為聽到艙裏又似乎實在有聲音，類人出氣，不像全上了岸，也不像全在做夢，水保就僂身覷艙口，向暗處問是誰在裏面。

裏面還是不作答。

水保有點生氣了，大聲的問：「那一個？」

裏面一個很生疏的男子聲音，又虛又怯，說：「是我。」接着又說：「都上岸去了。」

「都上岸麼？」

「上岸了的。她們……」

好像單單是這樣答應，還深恐開罪了來人，這時覺得有一點義務要盡了，這男子於是從暗處爬出來，在艙口，小心小心扳到篷架，非常拘束的望到來人。

先是望到那一對峨然巍然似乎是爲柿油塗過的猪皮靴子，上去一點是一個赭色柔軟麂皮抱兜，再上去是一雙迴環抱着的毛手；手上一顆其大無比的黃金戒指，再上去才是一塊正四方形像是無數橘子皮拼合而成的臉膛。這男子，明白這是有身分的主顧了，就學到城市裏人說話，說：「大爺，您請裏面坐坐，她們就來。」

從那說話的聲音，以及乾漿衣服的風味上，這水保一望就明白這個人是才從鄉下來的種田人，本來女人不在船就想走，但年青人忽然使他發生了興味，他留着了。

「你從甚麼地方來的？」他問他，爲了不使人拘束，水保取得是做父親的和平樣子，望到這年青人。「我認不得你。」

他想了一下，好像也並不認得客人，就回答：「我昨天來的。」

「鄉下麥子抽穗了沒有？」

「麥子嗎？水碾子前我們那麥子，哈，我們那猪，哈，我們……」

這個人，像是忽然明白了答非所問，記起了自己是同一個有身分的城裏人說話，不應當說「我們」，不應當說我們「水碾子」同「猪」，把字言用錯，所以再也接不下去了。

因爲不說話，他就怯怯的望到水保笑，他要人瞭解他，原諒他。

水保是懂這個意思的。且在這對話中，明白這是船上人的親戚了，他問年青人：「老七到什麼地方去了，什麼時候可以回來？」

這時，這年青人答語小心了。他仍然說「是昨天來的。」他又告水保，他「昨天晚上來的。」末了才說，老七同掌班同五多上岸燒香去了，要他守船。因爲守船必得把守船身分說出，他還告給了水保，他是老七的「漢子」。

因爲老七平常喊水保都喊乾爹，這乾爹第一次認識了女壻，不必年青人挽留，再說了幾句話，不到一會兒兩人皆爬進艙中了。

艙中有小小床，床上有錦綢同紅印洋布鋪蓋，摺疊得整整齊齊，來客皆應坐在床沿，光線從艙口來，所以在外面以爲艙中極黑，在裏面卻一切分明。

年青人，爲客找煙捲，找自來火，毛腳毛手打翻了身邊一個貯栗子的小罈，圓而發烏金光澤的板栗在薄明的船艙裏各處滾去，年青人各處用手去捕捉，仍然放到小罈中去，也不知道應當請客人吃點東西。但客人卻毫不客氣，從艙板上把栗拾起咬破了吃，且說這風乾的栗子眞好。

「這個很好，你不歡喜麼？」因爲水保見到主人並不剝栗子吃。

「我歡喜。這是我屋後栗樹上長的。去年生了好多，乖乖的從刺球裏爆出來，我歡喜。」他笑了，近於提到自己兒子模樣，很高興說這個話。

「這樣大不容易得到。」

「我選出來的。」

「你選？」

「是的，因爲老七歡喜吃這個，我才留下到今年。」

「你們那裏有猴栗？」

「什麼猴栗？」

水保就把故事所說的「猴子在大山上住，被人辱罵時，抛下拳大栗子打人，人想這栗子，就故意去山下罵醜話，預備檢栗子。」一一說給鄉下人聽。

因爲栗子，正苦無話可說的年青人，得到同情他的人了。他就告水保另外屬於栗子的種種事情。他又說栗樹下發生的一切事情。他又說到地名栗坳的新聞。他又說到一種栗木作成的犂具如何結實合用。這人是太需要說到這些了。昨天來一晚上都有客人吃酒燒煙，把自己關閉在小船後梢，同五多說話五多睡得成死猪。今天一早上，本來應當有機會同妻談到鄉下事情了，女人又說要上岸過七里橋燒香，派他一個人守船。坐到船上等了半天，還不見人回，到後梢去看河上景致，一切新奇不同，全只給自己發悶。先一時，正睡到艙裏，就想這滿江大水若到鄉下漲，魚罶上不知道應當有多少鯉魚上梁，把魚捉來時，用柳條穿腮到太陽下去晒，正計算到那數目，總算不清楚。忽然客人來到船上，似乎一切魚都跳到水中去了。

來了客人，且在神氣上看出來人是並不拒絕這些談話，所以這年青人，凡是預備到同自己的妻說的各樣事情，這時得到了一個好機會，都拿來同水保談了。

他告給水保許多鄉下情形，說到小猪搗亂的脾氣，叫小猪名字是乖乖，又說到新由石匠整治過的那付石磨，順便告給了一個石匠的笑話。又說到一把失去了多久的鐮刀，一把水保夢想不到的小鐮刀，他說：

「你瞧，奇怪不奇怪？我賭咒它是我各處都找到了。我們的床下，門枋上，穀倉裏，什麼不找到？它躲了。我爲這件事罵過老七。老七哭過。可是都仍然不見。鬼打岩，朦朦眼，它在飯籮裏。半年躲在飯籮裏！它吃飯！銹得像生瘡。這東西多壞！我說這個你明白我沒有？怎麼會到飯籮裏半年？那是一隻做樣子的東西，掛到斗窗上。我記起那事了，是我削尖劈，手上刮了皮，流了血，生了大氣，抖氣把刀一丢……到水上磨了半天，還不錯；仍然能吃肉，你一不小心，就得流血。我還不曾同老七說到這個，她不會忘記那哭得傷心的一回事。找到了，哈哈，眞找到了。」

「找到它就好了。」

「是的，得到了它那是好的。因爲我總疑心這東西是老七掉到溪裏，不好意思說明。我知道她不騙我了。我明白了。我知道她受了寃屈，因爲我說過：『找不出麼？那我就要打人！』我並不曾動過手。可是生氣時也眞嚇人。她哭了半夜！」

「你不是用得着它割草麼？」

「嗨，那裏，用處多咧，是小鐮刀，那麼精巧，你怎麼說是割草。那是削一點薯皮，刮刮簫：這些這些用的。它小得很，値三百錢，鋼火妙極了。我們都應當有這樣一把刀放到身邊，不明白麼？」

水保說：「明白明白，都應當有一把，我懂你這個話。」

他以爲水保當眞是懂的！什麼也說到了，甚至於希望，希望明年來一個小寶寶，這樣只合宜於同自己的妻睡到一個枕頭上的話也說到了。年青人毫無拘束的還加上許多粗話蠢話，說了半天，水保起身要走，他才記起問客人貴姓。

「大爺，您貴姓？留一個片子到這裏，我好回話。」

「你告她有這麼一個大個兒到過船上，穿這樣大靴子，告她晚上不要接客，我要來。」

「不要接客，您要來？」

「就是這樣說，我一定要來的。我還要請你喝酒。我們是朋友。」

「好，我們是朋友。」

水保用他那大而肥厚的手掌，拍了一下年青人的肩膊，從船頭上岸，走到別一個船上去了。

在水保走後，年青人就一面等候一面猜想到這個大漢子是誰。他還是第一次同這樣尊貴的人物談話。他不會忘記這很好的印象的。人家今天不僅是同他談話，還喊他做朋友，答應請他喝酒！他猜想這人一定是老七的「熟客」。他猜想老七一定得了這人許多錢。他忽然覺得愉快，感到要唱一個歌了，就輕輕的唱了一首山歌。用四溪人體裁，他唱得是「水漲了，鯉魚上梁，大的有大草鞋那麼大，小的有小草鞋那麼小。」

但是等了一會還不見老七回來，一個鬼也不回來，他又想起那大漢子的丰彩言談了。他記起那一雙靴子，閃閃發光，以爲不是極好的山柿油塗到上面，是不會如此體面好看的。他記起那黃而發沉的戒指，說不分明那將値多少錢，一點不明白那寶貝爲甚麼如此可愛。他記起那偉人點頭同發言，一個督撫的派頭，一個軍長的身分——這是老七的財神！他於是又唱了一首歌。用楊村人不莊重口吻，唱得是「山坳的團總燒炭，山腳的地保爬灰；爬灰紅薯才肥，燒炭臉龐發黑。」

到午時，各處船上皆已有人燒飯了。濕柴燒不燃，煙子各處竄，使人流淚打噎，柴煙平鋪到水面時如薄綢。聽到河街館子裏大師傅用鏟敲打鍋邊的聲音，聽到隣船上白菜落鍋的聲音，老七還不見回來。可是船上燒濕柴的本領年青人還沒有學到，小鋼灶總是冷冷的不發吼。做了半天還是無結果，只有把它放下一個辦法了。

應當吃飯時候不得飯吃，人餓了，坐到小㮰上敲打艙板，他仍然得想一點事情。一個不安分的估計在心上滋長了。正似乎爲裝滿了錢鈔便極其驕傲模樣的抱兜，在他眼下再現時，把和平已失去了。一個用酒糟同紅血所捏成的橘皮紅色四方臉，也是極其討厭的神氣，保留到印象上。並且，要記憶有什麼用？他記憶得到那囑咐，是當到一個丈夫面前說的！「今晚上不要接客，我要來。」該死的話，是那麼不客氣的從那吃紅薯的大口裏說出！爲甚麼要說這個？有甚麼理由要說這個？……

胡想使他心上增加了憤怒，饑餓重復揪着了這憤怒的心，便有一些原始人就不缺少的情緒，在這個年青簡單的人反省中長大不已。

他不能再唱一首歌了。喉嚨為妬嫉所扼，唱不出什麼歌。他不能再有什麼快樂。按照一個做田人的身分，他想到明天就要回家。

有了脾氣再來燒火，更不行了，於是把所有的柴全丟到河裏去了。

「雷打你這柴！要你到洋裏海裏去！」

但那柴是在兩丈以外便被別個船上的人撈起了的。那船上人似乎正等待一點從河面漂流而來的濕柴，把柴撈上，即刻就見到用廢纜一段引火，且即刻滿船發煙，火就帶着小小爆裂聲音燃好了。看到這一切，新的憤怒使年青人感到羞辱，他想不必等待人回船就要走路。

在街尾遇到女人同小毛頭五多兩個人，牽了手走來，已經剛要出街口了。五多手上拿得有一把胡琴，嶄新的樣子，這是做夢也不曾做到的一件傢伙！

「你走那裏去？」

「我——要回去。」

「要你看船船也不看，要回去。甚麼人得罪了你，這樣小氣？」

「我要回去，你讓我回去。」

「回到船上去！」

看看妻。樣子比說話還硬，並且看到一張胡琴。明知道這是特別買來給他的，所以不能堅持，摸了摸自己發燒的額角，幽幽的說「轉去也好」「轉去也好」，就跟了妻的身後跑轉船上。

掌班大娘也趕來了，原來提了一付猪肺，好像東西只是乘便偷來的，深恐被人追上帶到衙門裏去，所以顴骨發了紅，喘氣不止。大娘一上船，女人在艙中就喊：

「大娘，你瞧，我家漢子想走！」

「誰說的，戲都不看就走！」

「我們到街口碰到他，他生氣樣子，一定是怪我們不回來。」

「那是我的錯；是菩薩的錯；是屠戶的錯，我不該同屠戶爲一個錢吵鬧半天，屠戶不該肺裏灌這樣多水。」

「是我的錯。」陪男子在艙裏的女人，這樣說了一句話，坐下了。對面是男子漢，她於是有意的在把衣服解換時，露出極風情的紅綾胸褡。

男子覷着。不說話，有說不出的什麼東西，在血裏竄着湧着。

在後梢，聽到大娘同五多談着柴米。

「怎麼柴都被誰偷去了！」

「米是誰淘好的？」

「一定是火燒不燃……姊夫是鄉下人，只會燒松香。」

「我們不是昨天才解散一捆柴麼？」

「都完了。」

「去前面搬一捆，不要說了。」

「姊夫知道淘米！」

聽到這話的年青漢子，一句話不說，坐到艙裏，望到那一把新買來的胡琴。

女人說：「絃都配好了，試拉拉看。」

先是不作聲，到後把琴擱在膝上，查看松香，調琴時，生疏的音從指間流出，拉琴人便笑了。

不到一會滿艙是煙，男子被女人喊出去，仍然把琴拿到外面去，據船頭調絃。

到後吃中飯時，五多說：

「姊夫你回頭拉孟姜女，我唱。」

「我不會。」

「我聽到你拉，很好，你騙我謊我。」

「我不騙你。」

大娘說：「我聽到老七說你拉得好，所以到廟裏，見到這琴，我才說就為姊夫買回去吧。是運氣，爛賤就買來了。這到鄉裏一塊錢還恐怕買不到，不是麼？」

「是的，値多少錢？」

「一吊六。他們都說値得！」

五多說：「誰說値得？」

大娘聲色俱厲的說：「毛丫頭，誰說不値得？」

因爲這琴是從一個賣琴熟人手上拿來，一個錢不花，聽到大娘的謊言，五多分辯，老七卻笑了。男子以爲這是笑大娘不懂事，所以也在一旁笑。

男子先把飯吃完，就動手拉琴，新琴聲音又淸又亮，五多放下碗筷唱，被大娘打了一筷子頭，才忙到吃飯收碗洗鍋子。

到了晚上，前艙蓋了篷，男子拉琴，五多唱歌，老七也唱歌，美孚燈罩子有紅紙剪成的遮光帽，全艙燈光如辦大喜事作紅顏色，年靑人在熱鬧中像過年，心上開了花，有兵士從河街過身，喝得爛醉，聽到這聲音了。

兩個醉鬼踉踉蹌蹌到了船邊，兩手全是汚泥，用手扳船，口含胡桃那麼混混胡胡的嚷叫：

「甚麼人唱，報上名來！好，好，賞一個五百。不聽到麼，老子賞你五百?!」

裏面琴聲戛然而止，沉靜了。

醉鬼用腳踢船，蓬蓬蓬發鈍而沉悶的聲音，且想推篷，搜索不到篷蓋接榫處，「不要賞麼，婊子狗造的？裝聾，裝啞？甚麼人敢在這裏作樂?!我怕誰？王帝我也不怕。大爺，我怕王帝麼？我不是人！……」

另一個喉嚨發沙的說道：

「騷婊子？出來拖老子上船！」

且即刻聽到用石頭打船篷，大聲的辱罵祖宗，一船人皆嚇慌了，大娘忙把燈扭小一點，走出去推篷，男子聽到那汹汹聲氣，挾了胡琴就往後艙鑽去。不到一會，就聽到醉人已經進到前艙了，兩個人一面說着野話一面要爭到同老七親嘴，同大娘五多親嘴，且聽到問是誰在此唱歌作樂，把拉琴的抓來再唱一個歌。

大娘不敢作聲，老七也無主意了，兩個酒瘋子就大聲的罵人。

「臭×，喊龜子出來。跟老子拉琴，賞一千！英雄蓋世的曹孟德也不會這樣大方！我賞一千，一千個紅薯，快來，不出來我燒掉你們這船。聽着沒有，老東西?!趕快，莫使老子們生了氣，認不得人。」

「大爺，這是我們自己家幾個人玩玩，不！……」

「不？不？不？老婊子，你不中吃。你老了。快叫拉琴的來！雜種！我要拉琴，我要自己唱！」一面說一面便站起身來，想向後艙去搜尋，大娘弄慌了，把口張大合不攏去。老七急了，拖着那醉鬼的手，安置到自己的大奶上。醉人懂到這意思，又坐下了。「好的，妙的，老子出得起錢，老子今天晚上要到這裏睡覺！」

這一個在老七左邊躺下去了，另一個不說什麼，也在右邊躺下去了。

年青人聽到前艙彷彿安靜了一會，在隔壁輕輕的喊大娘。正感到一種侮辱的大娘，爬過去，男子還不大分明是什麼事情。

「甚麼事？」

「營上的副爺，醉了，像貓，等一會兒就得走。」

「要走才行。我忘記告你們了，今天有一個大方臉人來，好像大官，吩咐過我，他晚上要來，不許留客。」

「是大皮靴子，說話像打鑼麼？」

「是的。是的。他手上還有一個大金戒指。」

「那是乾爹，他今早上來過了麼？」

「來過的。他說了半天話才走，吃過些栗。」

「他說些什麼事？」

「他說一定要來，一定莫留客……還說一定要請我喝酒。」

大娘想想，難道是水保自己要來歇夜？難道是老對老，水保注意到……想不通，一個老鴇雖一切醜事做成習慣，什麼也不至於紅臉，但被人說到「不中吃」時，是多少感到一種羞辱的。她悄悄的回到前艙，看到新事情不成樣子，伸伸舌頭，罵了一聲猪狗，仍歸又轉到後艙來了。

「怎麼？」

「不怎麼。」

「怎麼，他們走了？」

「不怎麼，他們睡了。」

「睡——？」

大娘雖不看清楚這時男子的臉色，但她很懂這語氣，就說：「姊夫，我們可以上岸玩去，今夜三元宮夜戲，我請你坐高檯子，是秋胡三戲結髮妻。」

男子搖頭不語。

兵士走後，五多大娘老七皆在前艙燈光下說笑，說那兵士的醉態。男子留在後艙不出來。大娘到門邊喊過了二次不應，不明白這脾氣從什麼地方發生。大娘回頭就來檢查那四張票子的花紋，因爲她已經認得出票子的眞假了。票子是眞的，她在燈光下指點給老七看那些記號，那些花，且放到鼻子上嗅嗅，說這個一定是淸眞館子裏找出來的，因爲有牛油味道。

五多第二次又走過去，「姊夫，姊夫，他們走了，我們應當把那個唱完，我們還得……」

女人老七像是想到了什麼心事，拉着了五多，不許她說話。

一切沉默了，男子在後艙先還是正用手指扣琴絃，作小小聲音，這時手也離開那絃索了。

四個人都聽到從河街上飄來的鑼鼓嗩哪聲音，河街上一個做生意人做喜事，客來賀喜，唱堂戲，一定有一整夜熱鬧。

到後過了一會，老七一個人輕腳輕手爬到後艙去，但即刻又回來了。

大娘問：「怎麼了？」

老七搖搖頭，嘆了一口氣。

先以爲水保恐怕不會來的，所以仍然睡了覺，大娘老七五多三個人在前艙，只把男子放到後面。

查船的半夜時，由水保領來了，鴉雀無聲，四個警察守在船頭，水保同巡官進到前艙。這時大娘已把燈捻明了，她懂得這不是大事情。老七披了衣坐在床上，喊乾爹，喊老爺，要五多倒茶，五多還只想到夢裏在鄉下摘莓。

男子被大娘搖醒，揪出來，看到水保，看到一個穿黑制服的大人物，嚇得不能說話，不曉得有什麼事情發生。

「什麼人？」

水保代爲答應，老七的漢子，才從鄉下來的。

老七說道：「老爺，他昨天才來的。」

巡官看了一會兒男子，又看了一會兒女人，彷彿看出水保的話不是謊話了，就不再說話了，隨意在前艙各處翻翻，注意到那個貯風乾栗子的小罈子，水保便抓了一把栗子塞到巡官那件體面制服的大口袋裏去，巡官只是笑。

一夥人一會兒就走到另一船上去了。大娘剛要蓋篷，一個警察回來了。

「大娘，告老七，巡官要回來過細考察你一下，懂不懂？」

大娘說：「就來麼？」

「查完事就來。」

「當眞嗎？」

「我什麼時候同你說過謊？」

大娘歡喜的樣子，使男子很奇怪，因爲他不明白爲甚麼巡官還要回來考察老七。但這時節望到老七睡起的樣子，上半晚的氣是已經沒有了，他願意講和，願意同她在床上說點話，商量件事情，就坐到床沿不動。

大娘像是明白男子的。她明白男子的慾望，也明白他不懂事，故只同老七打知會：「巡官就要來的。」

老七咬着嘴唇不作聲，半天發癡。

男子一早起來就要走路，沉默的一句話不說，端整了自己的草鞋，找到了自己的煙袋。一切歸一了，就坐到那矮床邊沿，像是有話說又說不出口。

老七問他：「你不是昨晚上答應過乾爹，今天到他家中吃中飯嗎？」

「……」搖搖頭，不作答。

「人家辦了酒席特意為你！」

「……」

「戲也不看看麼？」

「……」

「滿天紅的暈油包子，到半日才上籠，那是你歡喜的包子。」

「……」

一定要走了，老七很為難，走出船頭獃了一會，回身從荷包裏掏出昨晚上那兵士給的票子來，點了一下數，是四張，捏成一把塞到男子左手心裏去，男子無話說，老七似乎懂到那意思了，「大娘，你拿那三張也送我。」大娘把錢取出，老七又把這錢塞到男子右手心裏去。

男子搖搖頭，把票子撒到地下，把兩隻大而粗的手掌搗到臉孔，像小孩子那樣莫名其妙的哭了。

五多同大娘都逃到後艙去了，五多心想這眞是怪事，那麼大的人會哭，好笑。她站在後梢舵邊，看到掛在梢艙頂樑上的胡琴，很願唱一個歌，可是也總唱不出聲音來。

水保來船上請遠客吃酒，只有大娘同五多在船上，問到時，才明白兩夫婦皆回到鄉下去了。

一九三〇年四月十三於吳淞

邊城

題記

對於農人與兵士，懷了不可言說的溫愛，這點感情在我一切作品中，隨處皆可以看出。我從不隱諱這點感情。我生長於作品中所寫到的那類小鄉城，我的祖父，父親，以及兄弟全列身軍籍；死去的莫不皆在職務上死去，不死的也必然的將在職務上終其一生。就我所接觸的世界一面，來敍述他們的愛憎與哀樂，即或這枝筆如何笨拙，或尙不至於離題太遠。因爲他們是正直的，誠實的，生活有些方面極其偉大，有些方面又極其平凡，性情有些方面極其美麗，有些方面又極其瑣碎——我動手寫他們時，爲了使其更有人性，更近人情，自然便老老實實的寫下去。但因此一來，這作品或者便不免成爲一種無益之業了。

照目前風氣說來，文學理論家，批評家，及大多數讀者，對於這種作品是極容易引起不愉快的感情的。前者表示「不落伍」，告給人中國不需要這類作品，後者「太擔心落伍」，目前也不願意讀這類作品。這自然是眞事。「落伍」是什麼？一個有點理性的人，也許就永遠無法明白，但多數人誰不害怕「落伍」？我有句話想說：「我這本書不是爲這種多數人而寫的。」念了三五本關於文學理論文學批評問題的洋裝書籍，或同時還念過一大堆古典與近代世界名作的人，他們生活的經驗，卻常常不許可他們在「博學」之外，還知道一點點中國事情。因此這個作品即或與某種文學理論相符合，批評家便加以各種讚美，這種批評其實仍然不免成爲作者的侮辱。他們既並不想明白這個民族眞正的愛憎與哀樂，便無法說明這個作品的得失——這本書不是爲他們而寫的。關於文藝愛好者呢，他們或是大學生，或是中學生，分布於國內人口較密的都市中，常常很誠實天眞的，把一部分極可寶貴的時間，來閱讀國內新近出版的文學書籍。他們爲一些理論家，批評家，聰明出版家，以及習慣於說謊造謠的文壇消息家，同力協作造成一種習氣所控制，所支配，他們的生活，同時又實在與這個作品所提到的世界相去太遠了——他們不需要這種作品，這本書也就並不希望得到他們。理論家有各國出版物中的文學理論可以參證，不愁無話可說，批評家有他們欠了點兒小恩小怨的作家與作品，夠他們去毀譽一世。大多數的讀者，不問趣味如何，信仰如何，皆有作品可讀；正因爲關心讀者大眾，不是便有許多人，據說爲讀者大眾，永遠如陀螺在那裏轉變嗎？這本書的出版，即或並不爲領導多數的理論家與批評家所棄，被領導的多數讀者又並不完全放棄它，但本書作者，卻早已存心把這個「多數」放棄了。

我這本書只預備給一些「本身已離開了學校，或始終就無從接近學校，還認識些中國文字，置身於文學理論文學批評以及說謊造謠消息所達不到的那種職務上，在那個社會裏生活，而且極關心全個民族在空間與時間下所有的好處與壞處」的人去看。他們眞知道農村是什麼，他們必也願意從這本書上同時還知道點世界一小角隅的農村與軍人。我所寫到的世界，即或在他們全然是一個陌生的世界，然而他們的寬容，他們向一本書去求取安慰與知識的熱忱，卻一定使他們能夠把這本書很從容讀下去的。我並不即此而止，還預備給他們一種對照的機會，將在另外一個作品裏，來提到二十年來的內戰，使一些首當其衝的農民，性格靈魂被大力所壓，失去了原來的樸質，勤儉，和平，正直的型範，成了一個什麼樣子的新東西；他們受橫征暴歛以及鴉片煙的毒害，變成了如何窮困與懶惰！我將把這個民族爲歷史所帶走向一個不可知的命運中前進時，一些小人物在變動中的憂患，與由於營養不足所產生的「活下去」以及「怎樣活下去」的觀念和欲望，來作樸素的敍述。我的讀者應是有理性，而這點理性便基於對中國現社會變動有所關心，認識這個民族的過去偉大處與目前墮落處，各在那裏很寂寞的從事與民族復興大業的人。這作品或者只能給他們一點懷古的幽情，或者只能給他們一次苦笑，或者又將給他們一個噩夢，但同時說不定，也許尙能給他們一種勇氣同信心！

一九三四年四月二十四日記

一

由四川過湖南去，靠東有一條官路。這官路將近湘西邊境到了一個地方名爲「茶峒」的小山城時，有一小溪，溪邊有座白色小塔，塔下住了一戶單獨的人家。這人家只一個老人，一個女孩子，一隻黃狗。

小溪流下去，繞山岨流，約三里便匯入茶峒的大河，人若過溪越小山走去，則只一里路就到了茶峒城邊。溪流如弓背，山路如弓弦，故遠近有了小小差異。小溪寬約廿丈，河床爲大片石頭作成。靜靜的水即或深到一篙不能落底，卻依然清澈透明，河中游魚來去皆可以計數。小溪既爲川湘來往孔道，限於財力不能搭橋，就安排了一隻方頭渡船，一次連人帶馬，約可以載二十位人數多時則反復來去。渡船頭豎了一枝小小竹竿，掛着一個可以活動的鐵環，溪岸兩端水面牽了一段廢纜，有人過渡時，把鐵環掛在廢纜上，船上人則引手攀緣那橫纜，慢慢的牽船過對岸去。船將攏岸了，管理這渡船的，一面口中嚷着「慢點慢點」，自己霍的躍上了岸，拉着鐵環，於是人貨牛馬全上了岸，翻過小山不見了。渡頭爲公家所有，故過渡人不必出錢，有人心中不安，抓了一把錢擲到船板上時，管渡船的必爲一一拾起，仍然塞到那人手心裏去，儼然吵嘴時的認眞神氣：「我有了口量，三斗米，七百錢，夠了！誰要這個?!」

但不成，不管如何還是有人把錢的。管船人也爲了心安起見，便把這些錢托人到茶峒去買茶葉和草煙，將茶峒出產的上等草煙，掛在自己腰帶邊，過渡的誰需要這東西皆慷慨奉贈，估計那遠路人對於身邊草煙引起了相當的注意時，便把一小束草煙扎到那人包袱上去，一面說：「不吸這個嗎？這好的，這妙的，送人也很合式！」茶葉則在六月裏放進大缸裏去，用開水泡好，給過路人解渴。

管理這渡船的，就是住在塔下的那個老人。活了七十年，從二十歲起便守在這小溪邊，五十年來不知把船來去渡了若干人。年紀雖那麼老了，本來應當休息了，但天不許他休息，他彷彿便不能夠同這一分生活離開。他從不思索自己的職務對於本人的意義，只是靜靜的很忠實的在那裏活下去。代替了天，使他在日頭升起時，感到生活的力量，當日頭落下時，又不至於思量與日頭同時死去的，是那個伴在他身旁的女孩子。他唯一的朋友爲一隻渡船與一隻黃狗，唯一的親人便只那個女孩子。

女孩子的母親，老船夫的獨生女，十五年前同一個茶峒軍人，很祕密的背着那忠厚爸爸發生了曖昧關係。有了小孩子後，這屯戍軍士便想約了她一同向下游逃去。但從逃走的行爲上看來，一個違悖了軍人的責任，一個卻必得離開孤獨的父親。經過一番考慮後，軍人見她無遠走勇氣，自己也不便毀去作軍人的名譽，就心想：一同去生既無法聚首，一同去死當無人可以阻攔，首先服了毒。事情業已爲作渡船夫的父親知道，父親卻不加上一個有分量的字眼兒，只作爲並不聽到過這事情一樣，仍然把日子很平靜的過下去。女兒一面懷了羞慚，一面卻懷了憐憫，仍守在父親身邊，待到腹中小孩生下後，卻到溪邊吃了許多冷水死去了。在一種奇蹟中這遺孤居然已長大成人，一轉眼間便十三歲了。爲了住處兩山多篁竹，翠色逼人而來，老船夫隨便爲這可憐的孤雛，拾取了一個近身的名字，叫作「翠翠」。

翠翠在風日裏長養着，故把皮膚變得黑黑的，觸目爲青山綠水，故眸子清明如水晶。自然既長養她且教育她，故天眞活潑，處處儼然如一隻小獸物。人又那麼乖，如山頭黃麂一樣，從不想到殘忍事情，從不發愁，從不動氣。平時在渡船上遇陌生人對她有所注意時，便把光光的眼睛瞅着那陌生人，作成隨時皆可舉步逃入深山的神氣，但明白了人無機心後，就又從從容容的在水邊玩耍了。

老船夫不論晴雨，皆守在船頭，有人過渡時，便略彎着腰，兩手緣引了竹纜，把船横渡過小溪。有時疲倦了，躺在臨溪大石上睡着了，人在隔岸招手喊過渡，翠翠不讓祖父起身，就跳下船去，很敏捷的替祖父把路人渡過溪，一切皆溜刷在行，從不誤事。有時又與祖父黃狗一同在船上，過渡時與祖父一同動手，船將近岸邊，祖父正向客人招呼：「慢點，慢點」時，那隻黃狗便口銜繩子，最先一躍而上，且儼然懂得如何方爲盡職似的，把船繩緊銜着拖船攏岸。

風日清和的天氣，無人過渡，鎭日長閒，祖父同翠翠便坐在門前大岩石上晒太陽，或把一段木頭從高處向水中拋去，嗾身邊黃狗自岩石高處躍下，把木頭銜回來。或翠翠與黃狗皆張着耳朶，聽祖父說些城中多年以前的戰爭故事。或祖父同翠翠兩人，各把小竹作成的豎笛，逗在嘴邊吹着迎親送女的曲子，過渡人來了，老船夫放下了竹管，獨自跟到船邊去，橫溪渡人，在岩上的一個，見船開動時，於是銳聲喊着：

「爺爺，爺爺，你聽我吹——你唱！」

爺爺到溪中央便很快樂的唱起來，啞啞的聲音同竹管聲，振蕩在寂靜空氣裏，溪中彷彿也熱鬧了一些（實則歌聲的來復，反而使一切更寂靜一些了）。

有時過渡的是從川東過茶峒的小牛，是羊羣，是新娘子的花轎，翠翠必爭着作渡船夫，站在船頭，懶懶的攀引纜索，讓船緩緩的過去，牛羊花轎上岸後，翠翠必跟着走，站到小山頭，目送這些東西走去很遠了，方回轉船上，把船牽靠近家的岸邊。且獨自低低的學小羊叫着，學母牛叫着，或採一把野花縛在頭上，獨自裝扮新娘子。

茶峒山城只隔渡頭一里路，買油買鹽時，逢年過節祖父得喝一杯酒時，祖父不上城，黃狗就伴同翠翠入城裏去備辦東西。到了買雜貨的鋪子裏，有大把的粉條，大缸的白糖，有炮仗，有紅蠟燭，莫不給翠翠一種很深的印象，回到祖父身邊，總把這些東西說個半天。那裏河邊還有許多船，比起渡船來全大得多，有趣味得多，翠翠也不容易忘記。

二

茶峒地方憑水依山築城，近山的一面，城牆如一條長蛇，緣山爬去。臨水一面則在城外河邊留出餘地設碼頭，灣泊小小篷船，船下行時運桐油青鹽，染色的棓子。上行則運棉花，棉紗，以及布匹雜貨同海味。貫串各個碼頭有一條河街，人家房子多一半着陸，一半在水，因爲餘地有限，那些房子莫不設吊腳樓。河中漲了春水，到水進街後，河街上人家，便各用長長的梯子，一端搭在屋簷口，一端搭在城牆上，人人皆罵着嚷着，帶了包袱，鋪蓋，米缸，從梯子上進城裏去，水退時，方又從城門口出城。水若特別猛一些，沿河吊腳樓，必有一處兩處爲水衝去，大家皆在城上頭呆望，受損失的也同樣呆望着，對於所受的損失彷彿無話可說，與在自然安排下，眼見其他無可挽救的不幸來時相似。漲水時在城上還可望着驟然展寬的河面，流水浩浩蕩蕩，隨同山水從上流浮沉而來的有房子，牛，羊，大樹。於是在水勢較緩處，稅關躉船前面，便常常有人駕了小舢板，一見河心浮沉而來的是一匹牲畜，一段小木，或一隻空船；船上有一個婦人或一個小孩哭喊的聲音，便急急的把船槳去，在下游一些迎着了那個目的物，把它用長繩繫定，再向岸邊槳去。這些勇敢的人，也愛利，也仗義，同一般當地人相似。不拘救人救物，卻同樣在一種愉快冒險行爲中，做得十分敏捷勇敢，使人見及不能不爲之喝彩。

那條河水便是歷史上知名的酉水，新名字叫作白河。白河到辰州與沅水匯流後，便略顯渾濁，有出山泉水的意思。若溯流而上，則三丈五丈的深潭皆清澈見底。深潭中爲白日所映照，河底小小白石子，有花紋的瑪瑙石子，皆看得明明白白。水中游魚來去，皆如浮在空氣裏。兩岸多高山，山中多可以造紙的細竹，長年作深翠顏色，逼人眼目。近水人家多在桃杏花裏，春天時只需注意，凡有桃花處必有人家，凡有人家處必可沽酒。夏天則晒晾在日光下耀目的紫花布衣褲，可以作爲人家所在的旗幟。秋冬來時，房屋在懸崖上的，濱水的，無不朗然入目，黃泥的牆，烏黑的瓦，位置則永遠那麼妥貼，且與四圍環境極其調和，使人迎面得到的印象，非常愉快。一個對於詩歌圖畫稍有興味的旅客，在這小河中，蜷伏於一隻小船上，作三十天的旅行，必不至於感到厭煩，正因爲處處有奇蹟，自然的大膽處與精巧處，無一處不使人神往傾心。

白河的源流，從四川邊境而來，故凡從白河上行的小船，春水發時可以直達川屬的秀山。但屬於湖南境界的，則茶峒爲最後一個水碼頭。這條河水的河面，在茶峒時雖寬約半里，當秋冬之際水落時，河床流水處還不到二十丈，其餘皆一灘青石。小船到此後，既無從上行，故凡川東的進出口貨物，皆由這地方落水起岸。出口貨物俱由腳夫用杉木扁擔壓在肩膊上挑抬而來，入口貨物也莫不從這地方成束成擔的用人力搬去。

這地方城中只駐紮一營由昔年綠營屯丁改編而成的戍兵，及五百家左右的住戶（這些住戶中，除了一部分擁有了些山田同油坊，或放賬屯油，屯米，屯棉紗的小資本家外，其餘多數皆爲當年屯戍來此有軍籍的人家）。地方還有個釐金局，辦事機關在城外河街下面小廟裏，局長則住在城中。一營兵士駐在老參將衙門，除了號兵每天上城吹號玩，使人知道這裏駐有軍隊以外，兵士皆彷彿並不存在。冬天的白日裏，到城裏去，便只見各處人家門前皆晾晒有衣服同青菜。紅薯多帶籐懸掛在屋簷下。用棕衣作成的口袋，裝滿了栗子榛子，也多懸掛在簷口下。各處有大小雞叫着玩着。間或有什麼男子，佔據在自己屋前門限上鋸木，或用斧頭劈樹，把劈好的柴堆到敞坪裏去如寶塔。又或可以見到幾個婦人，穿了漿洗得極硬的藍布衣裳，胸前掛有白布圍裙，躬着腰在日光下一面說話一面作事。一切總永遠那麼靜寂，所有人民每個日子皆在這種寂寞裏過去。一分安靜增加了人對於「人事」的思索力，增加了夢，在這小城中生存的，各人也一定皆各在分定一份日子裏，懷了對於人事愛憎必然的期待。但這些人想些什麼？誰知道。住在城中較高處，門前一站便可以眺望對河以及河中的景致，船來時，遠遠的就從對河灘上看着無數縴夫。那些縴夫也有從下游地方，帶了細點心洋糖之類，攏岸時卻拿進城中來換錢的。船來時，小孩子的想像，當在那些拉船人方面。大人呢，孵一窠小雞，養兩隻豬，托下行船夫帶兩丈官青布，或一罈好醬油，一個雙料的美孚燈罩回來，便佔去了大部分作主婦的心了。

這小城裏雖那麼安靜和平，但地方既爲川東商業交易接頭處，故城外小小河街，卻不同了一點。也有商人落腳的客店，坐鎮不動的理髮館。此外飯店，雜貨鋪，油行，鹽棧，花衣莊，莫不各有一種地位，裝點了這條河街。還有賣船上檀木活車竹纜與罐鍋鋪子，介紹水手職業吃碼頭飯的人家。小飯店門前，常有煎得焦黃的鯉魚豆腐，身上裝飾了紅辣椒絲，臥在淺口鉢頭裏，鉢旁大竹筒中插着大把紅筷子，不拘誰個願意花點錢，這人就可以傍了門前長案坐下來，抽出一雙筷子到手上，那邊一個眉毛扯得極細臉上擦了白粉的婦人，就走過來問：「要甜酒？要燒酒？」男子火焰高一點的，諧趣的，對內掌櫃有點意思的，必裝成生氣似的說：「吃甜酒？又不是小孩，還問人吃甜酒！」那麼，釅冽的燒酒，從大甕裏用木濾子舀出，倒進土碗裏，即刻就來到身邊案桌上了。雜貨鋪賣美孚油，及點美孚油的洋燈，與香燭紙張。油行屯桐油。鹽棧堆火井出的青鹽。花衣莊則有白棉紗，大布，棉花，以及包頭的黑縐綢出賣。賣船上用物的，百物羅列，無所不備，且間或有重至百斤以外的鐵錨，擱在門外路旁，等候主顧問價的。專以介紹水手爲事業，吃水碼頭飯的，則在河街的家中，終日大門敞開着，常有穿青羽緞馬褂的船主與毛手毛腳的水手進出，地方像茶館卻不賣茶，不是煙館又可以抽煙。來到這裏的，雖說所談的是船上生意經，然而船隻的上下，划船拉縴人大都有一定規矩，不必作數目上的討論。他們來到這裏大多數倒是在「聯歡」。以「龍頭管事」作中心，談論點本地時事，兩省商務上情形，以及下游的「新事」。邀會的，集款時大多數皆在此地，爬骰子看點數多少輪作會首時，也常常在此舉行。眞眞成爲他們生意經的，有兩件事：買賣船隻，買賣媳婦。

大都市隨了商務發達而產生的某種寄食者，因爲商人的需要，水手的需要，這小小邊城的河街，也居然有那麼一羣人，聚集在一些有吊腳樓的人家。這種婦人不是從附近鄉下弄來，便是隨同川軍來湘流落後的婦人，穿了假洋綢的衣服，印花標布的褲子，把眉毛扯得成一條細線，大大的髮髻上敷了香味極濃俗的油類，白日裏無事，皆坐在門口做鞋子，在鞋尖上用紅綠絲線挑繡雙鳳，或靠在臨河窗口上看水手起貨，聽水手爬桅子唱歌。到了晚間，則輪流的接待商人同水手，切切實實盡一個妓女應盡的義務。

由於邊地的風俗淳樸，便是作妓女，也永遠那麼渾厚，遇不相熟的人，做生意時得先交錢，再關門撒野，人既相熟後，錢便在可有可無之間了。妓女多靠四川商人維持生活，但恩情所結，則多在水手方面。感情好的，互相咬着嘴唇咬着頸脖發了誓，約好了「分手後各人皆不許胡鬧」，四十天或五十天，在船上浮着的那一個，同在岸上蹲着的這一個，便皆呆着打發這一堆日子，儘把自己的心緊緊縛定遠遠的一個人。尤其是婦人，癡到無可形容，男子過了約定時間不回來，做夢時，就總常常夢船攏了岸，一個人搖搖蕩蕩的從船跳板到了岸上，直向身邊跑來。或日中有了疑心，則夢裏必見男子在桅上向另一方面唱歌，卻不理會自己。性格弱一點兒的，接着就在夢裏投河吞鴉片煙，強一點兒的便手執菜刀，直向那水手奔去。他們生活雖那麼同一般社會疏遠，但是眼淚與歡樂，在一種愛憎得失間，揉進了這些人生活裏時，也便同另外一片土地另外一些人相似，全個身心爲那點愛憎所浸透，見寒作熱，忘了一切。若有多少不同處，不過是這些人更眞切一點，也更近於糊塗一點罷了。短期的包定，長期的嫁娶，一時間的關門，這些關於一個女人身體上的交易，由於民情的淳樸，身當其事的不覺得如何下流可恥，旁觀者也就從不用讀書人的觀念，加以指摘與輕視。這些人既重義輕利，又能守信自約，即便是娼妓，也常常較之知羞恥的城市中人還更可信任。

掌水碼頭的名叫順順，一個前清時便在營伍中混過日子來的人物，革命時在著名的陸軍四十九標做個什長。同樣做什長的，有因革命成了偉人名人的，有殺頭碎屍的，他卻帶着少年喜事得來的腳瘋痛，回到了家鄉，把所積蓄的一點錢，買了一條六槳白木船，租給一個窮船主，代人裝貨在茶峒與辰州之間來往。氣運好，半年之內船皆不壞事，於是他從所賺的錢上，又討了一個略有產業的白臉黑髮小寡婦。數年後，在這條河上，他就有了八隻船，一個妻子，兩個兒子了。

但這個大方灑脫的人，事業雖十分順手，卻因歡喜交朋結友，慷慨而又能濟人之急，便不能同販油商人一樣大大發作起來。自己既在糧子裏混過日子，明白出門人的甘苦，理解失意人的心情，故凡因船失事破產的船家，過路的退伍兵士，游學文人，凡到了這個地方，闖名求助的莫不盡力幫助。一面從水上賺來錢，一面就這樣灑脫散去。這人雖然腳上有點小毛病，還能泅水，走路難得其平，為人卻那麼公正無私。水面上各事原本極其簡單，一切皆為一個習慣所支配，誰個船碰了頭，誰個船妨害了別一個人別一隻船的利益，皆照例有習慣方法來解決。惟運用這種習慣規矩排調一切的，必需一個高年碩德的中心人物。某年秋天，那原來一個人死去了，順順作了這樣一個代替者。那時他還只五十歲，明事明理，為人既正直和平，又不愛財，故無人對他年齡懷疑。

到如今，他的兒子大的已十六歲，小的已十四歲。兩個年青人皆結實如小公牛，能駕船，能泅水，能走長路。凡從小鄉城裏出身的年青人所能夠作的事，他們無一不作，作去無一不精。年紀較長的，如他們爸爸一樣，豪放豁達，不拘常套小節。年幼的則氣質近於那個白臉黑髮的母親，不愛說話，眼眉卻秀拔出羣，一望即知其爲人聰明而又富於感情。

兩兄弟既年已長大，必需在各一種生活上來訓練他們的人格，作父親的就輪流派遣兩個小孩子各處旅行；向下行船時，多隨了自己的船隻充夥計，甘苦與人相共。蕩槳時選最重的一把，揹縴時拉頭縴二縴，吃的是乾魚，辣子，臭酸菜，睡的是硬幫幫的艙板。向上行從旱路走去，則跟了川東客貨，過秀山龍潭酉陽作生意，不論寒暑雨雪，必穿了草鞋按站趕路。且佩了短刀，遇不得已必需動手，便霍的把刀抽出，站到空闊處去，等候對面的一個，繼着就同這個人用肉搏來解決。幫裏的風氣，既爲「對付仇敵必需用刀，聯結朋友也必需用刀」，故需要刀時，他們也就從不讓它失去那點機會。學貿易，學應酬，學習到一個新地方去生活，且學習用刀保護身體同名譽，教育的目的，似乎在使兩個孩子學得做人的勇氣與義氣。一分教育的結果，弄得兩個人皆結實如老虎，卻又和氣親人，不驕惰，不浮華，故父子三人在茶峒邊境上，爲人所提及時，人人對這個名姓無不加以一種尊敬。

作父親的當兩個兒子很小時，就明白大兒子一切與自己相似，卻稍稍見得溺愛那第二個兒子。由於這點不自覺的私心，他把長子取名天保，次子取名儺送。天保佑的在人事上或不免有齟齬處，至於儺神所送來的，照當地習氣，人便不能稍加輕視了。儺送美麗得很，茶峒船家人拙於讚揚這種美麗，只知道爲他取出一個渾名爲「岳雲」。雖無什麼人親眼看到過岳雲，一般的印象，卻從戲台上小生岳雲，得來一個相近的神氣。

三

兩省接壤處，十餘年來主持地方軍事的，注重在安輯保守，處置極其得法，並無變故發生。水陸商務既不至於受戰爭停頓，也不至於爲土匪影響，一切莫不極有秩序，人民也莫不安分樂生。這些人，除了家中死了牛，翻了船，或發生別的死亡大變，爲一種不幸所絆倒，覺得十分傷心外，中國其他地方正在如何不幸掙扎中的情形，似乎就永遠不會爲這邊城人民所感到。

邊城所在一年中最熱鬧的日子，是端午，中秋，與過年。三個節日過去三五十年前，如何與奮了這地方人，直到現在，還毫無什麼變化，仍能成爲那地方居民最有意義的幾個日子。

端午日，當地婦女小孩子，莫不穿了新衣，額角上用雄黃蘸酒畫了個王字。任何人家到了這天必皆可以吃魚吃肉。大約上午十一點鐘左右，全茶峒人就皆吃了午飯，把飯吃過後，在城裏住家的，莫不倒鎖了門，全家出城到河邊看划船。河街有熟人的，可到河街吊腳樓門口邊看，不然就站在稅關門口與各個碼頭上看。河中龍船以長潭某處作起點，稅關前作終點，因爲這一天軍官稅官以及當地有身分的人，莫不在稅關前看熱鬧。划船的事各人在數天以前就早有了準備，分組分幫各自選出了若干身體結實手腳伶俐的小夥子，在潭中練習進退。船隻的形式，與平常木船皆不相同，形體一律又長又狹，兩頭高高翹起，船身繪着朱紅顏色長線，平常時節多擱在河邊乾燥洞穴裏，要用它時，拖下水去。每隻船可坐十二個到十八個槳手，一個帶頭的，一個鼓手，一個鑼手。槳手每人持一支短槳，隨了鼓聲緩促爲節拍，把船向前划去。坐在船頭上，頭上纏裹着紅布包頭，手上拿兩枝小令旗，左右揮動，指揮船隻的進退。擂鼓打鑼的，多坐在船隻的中部，船一划動便即刻蓬蓬鏜鏜把鑼鼓很單純的敲打起來，爲划槳水手調理下槳節拍。一船快慢既不得不靠鼓聲，故每當兩船競賽到劇烈時，鼓聲如雷鳴，加上兩岸人吶喊助威，便使人想起梁紅玉老鸛河時水戰擂鼓，牛皋水擒楊么時也是水戰擂鼓。凡把船划到前面一點的，必可在稅關前領賞，一疋紅，一塊小銀牌，不拘纏掛到船上某一個人頭上去，皆顯出這一船合作的光榮。好事的軍人，且當每次某一隻船勝利時，必在水邊放些表示勝利慶祝的五百響邊炮。

賽船過後，城中的戍軍長官，爲了與民同樂，增加這節日的愉快起見，便把綠頭長頸大雄鴨，頸膊上縛了紅布條子，放入河中，儘善於泅水的軍民人等，下水追趕鴨子。不拘誰把鴨子捉到，誰就成爲這鴨子的主人。於是長潭換了新的花樣，水面各處是鴨子，各處有追趕鴨子的人。

船與船的競賽，人與鴨子的競賽，直到天晚方能完事。

掌水碼頭的龍頭大哥順順，年青時節便是一個泅水的高手，入水中去追逐鴨子，在任何情形下總不落空。但一到次子儺送年過十二歲時，已能入水閉氣汆着到鴨子身邊，再忽然從水中冒水而出，把鴨子捉到，這作爸爸的便解嘲似的說：「好，這種事有你們來作，我不必再下水了。」於是當眞就不下水與人來競爭捉鴨子。但下水救人呢，當作別論。凡幫助人遠離患難，便是入火，人到八十歲，也還是成爲這個人一種不可逃避的責任！

天保儺送兩人皆是當地泅水划船好選手。

端午又快來了，初五划船，河街上初一開會，就決定了屬於河街的那隻船當天入水。天保恰好在那天應向上行，隨了陸路商人過川東龍潭送節貨，故參加的就只儺送。十六個結實如牛犢的小夥子，帶了香，燈，邊炮，同一個用生牛皮蒙好繪有朱紅太極圖的高腳鼓，到了擱船的河上游山洞邊，燒了香燈，把船拖入水後，各人上了船，燃着邊炮，擂着鼓，這船便如一枝箭似的，很迅速的向下游長潭射去。

那時節還是上午，到了午後，對河漁人的龍船也下了水，兩隻龍船就開始預習種種競賽的方法。水面上第一次聽到了鼓聲，許多人從這鼓聲中，感到了節日臨近的歡悅。住臨河吊腳樓有所盼望的，也莫不因鼓聲想到遠人。在這個節日裏，必然有許多船隻可以趕回，也有許多船隻只合在半路過節，這之間，便有些眼目所難見的人事哀樂，在這小山城河街間，讓一些人嬉喜，也讓一些人皺眉！

蓬蓬鼓聲掠水越山到了渡船頭那裏時，最先注意到的是那隻黃狗。那黃狗汪汪的吠着，受了驚似的繞屋亂走，有人過渡時，便隨船渡過河東岸去，且跑到那小山頭向城裏一方面大吠。

翠翠正坐在門外大石上用棕葉編蚱蜢蜈蚣玩，見黃狗先在太陽下睡着，忽然醒來便發瘋似的亂跑，過了河又回來，就問牠罵牠：

「狗，狗，你做什麼！不許這樣子！」

可是一會兒那聲音被她發現了，她於是也繞屋跑着，且同黃狗一塊兒渡過了小溪，站在小山頭聽了許久，讓那點迷人的鼓聲，把自己帶到一個過去的節日裏去。

四

還是兩年前的事。五月端陽，渡船頭祖父找人作了代替，便帶了黃狗同翠翠進城，過大河邊去看划船。河邊站滿了人，四隻朱色長船在潭中滑着，龍船水剛剛漲過，河中水皆豆綠色，天氣又那麼明朗，鼓聲蓬蓬響着，翠翠抿着嘴一句話不說，心中充滿了不可言說的快樂。河邊人太多了一點，各人皆儘張着眼睛望河中，不多久，黃狗還在身邊，祖父卻擠得不見了。

翠翠一面注意划船，一面心想「過不久祖父總會找來的」。但過了許久，祖父還不來，翠翠便稍稍有點兒着慌了。先是兩人同黃狗進城前一天，祖父就問翠翠：「明天城裏划船，倘若一個人去看，人多怕不怕？」翠翠就說：「人多我不怕，但自己只是一個人可不好玩。」於是祖父想了半天，方想起一個住在城中的老熟人，趕夜裏到城裏去商量，請那老人來看一天渡船，自己卻陪翠翠進城玩一天。且因爲那人比渡船老人更孤單，身邊無一個親人，也無一隻狗，因此便約好了那人早上過家中來吃飯，喝一杯雄黃酒。第二天那人來了，吃了飯，把職務委托那人以後，翠翠等便進了城。到路上時，祖父想起什麼似的，又問翠翠：「翠翠，翠翠，人那麼多，好熱鬧，你一個人敢到河邊看龍船嗎？」翠翠說：「怎麼不敢？可是一個人有什麼意思。」到了河邊後，長潭裏的四隻紅船，把翠翠的注意力完全佔去了，身邊祖父似乎也可有可無了。祖父心想：「時間還早，到收場時，至少還得三個時刻。溪邊的那個朋友，也應當來看看年青人的熱鬧，回去一趟，換換地位還趕得及。」因此就告翠翠：「人太多了，站在這裏看，不要動，我到別處去有事情，無論如何總趕得回來伴你回家。」翠翠正爲兩隻競速並進的船迷着，祖父說的話毫不思索皆答應了。祖父知道黃狗在翠翠身邊，也許比他自己在她身邊還穩當，於是便回家看船去了。

祖父到了那渡船處時，見代替他的老朋友，正站在白塔下注意聽遠處鼓聲。

祖父喊他，請他把船拉過來，兩人渡過小溪仍然站到白塔下去。那人問老船夫爲什麼又跑回來，祖父就說想替他一會兒故把翠翠留在河邊，自己趕回來，好讓他也過河邊去看看熱鬧，且說：「看得好，就不必再回來，只須見了翠翠告她一聲，翠翠到時自會回家的，小丫頭不敢回家，你就伴她走走！」但那替手對於看龍船已無什麼興味，卻願意同老船夫在這溪邊大石上各自再喝兩杯燒酒。老船夫十分高興，把酒葫蘆取出，推給城中來的那一個。兩人一面談些端午舊事，一面喝酒，不到一會，那人卻在岩石上為燒酒醉倒了。人既醉倒了，無從入城，祖父為了責任又不便與渡船離開，留在河邊的翠翠便不能不着急了。

河中划船的決了最後勝負後，城裏軍官已派人駕小船在潭中放了一羣鴨子，祖父還不見來。翠翠恐怕祖父也正在什麼地方等着她，因此帶了黃狗各處叢中擠着去找尋祖父，結果還是不得祖父的蹤跡。後來看看天快要黑了，軍人抗了長梡出城看熱鬧的，皆已陸續抗了那梡子回家。潭中的鴨子只剩下三五隻，捉鴨人也漸漸的少了。落日向上游翠翠家中那一方落去，黃昏把河面裝飾了一層薄霧。翠翠望到這個景致，忽然起了一個怕人的想頭，她想：「假若爺爺死了？」

她記起祖父囑咐她不要離開原來地方那一句話，便又為自己解釋這想頭的錯誤，以為祖父不來必是進城去或到什麼熟人處去，被人拉着喝酒，故一時不能來的。正因為這也是可能的事，她又不願在天未斷黑以前，同黃狗趕回家去，只好站在那石碼頭等候祖父。

再過一會，對河那兩隻長船已泊到對河小溪裏去不見了，看龍船的人也差不多全散了。吊腳樓有娼妓的人家，已上了燈，且有人敲小斑鼓彈月琴唱曲子。另外一些人家，又有划拳行酒的吵嚷聲音。同時泊在吊腳樓下的一些船隻，上面也有人在擺酒炒菜，把青菜蘿蔔之類，倒進滾熱油鍋裏去時發出吵——的聲音。河面已朦朦朧朧，看去好像只有一隻白鴨在潭中浮着，也只剩一個人追着這隻鴨子。

翠翠還是不離開碼頭，總相信祖父會來找她，同她一起回家。

吊腳樓上唱曲子聲音熱鬧了一些，只聽到下面船上有人說話，一個水手說：「金亭，你聽你那婊子陪川東莊客喝酒唱曲子，我賭個手指，說這是她的聲音！」另一個水手就說：「她陪他們喝酒唱曲子，心裏可想我。她知道我在船上！」先前那一個又說：「身體讓別人玩着，心還想着你；你有什麼憑據？」另一個說：「有憑據。」於是這水手吹着唿哨，作出一個古怪的記號，一會兒，樓上歌聲便停止了。歌聲停止後，兩個水手皆笑了。兩人接着便說了些關於那個女人的一切，使用了不少粗鄙字眼，翠翠很不習慣把這種話聽下去，但又不能走開。且聽水手之一說樓上婦人的爸爸是被人殺死的，一共殺了十七刀，翠翠心中那個古怪的想頭，「爺爺死了呢？」便仍然佔據到心裏有一忽兒。

兩個水手還正在談話，潭中那隻白鴨慢慢的向翠翠所在的碼頭邊游來，翠翠想：「再過來些我就捉住你！」於是靜靜的等着，但那鴨子將近岸邊三丈遠近時，卻有個人笑着，喊那船上水手。原來水中還有個人，那人已把鴨子捉到手，卻慢慢的「踹水」游近岸邊的。船上人聽到水面的喊聲，在隱約裏也喊道：「二老，二老，你眞幹，你今天得了五隻罷。」那水上人說：「這傢伙狡滑得很，現在可歸我了。」「你這時捉鴨子，將來捉女人，一定有同樣的本領。」水上那一個不再說什麼，手腳並用的拍着水傍了碼頭。濕淋淋的爬上岸時，翠翠身旁的黃狗，彷彿警告水中人似的，汪汪的叫了幾聲，那人方注意到翠翠。碼頭上已無別的人，那人問：

「是誰人？」

「是翠翠！」

「翠翠又是誰？」

「是碧溪岨撐渡船的孫女。」

「你在這兒做什麼？」

「我等我爺爺。我等他來。」

「等他來他可不會來，你爺爺一定到城裏軍營裏喝了酒，醉倒後被人抬回去了！」

「他不會這樣子，他答應來找我，他就一定會來的。」

「這裏等也不成，到我家裏去，到那邊點了燈的樓上去，等爺爺來找你好不好？」

翠翠誤會邀他進屋裏去那個人的好意，正記着水手說的婦人醜事，她以爲那男子就是要她上有女人唱歌的樓上去，本來從不罵人，這時正因等候祖父太久了，心中焦急得很，聽人要她上去，以爲欺侮了她，就輕輕的說：

「悖時砍腦殼的！」

話雖輕輕的，那男的卻聽得出，且從聲音上聽得出翠翠年紀，便帶笑說：「怎麼，你罵人！你不願意上去，要耽在這兒，回頭水裏大魚來咬了你，可不要叫喊！」

翠翠說：「魚咬了我也不管你的事。」

那黃狗好像明白翠翠被人欺侮了，又汪汪的吠起來，那男子把手中白鴨舉起，向黃狗嚇了一下，便走上河街去了。黃狗爲了自己被欺還想追過去，翠翠便喊：「狗，狗，你叫人也看人叫！」翠翠意思彷彿只在告給狗「那輕薄男子還不值得叫」，但男子聽去的卻是另外一種好意，放肆的笑着，不見了。

又過了一陣，有人從河街拿了一個廢纜做成的火炬，喊叫着翠翠的名字來找尋她，到身邊時翠翠卻不認識那個人。那人說：老船夫回到家中，不能來接她，故搭了過渡以口信來告翠翠要她即刻就回去。翠翠聽說是祖父派來的，就同那人一起回家，讓打火把的在前引路，黃狗時前時後，一同沿了城牆向渡口走去。翠翠一面走一面問那拿火把的人，是誰告他就知道她在河邊。那人說這是二老告他的，他是二老家裏的夥計，送翠翠回家後還得回轉河街。

翠翠說：「二老他怎麼知道我在河邊？」

那人便笑着說：「他從河裏捉鴨子回來，在碼頭上見你，他說好意請你上家裏坐坐，等候你爺爺，你還罵過他！」

翠翠帶了點兒驚訝輕輕的問：「二老是誰？」

那人也帶了點兒驚訝說：「二老你還不知道?!就是儺送二老！就是岳雲！他要我送你回去！」

儺送二老在茶峒地方不是一個生疏的名字！

翠翠想起自己先前罵人那句話，心裏又吃驚又害羞，再也不說什麼，默默的隨了那火把走去。

翻過了小山岨，望得見對溪家中火光時，那一方面也看見了翠翠方面的火把，老船夫即刻把船拉過來，一面拉船一面啞聲兒喊問：「翠翠，翠翠，是不是你？」翠翠不理會祖父，口中卻輕輕的說：「不是翠翠，不是翠翠，翠翠早被大河裏鯉魚吃去了。」翠翠上了船，二老派來的人，打着火把走了，祖父牽着船問：「翠翠，你怎麼不答應我，生我的氣了嗎？」

翠翠站在船頭還是不作聲。翠翠對祖父那一點兒埋怨，等到把船拉過了溪，一到了家中，看明白了醉倒的另一個老人後，就完事了。但另一件事，屬於自己不關祖父的，卻使翠翠沉默了一個夜晚。

五

兩年日子過去了。

這兩年來兩個中秋節，恰好皆無月亮可看，凡在這邊城地方，因看月而起整夜男女唱歌的故事，皆不能如期舉行，故兩個中秋留給翠翠的印象，極其平淡無奇。兩個新年雖照例可以看到軍營裏與各鄉來的獅子龍燈，在小教場迎春，鑼鼓喧闐很熱鬧，到了十五夜晚，城中舞龍耍獅子的鎮筸兵士，還各自赤裸着肩膊，往各處去歡迎炮仗煙火。城中軍營裏，稅關局長公館，河街上一些大字號，莫不預先截老毛竹筒，或鏤空棕櫚樹根株，用洞硝拌和磺炭鋼砂，一千擂八百擂把煙火做好。好勇取樂的光身軍士，玩着燈打着鼓來了，小邊炮如落雨的樣子，從懸到長竿尖端的空中落到玩燈的肩背上，鑼鼓催動急促的拍子，大家皆爲這事情十分興奮。邊炮放過一陣後，用長凳綁着的大筒燈火，在敞坪一端燃起了引線，先是噝噝的流瀉白光，慢慢的這白光便吼嘯起來，作出如雷如虎驚人的聲音，白光向上空衝去，高至二十丈，下落時便洒散着滿天花雨。玩燈的兵士，在火花中繞着圈子，儼然毫不在意的樣子。翠翠同她的祖父，也看過這樣的熱鬧，留下一個熱鬧的印象，但這印象不知爲什麼原因，總不如那個端午所經過的事情甜而美。

翠翠爲了不能忘記那件事，上年一個端午又同祖父到城邊河街去看了半天船，一切玩得正好時，忽然落了行雨，無人衣衫不被雨濕透，爲了避雨，祖孫二人同那隻黃狗，走到順順吊腳樓上去，擠在一個角隅裏。有人抗凳子從身邊過去，翠翠認得那人是去年打了火把送她回家的人，就告給祖父：

「爺爺，那個人去年送我回家，他拿了火把走路時，眞像個嘍囉！」

祖父當時不作聲，等到那人回頭又走過面前時，就一把抓住那個人，笑嘻嘻說：

「嗨嗨，你這個人！要你到我家喝一杯也不成，還怕酒裏有毒，把你這個眞命天子毒死！」

那人一看是守渡船的，且看到了翠翠，就笑了。「翠翠，你長大了！二老說你在河邊大魚會吃你，我們這裏河中的魚，現在可吞不下你了。」

翠翠一句話不說，只是抿起嘴唇笑着。

這一次雖在這嘍囉長年口中聽到個「二老」名字，卻不曾見及這個人。從祖父與那長年談話裏，翠翠聽明白了二老是在下游六百里外青浪灘過端午的。但這次不見二老卻認識了「大老」，且見着了那個一地出名的順順。大老把河中的鴨子捉回家裏後，因爲守渡船的老傢伙稱讚了那隻肥鴨兩次，順順就要大老把鴨子給翠翠。且知道祖孫二人所過的日子，十分拮据，節日裏自己不能包粽子，又送了許多三角粽子。

那水上名人同祖父談話時，翠翠雖裝作眺望河中景致，耳朵卻把每一句話聽得清清楚楚。那人向祖父說翠翠長得很美，問過翠翠年紀，又問有不有人家。祖父則很快樂的誇獎了翠翠不少，且似乎不許別人來關心翠翠的婚事，故一到這件事便閉口不談。

回家時，祖父抱了那隻白鴨子同別的東西，翠翠打火把引路。兩人沿城牆走去，一面是城，一面是水。祖父說：「順順是好人，大方得很。大老也很好。這一家人都好！」翠翠說：「一家人都好，你認識他們一家人嗎？」祖父不明白這句話的意思所在，因爲今天太高興一點，便笑着說：「翠翠，假若大老要你做媳婦，請人來做媒，你答應不答應？」翠翠就說：「爺爺，你瘋了！再說我就生你的氣！」

祖父話雖不說了，心中卻很顯然的還轉着這些不好的可笑的念頭。翠翠着了惱，把火炬向路兩旁亂晃着，向前快快的走去了。

「翠翠，莫鬧，我摔到河裏去，鴨子會走脫的！」

「誰也不希罕那隻鴨子！」

祖父明白翠翠爲什麼事不高興，祖父便唱起搖艣人駛船下灘時催艣的歌聲，聲音雖然啞沙沙的，字眼兒卻穩穩當當毫不含糊。翠翠一面聽着一面向前走去，忽然停住了發問：

「爺爺，你的船是不是正在下青浪灘呢？」

祖父不說什麼，還是唱着，兩人皆記順順家二老的船正在青浪灘過節，但誰也不明白另外一個人的記憶所止處。祖孫二人便沉默的一直走還家中。到了渡口，那代理看船的，正把船泊在岸邊等候他們。幾人渡過溪到了家中，剝粽子吃，到後那人要進城去，翠翠趕即爲那人點上火把，讓他有火把照路。人過了小溪上小山時，翠翠同祖父在船上望着，翠翠說：

「爺爺，看嘍囉上山了啊！」

祖父把手攀引着橫纜，注目溪面的薄霧，彷彿看到了什麼東西，輕輕的吁了一口氣。祖父靜靜的拉船過對岸家邊時，要翠翠先上岸去，自已卻守在船邊，因爲過節，明白一定有鄉下人從城裏看龍船，還得乘黑趕回家鄉。

六

白日裏，老船夫正在渡船上，同個賣皮紙的過渡人有所爭持。一個不能接受所給的錢，一個卻非把錢送給老人不可。正似乎因爲那個過渡人送錢氣派，使老船夫受了點壓迫，這撑渡船人就儼然生氣似的，迫着那人把錢收回，使這人不得不把錢揑在手裏，但船攏岸時，那人跳上了碼頭，一手銅錢向船艙裏一撒，卻笑迷迷的忽忽忙忙走了。老船夫手還得拉着船讓別一個人上岸，無法去追趕那個人，就喊小山頭的孫女：

「翠翠，翠翠，爲我拉着那個賣皮紙的小夥子，不許他走！」

翠翠不知道是怎麼回事，當眞便同黃狗去攔着那第一個下山人。那人笑着說：

「不要攔我！……」

正說着，第二個商人趕來了，就告給翠翠是什麼事情。翠翠明白了，更拉着賣紙人衣服不放，只說：「不許走！不許走！」黃狗爲了表示同主人的意見一致，也便在翠翠身邊汪汪的吠着。其餘商人皆笑着，一時不能走路。祖父氣吁吁的趕來了，把錢強迫塞到那人手心裏，且搭了一大束草煙到那商人擔子上去，搓着兩手笑着說：「走呀！你們上路走！」那些人於是全笑着走了。

翠翠說：「爺爺，我還以爲那人偷你東西同你打架！」

祖父就說：

「他送我好些錢，我纔不要這些錢！告他不要錢，他還同我吵，不講道理！」

翠翠說：「全還給他了嗎？」

祖父抿着嘴把頭搖搖，裝成狡猾得意神氣笑着，把扎在腰帶上留下的那枚單銅子取出，送給翠翠。且說：

「他得了我們那把煙葉，可以吃到鎭筸城！」

遠處鼓聲又蓬蓬的響起來了，黃狗張着兩個耳朵聽着。翠翠問祖父，聽不聽到什麼聲音。祖父一注意，知道是什麼聲音了，便說：

「翠翠，端午又來了。你記不記得去年天保大老送你那隻肥鴨子。早上大老同一群人上川東去，過渡時還問你。你一定忘記那次落的行雨。我們這次若去，又得打火把回家；你記不記得我們兩人用火把照路回家？」

翠翠還正想起兩年前的端午一切事情哪。但祖父一問，翠翠卻微帶點兒惱着的神氣，把頭搖搖，故意說：「我記不得，我記不得。」其實她那意思就是「我怎麼記不得?!」

祖父明白那話裏意思，又說：「前年還更有趣，你一個人在河邊等我，差點兒不知道回來，我還以爲大魚會吃掉你！」

提起舊事翠翠嗤的笑了。

「爺爺，你還以爲大魚會吃掉我?!是別人家說我，我告給你！你那天只是恨不得讓城中的那個爺爺把裝酒的葫蘆吃掉！你這種記性！」

「我人老了，記性也壞透了。翠翠，現在你也人大了，一個人一定敢上城看船不怕魚吃掉你了。」

「人大了就應當守船呢。」

「人老了纔當守船。」

「人老了應當歇憩！」

「你爺爺還可以打老虎，人不老！」祖父說着，於是，把膀子彎曲起來，努力使筋肉在局束中顯得又有力又年青，且說：「翠翠，你不信，你咬。」

翠翠睨着腰背微駝的祖父，不說什麼話。遠處有吹嗩哪的聲音，她知道那是什麼事情，且知道嗩哪方向。要祖父同她下了船，把船拉過家中那邊岸旁去。爲了想早早的看到那迎娶送親的喜轎，翠翠還爬到屋後塔下去眺望。過不久，那一夥人來了，兩個吹嗩哪的，四個強壯鄉下漢子，一頂空花轎，一個穿新衣的團總兒子模樣的青年，另外還有兩隻羊；一個牽羊的孩子，一罈酒，一盒糍粑；一個擔禮物的人。一夥人上了渡船後，翠翠同祖父也上了渡船，祖父拉船，翠翠卻傍花轎站定，去欣賞每一個人的臉色與花轎上的流蘇。攏岸後，團總兒子模樣的人，從扣花抱肚裏掏出了一個小紅紙包封，遞給老船夫。這是規矩，祖父再不能說不接收了。但得了錢祖父卻說話了，問那個人，新娘是什麼地方人，明白了，又問姓什麼，明白了，又問多大年紀，一起皆弄明白了，吹嗩哪的一上岸後又把嗩哪嗚嗚喇喇吹起來，一行人便翻山走了。祖父同翠翠留在船上，感情彷彿皆追着那嗩哪聲音走去，走了很遠的路方回到自己身邊來。

祖父掂着那紅紙包封的分量說：「翠翠，宋家堡子裏新嫁娘只十五歲。」

翠翠明白祖父這句話的意思所在，不作理會，靜靜的把船拉動起來。

到了家邊，翠翠跑還家中去取小小竹子做的雙管嗩哪，請祖父坐在船頭吹「娘送女」曲子給她聽，她卻同黃狗躺到門前大岩石上蔭處看天上的雲。白日漸長，不知什麼時節，祖父睡着了，翠翠同黃狗睡着了。

七

到了端午。祖父同翠翠在三天前業已預先約好，祖父守船，翠翠同黃狗過順順吊腳樓去看熱鬧。翠翠先不答應，後來答應了。但過了一天，翠翠又翻悔回來，以爲要看兩人去看，要守船兩人守船。祖父明白那個意思，是翠翠玩心與愛心相戰爭的結果。爲了祖父的牽絆，應當玩的也無法去玩，這不成！祖父含笑說：「翠翠，你這是爲什麼？說定了的又翻悔，同茶峒人平素品德不相稱。我們應當說一是一，不許三心二意。我記性並不壞到這樣子，把你答應了我的即刻忘掉！」祖父雖那麼說，很顯然的事，祖父對於翠翠的打算是同意的。但人太乖了，祖父有點愀然不樂了。見祖父不再說話，翠翠就說：「我走了，誰陪你？」祖父說：「你走了，船陪我。」

翠翠把眉毛皺攏去苦笑着：「船陪你，嗨，嗨，船陪你。」

祖父心想：「你總有一天會要走的。」但不敢提這件事。祖父一時無話可說，於是走過屋後塔下小圃裏去看葱，翠翠跟過去。

「爺爺，我決定不去，要去讓船去，我替船陪你！」

「好，翠翠，你不去我去，我還得戴了朶紅花，裝老太婆去見識面！」

兩人皆爲這句話笑了許久。

祖父理葱，翠翠卻摘了一根大葱吹着，有人在東岸喊過渡，翠翠不讓祖父佔先，便忙着跑下去，跳上了渡船，援着横溪纜子拉船過溪去接人。一面拉船一面喊祖父：

「爺爺，你唱，你唱！」

祖父不唱，卻只站在高岩上望翠翠，把手搖着，一句話不說。

祖父有點心事。

翠翠一天比一天大了，無意中提到什麼時，會紅臉了。時間在成長她，似乎正催促她，使她在另外一件事情上負點兒責。她歡喜看撲粉滿臉的新嫁娘，歡喜說到關於新嫁娘的故事，歡喜把野花戴到頭上去，還歡喜聽人唱歌。茶峒人的歌聲，纏綿處她已領略得出。她有時彷彿孤獨了一點，愛坐在岩石上去，向天空一片雲一顆星凝眸。祖父若問：「翠翠，想什麼？」她便帶着點兒害羞情緒，輕輕的說：「翠翠不想什麼。」但在心裏卻同時又自問：「翠翠，你想什麼？」同是自己也在心裏答着：「我想的很遠，很多。可是我不知想些什麼！」她的確在想，又的確連自己也不知在想些什麼。這女孩子身體既發育得很完全，在本身上因年齡自然而來的一件「奇事」，也使她多了些思索。

祖父明白這類事情對於一個女子的影響，祖父心情也變了些。祖父是一個在自然裏活了七十年的人，但在人事上的自然現象，就有了些不能安排處。因爲翠翠的長成，使祖父記起了些舊事，從掩埋在一大堆時間裏的故事中，重新找回了些東西。

翠翠的母親，某一時節原同翠翠一個樣子。眉毛長，眼睛大，皮膚紅紅的。也乖得使人憐愛——也懂在一些小處，使家中長輩快樂。也彷彿永遠不會同家中這一個分開。但一點不幸來了，她認識了那個兵。這些事從老船夫說來誰也無罪過，只應「天」去負責。翠翠的祖父口中不怨天，心卻不能完全同意這種不幸的安排。到底還像年青人，說是放下了，也正是不能放下的莫可奈何容忍到的一件事！

並且那時還有個翠翠。如今假若翠翠又同媽媽一樣，老船夫的年齡，還能把小雛兒再撫育下去嗎？人願意神卻不同意！人太老了，應當休息了，凡是一個良善的鄉下人，所應得到的勞苦與不幸，全得到了。假若另外高處有一個上帝，這上帝且有一雙手支配一切，很明顯的事，十分公道的辦法，是應把祖父先收回去，再來讓那個年青的在新的生活上得到應分接受那一分的。

可是祖父不那麼想。他爲翠翠擔心。他有時便躺到門外岩石上，對着星子想他的心事。他以爲死是應當快到了的，正因爲翠翠人已長大了，證明自己也眞正老了。無論如何，得讓翠翠有個着落。翠翠既是她那可憐母親交把他的，翠翠大了，他也得把翠翠交給一個人，他的事才算完結！交給誰？必需什麼樣的方不委屈她？

前幾天順順家天保大老過溪時，同祖父談話，這心直口快的青年人，第一句話就說：

「老伯伯，你翠翠長得眞標緻，再過兩年，若我有閑空能留在茶峒照料事情，不必像老鴉到處飛，我一定每夜到這溪邊來爲翠翠唱歌。」

祖父用微笑獎勵這種自白。一面把船拉動，一面把那雙小眼睛瞅着大老。

於是大老又說：

「翠翠太嬌了，我擔心她只宜於聽點茶峒人的歌聲，不能作茶峒女子做媳婦的一切正經事。我要個能聽我唱歌的情人，卻更不能缺少個照料家務的媳婦。『又要馬兒不吃草，又要馬兒走得好』，唉，這兩句話說是古人爲我說的！」

祖父慢條斯理把船轉了頭，讓船尾傍岸，就說：

「大老，也有這種事兒！你瞧着吧。」

那青年走去後，祖父溫習着那些出於一個男子口中的眞話，實在又愁又喜。翠翠若應當交把一個人，這個人是不是適宜於照料翠翠？當眞交把了他，翠翠是不是願意？

八

初五大清早落了點毛毛雨，上游且漲點了「龍船水」，河水已作豆綠色。祖父上城買辦過節的東西，戴了個粽粑葉「斗篷」，携帶了一個籃子，一個裝酒的大葫蘆，肩頭上掛了個褡褳，其中放了一吊六百錢，就走了。因爲是節日，這一天從小村小寨帶了銅錢擔了貨物上城去辦貨掉貨的極多，這些人起身也極早，故祖父走後，黄狗就伴同翠翠守船。翠翠頭上戴了一個嶄新的斗篷，把過渡人一趟一趟的送來送去。黄狗坐在船頭，每當船攏岸時必先跳上岸邊去銜繩頭，引起每個過渡人的興味。有些過渡鄉下人也携了狗上城，照例如俗話說的，「狗離不得屋」，一離了自己的家，即或傍着主人，也變得非常老實了，到過渡時，翠翠的狗必走過去嗅嗅，從翠翠方面討取了一個眼色，似乎明白翠翠的意思，就不敢有什麼舉動。直到上岸後，把拉繩子的事情作完，眼見到那隻陌生的狗上小山去了，也必跟着追去。或者向狗主人輕輕吠着，或者逐着那陌生的狗，必得翠翠帶點兒嗔惱的嚷着：「狗，狗，你狂什麼？還有事情做，你就跑呀！」於是這黄狗趕快跑回船上來，且依然滿船聞嗅不已。翠翠說：「這算什麼輕狂舉動！跟誰學得的！還不好好蹲到那邊去！」狗儼然極其懂事，便即刻到牠自己原來地方去，只間或又想像起什麼似的，輕輕的吠幾聲。

雨落個不止，溪面一片煙，翠翠在船上無事可作時，便算着老船夫的行程。她知道他這一去應到什麼地方碰到什麼人，談些什麼話，這一天城門邊應當是些什麼情形，河街上應當是些什麼情形，「心中一本册」，她完全如同眼見到的那麼明明白白。她又知道祖父的脾氣，一見城中相熟糧子上人物，不管是馬夫火夫，總會把過節時應有的頌祝說出。這邊說：「副爺，你過節吃飽喝飽！」那一個便也將說：「划船的，你吃飽喝飽！」這邊若說着如上的話，那邊人說：「有什麼可以吃飽喝飽？四兩肉，兩碗酒，既不會飽也不會醉！」那麼，祖父必很誠實邀請這熟人過碧溪岨喝個夠量。倘若有人當時就想喝一口祖父葫蘆中的酒，這老船夫也從不吝嗇，必很快的就把葫蘆遞過去。酒喝過了，那兵營中人捲舌子舐着嘴唇，稱讚酒好，於是又必被勒迫着喝第二口。酒在這種情形下少起來了，就又跑到原來鋪上去，加滿爲止。翠翠且知道祖父還會到碼頭上去同剛攏岸一天兩天的上水船水手談談話，問問下河的米價鹽價，有時且灣着腰鑽進那帶有海帶魷魚味，以及其他油味，醋味，柴煙味的船艙裏去，水手們從小罈中抓出一把紅棗，遞給老船夫，過一陣，等到祖父回家被翠翠埋怨時，這紅棗便成爲祖父與翠翠和解的工具。祖父一到河街上，且一定有許多鋪子上商人送他粽子與其他東西，作爲對這個忠於職守的划船人一點敬意，祖父雖嚷着「我帶了那麼一大堆，回去會把老骨頭壓斷」，可是不管如何，這些東西多少總得領點情。走到賣肉案桌邊去，他想「買肉」人家卻不願接錢，屠戶若不接錢，他卻寧可到另外一家去，決不想沾那點便宜。那屠戶說：「爺爺，你爲人那麼硬算什麼？又不是要你去做犂口耕田！」但不行，他以爲這是血錢，不比別的事情，你不收錢他會把錢預先算好，猛的把錢擲到大而長的錢筒裏去，攫了肉就走去的。賣肉的明白他那種性情，到他稱肉時總選取最好的一處，且把分量故意加多，他見及時卻將說：「喂喂，大老闆，我不要你那些好處！腿上的肉是城裏人炒魷魚肉絲用的肉，莫同我開玩笑！我要夾項肉，我要濃的糯的，我是個划船人，我要拿去燉葫蘿蔔喝酒的！」得了肉，把錢交過手時，自己先數一次，又囑咐屠戶再數，屠戶卻照例不理會他，把一手錢嘩的向長竹筒口丟去，他於是簡直是嫵媚的微笑着走了。屠戶與其他買肉人，見到他這種神氣，必笑個不止……

翠翠還知道祖父必到河街上順順家裏去。

翠翠溫習着兩次過節兩個日子所見所聞的一切，心中很快樂，好像目前有一個東西，同早間在床上閉了眼睛所看到那種捉摸不定的黃葵花一樣，這東西彷彿很明朗的在眼前，卻看不準，抓不住。

翠翠想：「白雞關眞出老虎嗎？」她不知道爲什麼忽然想起白雞關。

於是又想：「三十二個人搖六匹櫓，上水走風時張起個大篷，一百幅白布拼成的一片東西，先在這樣大船上過洞庭湖，多可笑……」她不明白洞庭湖有多大，也就從不見過這種大船，更可笑的，還是她自己也不知道爲什麼卻想到這個問題！

一羣過渡人來了，有擔子，有跑差模樣的人物，另外還有母女二人。母親穿了新漿洗得硬朗的藍布衣服，女孩子臉上塗着兩餅紅色，穿了新衣，上城到親戚家中去拜節看龍船的。等待衆人上船穩定後，翠翠一面望着那小女孩，一面把船拉過溪去。那小孩從翠翠估來年紀也將十歲了。神氣卻很嬌，似乎從不能離開過母親。脚下穿得是一雙尖頭新油過的釘鞋，上面沾汚了些黃泥。褲子是那種翻紫的葱綠布做的。見翠翠儘是望她，她也便看着翠翠，眼睛光光的如同兩粒水晶球。那母親模樣的婦人便問翠翠，年紀有幾歲。翠翠笑着，不高興答應，卻反問小女孩今年幾歲。聽那母親說十二歲時，翠翠忍不着笑了。那母女顯然是財主人家的妻女，從神氣上就可看出的。翠翠注視那女孩，發現了女孩子手上還帶得有一副麻花鉸的銀手鐲，閃着白白的亮光，心中有點兒愛慕。船傍岸後，人陸續的上了岸，婦人從身上摸出一銅子，塞到翠翠手中，就走了，翠翠當時竟忘了祖父的規矩了，也不說道謝，也不把錢退還，只望着這一行人中那個女孩子身後發癡，一行人正將翻過小山時，翠翠忽又忙忽忽的追上去，在山頭上把錢還給那婦人。那婦人說：「這是送你的！」翠翠不說什麼，只微笑把頭儘搖，且不等婦人來得及說第二句話，就很快的向自己渡船邊跑去了。

到了渡船上，溪那邊又有人喊過渡，翠翠把船又拉回去。第二次過渡是七個人，又有兩個女孩子，也同樣因爲看龍船特意換了乾淨衣服，像貌卻並不如何美觀，因此使翠翠更不能忘記先前那一個。

今天過渡的人特別多，其中女孩子比平時更多，翠翠既在船上拉纜子擺渡，故見到什麼好看的，極古怪的，人乖的，眼睛眶子紅紅的，莫不在記憶中留下個印象。無人過渡時，等着祖父祖父又不來，便儘只反複溫習這些女孩子的神氣。且輕輕的無所謂的唱着：

白雞關出老虎咬人，不咬別人，團總的小姐派第一……大姐戴副金簪子，二姐戴副銀釧子，只有我三妹莫得什麼戴，耳朵上長年戴條豆芽菜。

城中有人下鄉的，在河街上一個酒店前面，曾見及那個撐渡船的老頭子，把葫蘆嘴推讓給一個年青水手，請水手喝他新買的白燒酒，翠翠問及時，那城中人就告給她所見到的事情。翠翠笑祖父的慷慨不是時候，不是地方。過渡人走了，翠翠就在船上又輕輕的哼着巫師迎神的歌玩。

那首歌聲音既極柔和，快樂中又微帶憂，歌調末尾說：

福祿綿綿是神恩，
和風和雨神好心，
好酒好飯當前陳，
肥猪肥羊火上烹！
……………
洪秀全，李鴻章，
你們在生是霸王，
殺人放火盡節全忠各有道，

今來坐席又何妨！

…………

慢慢吃，慢慢喝，

月白風清好過河！

醉時携手同歸去，

我當爲你再唱歌！

唱完了這歌，翠翠覺得有一絲兒淒涼。她想起秋末還願時田坪中的火燎同鼓角。

遠處鼓聲已起來了，她知道繪有朱紅長線的龍船這時節已下河了，細雨還依然落個不止，溪面一片煙。

九

祖父回家時，大約已將近平常吃早飯時節了，肩上手上皆是東西，一上小山頭便喊翠翠，要翠翠拉船過小溪來迎接他。翠翠眼看到多少人皆進了城，正在船上急得莫可奈何，聽到祖父的聲音，神旺了，銳聲答着：「爺爺，爺爺，我來了！」老船夫從碼頭邊上了渡船後，把肩上手上的東西皆擱到船頭上，一面幫着翠翠拉船，一面向翠翠笑着，如同一個小孩子，神氣充滿了謙虛與羞怯。「你急壞了，是不是？」翠翠本應埋怨祖父的，但她卻回答說：「爺爺，我知道你在河街上勸人喝酒，好玩得很。」翠翠還知道祖父極高興到河街上去玩，但如此說來，將更使祖父害羞亂嚷了，故不提出。

翠翠把擱在船頭的東西一一估記在眼裏，不見了酒葫蘆。翠翠嗤的笑了。

「爺爺，你倒大方，請副爺同船上人吃酒，連葫蘆也吃到肚裏去了！」

祖父笑着：

「那裏，那裏，我那葫蘆被順順大哥，扣下了，他見我在河街上請人喝酒，就說：『喂，喂，擺渡的張橫，這不成的。你不開糟坊，如何這樣子。把你那個放下來，請我全喝了罷。』他當眞那麼說，請我全喝了罷。我把葫蘆放下了。但我猜想他是同我鬧着玩的。他家裏還少熱酒嗎？翠翠，你說……」

「爺爺，你以爲人家眞想喝你的酒，便是同你開玩笑嗎？」

「那是怎麼的？」

「你放心，人家一定因爲你請客不是地方，故扣下你的葫蘆，等等就會爲你送來的，你還不明白，眞是！——」

「唉，當眞會是這樣的！」

說着船已攏了岸，翠翠搶先爲祖父搬東西，但結果卻只拿了那尾魚，那個花褡褳；褡褳中錢已用光了，卻有一包白糖，一包小餅子。

兩人剛把新買的東西搬運到家中，對溪就有人喊過渡，祖父要翠翠看着肉菜免得被野貓拖去，爭着下溪去做事，一會兒，便同那個過渡人嚷着到家中來了。原來這人便是送酒葫蘆的。只聽到祖父說：「翠翠，你猜對了。人家當眞把酒葫蘆送來了！」

翠翠來不及向灶邊走去，祖父同一個年紀青青的臉黑肩膊寬的人物，便進到屋裏了。

翠翠同客人皆笑着，讓祖父把話說下去。客人又望着翠翠笑，翠翠彷彿明白爲什麼被人望着，有點不好意思起來，走到灶邊燒火去了。溪邊又有人喊過渡，翠翠趕忙跑出門外船上去，把人渡過了溪。恰好又有人過溪。天雖落小雨，過渡人卻分外多，一連三次。翠翠在船上一面作事一面想起祖父的趣處。不知怎麼的，從城裏被人打發來送酒葫蘆的，她覺得好像是個熟人。可是眼睛裏像是熟人，卻不明白在什麼地方見過面。但也正像是不肯把這人想到某方面去，方猜不着這來人的身分。

祖父在岩坎上邊喊：「翠翠，翠翠，你上來歇歇，陪陪客！」本來無人過渡便想上岸去燒火，但經祖父一喊，反而不上岸了。

來客問祖父「進不進城看船」，老渡船夫就說「應當看守渡船」。兩人又談了些別的話。到後來客方言歸正傳：

「伯伯，你翠翠像個大人了，長得很好看！」

撑渡船的笑了。「口氣同哥哥一樣，倒爽快呢。」這樣想着，卻那麼說：「二老，這地方配受人稱讚的只有你，人家都說你好看！『八面山的豹子，地地溪的錦雞』，全是特爲頌揚你這個人好處的警句！」

「但是，這很不公平。」

「很公平的！我聽船上人說，你上次押船，船到三門下面白雞關灘出了事，從急浪中你援救過三個人，你們在灘上過夜，被村子裏女人見着了，人家在你棚子邊唱歌一夜，是不是眞事？」

「不是女人唱歌一夜，是狼嗥。那地方著名多狼，只想得機會吃我們！」

老船夫笑了：「那更妙！人家說的話還是很對的。狼是只吃姑娘，吃小孩，吃標緻青年，像我這種老骨頭，牠不會要的！」

那二老說：「伯伯，你到這裏見過兩萬個日頭，別人家全說我們這個地方風水好，出大人，不知爲什麼原因，如今還不出大人？」

「你是不是說風水好應出有大名頭的人？我以爲這種人，不生在我們這個小地方，也不礙事。我們有聰明，正直，勇敢，耐勞的年青人，就夠了。像你們父子兄弟，爲本地也增光！」

「伯伯，你說得好，我也是那麼想。地方不出壞人出好人，如伯伯那麼樣子，人雖老了，還硬朗得同棵楠木樹一樣，穩穩當當的活到這塊地面，又正經，又大方，難得的咧。」

「我是老骨頭了，還說什麼。日頭，雨水，走長路，挑分量沉重的擔子，大吃大喝，挨餓受寒，自己分上的皆拿過了，不久就會躺到這冰凉土地上餵蛆吃的。這世界有得是你們小夥子分上的一切，好好的幹，日頭不辜負你們，你們也莫辜負日頭！」

「伯伯，看你那麼勤快，我們年青人不敢辜負日頭！」

說了一陣，二老想走了，老船夫便站到門口去喊叫翠翠，要她到屋裏來燒水煑飯，掉換他自己看船。翠翠不肯上岸，客人卻已下船了，翠翠把船拉動時，祖父故意裝作埋怨神氣說：

「翠翠，你不上來，難道要我在家裏做媳婦煑飯嗎？」

翠翠斜脘了客人一眼，見客人正盯着她，便把臉背過去，抿着嘴兒，很自負的拉着那條橫纜，船慢慢拉過對岸了。客人站在船頭同翠翠說話：

「翠翠，吃了飯，同你爺爺去看划船吧？」

翠翠不好意思不說話，便說：「爺爺說不去，去了無人守這個船！」

「你呢？」

「爺爺不去我也不去。」

「你也守船嗎？」

「我陪我爺爺。」

「我要一個人來替你們守渡船，好不好？」

砰的一下船頭已撞到岸邊土坎上了，船攏岸了。二老向岸上一躍，站在岸上說：

「翠翠，難爲你！……我回去就要人來替你們，你們快吃飯，一同到我家裏去看船，今天人多咧。」

翠翠不明白這陌生人的好意，不懂得爲甚麼一定要到他家中去看船，抿着小嘴笑笑，就把船拉回去了。到了家中一邊溪岸後，只見那個人還正在對溪小山上。翠翠回轉家中，到灶口邊去燒火，一面把帶點濕氣的草塞進灶裏去，一面向正在把客人帶回的那一葫蘆酒試着祖父詢問：

「爺爺，那人說回去就要人來替你，要我們兩人去看船，你去不去？」

「你高興去嗎？」

「兩人同去我高興。那個人很好，我像認得他，他是誰？」

祖父心想：「這倒對了，人家也覺得你好！」祖父笑着說：「翠翠，你不記得你以前在大河邊時，有個人說要讓大魚咬你嗎？」

翠翠明白了，卻仍然裝不明白問：「他是誰？」

「順順船總家的二老，他認識你你不認識他啊！」他抿了一口酒，像讚美這個酒又像讚美另一個人，低低的說：「好的，妙的，這是難得的。」

過渡的人在門外坎下叫喚着，老祖父口中還是「好的，妙的……」忽忽的下船做事去了。

十

吃飯時隔溪有人喊過渡，翠翠搶着下船，到了那邊，方知道原來過渡的人，便是船總順順家派來作替手的水手，一見翠翠就說道：「二老要你們一吃了飯就去，他已下河了。」見了祖父又說：「二老要你們吃了飯就去，他已下河了。」

張耳聽聽，便可聽出遠處鼓聲已較密，從鼓聲裏使人想到那些極狹的船，在長潭中筆直前進時，水面上畫着如何美麗的長長的線路！

新來的人茶也不吃，便在船頭站妥了，翠翠同祖父吃飯時，邀他喝一杯，只是搖頭推辭。祖父說：

「翠翠，我不去，你同小狗去好不好？」

「要不去我也不想去！」

「我去呢？」

「我本來也不想去，但我願意陪你去。」

祖父微笑着：「翠翠，翠翠，你陪我去，好的，你陪我去！」

……………

祖父同翠翠到城裏大河邊時河邊早站滿了人。細雨已經停止，地面還是濕濕的，祖父要翠翠過河街船總家吊脚樓上去看船，翠翠卻以爲站在河邊較好。兩人雖在河邊站定，不多久，順順便派人把他們請去了。吊脚樓上也有了很多的人。早上過渡時，爲翠翠所注意的鄉紳妻女，受順順的款待，佔據了最好窗口，一見到翠翠，那女孩子就說：「你來，你來！」翠翠帶着點兒羞怯走去，坐在他們身邊後，祖父便走開了。

祖父並不看龍船競渡，卻爲一個熟人拉到河上游半里路遠近，過一個新碾坊看水碾子去了。老船夫對於水碾子原來就極有興味的。倚山濱水來一座小小茅屋，屋中有那麼一個圓石片子，固定在一個橫軸上，斜斜的擱在石糟裏，當水閘門抽去時，流水衝激地下的暗輪，上面的石片便飛轉起來。作主人的管理這個東西，把毛穀倒進石糟中去，把碾好的米弄出放在屋角隅篩子裏，再篩去糠灰。地下全是糠灰，自己頭上包着塊白布帕子，頭上肩上也全是糠灰。天氣好時就在碾坊前後隙地裏種些蘿蔔青菜大蒜四季葱。水溝壞了，就把褲子脫去，到河裏去堆砌石頭修理洩水處。管理一個碾坊比管理一隻渡船有趣味，一看也就明白了。但一個撐渡船的想有座碾坊，那是不可能的妄想，凡碾坊照例是屬於當地小財主的。那熟人把老船夫帶到碾坊邊時，就告給他這碾坊業主爲誰。兩人一面各處視察一面說話。

那熟人用脚踢着新碾盤說：

「中寨人自己坐在高山上，卻歡喜來到這大河邊置產業；這是中寨王團總的，大錢七百吊！」

老船夫轉着那雙小眼睛，很羨慕的去看一切，把頭點着，且對於碾坊中物件一一加以很得體的批評。後來兩人就坐到那還未完功的白木條凳上去，熟人又說到這碾坊的將來，似乎是團總女兒陪嫁的粧奩。那人於是想起了翠翠，且記起大老託過他的事情來了，便問道：

「伯伯，你翠翠今年十幾歲？」

「十四歲。」老船夫說過這句話後，便接着在心中計算過去的年月。

「十四歲多能幹！將來誰得她眞有福氣！」

「有什麼福氣？又無碾坊陪嫁，一個光人。」

「別說一個光人，兩隻手敵得五座碾坊！洛陽橋也是魯般兩隻手造的！……」這樣那樣的說着，那人笑了。

老船夫也笑了，心想：「翠翠將來也去造洛陽橋吧，新鮮事！」

那人過了一會又說：

「茶峒人年青男子眼睛光，選媳婦也極在行。伯伯，你若不多我的心時，我就說個笑話給你聽。」

老船夫問：「是什麼笑話。」

那人說：「伯伯你若不多心時，這笑話也可以當眞話去聽咧。」

接着說的下去就是順順家大老如何在人家讚美翠翠，且如何託他來探聽老船夫口氣那麼一件事。末了同老船夫來轉述另一回會話的情形。「我問他：『大老，大老，你是說眞話還是說笑話？』他就說：『你爲我去探聽探聽那老的，我歡喜翠翠，想要翠翠，是眞話呀！』我說：『我這口鈍得很，說出了口老的一巴掌打來呢？』他說：『你怕打，你先當笑話去說，不會挨打的！』所以，伯伯，我就把這件眞事情當笑話來同你說了。你試想想，他初九從川東回來見我時，我應當如何回答他？」

老船夫記前一次大老親口所說的話，知道大老的意思很眞，且知道順順也歡喜翠翠，故心裏很高興。但這件事照規矩得這個人帶封點心親自到碧溪岨家中去說，方見得愼重其事，老船夫就說：「等他來時你說：老傢伙聽過了笑話後，自己也說了個笑話，他說：『車是車路，馬是馬路，大老走的是車路，應當由大老爹爹作主，請了媒人來同我說，走的是馬路，應當自己作主，站在渡口對溪高崖上，爲翠翠唱三年六個月的歌。』」

「伯伯，若唱三年六個月的歌動得翠翠的心，我趕明天就自己來唱歌了。」

「你以爲翠翠肯了我還會不肯嗎？」

「不咧，人家以爲你肯了翠翠便無有不肯呢。」

「不能那麼說，這是她的事呵！」

「便是她的事，人家也仍然以爲在日頭月光下唱三年六個月的歌，還不如得伯伯說一句話好！」

「那麼，我說，我們就這樣辦，等他從川東回來時要他同順順去說明白，我呢，我也先問問翠翠；若以爲聽了三年六個月的歌再跟那唱歌人走去有意思些，我就請你勸大老走他那彎彎曲曲的馬路。」

「那好的。見了他我就說：『笑話嗎，我已說過了，眞話呢，看你自己的命運去了。』當眞看他的命運去了，不過我明白他的命運，還是在你老人家手上捏着的。」

「不是那麼說！我若捏得定這件事，我馬上就答應了。」

這裏兩人把話說妥後，就過另一處看一隻順順新近買來的三艙船去了，河街上順順吊腳樓方面，卻有了如下事情。

翠翠雖被那鄉紳女人喊到身邊去坐，地位非常之好，從窗口望出去，河中一切朗然在望，然而心中可不安寧。擠在其他幾個窗口看熱鬧的人，似乎皆常常把眼光從河中景物挪到這邊幾個人身上來。還有些人故意裝成有別的事情樣子，從樓這邊走過那一邊，事實上卻全爲得是好仔細看看翠翠這方面幾個人。翠翠心中老不自在，只想藉故跑去。一會兒河下的炮聲響了，幾隻從對河取齊的船隻直向這方面划來，先是四條船皆相去不遠，如四枝箭在水面射着，到了一半，已有兩隻船佔先了些，再過一會子，那兩隻船中間便又有一隻超過了並進的船隻而前，看看船到了稅局門前時，第二次炮聲又響，那船便勝利了。這時節勝利的已判明屬於河街人所划的一隻，各處便皆響着慶祝的小邊砲。那船於是沿了河街吊腳樓划去，鼓聲蓬蓬作響，河邊與吊腳樓各處，皆吶喊表示快樂的祝賀。翠翠眼見在船頭站定搖動小旗指揮進退頭上包着紅布的那個年青人，便是送酒葫蘆到碧溪岨的二老，心中便印着三年前的舊事，「大魚吃掉你！」「吃掉不吃掉，不用你管！」「好的，我不管！」「狗，狗，你也看人叫！」想起狗，翠翠才注意到自己身邊那隻黃狗，已不知跑到什麼地方去，便離了座位，在樓上各處找尋她的黃狗，把船頭人忘掉了。

她一面在人叢裏找尋黃狗，一面聽人家正說些什麼話。

一個大臉婦人問：「是誰家的人，坐到順順家當中窗口前的那塊好地方？」

一個婦人就說：「是王鄉紳大姑娘，今天說是自己來看船，其實來看人，同時也讓人看！人家有本領坐那好地方！」

「看誰人，被誰看？」

「那鄉紳想同順順成爲一對親家呢。」

「是大老，還是二老呢？」

「是二老呀，等等你們看這岳雲，就會上樓來看他丈母娘的！」

另有一個便插嘴說：「事弄同了，好得很呢，人家有一座嶄新碾坊陪嫁，比十個長年還好一些。」

有人問：「二老怎麼樣？」

有人就輕輕的說：「二老已說過了，這不必看，第一件事我就不想作那個碾坊的主人！」

「你聽岳雲二老說嗎？」

「我聽別人說的。還說二老歡喜一個撐渡船的。」

「他不要碾坊，要渡船嗎？」

「那誰知道。橫順人是『牛肉炒韮菜，只看各人心裏愛什麼就吃什麼』。渡船不會不如碾坊！」

當時各人眼睛對着河裏，口中說着這些話，卻無一個人回頭來注意到身後邊的翠翠。

翠翠臉發火燒走到另外一處去，又聽有兩個人提及這件事。且說：「一切早安排好了，只須要二老一句話。」又說：「只看二老今天那麼一股勁兒，就可以猜想得出這勁兒是岸上一個黃花姑娘給他的！」

誰是激動二老的黃花姑娘？

翠翠人矮了些，在人背後已望不見河中情形，只聽到蔽鼓聲漸近漸激越，岸上吶喊聲自遠而近，便知道二老的船正經過樓下。樓上人也大喊着，雜夾叫着二老的名字，鄉紳太太那方面，且有人放小百子邊炮。忽然又用另外一種驚訝聲音喊着，且同時便見許多人出門向河下走去。翠翠不知出了什麼事，心中有點迷亂，正不知走回原來座位邊去好，還是依然站在人背後好。只見那邊正有人拿了個托盤，裝了一大盤粽子同細點心，在請鄉紳太太小姐用點心，不好意思再過那邊去，便想也擠出大門外到河下去看看。從河街一個鹽店旁邊甬道下河時，正在一排吊腳樓的梁柱間，迎面碰頭一羣人，擁着那個頭包紅布的二老來了。原來二老因失足落水，已從水中爬起來了。路太窄了一些，翠翠雖閃過一旁，仍然得肘子觸着肘子。二老一見翠翠就說：

「翠翠，你來了，爺爺也來了嗎？」

翠翠臉還發着燒不便作聲，心想：「黃狗跑到什麼地方去了呢？」

二老又說：

「怎不到我家樓上去看呢？我已要人替你弄了個好位子。」

翠翠心想：「碾坊陪嫁，希奇事情咧。」

二老不能逼迫翠翠回去，到後便各自走開了。翠翠到河下時，心中充滿了一種說不分明的東西。是煩惱吧，不是！是憂愁吧，不是！是快樂吧，不，有什麼事情使這個女孩子快樂呢？是生氣了吧——是的，她當眞彷彿覺得自己是在生一個人的氣。河邊人太多了，碼頭邊淺水中，船桅船篷上，以至於吊腳樓的柱子上，也莫不有人。翠翠自言自語說：「人那麼多，有什麼可看的？」先還以爲可以在什麼船上發現她的祖父，但搜尋了一陣，各處卻無祖父的影子。她擠到水邊去，一眼便看到了自己家中那條黃狗，同順順家一個長年，正在去岸數丈一隻空船上看熱鬧。翠翠銳聲叫喊，黃狗張着耳葉昂頭四面一望，便猛的撲下水中，向翠翠方面泅來了。到了身邊時狗身上已全是水，把水抖着且跳躍不已，翠翠便說：「得了，你又不翻船，誰要你落水呢？」

翠翠同黃狗找祖父去，在河街上一個木行前恰好遇着了祖父。

老船夫說：「翠翠，我看了個好碾坊，碾盤是新的，水車是新的，屋上稻草也是新的！水壩管着一谿水，抽水閘時水車轉得如陀螺。」

翠翠帶着點做作問：「是誰的？」

「是誰的？住在山上的王團總的。我聽人說是那中寨人爲女兒作嫁粧的東西，好不闊氣，包工就是七百吊大制錢，還不管風車，不管傢什！」

「誰討那個人家的女兒？」

祖父望着翠翠乾笑着：「翠翠，大魚咬你，大魚咬你。」

翠翠因爲對於這件事心中有了個數目，便仍然裝着全不明白，只詢問祖父：「誰個人得到那個碾坊？」

「岳雲二老！」祖父說了又自言自語的說：「有人羨慕二老得到碾坊，也有人羨慕碾坊得到二老！」

「誰羨慕呢，祖父？」

「我羨慕。」祖父說着便又笑了。

翠翠：「爺爺，你醉了。」

「可是二老還稱讚你長得美呢。」

翠翠：「爺爺，你瘋了。」

祖父說：「爺爺不醉不瘋……去，我們看他們放鴨子去。」他還想說：「二老捉得鴨子，一定又會送給我們的。」話不及說，二老來了，站在翠翠面前笑着。

於是三個人回到吊腳樓上去。

十一

有人帶了禮物到碧溪岨，掌水碼頭的順順，當眞請了媒人爲兒子向渡船的認親戚來了。老船夫慌慌張張把這個人渡過溪口，一同到家裏去。翠翠正在屋門前剝豌豆，來了客並不如何注意。但一聽到客人進門說「賀喜賀喜」，心中有事，不敢再蹲在屋門邊，就裝作追趕菜園地的雞，拿了竹響篙唰唰的搖着，一面口中輕輕喝着，向屋後白塔跑去了。

來人說了些閑話，言歸正傳轉述到順順的意見時，老船夫不知如何回答，只是很驚惶的搓着兩隻繭結的大手，且神氣中則只像在說：「那好的，那妙的。」其實這老頭子卻不曾說過一句話。

來人把話說完後，就問作祖父的意見怎麼樣。老船夫笑着把頭點着說：「大老想走車路，這個很好。可是我得問問翠翠，看她自己主張怎麼樣。」來人被打發走後，祖父在船頭叫翠翠下河邊來說話。

翠翠拿了一簸箕豌豆下到溪邊，上了船，嬌嬌的問他的祖父：「爺爺，你有什麼事？」祖父笑着不說什麼，只看翠翠。看了許久。翠翠坐到船頭，低下頭去剝豌豆，耳中聽着遠處竹篁裏的黃鳥叫。翠翠想：「日子長咧，爺爺話也長了。」翠翠心跳着。

過了一會祖父說：「翠翠，翠翠，先前那個人來作什麼，你知道不知道。」

翠翠說：「我不知道。」說後臉同頸脖全紅了。

祖父看看那種情景，明白翠翠的心事了，便把眼睛向遠處望去，在空霧裏望見了十五年前翠翠的母親，老船夫心中異常柔和了。輕輕的自言自語說：「每一隻船總要有個碼頭，每一隻雀兒得有個窠。」他同時想起那個可憐的母親過去的事情，心中有了一點隱痛，卻勉強笑着。

翠翠呢，正從山中黃鳥杜鵑叫聲裏，以及伐竹人啜啜一下一下的砍伐竹聲音裏，想到許多事情。老虎咬人的故事，與人對罵時四句頭的山歌，造紙作坊中的方坑，熔鐵爐裏洩出的鐵汁，耳朵聽來的，眼睛看到的，她似乎皆去溫習它。她其所以這樣作，又似乎全只爲了希望忘掉眼前的一樁事而起。但她實在有點誤會了。

祖父說：「翠翠，船總順順家裏請人來爲大老作媒，討你作媳，問我願不願。我呢，人老了。再過三年兩載會過去的，我沒有不願的事情。這是你自己的事，你自己想想，自己來說。願意，就成了；不願意，也好。」

翠翠弄明白了，人來做媒的是大老，不曾把頭抬起，心忡忡的跳着，臉燒得厲害，仍然剝她的豌豆，且隨手把空豆莢拋到水中去，望着它們在流水中從從容容的流去，自己也儼然從容了許多。

見翠翠總不作聲，祖父於是笑了，且說：「翠翠，想幾天不礙事。洛陽橋並不是一個晚上弄得好的，要日子咧。前次那人來的就向我說到這件事，我已經就告過他：車是車路，馬是馬路，想爸爸作主，請媒人正正經經來說是車路；要自己作主，站到對溪高崖竹林裏爲你唱三年六個月的歌是馬路——你若歡喜走馬路，我相信人家會爲你在日頭下唱熱情的歌，在月光下唱溫柔的歌，一直唱到吐血喉嚨爛！」

翠翠不作聲，心中只想哭，可是也無理由可哭。祖父是再說下去，便引到死過了的母親來了。說了一陣，沉默了。翠翠悄悄把頭撂過一些，祖父眼中業已釀了一汪眼淚。翠翠又驚又怕怯生生的說：「爺爺，你怎麼的？」祖父不作聲，用大手掌擦着眼睛，小孩子似的咕咕笑着，跳上岸跑回家中去了。

翠翠想趕去卻不趕去。

雨後放晴的天氣，日頭炙到人肩上背上已有了點兒力量。溪邊蘆葦水楊柳，菜園中菜蔬，莫不繁榮滋茂，帶着一分有野性的生氣。草叢裏綠色蚱蜢各處飛着，翅膀搏動空氣時皆嚁嚁作聲。枝頭新蟬聲音已漸漸宏大。兩山深翠逼人竹篁中，有黃鳥與竹雀杜鵑鳴叫。翠翠感覺着，望着，聽着，同時也思索着：

「爺爺今年七十歲……三年六個月的歌——誰送那隻白鴨子呢？……得碾子的好運氣，碾子得誰更是好運氣？……」

癡着，忽地站起，半簸箕豌豆便傾倒到水中去了。伸手把那簸箕從水中撈起時，隔溪有人喊過渡。

十二

翠翠第二天第二次在白塔下菜園地裏，被祖父詢問到自己主張時，仍然心兒憧憧的跳着，把頭低下不作理會，只顧用手去掐葱。祖父笑着，心想：「還是等等看，再說下去這一坪葱會全掐掉了。」同時似乎又覺得這其間有點古怪處，不好再說下去，便自己按捺到言語，用一個做作的笑話，把問題引到另外一件事情上去了。

天氣漸漸的越來越熱了。近六月時，天氣熱了些，老船夫把一個滿是灰塵的黑缸子，從屋角隅裏搬出，自己還勻出閑工夫，拼了幾方木板，作成一個圓蓋，鋸木頭作成一個架子，且削刮了個大竹筒，用葛藤繫定，放在缸邊作爲舀茶的傢具。自從這茶缸移到屋門溪邊後，每早上翠翠就燒一大鍋開水，倒進那缸子裏去。有時缸裏加些茶葉，有時卻只放下一些用火燒焦的鍋巴，乘那東西還燃着時便拋進缸裏去。老船夫且照例準備了些發痧肚痛治疱瘡瘍子的草根木皮，把這些藥擱在家中當眼處，一見過渡人神氣不對，就忙忽忽的把藥取來，善意的勒迫這過路人使用他的藥方，且告人這許多救急丹方的來源（這些丹方自然全是他從城中軍醫同巫師學來的）。他終日裸着兩隻膀子，在溪中方頭船上站定，頭上還常常是光光的，一頭短短白髮，在日光下如銀子。翠翠依然是個快樂人，屋前屋後跑着唱着，不走動時就坐在門前高崖樹蔭下，吹小竹管兒玩。爺爺彷彿把大老提婚的事早已忘掉，翠翠自然也早忘掉這件事情了。

可是那做媒的不久又來探口氣了，依然是同從前一樣，祖父把事情成否全推到翠翠身上去，打發了媒人上路。回頭又同翠翠談了一次，也依然不得結果。

老船夫猜不透這事情在這什麼方面有個疙疸，解除不去，夜裏躺在床上便常常陷入一種沉思裏去，隱隱約約體會到一件事情，便是……想到了這裏時，他笑了，爲了害怕而勉強笑了。其實他有點憂愁，因爲他忽然覺得翠翠一切全像那個母親，而且隱隱約約便感覺到這母女二人共通的命運。一堆過去的事情簇擁而來，不能再睡下去了，一個人便跑出門外，到那臨溪高崖上去，望天上的星辰，聽河邊紡織娘以及一切蟲類如雨的聲音，許久許久還不睡覺。

這件事翠翠是毫不注意的，這小女孩子日裏儘管玩着，工作着，也同時爲一些很神祕的東西馳騁她那顆心，但一到夜裏，卻甜甜的睡眠了。

不過一切皆得在一份時間中變化。這一家安靜平凡的生活，也因了一堆接連而來的日子，在人事上把那安靜空氣完全打破了。

船總順順家中一方面，則天保大老的事已被二老知道了，儺送二老同時也讓他哥哥知道了弟弟的心事。這一對難兄難弟原來皆愛上了那個撐渡船的外孫女。這事情在茶峒人並不希奇，茶峒人的俗話說：「火是各處可燒的，水是各處可流的，日月是各處可照的，愛情是各處可到的。」有錢船總兒子，愛上一個弄渡船的窮人家女兒，不能成爲希罕的新聞，有一點困難處，只是這兩兄弟到了誰應取得這個女人作媳婦時，是不是也還得照茶峒人規矩，來一次流血的掙扎？

兄弟兩人在這方面是不至於動刀的，但也不作與有「情人奉讓」如大都市儒怯男子愛與仇對面時作出的可笑行爲。

那哥哥同弟弟在河上游一個造船的地方看他家中那一隻新船，在新船旁把一切心事全告給了弟弟，且附帶說明，這點愛還是兩年前植下根基的。弟弟微笑着，把話聽下去。兩人從造船處沿了河岸又走到王鄉紳新碾坊去，那大哥就說：

「二老，你倒好，有座碾坊，我呢，若把事情弄好了，我應當划渡船了。我歡喜這個事情，我還想把碧溪岨兩個山頭買過來在界線上種大南竹，圍着這一條小溪作爲我的砦子！」

那二老仍然的聽着，把手中拿的一把彎月形鐮刀隨意斫削路旁的草木，到了碾坊時，卻站住了向他哥哥說：

「大老，你信不信這女子早已有了個人？」

「我不信。」

「大老，你信不信這碾坊將來歸我？」

「我不信。」

兩人進了碾坊。

二老說：「你不必——大老，我再問你假若我不想得這座碾坊，卻打量要那隻渡船，而且這念頭還三年前的事你信不信呢？」

那大哥眞着了一驚，望了一下坐在碾盤橫軸上的儺送二老，知道二老不是說謊，於是站近了一點，伸手在二老肩上拍打了一下，且想把二老拉下來。他明白了這件事，他笑了。他說：「我相信的，你說的是眞話！」

二老把眼睛望着他的哥哥，很誠實的說：

「大老，相信我，這是眞事。我早就那麼打算到了。家中不答應，那邊若答應了，我當眞預備去弄渡船的！——你告我，你呢？」

「爸爸已聽了我的話，爲我要城裏的楊馬兵做保山，向划渡船說親去了！」大老說到這個求親手續時，好像知道二老要笑他，又解釋要保山去的用意，只是「因爲老的說車有車路，馬有馬路，我就走了車路。」

「結果呢？」

「得不到什麼結果。」

「馬路呢？」

「馬路呢，那老的說若走馬路，得在碧溪岨對溪高崖上唱三年六個月的歌。」

「這並不是個壞主張！」

「是呀，一個結巴人話說不出還唱得出。可是這件事輪不到我了，我不是竹雀，不會唱歌。鬼知道那老的存心是要把孫女兒嫁個會唱歌的水車，還是預備規規矩矩嫁個人！」

「那你怎麼樣？」

「我想告那老的，要他說句實在話。只一句話。不成，我跟船下桃源去了；成呢，便是要我撐渡船，我也答應了他。」

「唱歌呢？」

「這是你的拿手好戲，你要去做竹雀你就去罷，我不會檢馬糞塞你嘴吧的。」

二老看到哥哥那種樣子，便知道為這件事哥哥感到的是一種如何煩惱了。他明白他哥哥的性情，代表了茶峒人粗鹵爽直一面，弄得好，掏出心子來給人也很慷慨作去，弄不好，親舅舅也必一是一二是二。大老何嘗不想在車路上失敗時走馬路；但他一聽到二老的坦白陳述後，他就知道馬路只二老有分，他自己的事不能提了。因此他有點氣惱，有點憤慨，自然是無從掩飾的。

二老想出了個主意，就是兩兄弟月夜裏同過碧溪岨去唱歌，莫讓人知道是弟兄兩個，兩人輪流唱下去，誰得到回答，誰便繼續用那張唱歌勝利的嘴唇，服侍那划渡船的外孫女。大老不善於唱歌，輪到大老時也仍然由二老代替。兩人憑命運來決定自己的幸福，這麼辦可說是極公平了。

提議時，那大老還以爲他自己不會唱，也不想請二老替他作竹雀。但二老那種詩人性格，卻使他很固持的要哥哥實行這個辦法。二老說必需這樣作，一切方公平一點。

大老把弟弟提議想想，作了一個苦笑。「×娘的，自己不是竹雀，還請老弟做竹雀？好，就是這樣子，我們各人輪流唱，我也不要你幫忙，一切我自己來吧。樹林子裏的貓頭鷹，聲音不動聽，要老婆時，也仍然是自己叫下去，不請人幫忙的！」

兩人把事情說妥當後，算算日子，今天十四，明天十五，後天十六，接連而來的三個日子，正是有大月亮天氣。氣候既到了中夏，半夜裏不冷不熱，穿了白家機布汗褂，到那些月光照及的高崖上去，遵照當地的習慣，很誠實與坦白去爲一個「初生之犢」的黃花女唱歌。露水降了，歌聲澀了，到應當回家了時，就趁殘月趕回家去。或過那些熟識的整夜工作不息的碾坊裏去，躺到溫暖的谷倉裏小睡，等候天明。一切安排皆極其自然，結果是什麼，兩人雖不明白，但也看得極其自然，兩人便決定了從當夜起始，來作這種爲當地習慣所認可的競爭。

十三

黃昏來時翠翠坐在家中屋後白塔下，看天空爲夕陽烘成桃花色的薄雲。十四中寨逢場，城中生意人過中寨收買山貨的很多，過渡人也特別多，祖父在溪中渡船上，忙個不息。天快夜了，別的雀子皆似乎在休息了，只杜鵑叫個不息。石頭泥土爲白日晒了一整天，草木爲白日晒了一整天，到這時節皆放散一種熱氣。空氣中有泥土氣味，有草木氣味，且有甲蟲類氣味。翠翠看着天上的紅雲，聽着渡口飄鄉生意人的雜亂聲音，心中有些兒薄薄的悽涼。

黃昏照樣的溫柔，美麗，平靜。但一個人若體念到這個當前一切時，也就照樣的在這黃昏中會有點兒薄薄的悽涼。於是，這日子成爲痛苦的東西了。翠翠覺得好像缺少了什麼。好像眼見到這個日子過去了，想在一件新的人事攀住它，但不成。好像生活太平凡了，忍受不住。

「我要坐船下桃源縣過洞庭湖，讓爺爺滿城打鑼去叫我，點了燈籠火把去找我。」

她便同祖父故意生氣似的，很放肆的去想到這樣一件事，她且想像祖父用各種方法尋覓她皆無結果，到後如何躺在渡船上。

「人家喊：『過渡，過渡，老伯伯，你怎麼的！』『怎麼的！翠翠走了，下桃源縣了！』『那你怎的？』『怎麼的嗎？拿了把刀，放在包袱裏，搭下水船去殺了她！』……」

翠翠彷彿聽着這種對話，嚇怕起來了，一面銳聲喊着她的祖父，一面從坎上跑向溪邊渡口去。見到了祖父正把船拉在溪中心，船上人嘪嘪說着話，小小心子還依然跳躍不已。

「爺爺，爺爺，你拉回來呀！」

那老船夫不明白她的意思，還以爲是翠翠要爲他代勞了，就說：

「翠翠，等一等，我就回來！」

「你不拉回來了嗎?」

「我就回來!」

翠翠坐在溪邊，望着溪面爲暮色所籠罩的一切，且望到那隻渡船上一羣過渡人，其中有個吸旱煙的打着火鐮吸煙，且把煙桿在船邊剝剝的敲着煙灰，忽然哭起來了。

祖父把船拉回來時，見翠翠癡癡的坐在岸邊，問她是什麼事，翠翠不作聲。祖父要她去燒火煑飯，想了一會兒，覺得自己哭得可笑，一個人便回到屋中去。坐在黑黝黝的灶邊把火燒燃後，她又走到門外高崖上去，喊叫她的祖父，要他回家裏來，在職務上毫不兒戲的老船夫，因爲明白過渡人皆是趕回城中吃晚飯的人，來一個就渡一個，不便要人站在那岸邊獃等，故不上岸來。只站在船頭告翠翠，且讓他做點事，把人渡完事後，就會回家裏來吃飯。

翠翠第二次請求祖父祖父不理會，她坐在懸崖上，很覺得悲傷。

天夜了，有一匹大螢火蟲尾上閃着藍光，很迅速的從翠翠身旁飛過去，翠翠想：「看你飛得多遠!」便把眼睛隨着那螢火蟲的明光追去。杜鵑又叫了。

「爺爺，爲什麼不上來?我要你!」

在船上的祖父聽到這種帶着嬌有點兒埋怨的聲音，一面粗聲粗氣的答道：「翠翠，我就來，我就來!」一面心中卻自言自語：「翠翠，爺爺不在了，你將怎麼樣?」

老船夫回到家中時，見家中還黑黝黝的，只灶間有火光，見翠翠坐在灶邊矮條櫈上，用手蒙着眼睛。

走過去才曉得翠翠已哭了許久。祖父一個下半天來，皆彎着個腰在船上拉來拉去，歇歇時手也酸了，腰也酸了，照規矩，一到家裏就會嗅到鍋中所燜瓜菜的味道，且可見到翠翠安排晚飯在燈光下跑來跑去的影子。

祖父說：「翠翠，我來慢了，你就哭，這還成嗎？我死了呢？」

翠翠不作聲。

祖父又說：「不許哭，做一個大人，不管有什麼事皆不許哭，要硬扎一點，結實一點，方配活到這塊土地上！」

翠翠把手從眼睛邊移開，靠近了祖父身邊去：「我不哭了。」

兩人作飯時，祖父為翠翠說到一些有趣味的故事。因此提到了死去了的翠翠的母親。兩人在荳油燈下把飯吃過後，老船夫因為工作疲倦，喝了半碗白酒，故飯後興致極好，又同翠翠到門外高崖上月光下去說故事。說了些那個可憐母親的乖巧處，同時且說到那可憐母親性格強硬處，使翠翠聽來神往傾心。

翠翠抱膝坐在月光下，傍着祖父身邊，問了許多關於那個可憐母親的故事。間或吁一口氣，似乎心中壓上了些分量沉重的東西，想挪移得遠一點，才吁着這種氣，可是卻無從把東西挪開。

月光如銀子，無處不可照及，山上篁竹在月光下皆成為黑色。身邊蟲聲繁密如落雨。間或不知道從什麼地方，忽然會有一隻草鶯「嗒嗒嗒嗒噓！」囀着她的喉嚨，不久之間，這小鳥兒又好像明白這是半夜，便仍然閉着那小小眼兒安睡了。

祖父夜來興致很好，爲翠翠把故事說下去，就提到了本城人二十年前唱歌的風氣，如何馳名於川黔邊地。翠翠的父親，便是唱歌的第一手，能用各種比喻解釋愛與憎的結子，這些事也說到了。翠翠母親如何愛唱歌，且如何同父親在未認識以前在白日裏對歌，一個在半山上竹篁裏砍竹子，一個在溪面渡船上拉船，這些事也說到了。

翠翠問：「後來怎麼樣？」

祖父說：「後來的事長得很，最重要的事情，就是這種歌唱出了你。」

十四

老船夫做事累了睡了，翠翠哭倦了也睡了。翠翠不能忘記祖父所說的事情，夢中靈魂爲一種美妙歌聲浮起來了，彷彿輕輕的各處飄着，上了白塔，下了菜園，到了船上，又復飛竄過懸崖半腰——去作什麼呢？摘虎耳草！白日裏拉船時，她仰頭望着崖上那些肥大虎耳草已極熟習。一切皆像是祖父說的故事，翠翠只迷迷糊糊的躺在粗麻布帳子裏草薦上，以爲這夢做得頂美頂甜。祖父卻在床上醒着張起個耳朶聽對溪高崖上大唱了半夜的歌。他知道那是誰唱的，他知道是河街上天保大老走馬路的第一著，又憂愁又快樂的聽下去。翠翠因爲日裏哭倦了，睡得正好，他就不去驚動她。

第二天，天一亮翠翠就同祖父起身了，用溪水洗了臉，把早上說夢的忌諱去掉了，翠翠趕忙同祖父去說昨晚上所夢的事情。

「爺爺，你說唱歌，我昨天就在夢裏聽到一種歌聲，又軟又纏綿，我像跟了這聲音各處飛，飛到對溪懸崖半腰，摘了一大把虎耳草，得到了虎耳草，我可不知道把這個東西交給誰去了。我睡得眞好，夢的眞有趣！」

祖父溫和悲憫的笑着，並不告給翠翠昨晚上的事實。

祖父心裏想：「做夢一輩子更好，還有人在夢裏作宰相咧。」

昨晚上唱歌的，老船夫還以爲是天保大老，日來便要翠翠守船，藉故到城裏去送藥，在河街見到了大老，就一把拉住那小夥子，很快樂的說：

「大老，你這個人，又走車路又走馬路，是怎樣一個狡猾東西！」

但老船夫卻作錯了一件事情，把昨晚唱歌人「張冠李戴」了。這兩弟兄昨晚上同時到碧溪岨去，爲了作哥哥的走車路佔了先，無論如何也不肯先開腔唱歌，一定得讓那弟弟先唱。弟弟一開口，哥哥卻因爲明知不是敵手，更不能開口了。翠翠同她祖父晚上聽到的歌聲，便全是那個儺送二老所唱的。大老伴弟弟回家時，就決定了同茶峒地方離開，駕家中那隻新油船下駛，好忘卻了上面的一切。這時正想下河去看新船裝貨。老船夫見他冷冷的，不明白他的意思，就用眉眼做了一個可笑的記號，表示他明白大老的冷淡處是裝成的，表示他有消息可以奉告。

他拍了大老一下，輕輕的說：

「你唱得很好，別人在夢裏聽着你那個歌，爲那個歌帶得很遠，走了不少的路！」

大老望着弄渡船的老船夫涎皮的老臉，輕輕的說：

「算了吧，你把寶貝女兒送給了竹雀吧。」

這句話使老船夫完全弄不明白它的意思。大老從一個吊腳樓甬道走下河去了，老船夫也跟着下去，到了河邊，見那隻新船正在裝貨，許多油簍子擱到岸邊，一個水手正在用茅草紮成長束，備作船舷上攩浪用的茅把，還有人在河邊用脂油擦槳板。老船夫問那個坐在大太陽下紮茅把的水手，這船什麼日子下行，誰押船。那水手把手指着大老。老船夫搓着手說：

「大老，聽我說句正經話，你那件事走車路，不對；走馬路，你有分的！」

那大老把手指着窗口說：「伯伯，你看那邊，你要竹雀做孫女婿，竹雀在那裏啊！」

老船夫抬頭望到二老，正在窗口整理一個魚網。

回碧溪岨到渡船上時，翠翠問：

「爺爺，你同誰吵了架，面色那樣難看！」

祖父莞爾而笑，他到城裏的事情，不告給翠翠一個字。

十五

大老坐了那隻新油船向下河走去了，留下儺送二老在家。老船夫方面還以爲上次歌聲既歸二老唱的，在此後幾個日子裏，自然還會聽到那種歌聲。一到了晚間就故意從別樣事情上，促翠翠注意夜晚的歌聲。兩人吃完飯坐在屋裏，因屋前瀕水，長腳蚊子一到黃昏就嗡嗡的叫着，翠翠便把蒿艾束成的煙包點燃，向屋中角隅各處晃着驅逐蚊子。晃了一陣，估計全屋子裏皆爲蒿艾煙氣薰透了，方擱到床前地上去，再坐在小板凳上來聽祖父說話。從一些故事上慢慢的談到了唱歌，祖父話說得很妙。祖父到後發問道：

「翠翠，夢裏的歌可以使你爬上高崖去摘那虎耳草，若當眞有誰來在對溪高崖上爲你唱歌，你怎麼樣？」祖父把話當笑話說着的。

翠翠便也當笑話答道：「有人唱歌我就聽下去，他唱多久我也聽多久！」

「唱三年六個月呢？」

「唱得好聽，我聽三年六個月。」

「這不公平吧。」

「怎麼不公平？爲我唱歌的人，不是極願意我長遠聽他的歌嗎？」

「照理說：炒菜要人吃，唱歌要人聽。可是人家爲你唱，是要你懂他歌中的意思！」

「爺爺，懂歌中什麼意思？」

「自然是他那顆想同你要好的眞心！不懂那點心事，不是同聽竹雀唱歌一樣了嗎？」

「我懂了他的心又怎麼樣？」

祖父用拳頭把自己腿重重的搥着，且笑着：「翠翠，你人乖，爺爺笨得很，話也不說得溫柔，莫生氣。我信口開河，說個笑話給你聽。應當當笑話聽。河街天保大老走車路，請保山來提親，我告給過你這件事了，你那神氣不願意，是不是？可是，假若那個人還有個兄弟，走馬路，爲你來唱歌，向你求婚，你將怎麼說？」

翠翠吃了一驚，低下頭去。因爲她不明白這笑話有幾分眞，又不淸楚這笑話是誰謅的。

翠翠便微笑着輕輕的帶點兒懇求的神氣說：

「爺爺莫說這個笑話吧。」翠翠站起身了。

「我說的若是眞話呢？」

「爺爺你眞是個……」翠翠說着走出去了。

祖父說：「我說的是笑話，你生我的氣嗎？」

翠翠不敢生祖父的氣，走近門限邊時，就把話引到另外一件事情上去：「爺爺看天上的月亮，那麼大！」說着，出了屋外，便在那一派淸光的露天中站定。站了一忽兒，祖父也從屋中出到外邊來了。翠翠於是坐到那白日裏爲強烈陽光晒熱的岩石上去，石頭正散發日間所儲的餘熱。祖父就說：

「翠翠，莫坐熱石頭，免得生坐板瘡。」

但自己用手摸摸後，自己便也坐到那岩石上了。

月光極其柔和，溪面浮着一層薄薄白霧，這時節對溪若有人唱歌，隔溪應和，實在太美麗了。翠翠還記着先前祖父說的笑話。耳朶又不聾，祖父的話說得極分明，一個兄弟走馬路，唱歌來打發這樣的晚上，算是怎麼回事？她似乎爲了等着這樣的歌聲，沉默了許久。

她在月光下坐了一陣，心裏卻當眞願意聽一個人來唱歌。久之，對溪除了一片草蟲的清音復奏以外別無所有。翠翠走回家裏去，在房門邊摸着了那個蘆管，拿出來在月光下自己吹着。覺吹得不好，又遞給祖父要祖父吹。老船夫把那個蘆管豎在嘴邊，吹了個長長的曲子，翠翠的心被吹柔軟了。

翠翠依傍祖父坐着，問祖父：

「爺爺，誰是第一個做這個小管子的人？」

「一定是個最快樂的人做的，因爲他分給人的也是許多快樂；可又像是個最不快樂的人做的，因爲他同時也可以引起人不快樂！」

「爺爺，你不快樂了嗎？生我的氣了嗎？」

「我不生你的氣。你在我身邊，我很快樂。」

「我萬一跑了呢？」

「你不會離開爺爺的。」

「萬一有這種事，爺爺你怎麼樣？」

「萬一有這種事，我就駕了這隻渡船去找你。」

翠翠嗤的笑了。「鳳灘茨灘不爲兇，下面還有繞雞籠；繞雞籠也容易下，青浪灘浪如屋大。爺爺你渡船也能下鳳灘茨灘青浪灘嗎？那些地方的水，你不說過像瘋子嗎？」

祖父說：「翠翠，我到那時可眞像瘋子，還怕大水大浪？」

翠翠儼然極認眞的想了一下，就說：「祖父，我一定不走，可是，你會不會走？你會不會被一個人抓到別處去？」

祖父不作聲了，他想到被死亡抓走那一類事情。

老船夫打量着自己被死亡抓走以後的情形，癡癡的看望天南角上一顆星子，心想：「七月八月天上方有流星，人也會在七月八月死去吧？」又想起白日在河街上同大老談話的經過，想起中寨人陪嫁的那座碾坊，想起二老！想起一大堆事情，心中有點兒亂。

翠翠忽然說：「爺爺，你唱個歌給我聽聽，好不好？」

祖父唱了十個歌，翠翠傍在祖父身邊，閉着眼睛聽下去，等到祖父不作聲時，翠翠自言自語說：「我又摘了一把虎耳草了。」

祖父所唱的歌便是那晚上聽來的歌。

十六

二老有機會唱歌卻從此不再到碧溪岨唱歌。十五過去了，十六也過去了，到了十七，老船夫忍不住了，進城往河街去找尋那個年青小夥子，到城門邊正預備入河街時，就遇着上次為大老作保山的楊馬兵，正牽了一匹騾馬預備出城，一見老船夫，就拉住了他：

「伯伯，我正有事情告你，碰巧你就來城裏！」

「什麼事？」

「天保大老坐下水船到茨灘出了事，閃不知這個人掉到灘下漩水裏就淹壞了。早上順順家裏得到這個信，聽說二老一早就趕去了。」

這消息同有力巴掌一樣重重的摑了他那麼一下，他不相信這是當眞的消息。他故作從容的說：

「天保大老淹壞了嗎？從不聞有水鴨子被水淹壞的！」

「可是那隻水鴨子仍然有那麼一次被淹壞了……我贊成你的卓見，不讓那小子走車路十分順手。」

從馬兵言語上，老船夫還十分懷疑這個新聞，但從馬兵神氣上注意，老船夫卻看清楚這是個眞的消息了。他慘慘的說：

「我有什麼卓見可言？這是天意！……」老船夫說時心中充滿了感情。

特爲證明那馬兵所說的話，有多少可靠處，老船夫同馬兵分手後，於是忽忽趕到河街上去。到了順順家門前，正有人燒紙錢，許多人圍在一處說話。攙加進去聽聽，所說的便是楊馬兵提到的那件事。但一到有人發現了身後的老船夫時，大家便把話語轉了方向，故意來談下河油價漲落情形了。老船夫心中很不安，正想找一個比較要好的水手談談。

一會船總順順從外面回來了，樣子沉沉的，這豪爽正直的中年人，正似乎爲不幸打倒，努力想掙扎爬起的神氣，一見到老船夫就說：

「老伯伯，我們談的那件事情吹了吧。天保大老已經壞了，你知道了吧。」

老船夫兩隻眼睛紅紅的把手搓着，「怎麼的，這是眞事！是昨天，是前天？」

另一個像是趕路同來報信的，插嘴說道：「十六中上，船擱到石包子上，船頭進了水，大老想把篙撇着，人就彈到水中去了。」

老船夫說：「你眼見他下水嗎？」

「我還與他同時下水！」

「他說什麼？」

「什麼都來不及說！這幾天來他都不說話！」

老船夫把頭搖搖，向順順那麼瞄了一眼。船總順順知道他的心中不安處，說：「伯伯，一切是天，算了吧。我這裏有大輿場送來的好燒酒，你拿一點去喝罷。」一個伙計用竹筒上了一筒酒，用新桐木葉蒙着筒口，交給了老船夫。

老船夫把酒拿走，到了河街後，低頭向河碼頭走去，到河邊天保大前天上船處去看看。楊馬兵還在那裏放馬到沙地上打滾，自己坐在柳樹蔭下乘涼，老船夫就走過去請馬兵試試那大輿場的燒酒，兩人興致似乎皆好些了，老船夫告給楊馬兵，十四夜裏二老兩兄弟過碧溪岨唱歌那件事情。

那馬兵聽到後便說：

「伯伯，你是不是以爲翠翠願意二老，應該派歸二老……」

話不說完，儺送二老卻從河街下來了。這年青人正像要遠行的樣子，一見了老船夫就回頭走去。楊馬兵就喊他說：「二老，二老，你來，有話同你說呀！」

二老站定了，問馬兵「有什麼話說」。馬兵望望老船夫，就向二老說：「你來，有話說！」

「什麼話？」

「我聽人說你已經走了——你過來我同你說，我不會吃掉你！」

那黑臉寬肩膊，樣子虎虎有生氣的儺送二老，勉強似的笑着，到了柳蔭下時，老船夫指着河上游遠處那座新碾坊說：「二老，聽人說那碾坊將來是歸你的！歸了你，派我來守碾子，行不行？」

二老彷彿聽不慣這個詢問的用意，便不作聲。楊馬兵看風頭有點兒僵，便說：「二老，你怎麼的，預備下去嗎？」那年青人把頭點點，就走開了。

老船夫討了個沒趣，趕回碧溪岨去，到了渡船上時，就裝作把事情看得極隨便似的，告給翠翠。

「翠翠，城裏出了件新鮮事情，天保大老駕油船下辰州，掉到茨灘淹壞了。」

翠翠因爲聽不懂，對於這個報告最先好像全不在意。祖父又說：

「翠翠，這是眞事，上次來到這裏做保山的楊馬兵，還說我早不答應親事極有見識！」

翠翠瞥了祖父一眼，見他眼睛紅紅的，知道他喝了酒，且有了點事情不高興，心中想：「誰撩你生氣？」船到家邊時，祖父不自然的笑着向家中走去，翠翠守船，半天不聞祖父聲息，趕回家去看看，見祖父正坐在門檻上編草鞋耳子。

翠翠見祖父神氣極不對，就蹲到他身前去。

「爺爺，你怎麼的？」

「天保當眞死了！二老生了我們的氣，以爲他家中出這件事情是我們分派的！」

有人在溪邊大喊渡船過渡，祖父忽忽出去了。翠翠坐在那屋角隅稻草上，心中極亂，等等還不見祖父回來，就哭起來了。

十七

祖父似乎生誰的氣，臉上笑容減少了，對於翠翠方面也不大注意了。翠翠像知道祖父已不很疼她，但又像不明白它的原因。但這並不是很久的事，日子一過去，也就好了。兩人仍然划船過日子，一切依舊，惟對於生活，卻彷彿什麼地方有了個看不見的缺口，無法填補起來。祖父過河街去仍然可以得到船總順順的款待，但很明顯的事，那船總卻並不忘掉死去者死亡的原因。二老出北河下辰州走了六百里，沿河找尋那個可憐哥哥的屍骸，毫無結果，在各處稅關上貼下招字，返回茶峒來了。過不久，他又過川東去辦貨，過渡時見到老船夫。老船夫看看那小影子，好像已完全忘掉了從前的事情，就同他說話。

「二老，大六月日頭毒人，又上川東去？」

「要飯吃，頭上是火也得上路！」

「要吃飯！二老家還少飯吃！」

「有飯吃，爹爹說年青人也不應該在家中白吃不作事！」

「你爹爹好嗎？」

「吃得做得，有什麼不好。」

「你哥哥壞了，我看你爹爹爲這件事情也好像萎悴多了！」

二老聽到這句話，不作聲了，眼睛望着老船夫屋後那個白塔。他似乎想起了過去那個晚上，那件舊事，心中十分惆悵。

老船夫怯怯的望了年青人一眼，一個微笑在臉上漾開。

「二老，我家裏翠翠說，五月裏有天晚上，做了個夢……」說時他又望望二老，見二老並不驚訝，也不厭煩，又接着說：「她夢得古怪，說在夢中被一個人的歌聲浮起來，上懸岩摘了一把虎耳草！」

二老把頭偏過一旁去作了一個苦笑，心中想到「老頭子倒會做作」這點意思在那個苦笑上，彷彿同樣洩露出來，仍然被老船夫看到了，老船夫就說：「二老，你不信嗎？」

那年青人說：「我怎麼不相信？因爲我做儍子在那邊岩上唱過一晚的歌！」

老船夫被一句料想不到的老實話窘住了，口中結結巴巴的說：「這是眞的……這是假的……」

老船夫的做作處，原意只是想把事情弄明白一點，但一起始自己敍述這段事情時，方法上就有了錯處，故反而被二老誤會了。他這時正想把那夜的情形好好說出來，船已到了岸邊。二老一躍上了岸，就想走去。老船夫在船上顯得有點忙亂的樣子說：

「二老，二老，你等等我有話同你說，你先前不是說到那個——你做傻子的事情嗎？你並不傻，別人方當眞爲你那歌弄成傻像！」

那年青人雖站定了，口中卻輕輕的說：「得了夠了，不要說了。」

老船夫說：「二老，我聽人說你不要碾子要渡船，這是楊馬兵說的，不是眞的吧？」

那年青人說：「要渡船又怎樣？」

老船夫看看二老的神氣，心中忽然高興起來了，就情不自禁的高聲叫着翠翠，要她下溪邊來。不知翠翠是故意不從屋裏出來，是到別處去了，許久還不見到翠翠的影子，也不聞這個女孩的聲音。二老等了一會看看老船夫那副神氣，一句話不說，便微笑着，大踏步同一個挑擔粉條白糖貨物的腳夫走去了。

過了碧溪岨小山，兩人應沿着一條曲曲折折的竹林走去，那個腳夫這時節開了口：

「儺送二老，看那弄渡船的神氣，很歡喜你！」

二老不作聲，那人就又說道：

「二老，他問你要碾坊還是要渡船，你當眞預備做他的孫女婿，接替他那隻渡船嗎？」

二老笑了，那人又說：

「二老，若這件事派給我，我要那座碾坊。一座碾坊的出息，每天可收七升米，三斗糠。」

二老說：「我回來時向我爹爹去說，爲你向中寨人做媒，讓你得到這座碾坊吧。至於我呢，我想弄渡船是很好的。只是老傢伙壞，大老是他弄死的。」

老船夫見二老那麼走去了，翠翠還不出來，心中很不快樂，走回家去看看，原來翠翠並不在家。過一會，翠翠提了個籃子從小山後回來了，方知道大清早翠翠已出門掘竹鞭筍去了。

「翠翠，我喊了你好久，你不聽到！」

「做甚麼？」

「一個過渡……一個熟人，我們談起你……我喊你你可不答應！」

「是誰？」

「你猜，翠翠。不是陌生人……你認識他！」

翠翠想起適間從竹林裏無意中聽來的話，臉紅了，半天不說話。

老船夫問：「翠翠，你得了多少鞭筍？」

翠翠把竹籃向地下一倒，除了十來根小小鞭筍外，只是一把大的虎耳草。

老船夫望了翠翠一眼，翠翠兩頰緋紅跑了。

十八

日子平平的過了一個月，一切人心上的病痛，似乎皆在那麼份長長的白日下醫治好了。天氣特別熱，各人皆只忙着流汗，用涼水淘江米酒吃，不用什麼心事，心事在人生活中，也就留不住了。翠翠每天皆到白塔下背太陽的一面去午睡，高處既極涼快，兩山竹篁裏叫得使人發鬆的竹雀，與其他鳥類，又如此之多，致使她在睡夢裏儘爲山鳥歌聲所浮着，做的夢也便常是頂荒唐的夢。

這不是人的罪過。詩人們會在一件小事上寫出一整本整部的詩，雕刻家在一塊石頭上雕得出骨血如生的人像，畫家一撇兒綠，一撇兒紅，一撇兒灰，畫得出一幅一幅帶有魔力的彩畫，誰不是爲了惦着一個微笑的影子，或是一個皺眉的記號，方弄出那麼些古怪成績？翠翠不能用文字，不能用石頭，不能用顏色，把那點心頭上的愛憎移到別一件東西上去，卻只讓她的心，在一切頂荒唐事情上馳騁。她從這分隱祕裏，常常得到又驚又喜的興奮。一點兒不可知的未來，搖撼她的極厲害，她無從完全把那種癡處不讓祖父知道。

祖父呢，可以說一切都知道了的。但事實上他又卻是個一無所知的人。他明白翠翠不討厭那個二老，卻不明白那小夥子二老怎麼樣。他從船總處與二老處，皆碰過了釘子，但他並不灰心。

「要安排得對一點，方合道理。」他那麼想着，就更顯得好事多磨起來了。睜着眼睛時，他做的夢比那個外孫女翠翠便更荒唐更寥闊。

他向各個過渡本地人打聽二老父子的生活，關切他們如同自己家中一樣。但也古怪，因此他卻怕見到那個船總同二老了。一見他們他就不知說些什麼，只是老脾氣把兩隻手搓來搓去，從容處完全失去了。二老父子方面皆明白他的意思，但那個死去的人，卻用一個悽涼的印象，鑲嵌到父子心中，兩人便對於老船夫的意思，儼然全不明白似的，一同把日子打發下去。

明明白白夜來並不作夢，早晨同翠翠說話時，那作祖父的會說：

「翠翠，翠翠，我做了個好不怕人的夢！」

翠翠問：「什麼怕人的夢？」

就裝作思索夢境似的，一面細看翠翠小臉長眉毛，一面說出他另一時張着眼睛所做的好夢。不消說，那些夢並不是當眞怎樣使人嚇怕的。

一切河流皆得歸海，話起始說得縱極遠，到頭來總仍然是歸到使翠翠紅臉那件事情上去。待到翠翠顯得不大高興，神氣上露出受了點小窘時，這老船夫又纔像有了一點兒嚇怕，忙着解釋，用閒話來遮掩自己所說到那問題的原意。

「翠翠，我不是那麼說，我不是那麼說。爺爺老了，糊塗了，笑話多咧。」

但有時翠翠卻靜靜的把祖父那些笑話糊塗話聽下去，一直聽到後來還抿着嘴兒微笑。

翠翠也會忽然說道：

「爺爺，你眞是有一點兒糊塗！」

祖父聽過了不再作聲，他將說「我有一大堆心事」，但來不及說，恰好就被過渡人喊走了。

天氣熱了，過渡人從遠處走來，肩上挑得是七十斤擔子，到了溪邊，貪涼快不即走路，必蹲在岩石下茶缸邊喝涼茶，與同伴交換吹吹棒煙管，且一面與弄渡船的攀談。許多子虛烏有的話皆從此說出口來，給老船夫聽到了。過渡人有時還因溪水清潔，就溪邊洗腳抹澡的，坐得更久話也就更多。祖父把些話轉說給翠翠，翠翠也就學懂了許多事情。貨物的價錢漲落呀，坐轎搭船的用費呀，放木筏的人把他那個木筏從灘上流下時，十來把大招子如何活動呀，在小煙船上吃葷煙，大腳娘如何燒煙呀……無一不備。

儺送二老從川東押物回到了茶峒。時間已近黃昏了，溪面很寂寞，祖父同翠翠在菜園地裏看蘿蔔秧子，翠翠白日中覺睡久了些，覺得有點寂寞，好像聽人嘶聲喊過渡，就爭先走下溪邊去，下坎時，見兩個人站在碼頭邊，斜陽影裏背身看得極分明，正是儺送二老同他家中的長年！翠翠大吃一驚，同小獸物見到獵人一樣，回頭便向山竹林裏跑掉了。但那兩個在溪邊的人，聽到腳步響時，一轉身，也就看明白這件事情了。等了一下再也不見人來，那長年又嘶聲音喊叫過渡。

老船夫聽得清清楚楚，卻仍然蹲在蘿蔔秧地上數菜，心裏覺得好笑。他已見到翠翠走去，他知道必是翠翠看明白了過渡人是誰，故蹴在那高岩上不理會。翠翠人小不管事，過渡人求她不幹，奈何她不得，故只好嘶着個喉嚨叫過渡了。那長年叫了幾聲，見無人來，就停了，同二老說：「這是什麼玩意兒，難道老的害病弄翻了，只剩下翠翠一個人了嗎？」二老說：「等等看，不算什麼！」就等了一陣。因爲這邊在靜靜的等着，園地上老船夫卻在心裏想：「難道是二老嗎？」他彷彿擔心攪惱了翠翠似的，就仍然蹲着不動。

但再過一陣，溪邊又喊起過渡來了，聲音不同了一點，這纔眞是二老的聲音。生氣了吧？等久了吧？吵嘴了吧？老船夫一面胡亂估着一面跑到溪邊去。到了溪邊，見兩個人業已上了船，其中之一正是二老。老船夫驚訝的喊叫：

「呀，二老，你回來了！」

年青人很不高興似的，「回來了——你們這渡船是怎麼的，等了半天也不來個人！」

「我以爲——」老船夫四處一望，並不見翠翠的影子，只見黃狗從山上竹林裏跑來，知道翠翠上山了，便改口說：「我以爲你們過了渡。」

「過了渡！不得你上船，誰敢開船？」那長年說着，一隻水鳥掠着水面飛去，「翠鳥兒歸窠了，我們還得趕回家去吃飯！」

「早咧，到河街早咧，」說着，老船夫已跳上了船，且在心中一面說着：「你不是想承繼這隻渡船嗎！」一面把船索拉動，船便離岸了。

「二老，路上累得很！……」

老船夫說着，二老不置可否不動感情聽下去，船攏了岸，那年青小夥子同家中長年挑擔子翻山走了。那點淡漠印象留在老船夫心上，老船夫於是在兩個人身後，捏緊拳頭威嚇了三下，輕輕的吼着，把船拉回去了。

十九

翠翠向竹林裏跑去，老船夫半天還不下船，這件事從儺送二老看來，前途顯然有點不利。雖老船夫言詞之間，無一句話不在說明「這事有邊」，但那畏畏縮縮的說明，極不得體，二老想起他的哥哥，便把這件事曲解了。他有一點憤憤不平，有一點兒氣惱，回到家裏第三天，中寨有人來探口風，在河街順順家中住下，把話問及順順，想明白二老的心中，是不是還有意接受那座新碾坊，順順就轉問二老自己意見怎麼樣。

二老說：「爸爸，你以爲這事爲你，家中多座碾坊多個人，你可以快活，你就答應了。若果爲的是我，我要好好去想一下，過些日子再說它吧。我尙不知道我應當得座碾坊，還應當得一隻渡船，因爲我命裏或只許我撐個渡船！」

探口風的人把話記住，回中寨去報命，到碧溪岨過渡時，見到了老船夫，想起二老說的話，不由得不迷迷的笑着。老船夫問明白了他是中寨人，就又問他過茶峒做些什麼事。

那心中有分寸的中寨人說：

「什麼事也不作，只是過河街船總順順家裏坐了一會兒。」

「坐了一定就有話說！」

「話倒說了幾句。」

「說了些什麼話？」那人不再說了。老船夫卻問道：

「聽說你們中寨人想把大河邊一座碾坊連同家中閨女兒送給河街上順順，這事情有不有了點眉目？」

那中寨人笑了：「事情同了，我問過順順，順順很願意同中寨人結親家，又問過那小夥子……」

「小夥子意思怎麼樣？」

「他說：我眼前有座碾坊，有條渡船，我本想要渡船，現在就決定要碾坊了。渡船是活動的，不如碾坊固定，這小子會打算盤呢。」

中寨人是個米場經紀人，話說得極有斤兩，他明知道「渡船」指得是什麼意思，但他可並不說穿。他看到老船夫口唇蠕動，想要說話，中寨人便又搶着說道：

「一切皆是命，可憐順順家那個大老，相貌一表堂堂，會淹死在水裏！」

老船夫被這句話在心上戳了一下，把想問的話咽住了。中寨人上岸走去後，老船夫悶悶的立在船頭，癡了許久。又把二老日前過渡時落寞神氣溫習一番，心中大不快樂。

翠翠在塔下玩得極高興，走到溪邊高岩上想要祖父唱唱歌，見祖父不理會她，一路埋怨趕下溪邊去，到了溪邊方見到祖父神氣十分沮喪，不明白爲什麼原因。翠翠來了，祖父看看翠翠的快活黑臉兒，粗鹵的笑笑。對溪有扛貨物過渡的，便不說什麼，沉默的把船拉過溪南，到了中心卻大聲唱起歌來了。把人渡了過溪，祖父跳上碼頭走近翠翠身邊來，還是那麼粗鹵的笑着，把手撫着頭額。

翠翠說：

「爺爺怎麼的，你發瘀了？你躺到蔭下去，我來管船！」

「你來管船，好的妙的，這隻船歸你管！」

老船夫似乎當眞發了瘀，心頭發悶，雖當着翠翠還顯出硬扎樣子，獨自走回屋裏後，找尋得到一些碎磁片，在自己臂上腿上扎了幾下，放出了些烏血，就躺到床上睡了。

翠翠自己守船，心中卻古怪的快樂，心想：「爺爺不爲我唱歌，我自己會唱！」她唱了許多歌，老船夫躺在床上閉着眼睛，一句一句聽下去。心中極亂，但他知道這不是能夠把他打倒的大病，他明天就仍然會爬起來的。他想明天進城，到河街去看看，又想起許多旁的事情。

但到了第二天，人雖起了床，頭還沉沉的。祖父當眞已病了，翠翠顯得懂事了些，爲祖父煎了一罐大發藥，逼着祖父喝，又爲過屋後菜園地裏摘取蒜苗泡在米湯裏作酸蒜苗。一面照料船隻，一面還時時刻刻抽空趕回家裏來看祖父，問這樣那樣。祖父可不說什麼，只是爲一個祕密痛苦着。躺了三天，人居然好了。屋前屋後走動了一下，骨頭還硬硬的，心中惦念到一件事情，便預備進城過河街去。翠翠看不出祖父有什麼要緊事情，必須當天入城，請求他莫去。

老船夫把手搓着，估量到是不是應說出那個理由。翠翠一張黑黑的瓜子臉，一雙水汪汪的眼睛，使他吁了一口氣。

他說：「我有要緊事情，得今天去！」

翠翠苦笑着說：「有多大要緊事情，還不是……」

老船夫知道翠翠脾氣，聽翠翠口氣已有點不高興，不再說要走了，把預備帶走的竹筒，同扣花褡褳擱到長机上後，帶點兒諂媚笑着說：「不去吧，你擔心我會把自已摔死，我就不去吧。我以爲天氣早上不很熱，到城裏把事辦完了就回來……不去也得，我明天去！」

翠翠輕聲的溫柔的說：「你明天去也好，你腿還軟！」

老船夫似乎心中還不甘服，灑着兩手走出去，在門限邊一個打草鞋的棒槌，差點兒把他絆了一大跤。穩住了時翠翠苦笑着說：「爺爺，你瞧，還不服氣！」老船夫拾起那棒槌，向屋角隅摔去，說道：「爺爺老了！過幾天打豹子給你看！」

到了午後，落了一陣行雨，老船夫卻同翠翠好好商量，仍然進了城。翠翠不能陪祖父進城，就要黃狗跟去。老船夫在城裏被一個熟人拉着談了許久的鹽價米價，又過守備衙門看了一會新買的騾馬，方到河街順順家裏去。到了那裏見到順順正同三個人打紙牌，不便談話，就站在身後看了一陣牌，後來順順請他喝酒，藉口病剛好點不敢喝酒推辭了。牌既不散場，老船夫又不想即走，順順似乎並不明白他等着有何話說，卻只注意手中的牌。後來老船夫的神氣倒爲另外一個人看出了，就問他是不是有什麼事情。老船夫方忸忸怩怩照老方子搓着他那兩隻大手，說別的事沒有，只想同船總說兩句話。

那船總方明白在看牌半天的理由，回頭對老船夫笑將起來。

「怎不早說？你不說，我還以爲你在看我牌學張子！」

「沒有什麼，只是三五句話，我不便掃興，不敢說出！」

船總把牌向桌上一撒，笑着向後房走去了，老船夫跟在身後。

「什麼事？」船總問着，神氣似乎先就明白了他來此要說的話，顯得略微有點兒憐憫的樣子。

「我聽一個中寨人說你預備同中寨團總打親家，是不是眞事？」

船總見老船夫的眼睛盯着他的臉，想得一個滿意的回答，就說：「有這事情。」那麼答應，意思卻是：「有了你怎麼樣？」

老船夫說：「眞的嗎？」

那一個很自然的說：「眞的。」意思卻依舊包含了「眞的又怎麼樣？」一個疑問。

老船夫裝得很從容的問：「二老呢？」

船總說：「二老坐船下桃源好些日子了！」

二老下桃源的事，原來還同他爸爸吵了一陣方走的。船總性情雖異常豪爽，可不願意間接把第一個兒子弄死的女孩子，又來作第二個兒子的媳婦。若照當地風氣，這些事認爲只是小孩子的事，大人管不着，二老當眞歡喜翠翠，翠翠又愛二老，他也並不反對這種愛怨糾纏的婚姻。但不知怎麼的，老船夫的關心處，使二老父子對於老船夫皆有了一點誤會了。船總想起家庭間的近事，以爲全與這老而好事的船夫有關。

船總不讓老船夫再開口了，就語氣略粗的說道：

「伯伯，算了吧，我們的口祇應當喝酒了，莫再只想替兒女唱歌！你的意思我全明白，你是好意。可是我也求你明白我的意思，我以爲我們只應當談點自己分上的事情，不適宜於想那些年青人的門路了。」

老船夫被一個悶拳打倒後，還想說兩句話，但船總卻不讓他再有說話機會，把他拉出到牌桌邊去。

老船夫無話可說，看看船總時，船總雖還笑着談到許多笑話，心中卻似乎很沉鬱，把牌用力擲到桌上去，老船夫不說什麼，戴起他那個斗笠，自己走了。

天氣還早，老船夫心中很不高興，又進城去找楊馬兵。那馬兵正在喝酒，老船夫雖推病，也免不了喝個三五杯。回到碧溪岨，走得熱了一點，又用溪水去抹身子。覺得很疲倦，就要翠翠守船，自己回家睡去了。

黃昏時天氣十分鬱悶，溪面各處飛着紅蜻蜓。天上已起了雲，熱風把兩山竹篁吹得聲音極大，看樣子到晚上必落大雨。翠翠守在渡船上，看着那些溪面飛來飛去的蜻蜓，心也極亂。看祖父臉上顏色慘慘的，放心不下，便又趕回家中去。先以爲祖父一定早睡了，誰知還坐在門限上打草鞋！

「爺爺，你要多少雙草鞋，床頭上不是還有十四雙嗎？怎麼不好好的躺一躺？」

老船夫不作聲，卻站起身來昂頭向天空望着，輕輕的說：「翠翠，今晚上要落大雨響大雷的！回頭把我們的船繫到岩下去，這雨大哩。」

翠翠說：「爺爺，我眞嚇怕！」翠翠怕的似乎並不是晚上要來的雷雨。

老船夫似乎也懂得那個意思，就說：「怕什麼？一切要來的都得來，不必怕！」

二十

夜間果然落了大雨，挾以嚇人的雷聲。電光從屋脊上掠過時，接着就是訇的一個炸雷。翠翠在暗中抖着，祖父也醒了，知道她害怕，且擔心她招涼，還起身來把一條布單搭到她身上去。祖父說：

「翠翠，不要怕！」

翠翠說：「我不怕！」說了還想說：「爺爺你在這裏我不怕！」

訇的一個大雷，接着是一種超越雨聲而上的洪大傾圮聲。兩人皆以爲一定是溪岸懸崖崩落了；擔心到那隻渡船，會早已壓在崖石上面去了。

祖孫兩人便默默的躺在床上聽雨聲雷聲。

但無論如何大雨，過不久，翠翠卻仍然就睡着了。醒來時天已亮了，雨不知在何時業已止息，醒來只聽到溪兩岸山溝裏注水入溪的聲音，翠翠爬起身來看看祖父還似乎睡得很好，開了門走出去，門前已成爲一個水溝，一股水便從塔後嘩嘩的流來，從前面懸崖直墮而下。並且各處皆是那麼一種臨時的水道。屋旁菜園地已爲山水衝亂了，菜秧皆掩在粗砂泥裏了。再走過前面去看看溪裏一切，纔知道溪中也漲了大水，已滿過了碼頭，水腳快到茶缸邊了。下到碼頭去的那條路，正同一條小河一樣，嘩嘩的洩着黃泥水。過渡的那一條橫溪牽定的纜繩，已被水淹去了，泊在崖下的渡船，已不見了。

翠翠看看屋前懸崖並不崩坍，故當時還不注意渡船的失去。但再過一陣，她上下搜索不到這東西，無意中回頭一看，屋後白塔已不見了，一驚非同小可。趕忙向屋後跑去，纔知道白塔業已坍倒，大堆磚石極凌亂的攤在那兒，翠翠嚇慌得不知所措，只鋭聲叫她的祖父。祖父不起身，也不答應，就趕回家裏去，到得祖父床邊搖了祖父許久，祖父還不作聲。原來這個老年人在雷雨將息時已死去了。

翠翠於是大哭起來。

過一陣，有從茶峒過川東跑差事的人，到了溪邊，隔溪喊過渡，翠翠正在灶邊一面哭着一面燒水預備爲死去的祖父抹澡。

那人以爲老船夫一家還不醒，急於過河，喊叫不應，就拋擲小石頭過溪，打到屋頂上。翠翠鼻涕眼淚成一片的走出來，跑到溪邊高崖前站定。

「喂，不早了！把船划過來！」

「船跑了！」

「你爺爺做什麼事情去了呢？他管船！」

「他管船，管五十年的船——他死了啊！」

翠翠一面向隔溪人說着一面大哭起來。那人知道老船夫死了，得進城去報信，就說：

「眞死了嗎？我回去告他們，要他們弄條船帶東西來！」

那人回到茶峒城邊時，一見熟人就報告這件事，不多久，全茶峒城裏外便皆知道這個消息了。河街上船總順順，派人找了一隻空船，帶了副白木匣子，即刻向碧溪岨撑去。城中楊馬兵卻同一個老軍人，趕到碧溪岨去，砍了幾十根大毛竹，用葛藤編作筏子，作爲來往過渡的臨時渡船。筏子編好後，撐了那個東西，到翠翠家中那一邊岸下，留老兵守竹筏來往渡人，自己跑到翠翠家去看那個死者，眼淚濕瑩瑩的，摸了一會躺在床上硬殭殭的老友，又趕忙着做些應做的事情。到後幫忙的人來了，從大河船上運來棺木也來了，住在城中的老道士，還帶了法寶，提了一隻公雞，來盡義務辦理念經起水諸事，也從筏上渡過來了。家中人出出進進，翠翠只坐在灶邊矮櫈上嗚嗚的哭着。

到了中午，船總順順也來了，還跟着一個人扛了一口袋米，一罈酒，火腿猪肉。見了翠翠就說：

「翠翠，爺爺死了我知道了，老年人是必需死的，不要發愁，一切有我！」

各方面看看，就回去了。到了下午入了殮，一些幫忙的回的回家去了，晚上便只剩下了那老道士，楊馬兵，同順順家派來兩個年青長年。黃昏以前老道士用紅綠紙剪了一些花朵，用黃泥作了一些燭台。天斷黑後，棺木前小桌上點起黃色九品蠟，燃了香，棺木周圍也點了小蠟燭，老道士披上那件藍麻布道服，開始了喪事中繞棺儀式。老道士在前拿着紙幡引路，孝子第二，馬兵殿後，繞着那寂寞棺木慢慢轉着圈子，兩個長年則站在灶邊空處，胡亂的打着鑼鈸。老道士一面閉了眼睛走去，一面且唱且哼，安慰亡靈。提到關於亡魂所到西方極樂世界花香四季時，老馬兵就把木盤裏的紙花，向棺木上高高撒去。

到了半夜，事情辦完了，放過爆竹，蠟燭也快熄滅了，翠翠眼淚婆娑的，趕忙又到灶邊去燒火，爲幫忙的人辦消夜。吃了消夜，老道士歪到死人床上睡着了。剩下幾個人還得照規矩在棺木前守夜，老馬兵爲大家唱喪堂歌取樂，用個空的量米木升子，當作小鼓，把手剝剝剝的一面敲着一面唱下去——唱「王祥臥冰」的事情，唱「黃香扇枕」的事情。

翠翠哭了一整天，也同時忙了一整天，到這時已倦極，把頭靠在棺前迷着了。兩長年同馬兵精神還虎虎的，便輪流把喪堂歌唱下去。但只一會兒，翠翠又醒了，彷彿夢到什麼，驚醒後明白祖父已死，於是又幽幽的乾哭起來。

「翠翠，翠翠，不要哭啦，人死了哭不回來的！」

老馬兵接着就說了一個做新嫁娘的人哭泣的笑話，話語中夾雜了三個粗野字眼兒，因此引起兩個長年咕咕的笑了許久。黃狗在屋外吠着，翠翠開了大門，到外面去站了一下，耳聽到各處是蟲聲，天上月色極好，大星子嵌進透藍天空裏，非常沉靜溫柔。翠翠想：

「這是眞事嗎？爺爺當眞死了嗎？」

老馬兵原來跟在她的後邊，因爲他知道女孩子心門兒窄，說不定一爐火悶在灰裏，痕跡不露，見祖父去了，自己一切皆已無望，跳崖懸樑，想跟着祖父一塊兒去，也說不定！故隨時小心監視到翠翠。

老馬兵見翠翠癡癡的站着，時間過了許久還不回頭，就打着咳叫翠翠說：

「翠翠，露落了，不冷麼？」

「不冷。」

「天氣好得很！」

「呀……」一顆大流星使翠翠輕輕的喊了一聲。

接着南方又是一顆流星劃空而下。對溪有貓頭鷹叫。

「翠翠，」老馬兵業已同翠翠並排一塊塊兒站定了，很溫和的說，「你進屋裏去了吧，不要胡思亂想！」

翠翠默默的回到祖父棺木前面，坐在地上又嗚咽起來。守在屋中兩個長年已睡着了。

那一個馬兵便幽幽的說道：「不要哭了！不要哭了！你爺爺也難過咧。眼睛哭脹喉嚨哭嘶有何好處。聽我說，爺爺的心事我全都知道，一切有我；我會把一切安排得好好的，對得起你爺爺。我會安排，什麼事都會。我要一個爺爺歡喜你也歡喜的人來接收這渡船！不能如我們的意，我老雖老，還能拿鐮刀同他們拚命。翠翠，你放心，一切有我……」

遠處不知什麼地方鷄叫了，老道士在那邊床上糊糊塗塗的自言自語：「天亮了嗎？早咧！」

二十一

大清早，幫忙的人從城裏拿了繩索杠子趕來了。

老船夫的白木小棺材，爲六個人抬着到那個傾圮了的塔後山岨上去埋葬時，船總順順，馬兵，翠翠，老道士，黃狗，皆跟在後面。到了預先掘就的方穽邊，老道士照規矩先跳下去，把一點硃砂顆粒同白米，安置到穽中四隅及中央，又燒了一點紙錢，爬出穽時就要抬棺木的人動手下殢，翠翠啞着喉嚨乾號，伏在棺木上不起身。經馬兵用力把她拉開，方能移動棺木。一會兒，那棺木便被新土掩蓋了，翠翠還坐在地上嗚咽。老道士要回城，去替人做齋，過渡走了。船總把一切事托給老馬兵，也趕回城去了。幫忙的皆到溪邊去洗手，家中各人還有各人的事，且知道這家人的情形，不便再叨擾，也皆不再驚動主人，過渡回家去了。於是碧溪岨便只剩下三個人，一個是翠翠，一個是老馬兵，一個是由船總家派來暫時幫忙照料渡船的禿頭陳四四。黃狗因被那禿頭打了一石頭，對於那禿頭彷彿很不高興，儘是輕輕的吠着。

到了下午，翠翠同老馬兵商量，要老馬兵回城去把馬托給營裏人照料，再回碧溪岨來陪她。老馬兵回轉碧溪岨時，禿頭陳四四被打發回城去了。

翠翠仍然自己同黃狗來弄渡船，讓老馬兵坐在溪岸高崖上玩，或嘶着個老喉嚨唱歌給她聽。

過三天後船總來商量接翠翠過家裏去住，翠翠卻想看守祖父的墳山，不願即刻進城。只請船總過城裏衙門去爲說句話，許楊馬兵暫時同她住住，船總順順答應了這件事，就走了。

楊馬兵既是個上五十歲了的人，說故事的本領比翠翠祖父高一籌，加之凡事特別關心，做事又勤快又乾淨，故同翠翠住下來，使翠翠彷彿去了一個祖父，卻新得了一個伯父。過渡時有人問及可憐的祖父，黃昏時想起祖父，皆使翠翠心酸，覺得十分悽涼。但這分悽涼日子過久一點，也就漸漸淡薄些了。兩人每日在黃昏中同晚上，坐在門前溪邊高崖上，談點那個躺在濕土裏可憐祖父的舊事，有許多是翠翠先前所不知道的，說來便更使翠翠心中柔和。又說到翠翠的父親，那個又要愛情又惜名譽的軍人，在當時按照綠營軍勇的裝束，如何使女孩子動心。又說到翠翠的母親，如何善於唱歌，而且所唱的那些歌在當時如何流行。

時候變了，一切也自然不同了，皇帝已不再坐江山，平常人還消說?!楊馬兵想起自己年青作馬夫時，牽了馬匹到碧溪岨來對翠翠母親唱歌，翠翠母親不理會，到如今這自己卻成爲這孤雛的唯一靠山唯一信託人，不由得不苦笑!

因爲兩人每個黃昏必談祖父，以及這一家有關係的事情，後來便說到了老船夫死前的一切，翠翠因此明白了祖父活時所不提到的許多事。二老的唱歌，順順大兒子的死，順順父子對於祖父的冷淡，中寨人用碾坊作陪嫁粧奩，誘惑儺送二老，二老既記憶着哥哥的死亡，且因得不到翠翠理會，又被家中逼着接受那座碾坊，意思還在渡船，因此抖氣下行，祖父的死因，又如何與翠翠有關……凡是翠翠不明白的事，如今可全明白了。翠翠把事弄明白後，哭了一個夜晚。

過了四七，船總順順派人來請馬兵進城去，商量把翠翠接到他家中去，作爲二老的媳婦。但二老人既在辰州，先就莫提這件事，且搬過河街去住，等二老回來時再看二老意思。馬兵以爲這件事得問翠翠。回來時，把順順的意思向翠翠說過後，又爲翠翠出主張，以爲名分既不定妥，到一個生人家裏去不好，還是不如在碧溪岨等，等到二老駕船回來時，再看二老意思。

這辦法決定後，老馬兵以爲二老不久必可回來的，就依然把馬匹托營上人照料，在碧溪岨爲翠翠作伴，把一個一個日子過下去。

碧溪岨的白塔，與茶峒風水有關係，塔圮坍了，不重新作一個自然不成。除了城中營管，稅局，以及各商號各平民捐了些錢以外，各大寨子也有人拿册子去捐錢。爲了這塔成就並不是給誰一個人的好處，應儘每個人來積德造福，儘每個人皆有捐錢的機會，因此在渡船上也放了個兩頭有節的大竹筒，中部鋸了一口儘過渡人自由把錢投進去，竹筒滿了馬兵就捎進城中首事人處去，另外又帶了個竹筒回來。過渡人一看老船夫不見了，翠翠辮子上紮了白綫，就明白那老的已作完了自己分上的工作，安安靜靜躺到土坑裏給小蛆吃掉了，必一面用同情的眼色瞧着翠翠，一面就摸出錢來塞到竹筒中去。「天保佑你，死了的到西方去，活下的永保平安。」翠翠明白那些捐錢人的意思，心裏酸酸的，忙把身子背過去拉船。

可是到了冬天，那個圮坍了的白塔，又重新修好了，那個在月下唱歌，使翠翠在睡夢裏爲歌聲把靈魂輕輕浮起的年青人，還不曾回到茶峒來。

……………

這個人也許永遠不回來了，也許「明天」回來！

一九三四年四月十九日完成

沈從文年表

秦賢次編

一九〇二年　光緒二十八年　一歲

十二月二十八日（農曆十一月二十九日）生於湖南省鳳凰縣。原名岳煥，字崇文，到北京後改名從文，著名之筆名有休芸芸、懋琳、小兵、爲琳、煥乎、璇若、王壽、甲辰、張琲、紅黑舊人、黑君、上官碧、炯之、巴魯爵士、窄而霉齋主人等。

沈從文生於軍人世家，祖父沈宏富爲清末著名湘軍將領之一，曾官雲南昭通鎮守使、貴州提督。叔祖沈宏芳原已生有二子，後另娶一年輕苗女，再生二子，其次子沈宗嗣（少仙）後過繼給宏富，即爲從文生父，亦爲職業軍人，曾任上校軍醫、中醫院長等職。母親黃英是當地唯一讀書人貢生黃河清之女兒。沈從文有兄弟姊妹共九人，排行第四，大哥岳霖曾在湘軍供職，六弟岳荃，黃埔軍校五期生，官至少將副師長，九妹岳萌曾在上海吳淞中國公學就讀，最受沈從文疼愛，一九四二年病歿。

一九〇六年　光緒三十二年　五歲

在家由母親教讀識字。

一九〇八年　光緒三十四年　七歲

始入私塾就讀。

一九一二年　民國元年　十一歲

夏，父親競選長沙會議代表失敗，氣走北京。

一九一五年　民國四年　十四歲

二月，改入城內鳳凰縣立第二初級小學就讀。

九月，轉學城外文昌閣初小，仍然經常逃學。

十二月，父親在北京組織鐵血團，謀刺袁世凱未果，乃逃逸關外，後輾轉流連赤峯、建平一帶達十年之久。

一九一六年　民國五年　十五歲

二月，升入縣立高級小學就讀。

九月，離校，以補充兵名義參加當地預備兵技術班，受訓八個月。一心期望將來能進陸軍大學。

一九一七年　民國六年　十六歲

四月，從預備兵退役，重入縣城高小就讀。

七月，自高小畢業。

九月，開始正式從軍，此後五、六年間隨軍輾轉湘黔川邊境各縣。

一九二三年 民國十二年 二十二歲

春，在湘西保靖由陳渠珍設立的民治報館任校對，開始感受到五四新文學運動的餘波震盪。之後，陸續接觸到《新潮》、《改造》、《創造週報》等新文化刊物，乃激起前往北京求學的慾望。

八月，由家鄉來到北京。從此，改名從文，並開始「進到一個永遠無從畢業的學校，來學那課永遠學不盡的人生了。」

同月，以同等學力資格，參加私立燕京大學二年制國文專修科入學考試，得零分，未被錄取。此後，乃一面去北京大學旁聽，一面認識一些文學青年，開始對新文學產生極大的興趣。

一九二四年 民國十三年 二十三歲

春夏起，開始學習寫作並投稿，惟「四處碰壁」。

十一月，因生計實在困難，遂投書給時任北大統計學教授的名作家郁達夫。郁達夫收信後即來看望從文，除給予鼓勵外，並在北京《晨報》之《晨報副刊》上發表了轟動一時的名文

〈給一個文學青年的公開狀〉。

同月，習作初次在北京《晨報》之《北京欄》上發表。

十二月二十二日，散文〈一封未付郵的信〉載《晨報副刊》，署名休芸芸。這是沈從文確知篇名的第一篇問世作品。

一九二五年　民國十四年　二十四歲

三月九日，散文〈遙夜——五〉載《晨報副刊》。

三月，因投稿關係，結識京報《民眾文藝週刊》主編項拙與胡也頻。旋由胡也頻介紹，認識了同鄉的未來女作家丁玲。沈、胡、丁三人後來成爲非常知心的朋友與文學夥伴。

四月二十一日，散文〈市集〉載北京《京報》之《民眾文藝週刊》。

六月二十九日，以幼年逃學生活爲背景的小說〈福生〉，載北京《語絲》週刊三十三期。

七—九月，前往香山，在親戚熊希齡創辦的香山慈幼院圖書館擔任管理員，這是從文來北京後所獲得的第一份工作。

八月二十二日，小說〈第二個狒狒〉，載《晨報副刊》。

八月二十九日，散文〈怯步者筆記——鷄聲〉，初載北京《現代評論》週刊二卷三十八期，經該刊文藝主編陳西瀅與楊振聲的鼓勵，沈從文的作品包括短篇小說、散文、新詩、獨幕劇等即源源在該刊登出，終與凌叔華女士成爲該刊最重要的兩位小說家。

十月一日，徐志摩接編《晨報副刊》。在是日發表的〈我爲什麼來辦我想怎麼辦〉這篇代發刊辭中，志摩將沈從文列爲特約撰稿中新進作家的首位。經由徐志摩的提携，沈從文終於在文壇上成名，也成爲二十年代中期北京晨報的主要作家。

十月十七日，小說〈副官〉，載《現代評論》週刊二卷四十五期。

同月起，沈從文曾短期擔任《現代評論》週刊發報員。

本年，沈從文加入以徐志摩、胡適之、陳西瀅等爲主的文學社團「新月社」。

一九二六年　民國十五年　二十五歲

一月二十五日，小說〈宋代表〉，載上海《東方雜誌》半月刊二十三卷二期。

四月，沈從文再回香山慈幼院圖書館工作，前後約五個月。

四—五月，中篇小說〈在別一個國度裏〉在《現代評論》週刊三卷七二—七五期連載；一九二九年二月出單行本時，改名爲《男子須知》。

七月十七日，戲劇〈鴉子〉（擬狂言）載《現代評論》週刊四卷八十四期，署名懋琳。

八月十日，小說〈爐邊〉，載上海《小說月報》十七卷八期，署名岳煥。此後迄三〇年代初，沈從文經常有作品在該刊發表，雖然沈從文並非「文學研究會」會員。

九月，沈從文與胡也頻、于賡虞、張采眞、蹇先艾、許躋青等人在北京發起成立一個文學社團——无須社，迄一九二七年秋，因社員星散，終於停止活動。

九月二十九日，小說〈一個晚會〉載《晨報副刊》，於九月三十日及十月二日續完。

十月十五日，由「无須社」主辦的《世界日報・文學週刊》在北京創刊，于賡虞出任主編，出版六期後一度休刊。翌年四月起，又陸續出了十幾期。

十一月，綜合創作集《鴨子》由北京北新書局初版，列為「无須社叢書」之一，收戲劇九篇、小說九篇、散文七篇、新詩五首，這是沈從文的處女作。

十二月十一日，小說〈嵐生同嵐生太太〉載《現代評論》週刊五卷一〇五期。

一九二七年　民國十六年　二十六歲

一月一日，小說〈入伍後〉、戲劇〈蒙恩的孩子〉（署名懋琳）同載《現代評論第二週年紀念增刊》。

四月十日，小說〈十四夜間〉載《小說月報》十八卷四期，署名煥乎。

五月二十八日，小說〈蜜柑〉，載《現代評論》週刊五卷一二九期。

六月十八日，小說〈初八那日〉載《現代評論》週刊六卷一三二期，署名為琳。

六月二十五日，小說〈獵野豬的人〉載《現代評論》週刊六卷一三三期。

六月，胡適之、徐志摩、梁實秋、聞一多、饒孟侃、余上沅、潘光旦、張嘉鑄、葉公超、劉英士等新月派人士在上海創辦新月書店，由胡適之任董事長，余上沅首任書店經理與編輯主任。沈從文雖非書店股東，但卻是「新月」核心人物。

七月，小說〈山鬼〉，載《現代評論》週刊六卷一三六至一三七期，署名爲琳。

七—九月，根據二哥日記改寫而成的中篇小說〈篁君日記〉在《晨報副刊》上連載。

八月一—六日，中篇小說〈長夏〉在《晨報副刊》上連載。

九月，第一部小說集《蜜柑》，由上海新月書店初版，收小說八篇。

十月二十六—二十七日，散文〈《到世界上》自序〉在《晨報副刊》上連載。這是沈從文對自己早期創作的一個總結。

十月下旬，小說〈連長〉（署名璇若）及〈雪〉先後在《晨報副刊》上連載。

十一月二十一—二十六日，小說〈這個男人和那個女人〉在《晨報副刊》上連載，署名王壽。

十二月，小說〈老實人〉（署名張琲）及〈船上岸上〉（署名休芸芸），先後在《晨報副刊》上連載。

年底，離開北京，經海路於翌年初抵達上海。

一九二八年　民國十七年　二十七歲

一月十日，小說〈在私塾〉載《小說月報》十九卷一期。

二月，綜合創作集《入伍後》，由上海北新書局初版，收小說八篇，獨幕劇二篇。

二—九月，長篇小說《舊夢——到世界上之一》在《現代評論》週刊連載二十八期，署名懋琳。

三月十日，《新月》月刊在上海創刊，迄一九三三年六月一日出至四卷七期停刊止，歷時五年又三個月，前後共發行四十三期。沈從文自《新月》創刊號起，即有長篇小說《阿麗思中國遊記》一、二卷在該刊前八期連載。其後，又陸續發表有短篇小說十五篇、評論二篇、新詩一首，是「新月」作家中寫作最勤奮的一位。

同日，小說〈或人的太太〉載《小說月報》十九卷三期，署名甲辰。

七月，小說集《老實人》由上海現代書局初版，收〈船上岸上〉、〈雪〉、〈連長〉、〈老實人〉、〈一個婦人的日記〉等小說八篇；小說集《好管閒事的人》和長篇小說《阿麗思中國遊記》（第一卷）由上海新月書店初版，前者收小說七篇。

八月十日，小說〈柏子〉載《小說月報》十九卷八期，署名甲辰。

八月，中篇小說《長夏》由上海光華書局初版。

八—十月，小說〈上城裏來的人〉、〈不死日記〉、〈有學問的人〉、〈屠戶〉、〈某夫婦〉、〈採蕨〉等先後發表於上海中央日報之《紅與黑》副刊上。時中央日報總編輯彭學沛（浩徐）係前《現代評論》週刊主幹之一，《紅與黑》副刊係由彭學沛約請胡也頻主編，丁玲、沈從文助編，七月二十六日創刊，十月三十一日停刊，共發行四十九期。

九月十日，小說〈雨後〉載《小說月報》十九卷九期，署名甲辰。

九月，中篇小說《篁君日記》由北平文化學社初版。

十月十日，小說〈誘—拒〉載《小說月報》十九卷十期，署名甲辰。

十月，中篇小說《山鬼》由上海光華書局初版；小說集《雨後及其他》由上海春潮書局初版，收〈雨後〉、〈柏子〉、〈有學問的人〉等小說六篇。

十一月十日，小說〈雨〉載《新月》月刊一卷九期；小說〈第一次做男人的那個人〉載《小說月報》十九卷十一期，署名甲辰。

十一月，沈從文、胡也頻、丁玲三人合住上海薩坡賽路二〇四號，並開始主編「二〇四號叢書」，前後共出六種。

十二月，中篇小說《不死日記》由上海人間書店初版，列爲「二〇四號叢書之二」。

同月，長篇小說《阿麗思中國遊記》（第二卷）由上海新月書店初版，列爲「二〇四號叢書之四」。

同月，沈從文、胡也頻、丁玲合資創辦紅黑出版處，計畫出版《紅黑》月刊，以及「紅黑叢書」。所謂紅黑，是湘西土話，意即橫豎、反正，但引伸開來，「可以象徵光明與黑暗，或激烈與悲哀，或血與鐵。」

一九二九年　民國十八年　二十八歲

一月十日，《紅黑》月刊在上海創刊，由胡也頻、沈從文、丁玲合編，紅黑出版處發行，迄八月十日停刊止，共出八期。沈從文在該刊上先後發表了小說〈龍珠〉（一期）、〈參軍〉（二期）、〈神巫故事之一〉（三期）、〈日與夜〉（四期）、〈七個野人與最後一個迎春節〉（五期）、〈道師與道場〉（六期）、〈一個天才的通信〉（同上）、〈一隻船〉（八期）、〈大城中的小事情〉（同上）等。

一月二十日，《人間》月刊在上海創刊，由沈從文主編，人間書店發行，迄三月十日停刊止，共出三期。這是由沈從文獨力主編的第一個刊物。沈從文在該刊上先後發表了〈娟金，豹子，與那羊〉（一期）、〈十年以後〉（二期）。

一月，中篇小說《呆官日記》由上海遠東圖書公司初版，列為「二〇四號叢書之六」。

一—九月，在《新月》月刊上先後發表小說〈阿金〉（一卷十一期）、〈旅店〉（一卷十二期）、〈結婚以前——阿黑小史之七〉（二卷一期）、〈落伍〉（二卷三期）、〈一個母親〉（二卷五期）、〈我的教育〉（二卷六、七期合刊）、〈牛〉（同上）等。

二月，小說集《男子須知》由上海紅黑出版處初版，列為「紅黑叢書之二」，收中篇小說〈男子須知〉和小說〈除夕〉二篇。〈男子須知〉係根據〈在別一個國度裏〉改寫而成。

三月，小說戲劇集《十四夜間及其他》由上海光華書局初版，收小說〈或人的家庭〉、〈十四夜間〉二篇；戲劇〈劊子手〉、〈支吾〉二篇。

六月，小說〈元宵〉載上海《東方雜誌》半月刊二十六卷十一、十二兩期。

七月，中篇小說《神巫之愛》由上海光華書局初版。

九月，小說集《龍朱》由紅黑出版處初版，收〈龍朱〉、〈參軍〉、〈娟金，豹子，與那羊〉等小說五篇。該書後來於一九三一年八月由上海曉星書店重印再版。

同月，紅黑出版處破產停辦。沈從文由上海吳淞中國公學校長胡適之破格提拔，並向教育部力薦，擔任中國公學大學部中文系講師一年，講授「小說習作」、「新文學研究」等課程；同時，又由時昭瀛介紹，兼任上海暨南大學中文系講師半年，與孫俍工合開「中國小說史」課程。沈從文任教中國公學中文系時，系主任爲陸侃如，學生中有詩人劉宇（君宇）。因授課關係，認識了英語系女生張兆和，在一見鍾情後，即展開情書攻勢。

九－十二月，先後在《小說月報》上發表小說〈會明〉（二十卷九期）、〈菜園〉（二十卷十期）、〈夫婦〉（二十卷十一期）、〈同志的煙斗故事〉（二十卷十二期）等。

十一月，謝冰季（學名爲楫，係冰心女士三弟）的短篇小說集《溫柔》由上海光華書局初版，書前有沈從文作的序〈冰季與我〉。

一九三〇年　民國十九年　二十九歲

一月十日，小說〈蕭蕭〉載《小說月報》二十一卷一期。

一月，小說集《旅店及其他》由上海中華書局初版，列爲徐志摩主編的「新文藝叢書」之一，收〈結婚之前〉〈阿黑小史之七〉、〈旅店〉、〈阿金〉、〈七個野人與最後一個迎春節〉、〈記一個大學生〉、〈元宵〉等小說六篇。「新文藝叢書」係由中華書局敦請徐志摩主編，但徐志摩太忙，實際上由沈從文擔任執行編輯。叢書自一九三〇年一月起，迄一九三四年十二月止，共收胡也頻、丁玲、徐志摩、郭子雄、王實味、蹇先艾以及沈從文等十四位作家的著作十五種，以及梁實秋、查士元、邢鵬舉、王實味、李萬居、徐霞村、孫用、曾虛白、李惟建等十三位譯者的翻譯作品十六種。

同月，與孫俍工合著之《中國小說史講義》由上海國立暨南大學出版室印行。其中，〈緒論〉和第一章〈神話爲傳說〉由沈從文執筆。

二月，辭去暨南大學兼職。

同月，書信體中篇小說《一個天才的通信》由上海光華書局初版。

三月十日，小說〈紳士的太太〉及論文〈郁達夫張資平及其影響〉同載《新月》月刊三卷一期；小說〈樓居〉載《小說月報》二十一卷三期。

三月，散文〈《沉》的序〉及小說〈建設〉同載上海中國公學大學部《中國文學季刊》一卷二期。

四月十日，論文〈論聞一多的《死水》〉載《新月》月刊三卷二期；小說〈丈夫〉載《小說月報》二十一卷四期。

四月，徐志摩《輪盤》小說集在中華書局初版，書前有沈從文作的〈序〉。

六月，小說集《沈從文甲集》由上海神州國光社初版，收〈第四〉、〈夜〉、〈自殺的故事〉、〈牛〉、〈會明〉、〈我的教育〉等小說六篇及中篇小說〈多的空間〉。

六—十二月，在《小說月報》上發表小說〈微波〉（二十一卷六期）、〈逃的前一天〉（二十一卷七期）、〈薄寒〉（二十一卷九期）、〈山道中〉（二十一卷十二期）。
八月，轉任武昌國立武漢大學中文系講師半年，時文學院長爲陳源（西瀅），中文系系主任爲劉頤（博平），講授課程爲「新文學研究」及「小說習作」。
九月，小說〈一個女人〉載上海《婦女雜誌》月刊十六卷九期；〈平凡故事〉載南京《文藝月刊》一卷二期。
十月，長篇小說《一個女劇員的生活》在上海《現代學生》月刊創刊號起開始連載，迄翌年三月一卷六期止，未完篇即終止連載。
同月，論文〈我們怎樣去讀新詩〉載《現代學生》月刊創刊號；小說〈三個男子和一個女人〉載南京《文藝月刊》一卷三期；散文〈《秋之淪落》序〉載上海《新時代》月刊一卷三期，係爲中國公學學生李漣萃（輝英）的短篇小說集而作的。
同月，沈從文用「克川」筆名，寫〈十年來中國的文壇〉一文，發表在南京《文藝月刊》一卷三期上，至今從未見有人提起，也未收入十二卷本《沈從文文集》中。
十二月十六日，國際筆會中國分會在上海正式成立，蔡元培任會長。沈從文後來亦加入爲會員。
十一月，論文〈論落華生〉載上海《讀書月刊》創刊號；〈論郭沫若〉載武昌《日出》月刊創刊號；〈論汪靜之的《蕙之風》〉載南京《文藝月刊》一卷四期；〈論焦菊隱的詩〉載南京《中央日報·文藝週刊》五期。

十二月，長篇小說《舊夢》由上海商務印書館初版。

同月，論文〈現代中國文學的小感想〉載南京《文藝月刊》一卷五期。

一九三一年　民國二十年　三十歲

一月上旬，由武漢回到上海。

一月十二日，在上海參加國際筆會中國分會爲歡迎盛成學成歸國而舉行的常會。

一月十七日，胡也頻因參與共黨活動爲政府當局逮捕。此後，沈從文爲營救胡也頻，京滬兩地奔走終未成功。二月七日，胡也頻在上海遇難，沈從文也耽誤了回武大教書的日期。

一月，小說集《石子船》由上海中華書局初版，列爲「新文藝叢書」之一，收〈石子船〉、〈夜〉、〈返鄉〉、〈漁〉、〈道師與道場〉、〈一日的故事〉等小說六篇。其中〈夜〉與《沈從文甲集》所收之〈夜〉內容不同，十二卷本《沈從文文集》僅收入前者。

同月，論文〈論朱湘的詩〉載南京《文藝月刊》二卷一期。

二月，論文〈人與作品〉載南京《中央日報·文藝週刊》十八期；〈論劉半農《揚鞭集》〉載南京《文藝月刊》二卷二期。

三月底，沈從文陪伴丁玲母女回湖南常德老家。半個月後，再伴丁玲回到上海。

四月，論文〈論中國創作小說〉在南京《文藝月刊》二卷四期起分兩期載畢。

五月，小說集《沈從文子集》由新月書店初版，收〈龍朱〉、〈丈夫〉、〈燈〉、〈建設〉、〈春天〉、〈紳士的太太〉等小說六篇。

五月，小說〈夜漁〉、散文〈《羣鴉集》題記〉同載南京《創作》月刊創刊號。《羣鴉集》係沈從文應徐志摩要求爲卞之琳編成的處女詩集，可惜後來未能出版。

六月，論文〈創作態度——予轉蓬〉、〈談詩——給家良〉，散文〈感想〉同載南京《創作》月刊一卷二期；小說〈道德與智慧〉載《新月》月刊三卷八期。

七月，散文〈甲辰閒話〉、〈高植小說集《酒後》序〉，中篇小說〈一個體面的軍人〉（一）同載南京《創作》月刊一卷三期。書評〈《山花集》介紹〉、散文〈街〉同載南京《文藝月刊》二卷七期。《山花》係燕大劉廷蔚的第一本詩集，一九三〇年七月由上海北新書局出版，列爲「風滿樓叢書之一」。

八月，論文〈窄而霉齋閒話〉載南京《文藝月刊》二卷八期；小說〈中年〉載《新月》月刊三卷十期；小說〈醫生〉載《小說月報》二十二卷八期。

同月，中篇小說〈一個女劇員的生活〉由上海大東書店初版。

同月，前往青島，擔任國立青島大學中文系講師，講授「散文習作」、「新文學研究」等課程。時青大校長爲揚振聲，文學院長兼國文系主任爲聞一多，外文系主任兼圖書館長爲梁實秋，國文系同事有游國恩，方令孺（女）、陳夢家等。當時的青島大學與武漢大學一樣，均為「新月派」重鎮。

九月，小說〈三三〉載南京《文藝月刊》二卷九期。

同月，陳夢家編選之《新月詩選》由新月書店初版，其中收有沈從文的新詩七首。

十月，小說〈燥〉載南京《文藝月刊》二卷十期；〈虎雛〉載《小說月報》二十二卷十期。

十一月十九日，徐志摩搭機由南京飛往北平途中，在濟南附近開山出事。沈從文獲知消息後，在二十二日清早趕往出事地點向志摩遺體告別。

十一月，論文〈論施蟄存與羅黑芷〉載上海《現代學生》一卷二期；小說〈黔小景〉載由丁玲主編之上海《北斗》月刊一卷三期。

本年，講義《新文學研究》由國立武漢大學印行。

一九三二年　民國二十一年　三十一歲

本年，仍執教青島大學。

一月，小說集《虎雛》由上海新中國書局初版，收〈中年〉、〈三三〉、〈虎雛〉、〈醫生〉、〈黔小景〉等小說五篇。

同月，前中公學生劉宇所著之《劉宇詩選》一書由上海北新書局出版，書前有沈從文寫的〈序〉。此書係由沈從文編成，並資助出版。

二月，小說〈廚子〉載南京《文藝月刊》三卷二期。

三月，小說〈賢賢〉載南京《文藝月刊》三卷三期，署名紅黑舊人。

三—四月，小說〈泥塗〉連載於上海《時報》三月十七日至四月二日。

四—六月，中篇小說《鳳子》分兩期在南京《文藝月刊》三卷四期及三卷五、六期合刊上連載。

五月，傳記《記胡也頻》由上海光華書局初版。

六月二十七日，國立青島大學發生罷考風潮，校長楊振聲赴南京辭職。

六月，小說〈晚晴〉、〈玲玲〉同載南京《文藝月刊》三卷五、六期合刊，前者署名甲辰；後者署名黑君。

同月，女友張兆和自中國公學畢業。

七月，中篇小說《泥塗》由北平星雲堂書店初版。

同月，小說〈春〉載上海《現代》月刊一卷三期，〈都市一婦人〉載上海《創化》月刊第三期。

八月，論文〈論徐志摩的詩〉載上海《現代學生》月刊二卷二期。

九月，國立青島大學奉部令改名國立山東大學，校長由趙太侔繼任。

同月，小說〈秋〉載上海《新時代》月刊三卷一期。

十月，小說〈若墨醫生〉載《新月》月刊四卷三期，係爲紀念亡友張釆眞而作；小說〈雨〉載《新時代》月刊三卷二期。

十月十五日，《小說月刊》在杭州創刊，沈從文、高植、程一戎合編，蒼山書店發行，迄一九三三年一月十五日出至一卷四期後停刊。沈從文在創刊號上發表〈發刊辭〉，署名編者。

十一月，小說集《都市一婦人》由上海新中國書局初版，收〈都市一婦人〉、〈賢賢〉、〈廚子〉、〈靜〉、〈春〉、〈若墨醫生〉等小說六篇。

同月，小說集《一個婦人的日記》由上海新中國書局初版，收〈船上岸上〉、〈雪〉、〈一個婦人的日記〉等小說八篇。

同月，小說〈病〉載《新時代》月刊三卷三期；小說〈黑夜佔領了空間的某夜〉載上海《申報月刊》一卷五期，該文收入《如蕤集》時，改題名爲〈黑夜〉。

十二月一日，小說〈醫生〉載《新月》月刊四卷五期，這是一系列佛經故事《月下小景》（一名《新十日談》）發表的第一篇；小說〈婚前〉載《新時代》月刊三卷四期。

十二月十五日，散文〈對於詩人之感想〉、〈甲辰閒話〉，論文〈上海作家〉同載杭州《小說月刊》一卷三期。

一九三三年　民國二十二年　三十二歲

上半年，仍執教山東大學。

一月一日，小說〈扇陀〉（《月下小景》之一）載上海《現代》月刊二卷三期；小說〈油坊〉載《新時代》月刊三卷五、六期合刊。

二月一日，小說〈月下小景〉載上海《東方雜誌》半月刊三十卷三期。

三月一日，小說〈獵人故事〉（《月下小景》之一）載《新月》月刊四卷六期。

三月，短篇小說《慷慨的王子》（《月下小景》之一）由上海良友圖書印刷公司初版。

同月，中篇小說《阿黑小史》由上海新時代書局初版，除〈序〉外，分爲〈油坊〉、〈秋〉、〈雨〉、〈病〉、〈婚前〉等五節。

五月十四日，丁玲在上海被政府祕密逮捕後拘禁南京，外界久無音訊，因此謠傳遇害。

六月四日，評論〈丁玲女士被捕〉載北平《獨立評論》週刊五二、五三期合刊，譴責政府當局對左翼作家的鎮壓行動。

六月十二日，評論〈丁玲女士失踪〉載天津《大公報・文學副刊》。沈從文救友心切，積極發表文章的最主要目的，在於引起國人注意，迫使政府能無罪釋放丁玲。

六月，小說〈尋覓〉載上海《青年界》月刊三卷四期；小說〈一個農夫的故事〉載《東方雜誌》半月刊三十卷十二期，二者均爲《月下小景》故事之一。

七月二十日，傳記《記丁玲女士》在天津《國聞週報》十卷二十七期起連載，迄十二月十八日十卷五十期載畢，共刊二十一期。

七月，中篇小說《鳳子》由杭州蒼山書店初版。

同月，小說〈女人〉（《月下小景》之一）載《現代》月刊三卷三期。

同月，辭去山東大學教職。

八月一日，小說〈三個女性〉在上海《新社會》半月刊五卷三期起連載，迄九月十五日五卷六期載畢。

八月二十五日，小說〈女人〉開始在上海《申報・自由談》連載，迄九月十日載畢。該文收入《如蕤集》時，改題名爲〈如蕤〉。

八月，離開青島前往北平。

九月一日，小說〈愛慾〉（《月下小景》之一）載上海《現代》月刊三卷五期。

九月九日，與張兆和在北平中央公園水榭結婚。

九月二十三日，天津《大公報・文藝副刊》創刊，每週二期，由沈從文主編。在沈從文的精心擘畫下，《大公報・文藝副刊》成爲「京派」作家最重要的發表園地。

十月十八日，評論〈文學者的態度〉載《大公報・文藝副刊》，文章讚揚「京派」，貶抑「海派」，引起文壇論爭。

十月，中篇小說《一個母親》由上海合成書局初版。一九三六年十月，由上海復興書局再版。

本年，楊振聲受國防委員會祕書長王世杰之託，由朱自清、沈從文協助，在北平主持編輯中小學國文教科用書，迄一九三五年十一月國防委員會撤消，任務終止，前後有二年多之久。

十一月十五日，小說集《月下小景》由上海現代書局初版，除〈題記〉外，收〈月下小景——《新十日談》之序曲〉、〈扇陀〉、〈慷慨的王子〉、〈醫生〉、〈一個農夫的故事〉、〈尋覓〉、〈獵人故事〉、〈女人〉、〈愛慾〉等小說九篇。

一九三四年　民國二十三年　三十三歲

一月一日，著名的中篇小說《邊城》在天津《國聞週報》十一卷一期起連載，迄四月二十三日十一卷十六期載畢，共刊十期。

一月三日，創作談〈元旦試筆〉載《大公報·文藝副刊》。該文收入《廢郵存底》時，改題名爲〈元旦日致「文藝」讀者〉。

一月十日，評論〈論「海派」〉載《大公報·文藝副刊》，文中以「海派」概括上海一些作家，指出其惡習實有損於新文學的健全發展。

一月上旬，回湘西鳳凰探望母病，來回一個多月，途中寫信數十封。其後，將書信整理寫成十二篇散文，編成《湘行散記》一書。

二月二十一日，評論〈關於「海派」〉載《大公報·文藝副刊》。

三月五日，評論〈禁書問題〉載《國聞週報》十一卷九期，抗議政府當局對進步作家的迫害。

四月一日，散文〈湘行散記——鴨窠圍的夜〉載上海《文學》月刊二卷四期，這是一系列《湘行散記》發表的第一篇。

四月十八日，散文〈湘行散記——一個同我過桃源的朋友〉載《大公報·文藝副刊》。該文收入《湘行散記》一書時，改題名爲〈一個戴水獺皮帽子的朋友〉。

四月二十五日，散文〈《邊城》題記〉載《大公報·文藝副刊》。

四月，小說集《遊目集》由上海大東書局初版，列爲「新文學叢書」之一，收〈腐爛〉、〈三個男子和一個女人〉等小說六篇；文藝評論集《沫沫集》亦由大東書局初版，同列爲「新文學叢書」之二，收〈論馮文炳〉、〈魯迅的戰鬥〉等文十一篇，以及從文九妹沈岳萌所作的〈我的二哥〉一文。

五月，小說集《如蕤集》由上海生活書店初版，收〈如蕤〉、〈三個女性〉、〈上城裏來的人〉、〈生〉、〈泥塗〉、〈黑夜〉等小說十一篇。

六月三十日，散文〈湘行散記——一九三四年一月十八日〉載《大公報·文藝副刊》。

七月五日，傳記〈孫大雨〉載上海林語堂主編的《人間世》半月刊第七期。孫大雨係著名的「新月派」詩人，時任山東大學外文系教授，爲沈從文前山大同事。

七月二十三日，散文〈湘行散記——五個軍官和一個煤礦工人〉載《國聞週報》十一卷二十九期。

七月，自傳《從文自傳》由上海第一出版社初版，列爲「自傳叢書」之一；一九三五年五月，改由上海良友圖書印刷公司重排初版；一九四三年十二月，再由桂林開明書店改訂重排初版，列爲「沈從文著作集」之一。

八月二十二日，小說〈過嶺者〉載《大公報・文藝副刊》。

九月一日，傳記《記丁玲》由上海良友圖書印刷公司初版，列爲趙家璧主編的「良友文學叢書」第十種。

同日，蘇雪林〈沈從文論〉一文載上海《文學》月刊三卷三期，給予沈從文極高的評價。

十月十日，《水星》月刊在北平創刊，由沈從文與卞之琳、巴金、李健吾、靳以、鄭振鐸等合編，文華書局發行，迄一九三五年九月十日出至二卷六期後停刊，共出十二期。該刊係純文學刊物，專登創作，而散文更佔突出地位，由於編者與撰稿人多爲三〇年代著名作家，使其成爲當時北方一份具有特色且影響廣泛的雜誌。沈從文在創刊號上發表了散文〈湘行散記——虎雛再遇記〉。

十月，中篇小說《邊城》由上海生活書店初版，列爲「創作文庫」第九種。一九四三年九月，由桂林開明書店改訂重排初版。一九五三年，香港永華影業公司將《邊城》改編拍成電影「翠翠」，由嚴俊、林黛主演，轟動一時，林黛也因而一舉成名。

同月，創作談〈我的寫作與水的關係〉一文收入鄭振鐸、傅東華合編的《我與文學》（《文學》一週年紀念特輯）一書。

十一月二十一日，回憶徐志摩之散文〈三年前的十一月二十二日〉載天津《大公報・文藝副刊》。

十二月十日，小說〈知識〉載《水星》月刊一卷三期。

一九三五年 民國二十四年 三十四歲

一月二十一日，評論〈論讀經〉載《國聞週報》十二卷四期。

二月三日，論文〈新文人與新文學〉載《大公報・文藝副刊》。

三月十日，論文〈風雅與俗氣〉及散文〈《幽僻的陳莊》題記〉同載《水星》月刊一卷六期。《幽僻的陳莊》係李影心所寫的長篇小說，本年一月由北平文心書業社初版，署筆名儁聞。

三月二十五日，散文〈湘行散記——桃源與沅州〉載《國聞週報》十二卷十一期。

四月十日，李同愈〈沈從文的短篇小說〉一文載上海《新中華》半月刊三卷七期「文學專號」。

同日，散文〈湘行散記——箱子岩〉載《水星》月刊二卷一期。

五月十九日，小說〈新與舊〉載北平〈獨立評論〉週刊一五一期。

六月十日，小說〈失業〉及評論〈中國人的病〉同載《水星》月刊二卷三期。

六月，散文〈我年輕時讀什麼書〉載上海《青年界》月刊八卷一期。

七月一日，小說〈顧問官〉載上海《文學》月刊五卷一期。

八月一日，小說〈八駿圖〉載上海《文學》月刊五卷二期。

八月三十一日，評論〈談談上海的刊物〉載《大公報．小公園》，署名炯之。後來魯迅曾針對此文，作〈七論「文人相輕」──兩傷〉一文發表於十月一日上海《文學》月刊五卷四期，予以批評。

九月一日，天津大公報將《文藝副刊》與《小公園》兩副刊合併爲《文藝》，每週出版四期，由沈從文與蕭乾合編。小說〈自殺〉即載《文藝》創刊號上。

九月九日，評論〈論穆時英〉載《大公報．文藝》。

九月十六日，劉西渭（李健吾）書評〈《邊城》與《八駿圖》〉一文載北平《文學季刊》二卷三期。

十一月十日，評論〈新詩和舊賬──並介紹《詩刊》〉載《大公報．文藝》。《詩刊》係由孫大雨、梁宗岱、羅念生集稿，每月在《大公報．文藝》上出版兩期。沈從文約稿的作者有朱自清、聞一多、俞平伯、朱光潛、廢名、林徽音（女）、方令孺（女）、陸志韋、馮至、陳夢家、卞之琳、何其芳、李廣田、林庚、徐芳（女）、陳世驤、孫毓棠、孫洵侯、曹葆華等人。其中，將近一半是「新月詩人」。

十二月八日，編輯之「徐志摩紀念特刊」在《大公報》上登出，沈從文在〈附記〉中，倡議設立「徐志摩文學獎」。

十二月十六日，創作談〈廢郵存底——給某作家〉載北平《文學季刊》二卷四期終刊號。所謂某作家，指的是巴金。

十二月，小說集《八駿圖》由上海文化生活出版社初版，列爲巴金主編的「文學叢刊」第一集，除〈題記〉外，收〈八駿圖〉、〈有學問的人〉、〈某夫婦〉、〈柏子〉、〈雨後〉、〈過嶺者〉、〈腐爛〉等小說九篇。

一九三六年　民國二十五年　三十五歲

一月一日，十年創作自選集序文〈習作選集代序〉載《國聞週報》十三卷一期。

一月，美國女作家項美麗（Emily Hahn）與 Shing Mo-Lei 合作英譯的《邊城》（Green Jade and Green Jade）在上海英文《天下月刊》二卷一期起連載，迄四月二卷四期載畢。

三月二十九日，在《大公報·文藝》一一九期發表〈沈從文敬啟〉，宣布《文藝》副刊下期起改由蕭乾一人主編。

三月，散文集《湘行散記》由上海商務印書館初版，列爲「文學研究會創作叢書」之一，收〈一個戴水獺皮帽子的朋友〉、〈桃源與沅州〉、〈一九三四年一月十八日〉、〈箱子岩〉、〈五個軍官與一個煤礦工人〉、〈虎雛再遇記〉等十一篇。其中，獨漏一篇原已發表過的〈滕回生堂的今昔〉（一九三五年一月七日，載《國聞週報》十二卷二期）。

五月一日，《從文小說習作選》（上下册）由上海良友圖書印刷公司初版，列爲「良友文學叢書特大本」之一。該書收〈丈夫〉、〈若墨醫生〉、〈龍朱〉、〈八駿圖〉等小說十四篇；《月下小景》全部；中篇小說《神巫之愛》；以及《從文自傳》等四部分。這是沈從文第一次對舊作做有系統的改訂。

五月十七日，「中國風謠學會」在北平成立，這是以北大歌謠研究會、燕大通俗讀物編刊社、北平研究院歷史語言系爲中心而組成的。發起人主要有胡適、顧頡剛、羅常培、容肇祖、常惠、吳世昌、徐芳（女）、李素英（女）、朱光潛及沈從文等。在集會中，常有「新詩民歌的誦讀，以及將民間小曲用新式樂器作種種和聲演奏試驗。」

七月一日，小說〈蕭蕭〉載上海《文季月刊》一卷二期。

七月十日，教育部成立「教科用書編輯委員會」，聘請楊振聲擔任主任委員，負責編印中小學及民眾教科用書。楊振聲乃委託吳晗編歷史，陳之邁編公民，沈從文編國文，以迄一九三八年八月楊振聲去職爲止。

八月，林徽音女士選輯之《小說選》（大公報文藝叢刊）由上海大公報館初版，其中收有沈從文《湘行散記》中的〈箱子岩〉、〈一個戴水獺皮帽子的朋友〉、〈一九三四年一月十八日〉等三篇散文與小說〈過嶺者〉；以及從文夫人張兆和的小說〈小還的悲哀〉。

十月二十五日，評論〈作家間需要一種新運動〉載《大公報・文藝》，針對文壇上「差不多」現象予以尖銳批評，掀起熱烈的討論。

十一月一日，小說集《新與舊》由上海良友圖書印刷公司初版，列爲「良友文學叢書」第三十二種，收〈蕭蕭〉、〈三個男子和一個女人〉、〈新與舊〉、〈知識〉等小說十篇。

同日，散文〈沉默〉載上海《文季月刊》一卷六期。

十一月十六日，評論〈文壇的「團結」與「聯合」〉載《國聞週報》十三卷四十五期。

一九三七年　民國二十六年　三十六歲

一月一日，評論〈偉大的收穫〉載《大公報・文藝》，係對曹禺第二部劇作《日出》的稱讚。散文〈文學作家中的胖子〉載上海《宇宙風》半月刊三十二期新年特大號，署名上官碧。

一月十七日，評論〈我對於書評的感想〉載《大公報・文藝》。

一月，與蕭乾合著之論文集《廢郵存底》由上海文化生活出版初版，列爲巴金主編的「文學叢書」第四集。該書甲輯係沈從文的《廢郵存底》，收有關寫作經驗的通信〈一週間給五個人的信〉、〈元旦日給「文藝」讀者〉、〈給某作家〉、〈《邊城》題記〉等文十四篇。乙輯係蕭乾的《答辭》，收文二十一篇。

二月二十一日，在《大公報·文藝》上發表致編者的〈一封信〉，署名炯之，再談反文壇上的「差不多」現象。

三月十五日，修改小說稿〈主婦〉載上海《月報》一卷三期。

五月一日，小說〈貴生〉載朱光潛主編的北平《文學雜誌》月刊創刊號。事實上，《文學雜誌》是由朱光潛、楊振聲、沈從文等人創辦，而由朱光潛負責執行編輯工作。

五月十七日，小說〈王謝子弟〉載《國聞週報》十四卷十九期。

六月一日，小說〈大小阮〉載《文學雜誌》月刊一卷二期。

六月十五日，小說〈生存〉載上海《文叢》月刊一卷四期。

七月一日，小說〈神之再現〉（《鳳子》之十）載《文學雜誌》月刊一卷三期。

七月七日，「七七事變」爆發，中國展開八年長期抗日戰爭。

八月一日，評論〈再談差不多〉載《文學雜誌》一卷四期終刊號。

八月十二日，離平南下，九月初旬，始經南京到達武漢。

十二月，由武漢抵長沙。

本年，自抗日戰爭開始後，沈從文仍盡全心編輯教科用書，因楊振聲忙於長沙臨時大學（西南聯大前身）校務事，對編輯事已不暇過問，沈從文實際上負責總編輯的工作，持續至一九三八年止。

一九三八年 民國二十七年 三十七歲

一月初，由長沙抵沅陵，住四個多月。

五月，由沅陵抵昆明。初住市內，後移居近郊呈貢縣。

同月，國立西南聯合大學文、法商兩學院先在雲南蒙自分校開學上課，楊振聲時任中文系教授兼祕書主任並暫時代理總務長。

七月一日，論文〈談保守〉載昆明《新動向半月刊》一卷二期。

七月，創作談〈幾封論創作的信〉載昆明《文藝季刊》一卷二期。

同月，西南聯大文、法商兩學院自蒙自遷到昆明校本部。

八月，西南聯大增設「師範學院」。

同月，教育部「教科用書編輯委員會」主任委員改由教育部次長張道藩兼任，楊振聲轉任常務委員，中小學教科用書之編輯改由另一常務委員梁實秋負責。

同月，上海新光書局根據一九三二年十一月新中國版重印再版沈從文小說集《一個婦人的日記》。

夏、秋之際，寫成《湘西》一書。《湘西》在香港大公報連載時，係用《沅水流域識小錄》

之名稱。

九月，論文〈談進步〉載《文藝季刊》一卷三期。

十月一—五日，論文〈談朗誦詩（一點歷史的回溯）〉，連載香港《星島日報・星座》。

十一月十五日，評論〈給青年朋友〉載《新動向半月刊》一卷十期。

一九三九年　民國二十八年　三十八歲

一月八日，散文〈《湘西》題記〉載昆明《今日評論》週刊一卷二期。

一月二十二日，論文〈一般或特殊〉載《今日評論》週刊一卷四期。

二月六日，散文〈昆明冬景〉載香港《大公報・文藝》。

五月十五日，論文〈眞俗人和假道學〉載昆明《中央日報・平明》創刊號。

六月二十五日，評論〈一種態度〉載《今日評論》週刊二卷一期。

六月二十七日，西南聯大聘請沈從文擔任師範學院國文學系副教授，以後升教授。開設的課程先後有「各體文習作」、「現代文學」、「中國小說史」等。

八月，散文集《湘西》由長沙商務印書館初版，列爲「文史叢書」第十九種，除〈題記〉、〈引子〉外，收〈常德的船〉、〈沅陵的人〉等文八篇。

九月，論文、散文集《昆明冬景》由上海文化生活出版社初版。收〈一般與特殊〉、〈眞俗人與假道學〉、〈談保守〉、〈談朗誦詩〉、〈昆明冬景〉等文五篇。

同月，傳記《記丁玲》（續集）由上海良友復興圖書公司初版。

十二月，小說集《主婦集》由長沙商務印書館初版，收〈主婦〉、〈貴生〉、〈大小阮〉、〈王謝子弟〉、〈生存〉等小說五篇。

一九四〇年 民國二十九年 三十九歲

一月一日，評論〈談人〉載香港《大公報・文藝》。

四月一日，《戰國策》半月刊在昆明創刊，「戰國策社」編輯兼發行。該刊於一九四一年一月一日出至十五、十六期合刊後一度停刊。同年七月二十日復刊，續出第十七期，同時改為月刊。該期出版不久，「戰國策社」刊登啟事宣佈停刊，並預告「本刊作家」將在重慶《大公報》發行《戰國》副刊。《戰國》副刊復於一九四一年十二月三日創刊，迄一九四二年七月一日停刊共出三十一期。「戰國策社」是由西南聯大及雲南大學的林同濟、雷海宗、陳銓以及中山大學的何永佶等教授學者組成，在政治上主張「大政治」，在哲學上推崇「權力意志論」，在文藝上提倡「民族文學運動」。沈從文在《戰國策》上發表過許多文章，也因此常被視為「戰國策作家」。

同日，論文〈燭虛〉載《戰國策》半月刊創刊號。

四月十五日，論文〈白話文問題——過去當前和未來檢視〉載《戰國策》半月刊二期。

五月一日，《續廢郵存底》四篇，一、〈給一個大學生〉，二、〈給一個青年作家〉三、

〈給一個詩人〉，四、〈給一個中學教員〉同載《戰國策》第三期。
五月四日，論文〈「五四」二十年〉載香港《大公報・文藝》。
五月五日，論文〈文運的重建〉載昆明《中央日報》。
五月二十九日，小說〈王嫂〉載香港《大公報・文藝》。
六月一日，論文〈讀《英雄崇拜》〉載《戰國策》第五期。
六月二十四日，小說〈鄉城〉載香港《大公報・文藝》，署名劉季。
七月二十五日，論文〈燭虛〉（續篇）載《戰國策》第八期。
八月三日，在聯大師院國文學院演講〈小說作者和讀者〉。講稿旋載八月十五日出版之《戰國策》第十期。
八月五日，論文〈新的文學運動與新的文學觀〉載《戰國策》第九期。
十月一日，論文〈論家庭〉載《戰國策》第十三期。
十月二十七日，論文〈男女平等〉載昆明《中央日報》。
十一月十二日，散文〈看雲〉載香港《大公報・文藝》。
十二月三十日，書信〈廢郵存底——給一個廣東朋友〉載香港《大公報・文藝》。
多，開始改訂舊作，準備重新出版。

一九四一年　民國三十年　四十歲

二月十八日，書信〈新廢郵存底——給一個作家〉載昆明《中央日報・文藝》。

三月十五日，論文〈變變作風〉載香港《大公報・文藝》。

五月二日，在聯大師院國文學會演講〈短篇小說〉。講稿經修訂後，載翌年二月十六日昆明《國文月刊》十八期。

八月，論文集《燭虛》由上海文化生活出版社初版，列爲「文季叢書」第十四種，收〈燭虛〉、〈潛淵〉、〈長庚〉、〈生命〉、〈新的文學運動與新的文學觀〉、〈白話文問題〉、〈小說作者和讀者〉、〈文運的重建〉等文八篇。

本年，仍舊繼續改訂舊作。

一九四二年 民國三十一年 四十一歲

二月十一日，評論〈對作家和文運的一點感想——新廢郵存底七〉載重慶《大公報・戰國》副刊十一期。

十月十五日，中篇小說〈芸廬紀事〉上篇載桂林《人世間》創刊號；下篇載翌年一月十五日一卷三期。

十月二十五日，論文〈文學運動的重造〉載重慶《文藝先鋒》半月刊一卷二期。《文藝先鋒》係由王進珊主編，張道藩擔任發行人的國民黨辦大型文藝期刊。

同日，論文〈小說與社會〉載重慶《世界學生》月刊一卷十期。

十一月二十二日，小說〈新摘星錄〉在昆明《當代評論》週刊三卷二期起連載，迄十二月二十日三卷六期載畢。

本年，仍舊繼續改訂舊作。

一九四三年　民國三十二年　四十二歲

本年起，沈從文將近年來陸續改訂之舊作以及新發表者，全部交由開明書店重新排印，列爲「沈從文著作集」，迄一九四八年止，共出十種。

一月十五日，回憶錄〈水雲——我怎麼創造故事，故事怎麼創造我〉上篇載桂林《文學創作》月刊一卷四期；下篇載次月十五日出版的一卷五期。

一月二十日，論文〈「文藝政策」檢討〉載重慶《文藝先鋒》半月刊二卷一期。

四月二十一日，散文〈《長河》題記〉載重慶《大公報》。

四月，小說集《春燈集》由桂林開明書店改訂初版，收〈春〉、〈燈〉、〈八駿圖〉、〈若墨醫生〉、〈第四〉、〈如蕤〉等小說六篇，這是「沈從文著作集」的第一種。

五月二十四日，散文〈《看虹摘星錄》後記〉載重慶《大公報·文藝》。

六月，論文集《雲南看雲集》由重慶國民圖書出版社初版，收〈「文藝政策」檢討〉、〈文學運動的重造〉、〈小說與社會〉等論文三篇，以及通訊《新廢郵存底》十六篇；《廢郵存底》十三篇。

七月十五日，小說〈看虹錄〉載桂林《新文學》月刊創刊號，署名上官碧。

七月，小說集《黑鳳集》由桂林開明書店改訂初版，收〈三個女性〉、〈賢賢〉、〈靜〉、〈主婦〉、〈白日〉、〈三三〉、〈貴生〉等小說七篇。

九月，《神巫之愛》、《邊城》、《廢郵存底》三書由桂林開明書店改訂初版。

十二月，《月下小景》、《從文自傳》、《湘行散記》三書由桂林開明書店改訂初版。

一九四四年　民國三十三年　四十三歲

一月一日，中篇小說〈摘星錄〉載桂林《新文學》月刊一卷二期。

二月一日，散文〈綠魘〉載桂林《當代文藝》月刊一卷二期；論文〈宋人演劇的諷刺性〉載《新文學》月刊一卷三期。

四月一日，散文〈作家生活自述〉載《當代文藝》月刊一卷四期。沈從文在致編者信中自述道：「這裏日子太困難，已到自己挑水砍柴情形。」

四月，《湘西》一書由贛縣開明書店改訂初版。

五月十五日，散文〈黑白魘〉載重慶《時與潮文藝》月刊三卷三期。

九月十五日，改作之回憶錄〈水雲〉載《時與潮文藝》月刊四卷一期。

九月十六日，致函美國胡適云，請胡適爲其英譯小說集寫序，並想用此書版稅去美國看看，住個二、三年，許可的話，也想在美國大學教教「現代中國文學」。

一九四五年　民國三十四年　四十四歲

一月，長篇小說《長河》由昆明文聚社初版，列爲「文聚叢書」之一。

三月二十日，小說〈赤黶〉載昆明《觀察報·生活風》。

八月十五日，日本無條件投降，對日抗戰勝利。

一九四六年　民國三十五年　四十五歲

一月十五日，小說〈橙黶〉載《時與潮文藝》月刊五卷四期。

五月一日，論文〈書評的自由解放運動〉載上海《上海文化》月刊第四期。

五月十五日，小說〈青色黶〉載《時與潮文藝》月刊五卷五期終刊號。

五月，西南聯大奉命結束，師生分批復員平津。

六月一日，小說〈虹橋〉載上海《文藝復興》月刊一卷五期。

七月十二日，由昆明飛抵上海。

七月三十日，論文〈湘人對於新文學運動的貢獻〉載上海《大公報·文藝》。

八月四日，散文〈憶北平〉載上海《大公報·文藝》。

八月十三日，散文〈懷昆明〉載上海《大公報·文藝》。

八月，回到北平，任國立北京大學中文系教授迄一九四九年二月初止。

九月一日，論文〈一種新的文學觀〉載上海《文潮月刊》一卷五期。

十月一日，散文〈北平的印象和感想〉載《上海文化》月刊第九期。

十月十日，天津《大公報·星期文藝》副刊創刊，由楊振聲、馮至、沈從文合編。

十月十三日，天津《益世報·文學週刊》創刊，由沈從文主編，當日並發表論文〈窮與愚〉。

十月二十日，〈《文學週刊》編者言〉載天津《益世報·文學週刊》，說明他個人對於一個報紙副刊的期望。

十一月三、十日，回憶錄〈從現實學習〉載天津《大公報·星期文藝》。

十二月二十一日，小說〈捉鬼〉載天津《益世報·文學週刊》。

一九四七年　民國三十六年　四十六歲

二月一日，中篇小說〈芸廬紀事〉重新在天津《益世報·文學週刊》開始連載，迄三月二十九日分五期載畢。

二月二十三日，散文〈一個傳奇的本事〉載天津《大公報·星期文藝》第二十四期。

四月十六日，論文〈性與政治〉載北平《知識與生活》半月刊創刊號。

五月四日，論文〈五四〉載天津《益世報·文學週刊》。

六月一日，小說〈巧秀與冬生〉載朱光潛主編的北平《文學雜誌》二卷一期復刊號；論文〈宋人演劇的諷刺性〉載上海《論語》半月刊一三〇期。

七月，開始參與主編北平《平明日報·星期藝文》副刊。

十月，開始參與主編北平《平明日報‧詩與文》副刊。

十月十八日，散文〈本刊一年〉載天津《益世報‧文學週刊》。

十日二十日，北平《益世報‧詩與文》副刊創刊，沈從文任主編之一。

十月二十六日，評論〈一種新希望〉載上海《益世報》。

十一月一日，論文〈學魯迅〉載天津《益世報‧文學週刊》；小說〈傳奇不奇〉載北平《文學雜誌》二卷六期。

十二月二十二日，論文〈談現代詩——新廢郵存底三五七〉及〈新詩的開始〉同載北平《益世報‧詩與文》，後者署名編者。

一九四八年　民國三十七年　四十七歲

一月一日，散文《懷塔塔木林——北平通信二》載北平《知識與生活》半月刊十七、十八期合刊，署名巴魯爵士。所謂塔塔木林者，即蕭乾之筆名。

一月三日，散文〈芷江縣的熊公館〉載天津《大公報》。

一月三十一日，論文〈論特寫〉載天津《益世報‧文學週刊》。

二月十六日，論文〈蘇格拉底談北平所需——北平通信三〉在上海《論語》半月刊一四七期起分二期連載。

二月二十一日，散文〈新黨中的一個湖南鄉下人和一個湖南人朋友——我所知道的熊希齡〉

載天津《益世報・文學週刊》。

三月二日，論文〈試談藝術與文化——北平通信四〉載《知識與生活》半月刊二十二期。

五月四日，論文〈紀念五四〉載天津《益世報・文學週刊》。

七月一日，評論〈談寫字〉載《論語》半月刊一五六期，署名上官碧。

八月，長篇小說《長河》由上海開明書店改訂初版，這是「沈從文著作集」的最後一種。

九月一日，評論〈「中國往何處去」〉載《論語》半月刊一六〇期。

一九四九年　民國三十八年　四十八歲

一月三十一日，中共解放軍進入北平。

春，由於巨大政治壓力，導致精神崩潰而自殺。在獲救不久後，北大課程即被取消。出院之後，即進入馬列主義學習班學習。

四月一日，論文〈讀展子虔《春遊圖》〉載上海《子曰叢刊》第六期，署名上官碧。

一九五〇年　民國三十九年　四十九歲

秋，正式入華北革命大學學習。

一九五一年　民國四十年　五十歲

秋，正式離開北京大學，被安排在北京歷史博物館工作，負責管理文物，書寫目錄和標簽。

十一月十四日，〈我的學習〉一文載《大公報》，自我批判一番。

一九五三年　民國四十二年　五十二歲

九月二十三日－十月六日，以美術組成員資格，參加「中國文學藝術工作者第二次代表大會」。

十月，論文〈中國古代的陶瓷〉載北京《新觀察》半月刊本年第十九期。

本年，由小說《邊城》改編成電影之《翠翠》在香港上演，賣座空前。

本年，開明書店正式通知沈從文云，奉令銷燬已印未印各種書稿及紙型。

一九五四年　民國四十三年　五十三歲

十月三日，論文〈文史研究必須結合實物〉載北京《光明日報》。

一九五六年　民國四十五年　五十五歲

二月，參加中國人民政治協商會議第二次全體會議，並在大會中發言。

多，參加全國政協視察工作，重還湘西。

一九五七年　民國四十六年　五十六歲

六月，散文〈新湘行記——張八寨二十分鐘〉載北京《旅行家》月刊。

七月，論文〈談「寫遊記」〉載北京《旅行家》月刊。

八月，散文〈一點回憶，一點感想〉載北京《人民文學》月刊。

十月，《沈從文小說選集》由北京人民文學出版社編選初版，除〈選集題記〉外，收〈阿金〉、〈貴生〉等小說二十二篇。本書文字曾經編者（或沈從文本人）作某些修改。

十二月，與王家樹合編之《中國絲綢圖案》一書，由北京中國古典藝術出版社初版，係六開本，計二七頁。

一九五八年　民國四十七年　五十七歲

十一月，編輯的《唐宋銅鏡》一書由北京中國古典藝術出版社初版，係十六開本，一一二頁。

一九五九年　民國四十八年　五十八歲

十二月，散文〈悼靳以〉載北京《人民文學》月刊。

本年，與張仃、雷圭元、吳勞合編之《明錦》一書由北京文物出版社初版。

一九六〇年　民國四十九年　五十九歲

三月，論著《龍鳳藝術》由北京作家出版社初版，收有關工藝美術論文十四篇。

七月二十二日—八月十三日，以美術組成員資格，參加「中國文學藝術工作者第三次代表大會」。在會期中，毛澤東、周恩來接見沈從文等十二位老作家，要求他們恢復創作。

一九六一年　民國五十年　六十歲

十二月，與作家華山，詩人阮章競等同遊井崗山、廬山等地，作〈井崗詩草〉、〈匡廬詩草〉等五言古詩多首。

一九六二年　民國五十一年　六十一歲

本年，論著《戰國漆器》一書由北京榮寶齋初版。

一九六六年　民國五十五年　六十五歲

六月，「文化大革命」爆發，沈從文先後被抄家八次，所有的研究工作都被迫停頓下來。

一九六七年　民國五十六年　六十六歲

八月，中篇小說《邊城》在林海音主編之臺北《純文學》月刊二卷二期「近代中國作家與作品」專輯上一次登完。這是一九四九年以後，沈從文作品第一次公開在臺灣報刊上出現。

一九六八年　民國五十七年　六十七歲

本年，安東尼・傑・普林斯的《沈從文的生平和作品》（英文）一書由澳洲雪梨出版社出版。

一九六九年　民國五十八年　六十八歲

十月，《沈從文自傳》一書由臺北十月出版社據原開明改訂本影印出版，這是臺灣公開出版的第一本沈從文著作。

多，被下放至湖北咸寧五七幹校。

一九七〇年　民國五十九年　六十九歲

本年，威廉・麥克唐納的博士論文《沈從文小說人物和主題》（英文）由美國華盛頓大學出版。

一九七二年　民國六十一年　七十一歲

本年，從湖北幹校回到北京。

本年，聶華苓的《沈從文評傳》（英文）一書由美國 Twayne 出版社出版。

一九七七年　民國六十六年　七十六歲

本年，金介甫的博士論文《沈從文筆下的中國》（英文）由美國哈佛大學出版。

一九七八年　民國六十七年　七十七歲

本年，沈從文從歷史博物館調至北京中國社會科學院歷史研究所任研究員。該所爲此，專門成立了古代服飾研究室，讓沈從文能專心着手中國古代服飾的研究。

一九七九年　民國六十八年　七十八歲

十月，參加「中國文學藝術工作者第四次代表大會」。

一九八〇年　民國六十九年　七十九歲

五月，朱光潛〈從沈從文先生的人格看他的文藝風格〉、黃永玉〈太陽下的風景——沈從文與我〉、黃苗子〈生命之火長明——記沈從文先生〉、沈從文〈從文習作簡目〉諸文同載廣州《花城》雙月刊總第五期「沈從文專輯」中。

八月二十二日，《從文自傳》在北京《新文學史料》季刊總第八期起分三期連載。文前寫有〈附記〉，說明對新發表的《自傳》作了些補充、修改和校訂。

九月，回憶錄〈我所見到的司徒喬先生〉載北京《中國建設》月刊本年第九期。

十月二十七日，在獲准去美國探親講學後，本日晚間飛抵紐約。在美國時，先後在哥倫比亞、聖若望、史丹佛等十七所大學作了二十二次演講，講題有〈二十年代的中國新文學〉、〈從新文學轉到歷史文物〉、〈中國古代服飾〉等等。

十一月二十二日，散文〈憶翔鶴——二十年代前期同在北京我們一段生活的點點滴滴〉載北京《新文學史料》季刊總第九期。

十二月，作者本人編選之《從文散文選》由香港時代圖書有限公司出版，除〈題記〉外，收有《從文自傳》、《湘行散記》、《湘西》三書，以及列爲《刧後殘稿》輯中的〈雪晴〉、〈巧秀和多生〉、〈傳奇不奇〉等三文。

一九八一年　民國七十年　八十歲

二月，訪美圓滿結束，回到北京。

九月，論著《中國古代服飾研究》由商務印書館香港分館初版。

十一月二十二日，散文〈友情〉載北京《新文學史料》季刊總第十三期，懷念五十年前去世的至友徐志摩。

十一月，《沈從文散文選》一書由湘潭大學中文系現代文學教研室編選，長沙湖南人民出版社初版，收散文四十餘篇。

十二月，《沈從文小說選》一書由湘潭大學中文系現代文學教研室編選，長沙湖南人民出版社初版，除《邊城》及《長河》外，收短篇小說十九篇。

同月，《從文自傳》一書由北京人民文學出版社初版，列為「新文學史料叢書」之一。

本年，戴乃迭（Gladys yang）英譯之沈從文小說集《〈邊城〉及其他》與散文集《沈從文散文選譯》二書同由北京熊貓出版社初版，列為「熊貓叢書」。

本年，國外某些團體紛紛提名沈從文為諾貝爾文學獎候選人。

一九八二年　民國七十一年　八十一歲

一月，由邵華強、凌宇合編之十二卷本《沈從文文集》第一、二卷（小說），由廣州花城出版社、三聯書店香港分店聯合初版，分國內版與海外版兩種分別印行。《文集》發排前，曾經作者親自審閱，並經部分修訂。

五月，十二卷本《沈從文文集》第三卷（小說）初版。

六月，十二卷本《沈從文文集》第四卷（小說）初版。

九月，十二卷本《沈從文文集》第五卷（小說）初版。

十月，凌宇編選之《沈從文小說選》（上下冊）由北京人民文學出版社初版。編者說，選集中一些篇章，徵得作者同意，個別地方做了些許刪節。

十二月，凌宇編選之《沈從文散文選》由北京人民文學出版社初版。

一九八三年　民國七十二年　八十二歲

一月，十二卷本《沈從文文集》第六卷（小說）初版。

三月，邵華強編選之《神巫之愛》（沈從文早期作品選）由廣州花城出版社初版，收小說二十六篇，散文八篇。

五月，十二卷本《沈從文文集》第七卷（小說）初版。

同月，由凌宇編選之五卷本《沈從文選集》第一卷由成都四川人民出版社初版。

六月，五卷本《沈從文選集》第二至第五卷由成都四川人民出版社初版。

九月，十二卷本《沈從文文集》第八卷（小說）初版。

一九八四年　民國七十三年　八十三歲

二月，十二卷本《沈從文文集》第十卷（散文、詩）初版。

三月，十二卷本《沈從文文集》第九卷（散文）初版。

四月，十二卷本《沈從文文集》十一卷（文論）初版。

七月，十二卷本《沈從文文集》十二卷（文論）初版。

一九八五年　民國七十四年　八十四歲

一月五日，在中國作家協會第四次代表大會上，與另外二十八位著名老作家同被任爲顧問。

八月，論著《龍鳳藝術》由商務印書館香港分館重排初版。

十二月，凌宇著《從邊城走向世界：對作爲文學家的沈從文的研究》一書由北京三聯書店初版，是第一本中文的沈從文傳。

一九八六年　民國七十五年　八十五歲

七月，朱光潛、張充和等著，荒蕪編選之《我所認識的沈從文》一書由長沙岳麓書社初版，列爲「鳳凰叢書」第一種，收紀念及評介沈從文個人及作品的文章三十六篇。

十月，沈從文著，凌宇編選之《鳳凰》一書由北京文化藝術出版社初版，收小說二十四篇，散文九篇。

一九八七年　民國七十六年　八十六歲

五月，李瑞山編選之《沈從文代表作》一書由鄭州黃河文藝出版社初版，列爲由李何林主編的「中國現當代著名作家文庫」之一，收小說十六篇，散文七篇，書後並附有〈沈從文主要作品目錄〉一篇。

一九八八年　民國七十七年　八十七歲

五月十日，因心臟衰竭，在北京自宅逝去。

十月，凌宇著《沈從文傳》一書由北京十月文藝出版社出版，計五一四頁，列爲「中國現代作家傳記叢書」之一。

一九九五年九月十日完稿

校訂說明

一、沈從文作品七十年來屢經重複編訂，往返修改，遍歷時代劫火，兼以其他現實因素，其定本早已不能確認。洪範版《沈從文小說選》依據二〇、三〇年代所見結集之初版本排印；其未見初版本者，以時間接近初版本之較早結集為準；否則，酌採原發表於報刊之版本。有關各篇來源依次詳如下列：

(一)〈龍朱〉　一九三一年八月上海曉星書店《龍朱》

(二)〈媚金，豹子，與那羊〉　一九三一年八月上海曉星書店《龍朱》

(三)〈神巫之愛〉　一九三六年五月上海良友圖書公司《從文小說習作選》

(四)〈七個野人與最後一個迎春節〉　一九三〇年一月上海中華書局《旅店及其他》

(五)〈一個晚會〉　一九二六年九月二十九、三十日，十月二日北京《晨報副刊》

(六)〈有學問的人〉 一九三五年十二月上海文化生活出版社《八駿圖》

(七)〈元宵〉 一九三〇年一月上海中華書局《旅店及其他》

(八)〈紳士的太太〉 一九三一年五月上海新月書店《沈從文子集》

(九)〈月下小景〉（外八篇） 一九三三年十一月十五日上海現代書局《月下小景》

(十)〈牛〉 一九三〇年六月上海神州國光社《沈從文甲集》

(十一)〈若墨醫生〉 一九三六年五月上海良友圖書公司《從文小說習作選》

(十二)〈知識〉 一九三六年十一月一日上海良友圖書公司《新與舊》

(十三)〈八駿圖〉 一九三五年十二月上海文化生活出版社《八駿圖》

(十四)〈虹橋〉 一九四六年六月一日上海《文藝復興》月刊第一卷第五期

(十五)〈男子須知〉 一九二九年二月上海紅黑出版處《男子須知》

(十六)〈上城裏來的人〉 一九三四年五月上海生活書店《如蕤集》

(十七)〈夜〉 一九三〇年六月上海神州國光社《沈從文甲集》

(十八)〈三個男子和一個女人〉 一九三六年十一月一日上海良友圖書公司《新與舊》

(十九)〈虎雛〉 一九三二年一月上海新中國書局《虎雛》

(二十)〈都市一婦人〉 一九三二年七月上海《創化》月刊第三期

(二十一)〈五個軍官與一個煤礦工人〉 一九三六年三月上海商務印書館《湘行散記》

(廿二)〈船上岸上〉 一九二八年七月一日上海現代書局《老實人》

(廿三)〈蕭蕭〉 一九三六年十一月一日上海良友圖書公司《新與舊》

(廿四)〈丈夫〉 一九三一年五月上海新月書店《沈從文子集》

(廿五)〈邊城〉 一九三四年上海生活書店《邊城》

二、諸版其中或有錯訛闕漏處，均經參考晚出新版比對審訂，以不違背原始初版之旨意爲原則。部份文字用法與當代約定容有出入，酌予保留，例如「熟習」（熟悉）、「檢察」（檢查）、「合式」（合適）、「從新」（重新）、「何常」（何嘗）、「年青」（年輕）、即早（及早）等；又，「作」「做」、「抗」「扛」、「托」「託」、「游」「遊」、「什」「甚」等字明顯有交互使用之現象，不予更動。標點符號部份參考各種版本並覆按當代通例，酌予統一。

三、各篇末附注寫作日期，從原版或作者親校之其他版本而來，年份統一爲西元；作者未注明日期者，另以正楷字體標示發表年份。

四、本書採用之沈從文作品多屬坊間罕見珍本，其中有私人收藏，亦有庋置於美國史丹福大學胡佛圖書館、哈佛大學哈燕圖書館、及華盛頓大學（西雅圖）東亞圖書館者，經秦賢次、鄭樹森、李黎、陳子善、彭小妍、楊牧、葉步榮諸先生女士訪求蒐集，庶幾成裘，謹誌因緣於茲，以示不忘。

洪範文學叢書266

沈從文小說選 二

編　者：彭小妍
發行人：孫玫兒
出版者：洪範書店有限公司
臺北市厦門街一一三巷一七—一號二樓
電話 三六五七五七七・三六八六七九〇
郵撥 〇一〇七四〇二—〇
行政院新聞局局版臺業字第一四二五號
印刷廠：永裕印刷廠
法律顧問：陳長文（理律法律事務所）
初　版：中華民國八十四年十月
定價二九〇元
（缺頁破損裝訂錯誤請寄回調換）

ISBN 957-674-092-4

國立中央圖書館出版品預行編目資料

沈從文小說選／彭小妍編. --初版. --臺北市：
洪範，民84
冊；　公分. --(洪範文學叢書；266)
ISBN 957-674-091-6（第Ⅰ冊：平裝）. --
ISBN 957-674-092-4（第Ⅱ冊：平裝）

857.63　　84010778